Das forensische Gemetzel

Das forensische Gemetzel

A.C. Scharp

Coverdesign: László Zakariás [tsg]

Herstellung und Verlag:
BoD - Books on Demand, Norderstedt

ISBN-13: 978-3746010762

Personenverzeichnis

Das Personal

Mike (Michael) Sanger
Chefpsychologe mit sich selbst duplizierenden Problemen.

Dirk Freitag
Wachmann, nebenbei Bürobote aus Leidenschaft.

Dörte Heckmann
Sinnlich und üppig oder nervig und übergewichtig?

Hud Maimun Maroun
Der pädagogisch-pflegerische Leiter sehnt sich manchmal nach der Heimat.

Jessica Zweig
Psychotherapeutin mit einem Faible für den Klinikleiter.

Katrin Bäcker
Sekretärin zwischen den Fronten, dafür ohne Figurprobleme.

Leon Huber
Ergotherapeut mit mangelndem Selbstbewusstsein.

Dr. Manfred Mäuchel

Klinikleiter, Sportfan, Egomane und offen für ungewöhnliche Lösungen.

Marina Goldschmidt
Heilerziehungspflegerin, die zwar schlank, aber nicht schön ist.

Dr. Monika Berg
Chefärztin, die trotz Doktortitel nur eine halbe Sekretärin hat.

Nina Kohler
Sozialarbeiterin mit schwachem Nervenkostüm.

Ralf Stockschneider
Psychiater und Oberarzt, Mikes bester Freund und Fan von Elektroschocks.

Susanne Stockschneider
Kunsttherapeutin, bekennend sexsüchtig und dabei nicht wählerisch.

Torsten Dreher
Wachmann ohne Träume, dafür mit ausreichend Schlaf.

Vivaldo Piccio
Sporttherapeut, der Sport auch außerhalb der Turnhalle schätzt.

Die Patienten

Alexander Schweitzer
Vergewaltiger, der seinem Ruf nicht gerecht wird.

Bernd Scherer
Kannibale mit Hasenscharte, der die Goldschmidt zum An-
beißen findet.

Dennis Zimmermann
Kastrationsexperte, der sich nur unter Frauen wohlfühlt.

Dieter Fuhrer
Sexualstraftäter mit Mikropenis, der Frauen daher aus Frust
ersticht.

Erik Schulze
Bekämpft Aliens, indem er sie zersägt, leider auch seine Eltern.

Fabian Krüger
Versucht, sich in der Klinik von seiner Nekrophilie zu befreien.

Henning Mansen
Frauenversteher, Serienmörder und ehemaliger Polizist.

Jonas Bieber
Der Feuerteufel gibt die Hoffnung auf einen Brand in der
Klinik nicht auf.

Marcel Keller
Spricht mit Gott, aber gerne auch mal mit Susanne Stockschneider.

Paul Kluge
Homosexueller Transsexueller, dem schöne Haare für einen Mord reichen.

Peter Paulater
Der verhinderte Massenmörder, für den die Klinik Heimat bedeutet.

Steffen Naumann
Ein Lehrer, bei dem Schüler endlich mal ihren vorlauten Mund halten.

Tobias Bachmeier
Hässlich, stinkend und nervig, damit ist eigentlich alles gesagt.

Das Dorf

Andrea Sanger
Frau von Mike und weit entfernt davon, sympathisch zu sein.

Birgit Schreiner
Altjüngferliche Ladenbesitzerin und so verdrossen, wie sie aussieht.

Dirk Biermann
Biertrinkender Stammtisch-Philosoph und immer auf Krawall aus.

Heiner Frey
Großbauer, der um Toleranz wirbt, aber selbst nichts damit am Hut hat.

Holger Rampone
Gemeindekämmerer und emotional instabil – eine perfekte Kombination.

Jan Torick
Der Narzisst, der nicht der Macher ist, der er gerne wäre.

Josef Pfeifer
Der freundliche Rentner von nebenan, gerne auch mal sensationslüstern.

Jürgen Faust
Bedient als blendend aussehender Arzt so ziemlich jedes Klischee.

Leah Kaiser
Optisches Gegenstück zu Jürgen Faust, jedoch nur halb so klug – wozu auch?

Patrick Meier
Zeitungsausträger und Informant, der immer mit der Nase dabei ist.

Sabrina Reiniger
Umgibt ein Hauch der großen weiten Welt, hauptsächlich Qualm.

Sascha Sauerweck
Eine dissoziale Persönlichkeit, die beeindruckende Fähigkeiten hat.

Sophia Weissmüller
Apothekerin, die keinen Kontakt zu Männern pflegt, außer zu Mördern.

Trisha Tanzer
Besitzt Kühe und Schafe – Ziegen, Schweine und Hühner natürlich auch.

Wolfgang Schreckau
Der paranoide Briefträger mit vielen Ängsten und wenig Mumm.

Wen vergessen?

Hauptkommissar Brauer
Arbeitet an dem Fall seines Lebens.

Landrat Stuben
Fürchtet um seine Reputation.

Johanna Hirsch
Klatschtante, sonst nichts.

Bruno
Gott hab ihn selig!

Teil 1

Kapitel 1

Mike Sanger sagte niemals laut, dass er sich auf der Arbeit wohler fühlte als zu Hause. Er mochte die Belegschaftsbesprechungen nicht, aber das war noch lange kein Grund, sich nach seinem Zuhause zu sehnen. Er fand es nur ziemlich unsinnig, hier mindestens eine Stunde Plattitüden auszutauschen.

Offiziell waren diese Besprechungen wichtig, da es sonst kaum möglich war, sich vernünftig auf dem Gang miteinander zu unterhalten, obwohl man sich mehrmals täglich über den Weg lief. Allerdings bekam das gesprochene Wort und die damit verknüpfte Meinung überhaupt nur Gewicht, wenn es in diesem Raum stattfand.

Das Besprechungszimmer war so bewusst nichtssagend gehalten, dass die Veranstaltung mehr Charakter gehabt hätte, wenn sie auf dem Klo stattgefunden hätte. Falls es einen Ort gab, der dazu geeignet war, mit seinen Gedanken nicht abzuschweifen und sich auf das Wesentliche zu konzentrieren, dann war es hier. Heute jedoch gab es eine Lockerungskonferenz, was zumindest so viel Zündstoff versprach, dass Mike nicht gegen seine zufallenden Augen ankämpfen musste, wie das sonst regelmäßig passierte.

Lockerungskonferenz, das bedeutete nichts anderes, als darüber zu entscheiden, ob ein Bewohner seine Prognose insoweit verbessert hatte, um ihm kleine – aber sehr begehrte – Zugeständnisse an die Güte seines Aufenthaltes machen zu können. So hieß die offizielle Version. Im Klartext bedeutete das einfach, ob einer der Bewohner so weit aus seiner Station herauskam, um an Programmen teilzunehmen oder anderen Bewohnern an den Hintern fassen zu können. Da sie jahrelang nur Männer um sich hatten, verfiel man schon einmal auf solche Gedanken. Vor allen Dingen, wenn man es gewohnt war, Frauen nach dem Sex ins Jenseits zu befördern.

»Ich halte es nicht für vernünftig«, sagte Dr. Monika Berg, die Chefärztin des ärztlich-therapeutischen Dienstes. Mike zwang sich, wieder zuzuhören.

»Warum nicht?«, widersprach Ralf Stockschneider, Psychiater und gleichzeitig Oberarzt, nebenbei noch Freund von Mike. »Er hat sich wirklich gemacht. Die Medikamente haben ihm echt geholfen.«

»Die Medikamente haben ihm nicht geholfen, die halten ihn nur ruhig«, erwiderte Berg. »Ich weiß sowieso nicht, wie es einem Menschen helfen soll, Psychopharmaka gegen seine Veranlagung zu einzunehmen.«

Mike wusste das ehrlich gesagt auch nicht. Paul Kluge war als homosexueller Transsexueller in einem Männerkörper geboren, was von seinen Eltern mit einigem Entsetzen aufgenommen wurde. Sein Vater behandelte lieber nach der guten alten rezeptfreien Methode und versuchte, diese revolutionären Gedanken aus ihm herauszuprügeln, was einiges an Erfolg brachte, wenn auch nicht den, den man sich gewünscht hätte. Paul begann, sich selber zu hassen und kompensierte das auf die für ihn einzig vernünftige Weise. Er vergewaltigte und tötete Frauen. Als Souvenir nahm er ihre Haare mit, hielt es aber für einleuchtender, sie direkt zu skalpieren, als ihnen diese nur abzuschneiden. Mike fand in seinen Gesprächen später heraus, dass er einen Skalp besser gebrauchen konnte, quasi als Direkt-Toupet. Seine Eltern hatten ihm konsequent verboten, sich seine Haare einfach wachsen zu lassen, was das Problem vielleicht weniger blutig gelöst hätte.

Trotzdem war noch nicht konsequent logisch geklärt, warum er als Transsexueller Frauen vergewaltigen musste. Daher eindeutig für verrückt erklärt, bekam er Tabletten, damit er sich auch selber diesbezüglich keine Fragen mehr stellen musste.

»Ich meine nur, dass ich es nicht für sinnvoll halte, ihn wieder mit seinem Trauma zu konfrontieren«, sagte Berg. »Wer weiß, wie er sich verhält, wenn er langhaarige Frauen sieht. Auf Frau Goldschmidt reagiert er auch immer sehr negativ.«

»Wobei ich der Meinung bin, dass das eher an Frau Goldschmidt liegt«, erwiderte Ralf. »Wenn sie etwas hübscher und weniger nervig wäre, gäbe sich das vielleicht.«

»Mumpitz«, sagte Monika Berg. »Er steht doch nicht auf Frauen, wie sollte sich das dann geben?«

Mike fragte sich indes, wie man über Lockerungen für einen Patienten nachdenken konnte, wenn man noch nicht einmal verstand, was in seinem Inneren vorging. Er verlagerte sein Gewicht auf die andere Hälfte seines Hinterns und schlug die Beine übereinander.

»Fragen wir doch Herrn Sanger, wie er die Verfassung von Paul Kluge einschätzt.« Ralf wandte sich zu ihm. Alle Augen starrten ihn erwartungsvoll an.

»Nun ja.« Mike räusperte sich, hauptsächlich, um Zeit zu schinden. »Die Frage ist doch, soll er eine Lockerung bekommen, weil wir das wollen oder weil er das will.«

»Genau!«, rief Dörte Heckmann, die kleine, rundliche Oberschwester, in deren Nähe er sich immer ein bisschen fühlte wie auf einem schwankenden Kutter. Frauen, die ihn als sexuell begehrenswertes Wesen sahen, irritierten ihn. Daher traute er ihrem begeisterten Urteil weniger, als ihr lieb gewesen wäre und ignorierte den Zwischenruf zumindest fürs Erste.

»Nur weiter«, sagte Monika Berg aufmunternd.

»Ich meine, er ist glücklich hier«, fuhr Mike fort. »Er lebt in seiner kleinen Welt, in der man ihn weder verurteilt noch auslacht. Er hat nie den Wunsch geäußert, diese Klinik zu verlassen. Warum diskutieren wir jetzt darüber?«

»Weil wir überbelegt sind«, sagte Ralf betont geduldig. »Und weil er die anderen Männer angrapscht.«

»Davon habe ich nichts gehört«, warf Monika Berg dazwischen.

»Wie auch?«, entgegnete Ralf. »Welcher Mann erzählt denn seiner Ärztin oder irgendeiner anderen Frau, dass ihm im Dunkeln die Eier massiert werden?«

»Das halte ich jetzt nicht für so schlimm«, sagte Hud Maimun Maroun, der pädagogisch-pflegerische Leiter, bei dem für Ralf alleine für diese Kombination seines Namens mit dem Titel – auf den er übrigens großen Wert legte – eine Eiermassage durch Paul Kluge angemessen erschien.

»Nicht, wenn es meine Eier sind«, schnappte Ralf.

»Dann bleibt das Problem wenigstens überschaubar«, erwiderte Hud gelassen.

»Meine Herren!« Dr. Monika Berg klopfte nachdrücklich auf den Tisch. »Ich finde im Übrigen, Herr Sanger hat recht. Wir diskutieren hier über etwas, was vom Patienten weder gewollt noch gewünscht ist.«

»Das wird Dr. Mäuchel aber nicht freuen«, sagte Ralf. »Er hofft auf ein paar Entlassungen. Wie sollen die aber möglich sein, wenn wir für einen Patienten noch nicht mal ein paar Lockerungen beschließen können.«

»Wir besprechen das ein anderes Mal.« Monika Berg erhob sich halb von ihrem Stuhl und machte damit deutlich, dass die Sitzung für sie beendet war.

»Aber da gibt es doch sicherlich noch mehr Zeit zu verschwenden.« Ralf war angepisst, das konnte Mike deutlich sehen. »Wie viele Lockerungskonferenzen muss ich noch anregen, bis meiner Empfehlung einmal entsprochen wird?«

»So viele, bis ein vernünftiger Vorschlag kommt«, erwiderte Monika Berg und verließ den Raum, ohne sich noch einmal umzusehen.

Ralf machte hinter ihrem Rücken eine obszöne Geste, die von Dörte Heckmann mit Kopfschütteln geahndet wurde. Normalerweise konnte allerdings keine der Schwestern lange auf ihn böse sein, da er seinen durchaus vorhandenen Charme sehr freizügig an sie verteilte, was in Mikes Augen umso bewundernswerter war, da es sich zum Teil um Frauen handelte, die nicht nur im landläufigen Sinne nicht hübsch, sondern durchaus erschreckend waren.

Mike klappte seine Mappe zu und verließ gleichzeitig mit Dörte den Raum, was an der Tür eine kleine Kollision zur Folge hatte, die sie mit Kichern und einem neckischen Blick quittierte. Mike hoffte nur, dass er ihr nicht zu viel Futter für ihre Fantasie geliefert hatte, und eilte Ralf hinterher.

»Da hast du mir ja mal wieder toll geholfen.« Ralf ließ keinen Zweifel daran, dass Mike momentan in seinen Beliebtheitscharts recht weit unten rangierte.

»Was soll ich denn machen?«, fragte dieser. »Ich halte es wirklich nicht für deine beste Idee, Paul vor die Tür zu schicken. Keiner weiß, wie er reagiert, wenn er auf einmal neue Reize bekommt.«

»Du bist sowieso eine Memme, was das angeht.«

»Das hat gar nichts damit zu tun.« Mike wurde langsam stinkig. »Ich kann es nur nicht einsehen, einem Mann, der definitiv im Moment glücklich ist und sich anscheinend gefunden hat – was immer das auch wirklich bedeutet –, aus seiner gewohnten Umgebung herauszureißen und ihn mit neuen Ängsten zu konfrontieren.«

»Dann wäre er doch eher etwas für meine Spezialtherapie.«

»Deine Spezialtherapie? Dann wäre er ja beim Ku-Klux-Klan noch besser aufgehoben.« Mike teilte Ralfs Überzeugung so gar nicht.

»Meine Erfolge sprechen doch wohl für sich!«

»Wenn du damit meinst, dass wir ein paar echt hirnlose Idioten auf den Gängen schlurfen haben – soweit das hier überhaupt auffällt –, dann hast du wohl recht.«

»Weißt du, was dein Problem ist? Du bist für wissenschaftlichen Fortschritt nicht aufgeschlossen.«

»Wissenschaftlicher Fortschritt? Dass ich nicht lache! Das war schon nicht mehr Stand der Dinge, als Mengele noch seine Versuche gemacht hat.« Mike fühlte sich etwas schwindelig. Wie immer, wenn er mit seinem Kollegen redete.

»Was versteht ein Psychologe schon davon.« Ralf winkte ab.

»Zumindest so viel, dass ich es für ein recht riskantes Unterfangen halte.« Mike blieb gelassen bei Ralfs provokanter Bemerkung. Sein Team und er hatten als Psychologen nicht den leichtesten Stand in dieser Klinik, aber zumindest den am wenigsten strafbaren, wenn er sich ansah, was die Psychiater so trieben.

»Außerdem wäre ich wirklich dankbar, wenn ich nicht jedes Mal über deine Tauchausrüstung stolpern müsste, wenn ich dein Behandlungszimmer benutze. Was machst du hier überhaupt damit?«

»Ich kann nichts dafür, dass ihr Psychologen keine eigenen Behandlungszimmer habt«, erwiderte Ralf nicht ohne Logik.

»Ich weiß.« Mike seufzte. Sich als Psychologe immer unten auf der Rangskala platziert zu sehen, ging ihm zwar schon lange gegen den Strich, wurde aber erst richtig zum Problem, als ihr Aufenthaltsraum zum Pausenraum für die Sporttherapeuten umgewandelt wurde. Ein Umstand, den sie dem Klinikleiter Mäuchel zu verdanken hatten, der die Meinung vertrat, dass die Sporttherapeuten durch ihre schweißtreibenden Übungen diesen am ehesten verdient hätten und die Psychologen – seien wir doch mal ehrlich – ihr Butterbrot genauso gut am Schreibtisch essen könnten. Nachdem ihm etliche Male die Remouladensoße auf seine Akten getropft war, hatte Mike diese Versuche eingestellt und beschränkte sich seitdem auf Äpfel und Schokoriegel sowie einen mittäglichen Kantinengang.

»Du lenkst immer direkt ein. Das macht nun wirklich keinen Spaß.« Was es auch war, Ralf war nicht zufrieden damit.

»Ich lenke nicht ein, ich bin diplomatisch«, korrigierte Mike.

»Anscheinend ohne großen Erfolg«, sagte Ralf. »Du hast schon wieder einen blauen Fleck am Auge. Wie machst du das nur? Streifst du nachts durch die Kneipen und suchst Streit?«

»Quatsch.« Mike wurde es bei diesem Thema immer unbehaglich. »Zufall.«

Ralf betrachtete ihn prüfend.

»Aber du lässt dich hoffentlich nicht aus therapeutischen Gründen von unseren Früchtchen schlagen?«

»Natürlich nicht«, sagte Mike beleidigt. »Ich weiß, dass du von meinem Beruf nichts hältst, aber so bekloppt bin ich dann noch nicht.«

»Dann bin ich beruhigt. Sonst komm zum alten Ralf, ich habe schon die richtige Therapie für die Schäfchen.«

Er klopfte Mike aufmunternd auf den Rücken und schlenderte mit geradem Rücken und locker schwingenden Hüften den Gang entlang.

Eigentlich reichte Mike eine Besprechung pro Tag absolut aus. Er war froh, wenn er nach dem Mittagessen in der Kantine seine Einzelgespräche mit den Bewohnern in ihren Zimmern führen konnte. Eine Methode, auf die er für sich bestanden hatte und die nicht von all seinen Psychologen befolgt oder gebilligt wurde. Er wusste, dass er damit auch als Weisungsbefugter auf dünnem Eis wanderte, und ersparte sich die Demütigung, diese Maßnahme nachdrücklich anzuweisen und seine labile Autorität nachhaltig zu erschüttern.

Heute sollte er nicht zu seinen Gesprächen kommen. Dörte Heckmann, die Oberschwester, lächelte ihn an und ließ ihr Hinterteil auf den Stuhl gegenüber gleiten, zumindest sollte es nach gleiten aussehen. Ein Umstand, der ihr durch ihre unbestreitbare Körperfülle erschwert wurde, die er zwar sinnlich fand, die sich aber nicht für grazile Bewegungen eignete. Mike fühlte sich von ihr etwas erschlagen, was weniger mit ihrer Figur, sondern mehr mit ihrer mentalen Präsenz zu tun hatte. Sie hatte vor geraumer Zeit beschlossen, dass Mike auf ihrer Traummann-Skala ganz oben rangierte.

Es war eine Skala, auf der er sich im Laufe der Jahre schon bei mehreren Frauen befunden hatte. Allerdings hatte ihn noch keine so bedrängt. Das hielt ihn auch davon ab, sich nur einen kleinen Moment Schwäche zu gestatten, um seine Nase zwischen diese prachtvollen Brüste zu stecken. Erstens glaubte er keine Sekunde, Dörte Heckmann damit wieder loszuwerden. Sie war kein Dampfkessel, bei dem man den Überdruck ablassen musste, damit er wieder normal funktionierte. Zweitens konnte er sich nicht vorstellen, dass seine Frau Andrea dafür auch nur den Hauch von Humor aufbringen würde. Deswegen wurden Dörtes Träume nicht erfüllt und ihre Brüste blieben unbefühlt. Neuigkeiten brachte sie trotzdem.

»Wir haben gleich um zwei Uhr noch eine Konferenz«, sagte sie mit einer Stimme, mit der sie ihm Präservative für Safer Sex am Telefon hätte verkaufen können. Mike blickte sie verständnislos an, aber das lag nicht nur daran.

»Sitzung?«, fragte er ehrlich verdutzt. »Seit wann haben wir denn nachmittags auch noch eine?«

»Ja, komisch, nicht wahr?«, sagte sie eifrig, offensichtlich froh, sein Interesse geweckt zu haben. »Ich weiß auch nichts Genaues, aber die Bäcker hat angedeutet, dass es sich um eine brandheiße Sache handelt.«

Die Bäcker war die Sekretärin und ewiger Streitpunkt zwischen Dr. Manfred Mäuchel und Dr. Monika Berg. Es war nie zufriedenstellend geklärt worden, wessen Sekretärin sie war. Da allerdings beide von ihrer eigenen Wichtigkeit mehr als überzeugt waren, befand sich Katrin Bäcker in einem ständigen Sprint von einem Büro zum nächsten, was zwar nicht ihrer Laune, aber eindeutig ihrer Figur zuträglich war.

Kurz ging Mike durch den Kopf, ob Ralf es vielleicht mit seinen Elektroschocks etwas zu weit getrieben hatte, das war für ihn die einzige Erklärung für eine brandheiße Sache. Er schämte sich dafür, solche offenkundig dämlichen Überlegungen anzustellen, und verbot sich weitere Gedanken daran.

»Ganz großer Auflauf«, plapperte Dörte. Mike versuchte sich zu erinnern, ob sie durchgehend geredet hatte. Aber wahrscheinlich spielte es sowieso keine Rolle. Sie war wie eine Seifenoper. Auch wenn man eine Folge verpasste, bekam man jederzeit wieder den Anschluss. »Nicht nur unser kleiner Stab aus der Morgenbesprechung.«

Ein Knopf ihres Kittels hatte sich aus seinem Schlitz gelöst und gab den Blick auf hochgebundene Brüste frei.

»Dann bis später«, presste er zwischen den Lippen hervor. »Entschuldigung.«

Er verließ die Kantine fluchtartig.

Dörte hatte recht gehabt. Der Besprechungsraum platzte aus allen Nähten. Mike konnte sich nicht erinnern, ob er das schon mal gesehen hatte, aber er vermutete stark, so noch nie.

Normalerweise legte jeder hier sehr viel Wert auf seinen Sitzplatz. Jeglicher Versuch, den Platz eines anderen in Beschlag zu nehmen, hatte Restriktionen zur Folge, die sich schlimmstenfalls noch Monate über die Dauer der Konferenz hinaus erstreckten. Allerdings sah es so aus, als kämen pingelige Gemüter heute damit nicht weiter, dafür war einfach zu viel Personal anwesend.

Direktor Dr. Manfred Mäuchel räusperte sich, was allerdings den Zweck verfehlte und ihm statt Gehör ein freundliches »Gesundheit« aus den vorderen Reihen einbrachte. Leider hatte er von Natur aus sehr schwache Stimmbänder, die ihn im besten Fall zum optimalen Spießgesellen für einen delikaten Raub machten, aber auf der anderen Seite gerne von seinen Untergebenen unabsichtlich oder absichtlich ignoriert wurden. Er litt unter diesem Makel, was ihn aber nicht davon abhielt, seine Sekretärin Katrin Bäcker zu instrumentalisieren, indem er sie etwas unsanft auf den Rücken klapste. Diese klatschte ebenso unsanft in die Hände, aber nicht, ohne Mäuchel mit einem ebenso unsanften Blick zu bedenken.

Die Geräuschkulisse erstarb und Manfred Mäuchel räusperte sich erneut, diesmal aber, um den Anfang seiner Rede anzukündigen.

»Ich merke, alle sind gespannt«, sagte er. »Und ich kann Ihnen versichern – zu Recht!«

Mike fragte sich, ob er in der bedeutungsschwangeren Pause den ersten Applaus erwartete, der selbstverständlich nicht kam. Keinem hier wäre es auch nur im Traum eingefallen, freiwillig Applaus zu stiften, nicht einmal, wenn man ihnen die so geliebten hauseigenen Methoden – wie zum Beispiel die Elektroschocks – in Aussicht stellte.

»Ich habe heute Morgen eine Meldung hereinbekommen, die mich etwas beunruhigt, gelinde gesagt«, fuhr der Direktor fort. »Aber ich bin sicher, wir schaffen das!« Wieder so eine Applausfängerpause.

»Natürlich!«, rief ihm Jessica Zweig, die Psychotherapeutin, begeistert zu, bis ihr die neben ihr sitzende Marina Goldschmidt aus der Heilerziehungspflege anscheinend ins Ohr flüsterte, dass sie noch gar nicht wüssten, was überhaupt zu schaffen wäre. Puterrot sollte sie für den Rest der Versammlung den Mund halten. Ihr Faible für den Anstaltsleiter war allgemein bekannt.

»Über was sollen wir uns denn nun so enthusiastisch freuen wie unsere werte Kollegin Frau Zweig?«, fragte der pädagogisch-pflegerische Leiter Hud Maimun Maroun, der gebürtig aus dem Jemen kam, sich aber nach all den Jahren immer noch nicht ganz sicher war, ob es besser war, dort zu leben, als hier zu arbeiten. Unnütz zu erwähnen, dass Dr. Mäuchel ihn nicht mochte. Seiner Meinung nach trugen Dunkelhäutige nicht viel zu Vertrauensbildung bei, zumindest nicht in seiner Anstalt. Dass er trotzdem hier arbeitete, verdankte Hud seiner Kompetenz und nicht ganz einflusslosen Freunden.

»Wir bekommen Zuwachs, unsere kleine Familie wird größer«, sagte Manfred.

»Das brauchen wir auch dringend, wir sind doch sowieso komplett überbelegt«, murrte Leon Huber, der Ergotherapeut, leise, aber nicht leise genug.

»Das wird sich regeln«, sagte Dr. Mäuchel. »Da bin ich guten Mutes.«

»Wie soll sich das denn bitte regeln?«, fragte Ralf zu Recht irritiert. »Hängen wir die Bewohner wie Würstchen in den Windfang und holen sie erst wieder runter, wenn sie entlassen werden?«

»Herr Stockschneider, wie immer auf der richtigen Fährte«, sagte Dr. Mäuchel leutselig. »In den nächsten Wochen stehen bei unserem geschätzten Psychologen Herrn Sanger einige Beurteilungen an. Ich denke, dass uns da doch einige verlassen werden.« Er nickte Mike aufmunternd zu.

»Ich würde kein Geld drauf wetten«, zischelte Ralf zu Mike hinüber, der das ähnlich sah. »Auf jeden Fall nicht, wenn du so weitermachst wie heute Vormittag.«

»Aber selbst zehn neue Patienten rechtfertigen nicht solch einen Aufmarsch«, sagte Marina Goldschmidt, die gerne auf den Punkt kam.

»Das liegt daran, dass die Angelegenheit etwas delikat ist. Sie wird einiges an Wellen schlagen. Sagen wir mal, der Patient ist etwas außergewöhnlich.«

»Läuft er auf allen vieren – oder was? Herrgott, wer ist es?« Ralf verlor langsam die Geduld.

»Meine Sekretärin Frau Bäcker hat Ihnen ein Portfolio des neuen Bewohners erstellt, damit Sie sich über ihn und seine Vergangenheit informieren können.«

»Frau Bäcker ist meine Sekretärin«, sagte die Chefärztin Dr. Monika Berg und nahm ihr umgehend ein Exemplar aus der Hand.

Da es etwas dauerte, bis Katrin Bäcker sich durch den Raum geschlängelt hatte, war Dr. Berg schon mit dem Lesen der ersten Seite fertig, als die Letzten ihre Mappe aufschlugen.

»Henning Mansen?«, fragte sie mit einer Mischung aus Schock und Überraschung. »Wer hat sich so etwas überlegt? Also ich finde das äußerst geschmacklos.«

»Wer ist Henning Mansen?«, fragte die junge Sozialarbeiterin Nina Kohler schüchtern.

»Er ist ein Serienmörder, der vier Frauen auf dem Gewissen hat«, antwortete Jessica Zweig. Sie schüttelte den Kopf. »Also es ist schon etwas pietätlos. Oder was meint ihr?«

Sie wandte sich allgemein in die Runde, die ratlos schien, in Lachen ausgebrochen oder ganz allgemein teilnahmslos war, obwohl Mike da eher die Sehnsucht nach Feierabend vermutete.

»Was ist an Henning Mansen denn nun so dramatisch?«, fragte er ebenso wie Nina. »Recht merkwürdige Bewohner haben wir nun sowieso schon. Da scheint er keine große Ausnahme zu sein.«

»Ach ja, Herr Sanger, Sie sind ja nicht aus dieser Gegend«, sagte Dr. Mäuchel. »Henning Mansen kommt aus Frackhausen und hat den Ort auch nie verlassen, bevor er verhaftet wurde.«

»Oder einfacher gesagt, Mansens Opfer waren alle vier aus diesem Ort«, kürzte Ralf die Rede ab.

»Wow«, sagte Mike. »Das könnte Aufruhr im Dorf verursachen.«

»Und das jetzt, wo die Einheimischen sich gerade an uns gewöhnt haben«, erwiderte Dr. Berg.

»Ja, es ist schön, zum Einkaufen gehen zu können, ohne schief angesehen zu werden, weil man hier arbeitet«, pflichtete Jessica Zweig ihr bei.

»Ach, kann man das hier?«, fragte Hud und schien ernsthaft interessiert. »Da müssen Sie mich in Zukunft aber mal mitnehmen.«

Dr. Mäuchel hob die Hände, um eine ungeordnete Diskussion im Keim zu ersticken.

»Wir können das nicht ablehnen«, sagte er. »Mansen hat die letzten 15 Jahre im Gefängnis verbracht und wäre nun eigentlich in Sicherungsverwahrung. Dort hat man sich jetzt dafür eingesetzt, dass er doch besser in eine forensische Psychiatrie gehört.«

»Da werden sie auch recht haben«, sagte Monika Berg. »Aber warum nur hierher nach Frackhausen?«

»Es ist, wie es ist«, betonte Manfred Mäuchel ungehalten. »Wir übernehmen ihn und ich bestimme jemanden, der sich eingehend mit ihm beschäftigen wird.«

Die Blicke aller Psychologen im Raum irrten an der Decke oder auf dem Fußboden herum. Mike konnte es ihnen nicht verdenken.

»Herr Sanger, Sie werden Henning Mansen übernehmen, sobald er angekommen ist. Die Sitzung ist geschlossen. Herr Stockschneider, kommen Sie bitte in mein Büro.«

Ohne eine Antwort abzuwarten, quetschte Mäuchel sich Richtung Tür aus dem Raum.

Kapitel 2

Frackhausen war ein schönes Dorf – gewesen.

Vor sechs Jahren hatte man die Möglichkeit, am Landeswettbewerb für das schönste Dorf Nordrhein-Westfalens teilzunehmen. Das versetzte alle Einwohner in rege Betriebsamkeit. Sie schnitten Sträucher zu Tierfiguren und stutzten Hecken zu kauernden Zwergen, denen man das Etikett *schön* anhaftete, obwohl keiner sagen konnte, wer und warum einer so etwas schön fand. Trotzdem war Leben in eine Gemeinde gekommen, die eigentlich zäh vor sich hin dümpelte und sich jeden Tag länger um etwas betrogen fühlte, was sich weder aussprechen noch näher betiteln ließ.

Der Wettbewerb war die Gelegenheit gewesen, aus diesem Einheitsbrei von über hundert vergleichbaren Gemeinden auszubrechen und so zu etwas Besonderem zu werden. An der Besonderheit mangelte es auch jetzt nicht, obwohl sie heute anders war, als man sich das vorgestellt hatte.

Es war auf jeden Fall eine besonders erboste Einwohnerversammlung, die versuchte, sich gegen den Bau einer forensischen Psychiatrie zur Wehr zu setzen. Aber was man ihnen nicht mitteilte, war, dass das Vorhaben vom Land schon längst entschieden wurde, nachdem der Ministerpräsident des Landtages äußerst entspannt nach einem ausgedehnten Karibikurlaub wieder zur Arbeit kam und sich für diesen Bau aussprach. Die Tatsache, dass er für drei Ex-Frauen und vier Kinder bezahlen musste, ließ Zweifel an seiner Rechtschaffenheit und seiner Gesinnung aufkommen, was sich aber weder beweisen noch widerlegen ließ.

So kämpften Frackhausens Bürger einen aussichtslosen Kampf, bei dem zumindest der Einsatzwille und die gemeinsame Entschlossenheit gestärkt wurden, auch wenn es mit den Bürgerrechten nicht so genau genommen wurde. Getreu nach dem Motto *Opium für das Volk* von Karl Marx bescherte man ihnen zwar keinen Papstbesuch, nicht einmal einen Kirchentag, damit sie sich wenigstens in dieser Sparte als Sieger fühlen konnten, man bot ihnen aber etwas, was zumindest genauso gut erschien. So kamen sie zu einer sinnbefreiten Installation eines Künstlers, die absolut keiner brauchte, wogegen eine Kindertagesstätte oder ein Jugendheim sicherlich mehr Sinn gegeben hätte. Aber sie sah gut aus, wurde mit einer entsprechenden Zeremonie enthüllt, brachte Frackhausen in die Zeitung und kostete sündhaft viel Geld.

Die Einwohner zeigten sich versöhnt und waren zufrieden damit, dass sie über die Kreisgrenzen hinaus berühmt wurden, auch wenn diese Berühmtheit nicht länger anhielt als die Lokalsendung, in der sie besprochen wurde.

Das war allerdings auch gar nicht nötig, da der Bau der forensischen Klinik weitaus mehr Medieninteresse hervorrief, als es sämtliche Skulpturen im Landkreis zu leisten vermochten, mochten sie auch noch so obszön sein. Das Land empörte sich stellvertretend für Frackhausen, das nicht willens war, eine Bürgerinitiative zu bilden, die diesem Treiben Einhalt gebieten sollte. Aber der Protest beruhigte sich so schnell wieder, wie er aufgeflammt war, da man sich ziemlich dämlich vorkam, für jemanden zu kämpfen, der das nicht wollte. Dieses Herzblut brachten dann nicht einmal die verbissensten Hassprediger auf, womit Frackhausen schnell wieder aus dem Fernsehen und somit auch aus dem öffentlichen Interesse abrückte.

Zudem machte sich die Bevölkerung noch nicht die größten Sorgen. Da fast alle hier ein Eigenheim besaßen, kannten sie die Amtswege der Baubehörden, die zwar wie in einem Labyrinth irgendwann zum Ziel führten, aber auch nur, wenn man sich konsequent rechts hielt. Einige glaubten daher aufgrund ihres Alters nicht, dass sie den Bau wirklich noch erleben würden, obwohl man den Einwohnern von Frackhausen laut Statistik keine außergewöhnlich hohe Sterbequote unter 75 Jahren zubilligte.

Aber hier täuschte man sich. Die Bagger rollten nach knapp vier Monaten an, nachdem die Baupläne bekannt geworden waren, und wenn jetzt noch einer einen Zweifel an der fehlenden Integrität des Landtags hegte, war dieser nun zu spät und damit überflüssig. Der Bürgermeister machte zwar einen verzweifelten Versuch, Autorität zu beweisen und den Angriff aus dem Hinterhalt ins Positive zu verwandeln, konnte aber auch nur konstatieren, dass das Leben denjenigen bestrafte, der zu spät kam. Für ihn wurde weder Geld noch Urlaubsreise lockergemacht.

Frackhausens frenetische Freude an seiner verwirrenden Installation war mittlerweile ebenfalls abgeflacht, vor allen Dingen als man feststellte, dass diese bei Regen die unangenehme Eigenschaft besaß, Kupfersulfat in den Dorfbach zu spülen, um dort alle Fische mit dem Bauch nach oben schwimmen zu lassen.

Von etwas betrogen, was sie in Wirklichkeit nie besessen hatten, fielen sie in ihre gewohnte Lethargie und beäugten den Bau der Klinik wie das Vieh das Schlachthaus. Keiner wusste wirklich, was auf ihn zukam. Daher hielt man es für die beste Taktik, abzuwarten, was sicherlich sehr abgeklärt und vernünftig wirkte, wenn man diese Entscheidung bewusst getroffen hätte.

Die forensische Psychiatrie kam und blieb. Frackhausen wurde nicht das schönste Dorf des Jahres im Wettbewerb und sollte auch nie wieder eine Chance bekommen, es zu werden. Aber die Zeit spülte Bedenken weg, die hohen Mauern nahm man nicht mehr wahr und bedauerte auch nicht länger, dass keine Hecken oder Sträucher mehr standen, aus denen Zwerge oder Tierfiguren geschnitten werden konnten.

Kapitel 3

Der Anstaltsleiter war nicht Ralf Stockschneiders bester Freund, so viel war sicher, aber trotzdem sonnte Ralf sich in der Gewissheit, dass seine Kenntnisse und seine Einschätzungen bei ihm gefragt waren.

Dr. Mäuchel selbst hatte sich aus dem Tagesgeschäft zurückgezogen, nachdem er einen Patienten so lange therapiert hatte, dass dieser nach seiner Entlassung sofort dem nächstbesten Passanten auf der Straße über den Schädel schlug, da ihm seine Stimmen suggeriert hatten, er müsse es tun, um das Bild aus dem Kopf zu bekommen. Was für ein Bild, wurde man nie gewahr und der Anstaltsleiter hüllte sich in Schweigen. Fest stand jedoch, dass er danach nie wieder praktizierte.

»Kommen Sie herein«, wedelte Mäuchel ihm mit der Hand zu, als er den Kopf durch seine Bürotür steckte.
Mäuchels Büro war eine Hommage an große Geister, das mit den schweren Eichenmöbeln und der erschlagenden Bücherwand eine Kompetenz und ein Wissen ausstrahlte, dem der Inhaber nicht gerecht werden konnte.

Ralf setzte sich vorsichtig, ohne eine Einladung abzuwarten. Die Sessel vor Mäuchels Schreibtisch waren extrem tief, sodass sich ein großer Mann wie Ralf schnell die Knie in seinen Bauch rammte, wenn er nicht aufpasste.

»Was halten Sie von meiner Einschätzung?«, fragte Dr. Mäuchel.

Ralf überlegte, was er meinen könnte, gab aber auf.

»Was haben Sie denn wann eingeschätzt?«, fragte er daher.

»Herr Stockschneider, wir waren doch bei derselben Besprechung?«

»Schon, aber von einer Einschätzung habe ich da nicht viel gemerkt.«

Dr. Mäuchel kniff die Augen zusammen und beobachtete Ralf. Dieser versuchte, unschuldig auszusehen. Normalerweise hackte er gerne auf dem Direktor herum, aber heute hatte er noch zu viel zu tun, um sich das Vergnügen zu gönnen.

»Ich meine natürlich meine Entscheidung, Herrn Sanger mit der Therapie von Henning Mansen zu betrauen«, sagte dieser dann leicht gereizt.

»Oh, das. Ja, das war eine gute Entscheidung«, pflichtete Ralf ihm bei und meinte es auch so.

»Ja, nicht wahr?«, sagte Manfred selbstgefällig. »Ich war erst nicht sicher. Herr Sanger steckt immer sehr viele Emotionen in seine Fälle. Aber genau das könnte hier richtig sein.«

»Möglich«, erwiderte Ralf vorsichtig, der sich erstens nicht sicher war, was Mäuchel eigentlich meinte, und sich zweitens nicht eines weiteren Massakers schuldig machen wollte, wenn dieser mit seiner Prognose falsch lag. Er entschied sich für Diplomatie, was zwar gegen seine Natur war, aber seine Sympathie für Mike auf sichere Füße stellte.

»Michael Sanger ist der beste Psychologe, den wir haben«, fuhr er daher fort. »Wenn einer etwas aus diesem Fall machen kann, dann er.«

»Ja, nicht wahr?«, sagte Mäuchel wieder, was Ralf nervte. Es war seine Lieblingsphrase und er benutzte sie gern und oft.

»War's das?«, fragte er jetzt mehr als nur ein bisschen gereizt.

»Natürlich, ich wollte meine Entscheidung nur noch einmal von einem kompetenten Psychiater bestätigt wissen«, sagte Dr. Mäuchel. »Und Dr. Berg, Sie wissen ja. Sie hat dann wieder Oberwasser, und das wollen wir ja unbedingt vermeiden.«

»Unbedingt«, erwiderte Ralf mit undurchdringlicher Miene. Mäuchel blickte ihn wieder prüfend an, konnte aber wohl nichts erkennen.

Sie erhoben sich gleichzeitig und gingen zur Tür, wo sich Ralf nach einem kaum sichtbaren Gerangel den Vortritt verschaffte.

Sie traten auf den Gang und gingen Richtung Station. Mäuchel wandte sich rechts zur Männertoilette und öffnete die Tür, wo Susanne Stockschneider gerade am Waschbecken in einer delikaten Klemme mit Vivaldo Piccio, dem Sporttherapeuten, steckte.

»Nicht doch!«, rief Mäuchel genervt. »Warum suchen Sie sich eigentlich nie Stellen, wo man nicht förmlich über Sie stolpert?«

Er schlug die Tür wieder zu und setzte seinen Weg zu den Stationen fort.

Ralf hätte das auch gerne gemacht, sah sich aber verpflichtet, seine Frau zur Räson zu rufen. Er öffnete die Tür. Vivaldo nickte ihm zu, suchte aber trotzdem schnell das Weite. Er knöpfte sich im Laufschritt wieder seine Jeans zu.

Susanne ließ sich mehr Zeit. Sie richtete sich auf und zog ihren Slip hoch. Der lange, weite Rock fiel wieder zurück bis auf die Höhe der Knie. Sorgfältig strich sie die Rockfalten glatt.

»Mein Gott, Susanne, im Männerklo!«, sagte Ralf aufgebracht. »Wie wäre es denn mal mit etwas mehr Klasse.«

»Ich weiß nicht, was du meinst«, erwiderte Susanne. Sie sah nicht zufrieden aus, was Ralf insoweit verstehen konnte, da ihr sicherlich der heiß begehrte Orgasmus verwehrt geblieben war.

»Komm raus da, ich habe dir einiges zu sagen«, forderte er sie auf.

»Dann komm du doch lieber rein«, entgegnete Susanne, die sich sicherlich nicht vorstellen konnte, dass ihr Mann ihr auf dem Flur eine Szene machen wollte. So war es dann auch. Ralf ging hinein und schloss die Tür.

»Wir haben uns doch auf etwas geeinigt«, sagte er. »Keine Eskapaden in Räumlichkeiten, die regelmäßig von Publikumsverkehr frequentiert werden.« Es reichte ihm schon, dass seine Frau das wurde.

»Ich wollte die Gelegenheit nicht verstreichen lassen. Es war einfach zu verlockend.«

»Vielen Dank. Du weißt, wie sehr ich das hasse, vor dem Mäuchel blamiert zu werden.«

»Konnte ich ahnen, dass der jetzt gerade hereinkommt?«

»Susanne, das ist das Klo, das am nächsten an seinem Büro liegt. Ja, ich finde, ein bisschen hätte man das ahnen können. Und wir hatten uns ebenfalls darauf geeinigt, die Finger von meinen direkten Kollegen zu lassen.«

»Aber die vom Reinigungspersonal arbeiten auf Zeit. Da ist kein Platz für eine kleine Entspannung. Ich habe es versucht, aber es wird dann schon sehr hektisch.«

Ralf fand das eine nette Umschreibung dafür, dass die Männer sicherlich hinterher die Zunge aus dem Hals hängen hatten, um ihr Pensum danach überhaupt noch zu schaffen. Eines musste man Susanne zugestehen, sie hatte die Gabe, es nie schmutzig klingen zu lassen, ganz egal, wie schmutzig es auch aussah. Das lag wahrscheinlich daran, dass sie an das glaubte, was sie tat.

»Ist mir egal«, sagte er dennoch. »So geht das nicht. Alle Kollegen halten mich schon für ein Weichei. Unsere Patienten genauso. Was ich von der Seite schon für Vorschläge bekommen habe, davon will ich gar nicht reden!«

Das war seinerseits eine nette Umschreibung, denn Tipps von Vergewaltigern und Mördern zu bekommen, war nicht jedermanns Sache. Vor allen Dingen nicht, wenn man einen schwachen Magen hatte.

»Du sagst doch immer, es wäre kein Problem, wenn ich meinen Appetit stille.« Susanne schmollte.

»Das wird aber zum Problem, wenn du dich alle naselang dabei erwischen lässt. Etwas Diskretion wäre wirklich ein Traum.«

»Ich versuche es.« Susanne lenkte ein.

»Danke«, seufzte Ralf erleichtert. Er war froh, dass seiner Frau nicht der Gedanke kam, er wäre für ihre Befriedigung zuständig. Dann hätte er ein echtes Problem, das sich auch mit diversen Potenzpillen nicht beheben ließe. Es war eine Sache, vor seinen Kollegen als Verfechter einer offenen Beziehung zu gelten, wenn es auch keiner so wirklich nachvollziehen konnte, aber der Stempel Impotenter Versager war sicherlich schlimmer.

»Ich mach dann mal weiter«, sagte er und küsste Susanne auf die Wange. Auf den Mund hielt er nicht für angebracht, da er nicht wusste, an welchen Stellen sie diesen vorher hatte.

Er drehte sich an der Tür noch mal um und sah, wie seine Frau ihre Bluse wieder zuknöpfte. Das beruhigte ihn ein wenig.

Kapitel 4

Die Einwohner von Frackhausen hatten nicht viel übrig für Mord. Vor allen Dingen nicht für Mord in ihrer eigenen Gemeinde. Auch wenn sie mittlerweile durch die forensische Psychiatrie einige Übung mit Gewaltverbrechen hatten. 15 Jahre zuvor traf unkalkulierbare Gewissenlosigkeit eines Psychopathen auf unbedarfte Kleinkariertheit, die der Meinung war, ein Krieg am Gartenzaun wäre das Einzige, was den Dorffrieden nachhaltig zerstören könne. Es sollte sich bald herausstellen, dass der Mord an vier Frauen ebenfalls dazu in der Lage war.

Obwohl das Geschehene natürlich schrecklich war, ließen sich unter der moralinsauren Fassade nicht alle Stimmen verbergen, die lauteten, dass es diese vier Ehefrauen durch ihren gewaltsamen Tod besser getroffen hatten, als sie es zu Lebzeiten jemals hatten. Die dazugehörenden Ehemänner machten ihnen das Leben mehr zur Hölle als ein kurzer Schlag von einem angehenden Serienmörder. Keiner war überrascht, dass sich das nachher als das wahre Motiv von Henning Mansen herausstellte.

Mansen wurde verurteilt und die trauernden Ehemänner konnten das Gericht nicht mit dem hoch erhobenen Haupt verlassen, wie es eigentlich geplant war, da alle Welt nun wusste, was nur zuvor keiner laut ausgesprochen hatte. Obwohl alle vier von dem Verdacht eines Mordes öffentlich befreit waren, blieb ein Nachgeschmack, den sie nach 15 Jahren immerhin in Ansätzen abgelegt hatten.

Da Neuigkeiten umso schneller die Runde machten, je mehr man sie geheim halten wollte, wussten die Witwer als Erste von der großen Neuigkeit, dass Henning Mansen an die Stätte seines Wirkens zurückkommen würde.

Daher war es nur zu verständlich, dass der Unmut über Henning Mansens Verlegung nach Frackhausen hier seinen

Ursprung nahm, um sich wie ein Geschwür über den Rest der Gemeinde zu verteilen.

Kapitel 5

Mike ahnte nichts von den Sorgen außerhalb der Klinikmauern, sie wären ihm in seiner momentanen Lage auch sicherlich egal gewesen.

Eigentlich wollte er mit Paul Kluge am Nachmittag über das Ergebnis der Lockerungskonferenz sprechen. Dieser hatte schon einen Tag vorher Bedenken geäußert, gezwungen zu werden, die Klinik zu verlassen. In Anbetracht seiner eigenen Probleme sah er es allerdings als legitim an, den Frauenmörder nicht aufzusuchen, für den es eine Erleichterung bedeutete, die Klinik nicht verlassen zu müssen. Ihn einen Tag länger über den Ausgang der Konferenz im Unklaren zu lassen, hielt Mike für einen gerechtfertigten Preis dafür, dass Paul sich mit seiner Persönlichkeit nicht auseinandersetzen musste, dass man draußen keine Frauen ermordete und skalpierte.

Mike hielt das zwar nicht für besonders nett, aber dennoch fair. Allerdings war er sich nicht sicher, ob fair das Kriterium war, das man bei einem verurteilten Mörder als Behandlungsansatz sehen würde.

Ihm war klar, dass er bei Henning Mansen im Fokus stand. Nicht, dass seine Taten so überaus grässlich waren, im Gegenteil, Mike hielt die schnörkellose Art, seine Opfer mit einem gezielten Hieb einfach zu erschlagen, nicht nur für kurz und schmerzlos, sondern auch für eine wohltuende Abwechslung zu den anderen Gräueltaten, die sich ihm hier so offenbarten.

Allerdings wusste er, dass sich Mansen in den 15 Jahren seiner Inhaftierung ausdauernd mit seiner Person und seiner – damals noch nicht erkannten – Störung sowie allen möglichen anderen Störungen beschäftigt hatte, was ihm dort nicht nur den Spitznamen *Professor* einbrachte, sondern auch seinen Wissensschatz derart erweitert hatte, dass Mike sich schon in einem schnellen und unschönen Wettkampf der

Psychotherapie sah, den er sicherlich nicht gewinnen konnte.

Er spielte mit seinem Kugelstoßpendel. Das *Klick-klack* der Kugeln beruhigte ihn zumindest mehr als ein Blick durch das schmale Fenster des Büros, durch das er unmittelbar auf die Außenmauer des Geländes sehen konnte. Nirgendwo in dieser Klinik wurde er sich seiner Rangfolge im Rudel des Personals mehr bewusst als hier.

Dass es sich dabei einfach nur um eine unglückliche Baumaßnahme und um keinen persönlichen Affront gegen ihn handelte, dass die über fünf Meter hohe Mauer direkt an seinem Bürofenster vorbeiführte, konnte ihn nicht trösten. Allerdings blieb zu beurteilen, ob der Blick der Psychiater auf den Innenhof, von dem aus sie von den Patienten angestarrt und veralbert wurden, ein besserer Tausch war.

Mike stellte fest, dass es trotz der großen Neuigkeit, bald einen dorfberühmten Serienmörder zu therapieren, keinen Grund gab, zu spät nach Hause zu kommen und sich den Zorn seiner Frau Andrea zuzuziehen. Das eine blaue Auge war genug.

Das Schwesternzimmer hatte einiges Gute zu bieten. Es besaß eine freundliche Atmosphäre, bequeme Korbstühle und Pflanzen, die einen Raum anscheinend immer irgendwie wohnlicher wirken ließen, obwohl keiner so genau sagen konnte, warum das so war.

Es hatte nur einen nennenswerten Nachteil, der allerdings auch nur für eine Person zum Problem wurde. Mike konnte sich nicht einfach vorbeischleichen, wenn er nach Hause ging, sodass Oberschwester Dörte Heckmann ihn bereits im Visier hatte, wenn er die Treppe hochkam, und keine Gelegenheit verstreichen ließ, ihn in ein Gespräch zu verwickeln. Die krampfhaft fachbezogenen Gespräche dienten einzig und allein nur dem Zweck, ihn möglichst lange in ihrer Nähe zu halten. Eine Tatsache, derer Mike sich eine Zeit lang nicht bewusst war und die ihm dementsprechend viel Spott seiner Kollegen eingebracht hatte.

Irgendwann hatte Schwester Dörte sich entschieden, in Mike ihren Traummann zu sehen. Mike fand es allerdings mehr als verwunderlich, über vier Jahre an einem Menschen vorbeizulaufen, um ihn dann auf einmal als die Erfüllung eines Traums zu betrachten, den man vorher nicht geträumt hatte. Gelesen hatte er wohl davon, aber zwischen Mördern und Vergewaltigern kam das nicht so oft vor.

Schwester Dörte war mit Sicherheit eine Ausnahmeerscheinung in ihrem Berufsstand. Ihre weiblichen Rundungen barsten aus ihrem Kittel, obwohl der Rest der Schwestern schon in Zweiteilern wie Kasack und Hose unterwegs war.

Leider sah sich die Bekleidungsfirma nicht in der Lage, entsprechende Arbeitskleidung für Schwester Dörte heranzuschaffen. Als Letztes blieb nur die Option einer maßgeschneiderten Garnitur, deren Ausführung Dr. Mäuchel allerdings mit der Bemerkung im Keim erstickte, sie seien nicht bei Karl Lagerfeld und die Oberschwester solle ihren Körper gefälligst auf ein vernünftiges Maß zusammenschrumpfen.

Trotzdem hing ihr etwas Sinnliches an, denn das Fleisch war nicht fahl und adrig, sondern offensichtlich weich, warm, üppig und leicht gebräunt. Vorzüge, die Mike durchaus zu schätzen wusste, leider aber viel zu selten zu sehen bekam. Andrea mochte alles Mögliche sein, sicherlich aber war sie nicht weich und warm. Ein Makel, der sich leider auch bis zu ihrem Inneren erstreckte.

Wie üblich überkam ihn der Wunsch, nach hinten auszuweichen, als Schwester Dörte auf ihn zukam. Er war nicht gut in Physik gewesen, aber ihm schwebte etwas im Kopf herum über die Trägheit der Masse und er vermochte sich nicht die Auswirkungen auf seinen zwar sportlichen, aber trotzdem schlanken Körper auszumalen.

»Dr. Sanger.« Dörte legte so viel Timbre in ihre Stimme, dass Mike das Gefühl hatte, die Trennscheiben zum Schwesternzimmer fingen jeden Moment an zu schwingen.

»Ich bin kein Doktor«, sagte er wie immer, was Dörte nicht abhielt, ihn immer so zu nennen und Mike sich wie den Protagonisten eines Arztromans vorkommen zu lassen. Schöner Doktor liebt beleibte Oberschwester, genau so etwas würde ihm noch fehlen. Wenn er über seine Frau Andrea nachdachte, kam ihm eher die Schlagzeile *Untreuer Psychologe liegt morgens tot im Bett* in den Sinn.

»Ach.« Dörte winkte ab. »Sie wissen doch genau, dass das für mich keine Rolle spielt. Sie sind unser Doktor der Herzen.«

»Hm«, sagte Mike unbestimmt. Aber er bezweifelte, dass es einem Bewohner wie Fabian Krüger, der seine sexuelle Befriedigung nur mit Leichen erlangte, seien sie ausgegraben, gestohlen oder selbst erlegt, in den Sinn kommen würde, ihn den Doktor der Herzen zu nennen.

»Zumal Sie jetzt diese große Aufgabe übernommen haben.« Dörte ließ sich sein von ihr bestimmtes Heldentum nicht madig machen.

»Sie sollten das nicht überbewerten.« Mike versuchte, lässig zu klingen. »Für mich ist er ein Patient wie alle anderen auch.«

»Natürlich sehen Sie das so, Sie sind ein Profi«, sagte Dörte. »Und Sie bringen keine Emotionen in diesem Fall mit. Das ist Ihr Vorteil. Aber glauben Sie mir, ich bin auch aus dieser Gegend und mir läuft ein Schauer über den Rücken!«

»Aber Sie sind doch gar nicht verheiratet«, sagte Mike unvorsichtig. »Soviel ich weiß, brachte er nur verheiratete Frauen um.«

»Das ist aber doch nun wirklich nicht meine Schuld.« Sie schien ernsthaft verletzt, kein Opfer von Mansen geworden zu sein, weil sie den Makel einer unverheirateten Frau trug. »Dann seien Sie doch froh.« Mike war ernsthaft irritiert und blickte sich um, weil er sich Erlösung von irgendeiner Seite erhoffte. Aber Störungen kamen nie, wenn man sie so dringend brauchte.

»Dr. Sanger, eine Frau ist nie froh, wenn sie verschmäht wird, auch nicht von einem Serienmörder.«

»Herr Sanger bitte, Schwester Dörte«, erwiderte Mike verzweifelt und hoffte, nicht in dem Tümpel weiblicher Unlogik unterzugehen. Außerdem war ihm Dörte nun beunruhigend nah gekommen. Sie roch nach Parfüm. War das überhaupt erlaubt? Er hatte noch nie Parfüm bei den Schwestern gerochen, es sei denn, sie waren lebensmüde.

Der letzte Fall dieser Art lag schon fünf Jahre zurück, vor seiner Zeit, als ein Bewohner die Kontrolle verlor, nachdem ihn eine nach Parfüm duftende Schwester im Behandlungszimmer mit freundlichem Nachdruck zwang, seine Kleidung für eine Untersuchung durch einen Allgemeinmediziner abzulegen. Leider hatte dieser Bewohner schlechte sexuelle Erfahrungen mit seiner Mutter, die in seiner Kindheit die Angewohnheit hatte, genau mit diesem Parfüm ins Badezimmer zu kommen, wenn er in der Wanne lag, und ihm die Pflichten abzufordern, für die eigentlich sein Vater zuständig war.

Dieser Vorfall wurde nicht großartig thematisiert, sodass selbst Mike als Mitglied des ärztlichen Teams Schwierigkeiten hatte, die Hintergründe in ihrer ganzen Tragweite zu verstehen. Seitdem geisterte eine obskure Anweisung durch Dr. Mäuchel herum, Duftsorten aus den 60ern, 70ern und zur Vorsicht auch noch 80er-Jahren zu vermeiden, da er nicht für die Folgen negativer Erinnerungen zur Rechenschaft gezogen werden wollte.

»Aber seit Sie da sind, habe ich wieder Hoffnung«, sagte Dörte.

»Worauf?« Mike wusste nicht, ob er vielleicht den Faden verloren hatte.

»Dass eine Frau doch das bekommen kann, was Sie sich insgeheim wünscht.«

»Das Opfer eines Serienmörders zu werden?«, fragte Mike hilflos, der sich mittlerweile hoffnungslos überfordert fühlte.

»Nein, natürlich nicht.« Dörte lachte kehlig. »Jemand zu sein, der zu Henning Mansens Opfertyp gehört.«

»Also, jetzt wird's pathologisch«, murmelte Mike und drängte sich recht unsanft an Dörte vorbei in die Richtung, in der ihm der Flur zum Ausgang wie ein Rettungsboot erschien.

Die nächste Hürde erwartete Mike, denn er musste nach Hause, und dahin ging er gar nicht gern. Außerdem fand er vier anstrengende Ereignisse an einem Tag unfair und eindeutig zu viel des Guten. Der normale Wahnsinn, den er jeden Tag erlebte, war an sich schon genug, wenn man diesen aber dann noch mit zwei Besprechungen und nicht angebrachtem Interesse an seiner Person würzte, das konnte einen Mann schon fertigmachen. Ganz abgesehen davon, was einen zu Hause noch erwartete.

Andreas Tag hatte heute auf jeden Fall schlechter begonnen als sonst sowieso schon, ein Umstand, dem er ein völlig blaues Auge verdanken würde, wenn er sich nicht noch instinktiv zur Seite gebeugt hätte. Die Tage seiner Frau fingen immer häufiger so an, was nicht nur seinen Seelenfrieden nachhaltig störte, sondern auch die Anzahl des Geschirrs drastisch reduzierte. Mike hatte es langsam satt, dass kein Teller und keine Tasse mehr zusammenzupassen schienen, da sie langsam all das Geschirr aufbrauchten, das sie zu ihrer Hochzeit geschenkt bekommen hatten.

Er wohnte ungefähr zwei Kilometer von der Klinik entfernt, was ihn am Anfang dazu veranlasst hatte, mit dem Fahrrad zur Arbeit zu fahren. Als Andrea aber immer mürrischer und somit auch gewalttätiger wurde, zog er es vor, die Strecke zu laufen. So konnte er das Haus früher verlassen und ebenso später wieder zurückkehren.

Erst hatte er versucht, länger auf der Arbeit zu bleiben, was aber einiges an Misstrauen hervorrief. Anfangs wurde er von den Reinigungskräften noch toleriert, zumal er immer höflich seine Beine hochhob, damit man auch vernünftig unter seinem Stuhl wischen konnte. Als es dann aber anscheinend zu einem Dauerarrangement werden sollte, gingen diese auch auf die Barrikaden, zumal es schwierig wurde, noch das ein oder andere mitgehen zu lassen, wenn er überall unvermittelt auftauchte wie Hamlets Geist. Das hatte zur Folge, dass sie sich einhellig bei Dr. Mäuchel beschwerten, der sich selber von seiner Anwesenheit überzeugte, indem er abends unvermittelt den Kopf in sein Büro steckte.

Dr. Mäuchel lobte ihn leutselig für seinen Einsatz, zumal ihm die Nöte der Reinigungskräfte herzlich egal waren, wurde aber dann ebenfalls nervös, da Mike so gar nichts tat, dieses unnatürliche Verhalten zu beenden, bis sich auch Mäuchel in seinen Unterhändler-Geschäften eingeschränkt sah. Er fand sich nicht mehr in der Lage, unbeobachtet von Menschen mit Verstand diverse Vorräte an Medikamenten und medizinische Geräte aus der Klinik zu schaffen, um sie auf dem Universitätsparkplatz in der benachbarten Stadt an den Mann zu bringen.

Mäuchel wehrte sich, indem er nach 17 Uhr in diesem Gebäudeteil die Heizung abstellen ließ, um ihm seinen Aufenthalt so frostig wie möglich zu machen, was mitten im Winter keine große Kunst war. Den Beschwerden der Putzfrauen begegnete er damit, sie sollten sich gefälligst warmarbeiten und man könne nicht alles haben.

Kurz gesagt, Mike machte sich mit seinem Verhalten sehr schnell dermaßen unbeliebt, dass er es vorzog, lieber wieder nach Hause zu gehen, wo er zwar ebenfalls nicht beliebter, aber zumindest im Warmen war.

Sie hatten das Haus vor fünf Jahren gekauft, als Mike die Anstellung in der Klinik bekam. Mike konnte sich mit dem apricotfarbenen Spießertraum nicht so recht anfreunden, zumal er die Farbe nicht leiden konnte. Andrea war zu Recht begeistert, denn es war so gut wie neu und lag günstig. Da der Wunsch, nach Frackhausen zu ziehen, allgemein recht begrenzt war, falls man nicht gerade in der Klinik arbeitete, war es nicht allzu teuer, zumal es zwangsversteigert wurde.

Mike beugte sich allerdings eher dem häuslichen Frieden als der Logik, obwohl beides etwas für sich hatte. Er hätte sich gerne gegen die Logik durchgesetzt, gegen seine Frau hatte er aber nicht die allerleiseste Chance. Es war zwar noch nicht so schlimm wie heute, er ahnte aber damals schon, dass ihr Verhalten noch steigerungsfähig war. Im Endeffekt war ihm seine körperliche Unversehrtheit wichtiger als ein hässliches Haus.

Er schloss die Haustür auf, streifte seine Schuhe sorgfältig auf der Türmatte ab, hängte seine Jacke auf den Bügel und stellte seine Tasche in den Flurschrank. Das war eine der Anweisungen, deren Einhaltung Andrea konsequent verfolgte und Verstöße entsprechend ahndete.

Mike hielt die Beurteilung der korrekten Befolgung insgeheim allerdings für reine Willkür, deren Regeln beinahe täglich geändert wurden. Aber er machte es so, da es gestern noch so war. Er wusste nicht, was er sonst hätte machen sollen.

Andrea war in der Küche, die sich einen großen Raum mit dem Wohnzimmer teilte.

»Hast du dir die Schuhe abgeputzt? Draußen regnet es«, sagte sie.

Mike hatte auf der Zunge, dass er das wusste, da er schließlich von draußen kam, verschluckte es aber.

»Natürlich«, sagte er nur.

»Ich kontrolliere das!«, drohte Andrea.

»Ich weiß«, erwiderte er und setzte sich an den Esstisch, der betrüblich leer war. Mike hätte etwas essen können, zumal ihn Dörte mittags in der Kantine schon davon abgehalten hatte.

»Du hast gestern schon wieder kein Holz reingeholt«, sagte sie.

»Es hat gestern Abend geschüttet. Dann machen wir eben die Heizung an.«

»Du weißt, dass ich die Wärme vom Ofen mehr mag.«

»Ja, ich weiß«, sagte Mike erneut. »Ich hol gleich welches.«

»Das hilft mir gar nichts, so schnell ist der Ofen nicht heiß. Ich friere jetzt.«

Mike warf einen verstohlenen Blick auf das Thermometer, das am Esszimmerfenster stand. Es waren 20 Grad Innentemperatur.

»Ja, das dauert einen kleinen Moment. Dann zieh dir doch für diese Zeit eben eine Strickjacke an.«

Der Eierbecher traf ihn hart, prallte ab und ging auf den Fliesen zu Bruch.

»Sieh, was du gemacht hast«, keifte Andrea. »Ich wünschte, ich könnte einmal zu Hause sein und hätte nicht ständig Ärger mit dir.«

Mike stand auf und sammelte die Scherben zusammen.

»Du bist so was von unnütz«, sagte Andrea und schlug ihn mit dem Küchenhandtuch. »Nichts machst du richtig. Mir meinen Feierabend verderben, das kannst du.«

Mike trat auf das Fußpedal des Mülleimers und betrachtete trübsinnig die Scherben, die in dem schwarzen Sack verschwanden. Er mochte dieses Geschirr.

Kapitel 6

Henning Mansen hatte seiner Ansicht nach lange genug die Wände seiner Zelle angestarrt, ziemlich genau 15 Jahre, und es reichte ihm jetzt. Es war eindeutig ein Nachteil, ein Mustergefangener zu sein, denn damit kam man irgendwie auch nicht so richtig weiter.

Seine anfängliche Berühmtheit hatte sich ziemlich schnell zu einer gähnenden Gelassenheit entwickelt, da er nicht vorhatte, seine gerade gut angelaufene Mordserie im Knast fortzusetzen. Schnell wandte man sich ab und schenkte anderen und verlockenderen Dingen seine Aufmerksamkeit.

Henning war das ganz recht so. Sein Ruf wirkte wenigstens all die Jahre noch so weit nach, dass er seine Ruhe hatte und behielt. Er konnte die Serienmörder-Manie um seine Person nie ganz verstehen. Das mochte allerdings auch daran liegen, dass er das, was er getan hatte, einzig und allein als seine Bürgerpflicht ansah. Er hatte nie einen Hehl daraus gemacht, dass er die getöteten Frauen nur vor ihren Männern beschützen wollte, ein Umstand, der ihm zwar im Gerichtssaal viel Sympathie, trotzdem aber keine kürzere Strafe einbrachte.

»Herr Mansen, ich weiß nicht, ob es die beste Verteidigung ist, den Leuten den Erlöser vorzuspielen.«

»Ich spiele nicht«, sagte Henning zu Recht empört, da er die Glaubhaftigkeit seiner Mission gefährdet sah.

»Das habe ich befürchtet«, erwiderte sein Anwalt, der sich nicht so richtig in einer Welt zurechtfinden wollte, in der Polizisten derartige Taten durchführten. Das konnte schon mal den Glauben und das Vertrauen in die Obrigkeit erschüttern.

Trotzdem waren seine Sorgen unnötig. Henning Mansen, der als mordender Polizist so einiges an Ansehen gewonnen hatte, machte eine beängstigend gute Figur, als er männlich-verwegen mit seinen kantigen Zügen im Gerichtssaal saß.

Da der Saal aus den Nähten zu platzen drohte, ordnete der Vorsitzende Richter eine nichtöffentliche Sitzung an, was zu einigen Ausschreitungen und merkwürdigen Auswüchsen vor dem Landgerichtsgebäude führte. Serienmörder waren bei Frauen nun mal sehr beliebt, und wenn sie dazu auch noch gut aussahen, war das schon die eine oder andere kleine Ausschreitung wert.

Wäre Henning nur das kleinste bisschen an Sex interessiert, hätte er die Gelegenheit nicht verstreichen lassen, dies ein paar Schnecken klarzumachen. Dennoch fühlte er sich bestärkt und geschmeichelt.

Als Frauentyp wurde er verurteilt und als Frauenmörder ging er ins Gefängnis, wo er all die Jahre hart arbeitete, um dem Bild, das die Menschen von ihm hatten, nicht allzu sehr zu entsprechen. Er konnte nicht ahnen, dass genau das ihn mehr als verdächtig machte und er so keine Chance hatte, dem Antrag auf Sicherungsverwahrung zu entgehen. Da das ihm gegenüber aber ebenfalls nicht besonders fair erschien, gab man ihm insoweit die Freiheit, dass er sich den Ort seiner weiteren Verweildauer zumindest aussuchen durfte.

Henning kam aus Frackhausen und Henning wollte nach Frackhausen zurück, wenn auch etwas anders, als er es sich erhofft hatte.

Aber er war in den Dingen nicht allzu pedantisch, das hatte er sich abgewöhnt, da es an einem Ort wie diesem zu nichts führte.

Henning blickte positiv in die Zukunft. Warum sollte er auch nicht?

Jan Torick wäre froh gewesen, wenn er das auch von sich hätte behaupten können. Er sah so einiges in seiner Zukunft, aber besonders positiv war davon nun wirklich nichts. Zumindest nicht nach dem Anruf, den er bekommen hatte.

Henning Mansen sollte nach Frackhausen zurückkehren, nicht genug, dass das für sich alleine schon eine kleine Katastrophe war, er hätte auch durchaus darauf verzichten können, es durch die Mega-Klatschtante Johanna Hirsch zu erfahren. Sie versuchte zwar, betroffen zu klingen, schaffte es jedoch nicht, aus ihrer süßlich-klebrigen Stimme den Hauch von Schadenfreude zu verbannen, der dem Ganzen einen äußerst bitteren Beigeschmack verlieh.

Er atmete ein und schaute sich zur Beruhigung sein Spiegelbild an. Meistens half das, diesmal nicht. Es gab halt Tage, da konnte einem seine eigene Genialität nicht helfen. Das lag aber weniger an ihm als an den Mitmenschen, mit denen er sich herumärgern musste. Wenn seine Frau noch lebte, hätte er sie niedermachen können. Das hatte ihn immer wieder auf den richtigen Platz gerückt, nämlich an keinen anderen als an den des Herrn im Haus.

Nicht allein nur, dass Henning Mansen an dem Tod seiner Frau schuld war, zu allem Überfluss hatte er Jan noch derart vor Gericht bloßgestellt, dass er die kommenden Jahre nicht einmal in der Lage war, eine neue Frau zu finden. Seit dem Prozess mieden ihn die Frauen wie eine Scheibe Bauchspeck, die auf dem Grill neben dem trockenen Lummer lag.

Er bedauerte heute, dass er den Ort nicht verlassen hatte und so weit wie möglich weggezogen war, aber er war damals noch jung gewesen, gerade zwanzig. Da glaubte man noch, dass sich diese Sachen von selber regelten. Heute war das nicht mehr so leicht, da er mittlerweile leitender kaufmännischer Angestellter bei einem Unternehmen vor Ort war, in dem er nicht nur gutes Geld verdiente, sondern auch noch äußerst verlockende Zukunftsaussichten hatte. Er wägte kurz Macht und Geld gegen eine Frau ab und entschied, dass er auf eine Frau leichter verzichten konnte als auf das Geld. Eine Entscheidung, die ihm noch dadurch erleichtert wurde, dass er zwar präsent, aber nicht wirklich attraktiv war. Umso mehr wurde Geld zum einzigen Kriterium, das die Frauen in allen Sprachen und sozialen Schichten verstanden.

So war es mittlerweile, aber so war es nicht vor 15 Jahren gewesen, als die Heirat das einzig probate Mittel schien, sein

Elternhaus verlassen zu können. Die Tatsache, dass seine Frau es damit gar nicht so eilig hatte, versetzte ihn schon damals in Aufregung. Er schaffte es jedoch durch seinen durchaus vorhandenen Charme und sein Charisma, die gemeinsame Zukunft in den schillerndsten Farben zu schildern und ihre Zweifel beiseitezuschieben. Sein Schwiegervater, der weniger als begeistert war, den Sozialschmarotzer in seiner Familie aufzunehmen, machte gute Miene zum bösen Spiel und schaffte es zumindest, sich auf dem Standesamt ein Lächeln abzuringen. Jan freute sich eher über das Geld, das er seiner Tochter zur Verfügung stellte, als über das Lächeln.

Er hielt im Dorf, um sich eine Zeitung zu kaufen, und bemerkte schon, wie hinter seinem Rücken getuschelt wurde. Grundsätzlich hielt er das nicht für ungewöhnlich, schließlich stellte er in der Welt was dar. Die Negativschlagzeilen, die ihm damals kurzzeitig den Hals zu brechen drohten, waren dann doch wieder zügig abgeflaut. Schnell war in der Gemeinde das alltägliche Leben zurückgekehrt. Schließlich gab es noch anderes zu tun, als sich dauerhaft über vier tote Frauen aufzuregen.

Jan blickte noch einmal kurz hoch, bevor er wieder ins Auto stieg, und bemerkte Holger Rampone. Obwohl er ihn nicht mochte – er mochte keinen außer sich selbst – hatten sie unliebsame Gemeinsamkeiten. Holger gehörte mit ihm zu der Gruppe der vier verwitweten Ehemänner. Jan wollte sich nur auf keinen Fall mit ihm vergleichen, da er ihn für durchgeknallt hielt. Holger hatte das anscheinend aber nie bemerkt und eilte auf ihn zu. Jan stemmte seine Hände in die Hüfte, hob den Kopf und betrachtete ihn durch seine zugekniffenen Augen.

»Sie haben es auch gehört.« Rampones Frage klang eher wie eine Feststellung. Daher hielt es Jan auch nicht für nötig, darauf zu antworten.

Holger Rampone schien damit nicht gut umgehen zu können. Er bearbeitete die Oberlippe mit seinen Zähnen. Jan machte keine Anstalten, ihm die Sache zu erleichtern.

»Ich finde das unglaublich«, fuhr Rampone fort. »Auf unsere Gefühle wird keinerlei Rücksicht genommen.«

»Stimmt«, sagte Jan dann doch, obwohl er eigentlich nicht mit ihm reden wollte. Holger Rampone war ein Rüpel und dafür bekannt, unvermittelt einen Wutausbruch bekommen zu können. Seine Nachbarn konnten ein Lied davon singen. Also war es sicherlich klüger und ungefährlicher, ihm einfach nur recht zu geben, zumal es ja auch stimmte.

»Man sollte etwas dagegen unternehmen«, sagte Rampone.

»Haben Sie da keinen Einfluss drauf?«, fragte Jan wirklich interessiert. »Sie sind doch der Gemeindekämmerer.«

»Und was sollte das helfen?«, fragte Holger und presste die Lippen zusammen. »Soll ich die Klinikleitung bestechen, damit sie Mansen um die Ecke bringt?«

So etwas in der Art war Jan auch schon durch den Kopf gegangen.

»Ich meine, Sie sollten doch etwas Einfluss im Gemeinderat haben«, sagte er stattdessen. Holger betrachtete ihn prüfend, konnte aber in seinem Gesicht scheinbar keine Schadenfreude entdecken.

»So ist es schon«, antwortete er daher ausweichend. »aber in diesem Fall wird die Gemeinde nicht gefragt. Das wird anderweitig entschieden.«

»Das ist schade«, sagte Jan und schaffte es, gleichzeitig bedauernd und süffisant zu klingen, was er sich einfach nicht verkneifen konnte.

Wieder traf ihn Holger Rampones Blick, dem er locker standhielt.

Er hatte seinen Leidensgenossen lange nicht mehr gesehen. Im selben Ort zu wohnen hieß noch lange nicht, sich sehen zu müssen. Was er dabei vergessen hatte, war Rampones mickerige Statur. Wenn man das in Verhältnis zu seiner Körperkraft setzte, konnte Jan beruhigt etwas in der Wunde bohren. Wahrscheinlich war ihm Holger damals gefährlicher vorgekommen, weil er selbst noch so jung war.

Mit 20 Jahren ließ man sich von so etwas noch beeindrucken.

»Vielleicht haben wir zu einem anderen Zeitpunkt noch mal die Gelegenheit, darüber zu sprechen«, sagte Holger.

»Ja, vielleicht«, erwiderte Jan unverbindlich. Er blickte ihm hinterher, als er wieder ging. Eine flüchtige Idee ergriff Besitz von ihm und nahm langsam in seinem Kopf Gestalt an.

Kapitel 7

Mikes Tag endete wie bei Millionen anderer Bürger um 20 Uhr auf der Couch, pünktlich zur Tagesschau. Allerdings nur dann, wenn Andrea einen ihrer leidlich guten Tage hatte. Richtig gute Tage hatte sie sowieso schon lange nicht mehr. Heute war trotz des Eierbecher-Wurfs ein leidlicher Tag und sie ließ Mike seinen Gedanken nachhängen.

Da er weder an Weltpolitik noch an Fernsehen überhaupt nennenswert interessiert war, nutzte er die Zeit regelmäßig, um Gedanken und Entwicklungen in der Klinik Revue passieren zu lassen. Manchmal machte er sich Notizen, was aber Andrea wiederum ärgerte, da das Rascheln des Papiers sie in ihrer Konzentration störte. Daher hatte Mike sich angewöhnt, etwaige Geistesblitze in sein Smartphone zu tippen, was den Vorteil hatte, geräuschlos zu sein und kaum aufzufallen.

Wenn Andrea schlecht drauf war, störte sie sogar das. Da sie sich ihren Unmut allerdings schon am Geschirr abgekühlt hatte und ihr Tag anscheinend im Allgemeinen gut verlaufen war, konnte sich Mike über das seltene Privileg freuen, mit Buch und Tablet im Wohnzimmer sitzen zu dürfen.

Leider konnte er sich nicht auf eine Ablenkung jedweder Art konzentrieren. Die jüngsten Neuigkeiten machten ihm mehr Gedanken als seine Beule am Kopf, die extrem druckempfindlich und unnatürlich heiß war. Vielleicht lag es aber auch daran, dass er unentwegt daran herumdrückte.

»Lass das, das tut mir schon beim Zusehen weh«, fauchte Andrea, die von ihrer Rätselzeitung aufblickte.

Mike nahm pflichtschuldigst die Hand herunter. Er wollte kein weiteres Risiko eingehen, legte Buch und Tablet ungenutzt in den Schoß und fragte sich, wann sein Leben so aus dem Ruder gelaufen war.

Henning Mansen in der forensischen Psychiatrie. Das Medieninteresse würde den Ort – und vor allen Dingen ihn selber – treffen wie ein Güterzug. Das aber auch nur, wenn er Glück hatte. Sollte er Pech haben, würde es apokalyptische Ausmaße annehmen. Es könnte zum Anlass genommen werden, sich etwas näher mit seinen Qualifikationen zu beschäftigen. Das Problem war nicht, dass sie schlecht waren. Sie waren leider nicht existent.

»Was macht du da bloß?«, fragte Andrea und traktierte seine Sofalehne mit dem Fuß.

»Gar nichts«, antwortete Mike verständnislos. »Ich sitze doch nur hier.«

»Das meine ich. Vor sich hin starren ist kein normales Verhalten.«

»Aber ich störe dich doch nicht.«

Andrea setzte ihr Glas hart auf, aus dem sie gerade getrunken hatte.

»Doch, du störst mich. Weil ich sehe, dass du wie ein Dorftrottel vor dich hin stierst. Mein Gott, ich habe den ganzen Tag mit Idioten zu tun, muss ich dann hier noch einen haben?«

»Ich setze mich ins Esszimmer«, erwiderte Mike bloß und dachte, dass er einen tumben Dorftrottel als Gesellschaft jetzt eindeutig vorziehen würde. Aber er war froh, der Diskussion glimpflich entronnen zu sein, und verzog sich ein paar Meter weiter an den Esszimmertisch. Der diente nun als Schutzschild zwischen ihm und der Unleidlichkeit seiner Frau, die in seinen Augen auch besser in einer Psychiatrie aufgehoben wäre als in freier Wildbahn.

Er hatte schon recht schnell gemerkt hatte, dass es ihm in vielen Dingen des Lebens am nötigen Elan fehlte. Da das aber außer ihm anscheinend keinem in seinem näheren Umfeld bewusst war, vermied er auch, dieses Umfeld darüber aufzuklären.

Aber genau das hatte ihm nicht den erwünschten Erfolg gebracht, da Menschen nur das sahen, was sie sehen wollten.

Seine Mutter sah ihn einfach als gefeierten Arzt, am liebsten natürlich Chirurg, da das eine Art Rockstar-Image im Gepäck hatte. Da sie aber nicht allzu vermessen sein wollte, signalisierte sie ihm, dass es ein normaler Arzt auch tun würde, ein Zugeständnis, bei dem von Mike erwartet wurde, es dankbar anzunehmen.

Da es ihm prinzipiell vollkommen egal war, tat er, was von ihm verlangt wurde, scheiterte aber daran, kein Blut sehen zu können. Das nahm er zum Anlass, seiner Mutter ein Psychologiestudium unterzujubeln, was ja streng genommen ebenfalls fast unter einen Arztberuf fiel.

»Du wirst also Arzt?«, hatte sie eindringlich gefragt und die Informationsbroschüre der Hochschule gründlich studiert.

»Ja, so in der Art«, sagte er ausweichend.

»Was heißt denn *so in der Art*?« Seine Mutter war noch nicht zufrieden.

»Halt eben ein Arzt, der sich mit der Psyche des Menschen beschäftigt. Daher auch der Name.« Mike dankte Gott, dass seine Mutter nicht in dem gleichen Grad intelligent wie ehrgeizig war.

»Da soll man sich noch auskennen. Für jeden Quatsch werden neue Begriffe erfunden. Psyche, pah, die Leute sind doch heutzutage alle verstört. Wenn sie sich mehr mit Arbeiten beschäftigen würden, hätten sie diese Probleme nicht.«

»Seit wann bist du denn da so großzügig damit?«, mischte sich Mikes Vater ein. »Mir sagst du immer, ich sollte mich schämen, dass aus mir im Leben nichts geworden ist.«

Mikes Vater arbeitete seit 30 Jahren bei einem Automobilkonzern in der Produktion. Er war ehrlich, fleißig und wurde allgemein geschätzt. Eigenschaften, mit denen er bei seiner Frau allenfalls nur ein paar wohlwollende Punkte einheimsen konnte. Sie hatte immer davon geträumt, jemanden zu heiraten, der etwas darstellte. Ihre Wunscherfüllung scheiterte einerseits daran, dass sie keine genaue Vorstellung davon hatte, was der perfekte Partner denn nun darstellen sollte. Andererseits fehlte ihr selbst das Format, in der von ihr angestrebten einer Liga eines imaginären Partners mitzuspielen.

So blieb ihr nichts anderes übrig, als sich mit Mikes Vater zufriedenzugeben. Das tat sie aber nicht, ohne immer wieder zu betonen, dass sie unter ihrem Stand geheiratet hatte, wenn auch nicht aus Liebe, so doch immerhin aus wirtschaftlichen Erwägungen. Denn so verlockend diese andere Liga auch sein mochte, ohne passende Eintrittskarte wurde man nicht satt.

Mikes Vater fragte sich wahrscheinlich häufiger, warum ihn das Leben so bestrafte, wo er doch eigentlich nichts anderes vorhatte, als eine ausnehmend hübsche Frau zu heiraten, mit ihr ein bescheidenes und zufriedenes Leben zu führen und ausnehmend hübsche Kinder zu bekommen. Ein Teil der Wünsche hatte sich erfüllt, Mike war ausnehmend hübsch und ihr Leben war bescheiden, aber weit entfernt von zufrieden, zumindest was Mikes Mutter anging.

Daher hätte sie es sicherlich auch nicht zufriedener gemacht, wenn sie erfahren hätte, dass Mike ein paar Jahre später durch seine Prüfungen rasselte. Er konnte sich das lange Zeit nicht erklären, was bewies, dass er bei seinem Studium der Psychologie anscheinend nicht gut aufgepasst hatte. Sein Abitur hatte er schließlich bestanden. Mike befand, dass Prüfungsangst etwas war, das sich durchaus schleichend bemerkbar machen konnte. Jahre später war er endlich in der Lage zu erkennen, dass sein Unterbewusstsein sich gegen das Studium und nicht zuletzt gegen die Allgewalt seiner Mutter zur Wehr zu setzen versuchte, aber leider dann doch kläglich scheiterte.

Als frischgebackener Nicht-Psychologe tat er das Einzige, was ihm in seiner Situation logisch erschien und achtete penibel darauf, dass wenigstens dieser Teil seines Lebens Perfektion und Genauigkeit aufwies. Vier Wochen später war

Mike im Austausch gegen einen Bündel Bares stolzer Besitzer eines Abschlussdiploms nebst Zeugnissen und Praktika-Referenzen.

Er hatte gelinde Zweifel, damit wirklich durchzukommen, aber Dr. Mäuchels Hang, sich immer nur mit den Dingen des Lebens zu beschäftigen, die ihm selber guttaten, führte dazu, dass Mike ohne große Diskussion als Leiter der psychologischen Abteilung akzeptiert, eingestellt und später zum leitenden Psychologen befördert wurde. Eine Karriere im Schnelldurchlauf, die Manfred Mäuchel schnell wieder auf den Boden seiner eigenen wichtigen Tatsachen brachte.

Von einem Tag auf den anderen wurde Mikes Leben wirklich ernst. Er tat nun das, was von ihm verlangt wurde. Er entschloss sich, Kompetenz zu beweisen und der verdammt beste Psychologe zu werden, den Frackhausens forensische Psychiatrie je gesehen hatte.

Leider war zu dieser Zeit auch schon Andrea auf dem Plan, da seine Mutter der Meinung war, sie wäre genau die Richtige für ihn. Mike war darauf konditioniert, Entscheidungen seiner Mutter so wenig wie möglich zu hinterfragen. Wenn Andrea für seine Mutter die Richtige war, dann war sie es auch für ihn. Was sollte schon passieren?

»Mein Gott, was ist denn mit dir los?« Jetzt saß er schon weiter weg, aber seine Frau war immer noch nicht zufrieden.

»Ich hänge nur meinen Gedanken nach«, sagte er schlicht.

»Oh ja, unser großer Psychologe hängt seinen Gedanken nach! Dann wollen wir ihn auch nicht stören!«

»Was kann ich dir denn Gutes tun?«, fragte Mike versöhnlich.

»Nichts, nein danke, Mister«, schnappte Andrea zurück. »Du hast mich heute schon genug genervt.«

Eine Hyäne als Frau und keine Aussicht auf erfüllenden Sex. Mike reichte es für heute Abend eindeutig.

Teil 2

Kapitel 8

Die Hauptstraße durch Frackhausen hatte nicht viele Attraktionen zu bieten. Wenn man keine Briefe versenden, Schreibwaren oder Medikamente kaufen wollte, war man in Frackhausen geschäftetechnisch verloren. Neben einer Kneipe, die allerdings immer zu hatte, da der Besitzer dement war und sich nicht mehr daran erinnern konnte, dass er aufmachen sollte, gab es noch die Apotheke von Sophia Weissmüller und das Schreibwarengeschäft von Birgit Schreiner.

So wenig Birgit Schreiner mit ihrem verkniffenen Gesicht zum Verweilen einlud, es war in Frackhausen der einzige Ort außer der Straße, wo sich die Nachbarn zu einem Schwätzchen zusammenfinden konnten, da Sophia Weissmüller in ihrer Apotheke so etwas nicht duldete.

Birgit Schreiner war das gar nicht recht, sie wusste aber nicht, wie sie es unterbinden sollte, ohne Kundschaft zu verlieren. Sie hatte es schwer genug, sich mit ihrem Laden in der heutigen Zeit zu behaupten.

Daher war es nicht verwunderlich, dass Birgit Schreiners Geschäft an dem Tag zur Hauptzentrale umfunktioniert wurde, als Henning Mansen heimkehren sollte.

»Wir sollten die Straße blockieren«, sagte Heiner Frey, der für seine Massentierhaltung auf Toleranz pochte, diese hier aber vermissen ließ.

»Das ist doch viel zu harmlos«, erwiderte Dirk Biermann, der Schichtarbeiter in dem hiesigen kunststoffverarbeitenden Betrieb und als ewig betrunkener Stammtisch-Philosoph bekannt war. Da er allerdings in Ermangelung einer funktionierenden Kneipe regelmäßig in der Nachbargemeinde Demarchau Krawall machte, störte das in Frackhausen niemanden so wirklich.

»Wenn es nach Herrn Biermann geht, werfen wir direkt Molotowcocktails«, sagte Trisha Tanzer, die in ihrer Jeans und ihrem Karohemd wie ein kanadischer Holzfäller aussah.

»Halt die Klappe, du Ökotussi!«, herrschte Dirk sie an.

»Bleibt doch ruhig, das bringt ja nichts«, sagte Josef Pfeifer, der seit dem Tod seiner Frau recht einsam war und Versammlungen wie diese liebte.

»Das finde ich auch«, sagte Birgit Schreiner, die verdrossen einen Kaffeefleck vom Tresen abwischte und wahrscheinlich schon bereute, den Kaffeevollautomaten vor einem halben Jahr angeschafft zu haben.

»Egal, ich finde die Vorstellung gruselig, dass so einer in unserer Nachbarschaft lebt.« Leah Kaiser schauderte. Ängstlich wirkten ihre grünen Augen noch größer. Sie kratzte abwesend mit ihrem glitzernd lackierten Nagel des Zeigefingers an einer verschorften Stelle ihrer Handfläche herum.

»Es ist nicht gruseliger als jetzt«, sagte Jürgen Faust und zog ihren Finger sanft von der malträtierten Stelle weg. Er war Arzt im städtischen Krankenhaus und bekannter sowie bekennender Gigolo.

»Mansen ist bei Weitem nicht so schlimm wie manch andere, die da einsitzen.«

»Trotzdem würde ich mich sicherer fühlen, wenn mich einer beschützt«, erwiderte Leah und legte den Kopf schief, damit ihre langen kupferroten Haare in sanften Wellen über ihre Schulter glitten.

»Mein Gott, was sind Sie bloß für eine dumme Kuh«, sagte Sabrina Reiniger genervt, die eigentlich nur Zigaretten kaufen wollte, aber Probleme hatte, zum Verkaufstresen vorzudringen. Sie war eine strenge straffe Schönheit und wurde im Dorf als Lesbe gehandelt.

»Sabrina, ist das wirklich nötig?«, tadelte Jürgen Faust sanft. »Leah ist nun mal nicht so robust wie du.«

»Netter Ausdruck für ihre Dämlichkeit«, sagte Sabrina, die sich durch ihren Job bei einer Modefirma fast allen Einwohnern außer Jürgen deutlich überlegen fühlte. Sie wusste selber nicht, was sie in Frackhausen wollte.

Leah war zwar schön, aber nicht besonders aufmüpfig. Sie beschloss, Sabrina zu ignorieren und lieber Unterstützung bei den Nachbarn zu suchen, die ihr besser gesonnen waren.

»Ich kapier's einfach nicht.« Dirk Biermann war der Meinung, dass die Stimmung zu sehr auf Schmusekurs abdriftete, und versuchte, wieder etwas Schwung in die Sache zu bringen. »Wir stehen nur hier und diskutieren. Sollen wir uns wirklich alles gefallen lassen?«

»Ich weiß nicht, warum Sie sich so aufregen«, sagte Birgit Schreiner. »Sie sind doch davon gar nicht betroffen. Hat er Ihre Frau umgebracht?«

Die Frage war rhetorisch, da Dirk Biermann bis jetzt keine Frau gefunden hatte, die bereit war, mit ihm in der Kneipe zu wohnen, in der er sich immer dann aufhielt, wenn er nicht schlief oder arbeitete.

»Ja, diejenigen, die es wirklich betrifft, sind gar nicht hier.« Josef Pfeifer drehte sich suchend um und reckte den Hals. »Sie hätten doch das erste Recht zu protestieren.«

»Ich fühle mich als aufrechter Bürger aber verantwortlich«, sagte Dirk.

»Aufrechter Bürger, dass ich nicht lache.« Trisha Tanzer hatte dazu anscheinend eine ganz eigene Meinung.

»Ich hab Ihnen schon mal gesagt, sie sollen die Klappe halten.« In Dirks Augen glitzerte es gefährlich. »Gehen Sie einfach wieder zu Ihren Kühen und Schafen.«

»Ziegen, Schweine und Hühner nicht zu vergessen«, sagte Trisha frech, zog es dann aber doch vor, sich etwas zurückzunehmen.

»Solche Leute wie Sie, Frau Tanzer, bringen uns so gar nicht weiter.«

Heiner Frey war eindeutig auf Dirk Biermanns Seite.

»Ach wirklich«, höhnte Trisha. »Sie pochen hier doch auch auf Ihr Recht, Tiere zu quälen. Damals waren Sie empört, dass man gegen Sie und Ihre Tierquälerei protestiert hat.«

»Das steht doch in keinem Zusammenhang!«

»Ach nein? Sie verlangen Verständnis für sich und vor allen Dingen für Ihr Tun. Warum darf das ein Mörder nicht auch verlangen?«

»Jetzt ist sie verrückt geworden«, sagte Heiner Frey zu Dirk Biermann, der mit verschränkten Armen neben ihm stand und es so schaffte, eine Barriere der Bedrohung aufzubauen. Anscheinend empfand das Trisha auch und sie zog sich ohne weiteren Kommentar zurück.

Allgemein wurde es ruhiger. Es gab nicht viel Gesprächsstoff unter den Nachbarn, wenn nicht gerade ein Serienmörder ins Dorf kam. Sabrina Reiniger hatte endlich ihre Zigaretten, verließ die Versammlung dann aber doch nicht direkt, sondern verzog sich nach draußen, um dort das weitere Geschehen abzuwarten.

Sophia Weissmüller hatte die Hoffnung aufgegeben, heute auch nur noch eine Tablettenpackung zu verkaufen. Sie kapitulierte und machte ihren Laden zu, um sich den Nachbarn und Einwohnern anzuschließen. Sie tat das zwar nicht aus Überzeugung, aber sie wollte ihren Freund nicht enttäuschen, der leider nicht an diesem Spektakel teilnehmen konnte, der ihr aber das Versprechen abgenommen hatte, ihm alles Wissenswerte darüber zu berichten. Liebe war halt manchmal kompliziert.

Sie war gerade vor Birgit Schreiners Laden angekommen, als Patrick Meier, der offensichtlich die Schule schwänzte, aufgeregt die Straße entlanglief.

»Sie kommen!«, rief er.

Alle drängten sich nach draußen.

Die Ankunft des Gefangenentransporters glich einem Papstbesuch, war aber weder so feierlich noch so fröhlich.

Die Bevölkerung säumte schweigend die Straße. Die Lage hätte leicht bedrohlich werden können, wenn nicht ebenfalls ein ganzer Teil Mansen-Fans von außerhalb in die beschauliche Gemeinde eingefallen wäre, um die Stimmung mit Musik und Tanz zu beleben.

Frackhausens Einwohner wussten nicht, ob sie geschockt oder belustigt sein sollten, beschlossen aber, die Gunst der Stunde und die Gelegenheit zu nutzen, mehr oder weniger kulinarische Genüsse zu verkaufen, da es anscheinend jetzt und vielleicht auch in der Zukunft einen Markt dafür geben würde. Über moralische Fragen konnte man sich dann immer noch Gedanken machen.

Die mittlerweile ausgelassene Stimmung übertrug sich jedoch nicht auf jeden Winkel in Frackhausen. Zumindest nicht, was Henning Mansens indirekte Opfer betraf, die sich zwar nicht zu einer kollektiven Rotte zusammengefunden hatten, sich aber in diesem Moment näher waren, als sie dachten.

Sascha Sauerweck stand mit verschränkten Armen und finsterer Miene vor seinem Haus und es sah nicht so aus, als wüsste er seinen Logenplatz direkt an der Straße zu schätzen. Er hatte von Henning Mansen in seinem Leben schon mehr gesehen, als er vertragen konnte. Von Henning im Gerichtssaal gefickt zu werden, gehörte nicht zu den Sternstunden seines Lebens, was er aber bemerkenswert gut wegsteckte. Sascha Sauerweck hielt sich nicht mit Dingen auf, die seine Stärke infrage stellen konnten, und er war viel zu sehr von sich eingenommen, um diese Stärke ernsthaft zur Disposition zu stellen. Der Prozess hatte seinem Ruf geschadet, der nie vollkommen akkurat gewesen war, aber da Henning den Beweis dafür schuldig geblieben war, was Sascha mit seiner Frau anstellte, hatte Sascha schon damals die berechtigte

Hoffnung, dass die Erinnerung daran so allmählich verblasste, was ja seiner Meinung nach auch längst der Fall war.

Was er allerdings nicht wusste, war, dass manche Erinnerungen recht hartnäckig sein konnten. Auch wenn sie nicht täglich ausgesprochen wurden, schwebten sie immer in dem Raum, den er gerade betrat. Er hielt das seiner Präsenz zugute und glaubte, damit das im Leben erreicht zu haben, was er immer anstrebte.

Bedingungsloser Respekt war so eine Sache, zumal der die Eigenheit hatte, sich immer mehr in Unbehagen zu verwandeln, je weiter der Respekt gebietende sich von einem entfernte. Hätte man Sascha Sauerweck danach befragt, wäre man gewahr geworden, dass auch Unbehagen durchaus etwas war, mit dem er sich anfreunden konnte. Wesentlich mehr bewegte ihn, dass ihm das bei Henning Mansen nicht gelungen war. Ein Umstand, mit dem er die letzten 15 Jahre durchaus hatte leben können, der ihm aber nun wieder umso schmerzlicher bewusst wurde, je näher der Wagen mit dem Serienmörder kam.

Die Gefühle von Wolfgang Schreckau waren zwar nicht ganz so militant, aber zumindest ebenso indifferent. Er hätte durchaus auf den zweifelhaften Ruhm verzichten können, der Ehemann eines Opfers zu sein. Was er allerdings nicht berücksichtigte, war, dass seine Frau in der Ehe mit ihm schon ein Opfer gewesen war, das von seinem Misstrauen und seinem zwanghaften Verhalten kontrolliert wurde.

Da es sein Beruf als Postbote mit sich brachte, von einer ganzen Reihe sexuell unterversorgter Hausfrauen an der Tür begrüßt zu werden, konnte er nur spekulieren, was seine Frau mit Männern machen würde, die an ihrer Tür klingelten, um den Wasserzähler abzulesen.

Zu seiner Ehrenrettung musste man festhalten, dass er selber nie derartige Angebote angenommen hatte. Dies war nicht der mangelnden Attraktivität einiger Frauen zuzuschreiben, die zwar ihr Übriges getan hatte, aber hier eindeutig nicht der Grund war. Wolfgang kontrollierte gern Dinge, aber Sex war bei ihm prinzipiell etwas, was aus dem Ruder lief, was andere Menschen sicherlich sehr angenehm empfanden, ihn aber in tiefste Depression stürzte. So hielt er sich bei den seltenen Malen ihrer Ehe, bei denen er mit seiner Frau zusammenkam, an ein striktes Ritual, was zwar nicht besonders einfallsreich war, ihm aber gerade deswegen Befriedigung verschaffte, weil er zu jeder Zeit wusste, was als Nächstes passieren würde. Hätte man seine Frau danach befragt, hätte man sicherlich andere Erkenntnisse gewonnen.

Die Ankunft von Henning machte ihm in erschreckender Weise bewusst, dass es doch Dinge außerhalb seiner Reichweite gab, die er nicht kontrollieren konnte. Daher beobachtete er das Geschehen lieber hinter seiner Gardine sitzend.

Holger Rampone waren solche Gefühle fremd, da er schon vor langer Zeit die Kontrolle über sein Leben verloren hatte. Er war emotional so stabil wie eine Ratte in einem brennenden Versuchslabor. Daher erstaunte es damals eigentlich niemanden, dass er seine Frau schlug, was eigentlich schon jeder geahnt hatte.

Da man dem Gemeindekämmerer aber nicht einfach solche Verdächtigungen vor die Füße werfen wollte, beschränkte man sich darauf, nach dem Prozess ein betretenes Gesicht zu machen und verlauten zu lassen, dass man selbstverständlich kein Wort von dem glaubte, was vorher von Henning in blumigen Worten so genau beschrieben worden war, dass keinerlei Fragen offen blieben.

Vielleicht lag es auch daran, dass keiner der direkten oder entfernteren Nachbarn es darauf anlegen wollte, morgens den Jägerzaun als Kleinholz oder das Auto mit eingeschlagenen Scheiben vorzufinden.

Seine Nachbarn begannen, Holgers Frau zu vermissen. Nicht, weil sie so ganz besonders liebenswert gewesen war, aber solange sie lebte, konnte Holger seine Wut noch zu

Hause ablassen und die Nachbarn hatten ihre Ruhe, zumindest, wenn man den Fernseher lauter stellte, wenn die Schreie von nebenan so schrill wurden, dass sie den Film störten.

Er sah nicht ein, warum er auf die Straße gehen sollte, um der Ankunft von Henning Aufmerksamkeit zu zollen, wenn er doch seiner tief sitzenden Wut nicht die Luft machen konnte, die ihn wirklich zufriedenstellen würde.

Jan Torick plagten diese Berührungsängste nicht, ob nun fremdbestimmt oder aus freiwilligem Verzicht. Er stand ganz vorne am Bürgersteig, sodass seine Fußspitzen über den Rand balancierten, und hoffte inständig, dass man aus einem Gefangenenbus soweit hinaussehen konnte, um die Menschenschar – und ganz besonders ihn – zu bemerken. Er wollte von Henning erkannt werden, damit dieser sich klarmachte, dass er ihn nicht hatte brechen können.

Henning konnte sogar ganz ausgezeichnet sehen, bedauerlicherweise erkannte er Jan nicht wieder.

Henning Mansens Ankunft in der forensischen Psychiatrie löste ganz offensichtlich unterschiedliche Reaktionen aus. Die Polizisten, mit denen er die letzten Jahre zu tun gehabt hatte, waren von beruhigender Neutralität gewesen. Er hegte die Befürchtung, dass es jetzt vielleicht damit vorbei sein könnte.

Er schenkte der Schwester an der Aufnahme ein Lächeln, das so mancher Frau schlaflose Nächte bereitet hätte, aber weniger aus Angst als aus banger Erwartung, das Highlight ihres Lebens könnte sein, mit einem Serienmörder im Bett zu liegen. Leider kam er die letzten Jahre nicht mehr über ein gelegentliches Lächeln hinaus. Frauen waren halt in der JVA dünn gesät.

»Okay, Henning Mansen«, sagte der junge Psychologe, als er das Gitter aufschloss, das es Henning zwar ermöglichte, am Leben auf dem Gang teilzunehmen, aber den Gang nicht zu betreten.

»Sie können sich was einbilden. Das hat man extra noch für Sie montiert.«

»Ich bin begeistert«, erwiderte Henning trocken und betrachtete ihn. Die Oberschwester hatte ihm schon ziemlich barsch angekündigt, dass ein Psychologe zu ihm kommen würde. Nur an den Namen konnte er sich nicht mehr erinnern.

»Ich bin Michael Sanger«, half der ihm heraus. »Ich bin der leitende Psychologe im Haus.«

»Wow, ich werde vom leitenden Psychologen betreut«, sagte Henning. »Wenn ich die letzten Jahre von meiner Wichtigkeit nicht mehr ganz so überzeugt war, damit haben Sie mir den Tag gerettet.«

»Das freut mich«, sagte Michael Sanger schlicht, aber zu schlicht, um ironisch zu sein. Anscheinend freute es ihn wirklich.

»Aber ich sage Ihnen was, ich habe einen schlechten Tausch gemacht.« Henning fand es an der Zeit, sich zu beschweren. »Da hatte ich im Knast ja noch mehr Freiheit, da durfte ich wenigstens auf dem Gang rumlaufen.«

»Vorsichtsmaßnahme«, erwiderte Michael Sanger knapp.

»Das heißt, 15 Jahre hatte keiner Angst, dass ich einen um die Ecke bringen könnte, und jetzt fange ich wieder damit an?«

»Sagen Sie es mir.« Michael blätterte in seinen Unterlagen.

»Ich sag Ihnen, warum ich dort und hier keine Veranlassung dazu sehe. Da begeht keiner ein Unrecht, zumindest nicht vor meinen Augen.«

»Was für eine Art Unrecht schwebt Ihnen denn da vor?«, fragte Sanger interessiert. Der Typ war schwer zu durchschauen. Es hatte ihn schon lange keiner mehr nach seinen Motivationen gefragt. Das letzte Mal war im Knast gewesen, als er alles und jeden in seiner Umgebung mit Sagrotan besprühte und dabei seine Mitgefangenen fast vergiftete.

Er war sich nicht sicher, ob er gleich in eine Falle tappte. Aber Michael Sangers Gesicht wirkte offen und interessiert und Henning beschloss, ihn zu mögen.

»Haben Sie sich schon mal gefragt, was beim Jüngsten Gericht passiert?«, fragte er stattdessen.

»Nun ja.« Sanger klappte seine Mappe zu. Er hatte es geschafft, ihn zu fesseln. »Ich denke, die Spreu trennt sich vom Weizen.«

»Sehr poetisch«, sagte Henning. »So habe ich es noch gar nicht gesehen. Aber ja, darauf läuft es hinaus. Aber wäre die Welt nicht ein besserer Ort, wenn das schon vorher passieren würde?«

»Nein«, entgegnete Mike Sanger. »Das glaube ich nicht. Wer sollte das auch bestimmen?«

»Ich!«, sagte Henning selbstbewusst. »Ich habe es schon getan. Aber ich konnte das Werk nicht vollenden.« Er schlug mit der Faust auf die Stuhllehne.

Er wollte Michael nicht aus der Fassung bringen. Trotzdem merkte er, wie der Psychologe leicht den Oberkörper zurückbog, als wolle er den Abstand zwischen sich und Henning vergrößern.

»Keine Sorge, Sie gehören zu der Weizengruppe.«

»Freut mich außerordentlich, das zu hören«, sagte Michael. Beide schwiegen. Was sollte man dazu auch sagen?

»Wollen Sie es jetzt noch?«, fragte der Psychologe. Henning war mit seinen Gedanken längst weitergewandert und musste sich einen Augenblick sortieren.

»Ich weiß nicht genau«, sagte er dann ehrlich. »Manchmal ja, manchmal nein. Zumal sich Gott in den letzten Jahren ziemlich bedeckt hält.«

»Vielleicht ist er beleidigt?«, fragte Michael Sanger, was zwar erst einmal eine dämliche Antwort war, der Henning aber umso mehr abgewinnen konnte, je länger er über sie nachdachte.

»Mag sein«, sagte er dann. »Obwohl ich nicht gerade diesen Ausdruck benutzt hätte.«

»Gott lässt sich vielleicht nicht gern ins Handwerk pfuschen.«

»Aber ich mache es besser als er.« Henning untersuchte einen Kratzer auf seinem Arm. Hatte sich da etwas entzündet?

»Weil das eben nicht so ist, deswegen sind Sie jetzt hier. Das werden wir gemeinsam herausfinden.«

Henning war nicht der Meinung, dass das großen Sinn ergab. Er wollte die Welt zu einem besseren Ort machen und erreichte das Gegenteil. Keine befriedigende Erkenntnis.

»Sie wollten etwas Gutes tun. Das kann ich nachvollziehen. Ich werde Ihnen helfen zu erkennen, dass diese Logik verkehrt ist.«

Henning mochte zwar nicht, wenn seine Fähigkeit zum logischen Handeln angezweifelt wurde, entschloss sich aber, dem Psychologen das zu verzeihen, zumal die Konversation in den letzten Minuten die netteste war, die er seit vielen Jahren gehabt hatte.

»Und mit der Erkenntnis erkaufe ich mir die Karte in die Freiheit?«

»Möchten Sie denn in die Freiheit?«, fragte Michael und blickte ihn ohne den Spott an, den man dahinter vermuten mochte.

»Natürlich, das ist meine Heimat.« Stiche in seiner rechten Hand lenkten ihn davon ab, entrüsteter zu sein. Er knetete seinen Handballen und dachte an ein Karpaltunnelsyndrom.

»Haben Sie gute Ärzte hier?«, fragte er. Medizinische Versorgung hielt er sogar für noch wichtiger als sein Kräftemessen mit Gott.

»Kommt drauf an«, sagte Michael. Diese Antwort fand Henning nicht gerade befriedigend.

»Ist abhängig davon, welchen Arzt Sie brauchen.« Anscheinend hatte Michael Sanger doch einiges an Potenzial. Zumindest schien er ihn zu verstehen.

»Allgemeinmediziner?«, fragte er daher hoffnungsvoll.

»Sogar recht gute«, erwiderte Michael und es klang überzeugt.

»Das beruhigt mich.« Henning nestelte den Knopf an seiner Hemdtasche auf, um sich eine Schokolinse in den Mund zu schieben. Die waren bei der Körperuntersuchung nicht aufgefallen.

»Ich sage Ihnen, was ich denke und Sie sagen mir, was Sie davon halten«, schlug er vor, wobei er die Pfefferminzkruste mit der Zunge ablutschte.

»Klingt nach einem Deal«, antwortete Michael verhalten. Anscheinend traute er dem Angebot nicht oder fragte sich, was es überhaupt zu bedeuten hatte.

Henning fragte sich das auch. Aber es klang gut. Er betrachtete seinen neuen Betreuer und befand, dass sich diese Bezeichnung eindeutig besser anhörte als *Wärter*. Michael stand auf und wandte sich zur Tür.

»Soll das mit dem Gitter so bleiben?«

»Wir werden sehen«, sagte Sanger ruhig und ein leichtes Lächeln weckte in Henning die Hoffnung, dass darüber noch nicht das letzte Wort gesprochen war.

Mikes letzter Termin am Tag war immer der bei Peter Paulater, der zwar längst keinen täglichen Besuch mehr brauchte, aber er fand es beruhigend, mit Peter die oft sehr verrückten Tage Revue passieren zu lassen.

»Hast du ihn kennengelernt?«, fragte Peter ihn begierig, als Mike sein Zimmer betrat. »Wie sieht er aus?«

»Warum gehst du nicht einfach auf dem Gang fünf Meter weiter und machst dir selber ein Bild?«, entgegnete Mike, obwohl er sich diese Frage selber beantworten konnte. Peter konnte sich weder mit dem Serienmörder messen noch wollte er es.

»Wirkt er gefährlich? Gewaltbereit? Zornig?«

»Nicht gefährlicher, gewaltbereiter oder zorniger als du.« Mike ließ sich auf Peters Bett fallen, um sich sofort wieder schmerzhaft aufzurichten, weil er die Schramme an seiner Hüfte vergessen hatte. Andrea hatte ihm morgens mit dem Deckel vom Wäschekorb in die Seite geschlagen.

»Schmerzen?«, fragte Peter mitfühlend und griff sofort gezielt in eine Schublade, wo er eine Tube Wundsalbe aufbewahrte. Er hielt sie Mike unter die Nase. Der winkte ab.

»Nicht schlimmer als sonst«, sagte er. »Ich habe mir heute schon was draufgeschmiert.«

»Das sollte bald ein Ende haben.« Peter packte die verschmähte Salbe wieder sorgfältig zurück.

»Ich weiß«, erwiderte Mike gereizt. »Das sagst du mir fast jeden Tag.«

»Nur an den Tagen, an denen du wieder einmal verletzt bist. Aber die werden immer häufiger, sodass wir bald bestimmt bei jedem Tag sind.«

»Was soll ich denn machen? Ihr was über den Kopf ziehen und sie im Wald verbuddeln?«

»Wäre ein erfolgversprechender Anfang.«

»Klugschwätzer. Wahrscheinlich so erfolgreich wie du!«
Sie grinsten sich an.

Eigentlich hatte Peter gar keinen Besuch von einem Psychologen mehr nötig, genau genommen gehörte er noch nicht einmal mehr in diese Klinik. Er war eher das, was man als einen Kollateralschaden bezeichnete.

»Was ist denn jetzt mit Henning Mansen?«, griff Peter seine ursprüngliche Frage wieder auf.

»Weiß noch nicht«, sagte Mike. »Sympathisch? Ja. Intelligent? Auf jeden Fall. Gefährlich? Kann ich jetzt noch nicht einschätzen. Ich hoffe mal nicht. Im Gefängnis war er auf jeden Fall mehr als friedlich.«

»Natürlich«, sagte Peter. »Da hätte er auch keine Veranlassung gehabt, jemanden umzubringen.«

»So was in der Art hat er auch gesagt. Ich weiß nur noch nicht, warum.«

»Sag mal, beschäftigst du dich überhaupt mit deinen Fällen?«

»Normalerweise schon, aber der hier kam etwas sehr kurzfristig.« Mike zielte mit dem Kissen auf Peters Kopf und traf. Spiel, Satz und Sieg.

»Er will besser sein als Gott«, sagte Peter. »Er will gequäl-ten Frauen zum Frieden verhelfen. Daran ist an sich nichts auszusetzen.«

»Nur, dass er die Frauen getötet hat und nicht ihre Peini-ger.«

»Anscheinend sieht er den Tod für sie eher als Erlösung an. Das ist schon ziemlich schräg.«

»Da spricht ein wahrer Experte!« Mike stand von dem tie-fen Bettrand auf und streckte seine Glieder. »Vielleicht soll-test du ihn doch an seinem Zimmereingang besuchen. Dann wird es schräg und immer schräger.« Mike lachte und ging zur Tür.

»Du hast so einen müden Humor.« Peter schüttelte mit dem Kopf. »Normalerweise sollte der unschlagbar sein bei den Sachen, die du hier von Tag zu Tag hörst. Na ja, tschüss, du Hobbypsychologe.«

»Tschüss, du verkapptes Genie von einem Serienmörder.«

»Massenmörder bitte«, rief Peter ihm noch hinterher, ob-wohl er ihn nicht mehr sehen konnte. »Und denk daran, du kannst mich mieten! Bei Bedarf bitte melden.«

Peter, der sich auf das Beseitigen von ausländischen Studen-tinnen spezialisiert hatte, kam vor fünf Jahren als Serienmör-der auf dem Weg zum Massenmörder in die Klinik. Bei einer Routinebefragung war man ihm auf die Schliche gekommen.

Peter zeigte sich kooperativ und gestand eine Reihe von Morden, deren Ermittlungen schon seit geraumer Zeit in den Ordnern und Köpfen derer verstaubten, die damit beauftragt waren.

Bei intensiver Befragung hätte einem so manche Unge-reimtheit in Peter Paulaters Geständnissen auffallen können, aber die Verlockung war zu groß, einen ganzen Haufen der unerledigten Mordfälle mit einem Schlag von Tisch zu haben und wieder Platz in den Regalen und den Köpfen zu schaf-fen.

Die vorsitzenden Richter sahen das ähnlich, was Peter einen der ersten Plätze in der frisch gebauten forensischen Psychiatrie einbrachte. Aber Leichen waren einfach noch keine Leichen, wenn sie nicht gefunden wurden.

Über ihren Verbleib hatte Peter allerdings konsequent geschwiegen. Eine Tatsache, über die man sicherlich hätte hinwegsehen können. Man konnte aber nicht übersehen, dass das Morden nach der Verhaftung und Inhaftierung von Peter munter weiterging. In einem einsamen Verhör, bei dem Peter mit einem blauen Auge und einem Zahn weniger wieder herauskam, stand es fest: Der Mörder rannte immer noch frei herum.

Peter kam zurück nach Frackhausen und wandelte gedemütigt über die Flure der Klinik, bis einmal einer Schwester auffiel, dass er ja nun hier so recht nichts mehr zu suchen hatte. Da er Lichtjahre davon entfernt war, rehabilitiert zu sein, schoben sich die Behörden gegenseitig die Verantwortung für ihn und sein Handeln in die Schuhe. Das ging so lange, bis sich keiner mehr so richtig an den wirklichen Grund erinnern konnte, warum er sich noch in Frackhausen aufhielt.

Sein Fall wurde zwei Jahre später von einem Richter mit der Argumentation geschlossen, dass jeder, der sich freiwillig als Mörder outete, selbst wenn er keiner war, auch verrückt sein musste und dann in einer Klinik am besten aufgehoben sei. Über die Feinheit, dass es sich hier um eine forensische Klinik und keine ordinäre Irrenanstalt handelte, sah man großzügig hinweg.

Peter hatte seine Zeit der Popularität gehabt und damit ein gemütliches Polster, das ihm Aufmerksamkeit und Beachtung einbrachte.

Mike war schon fast an der Eingangstür der Station, die ihm mit einem Summen aufgedrückt wurde, wenn er den Schalter an der Wand drückte und in die Kamera lächelte, als ihm etwas auffiel. Er ging zurück zu Peters Zimmer und steckte seinen Kopf hinein. Peter hatte mittlerweile den

Fernseher angemacht. Kein Mörder zu sein, hatte auch so seine Vorteile.

»Du sagtest, er wollte gequälten Menschen zum Frieden verhelfen und tötete sie deswegen?«

»Stimmt.« Peter stellte den Ton ab. »Ich hoffe, du weißt, was das für dich bedeutet.«

Mike zog den Kopf aus dem Spalt und schloss die Tür. Er würde bei Henning sehr aufpassen müssen, nichts von seinem Leben preiszugeben.

Mike hatte seine Rituale, die er so an jedem Tag absolvierte. Wie zum Beispiel die Einkaufsliste abzuarbeiten, die ihm seine Frau mitgegeben hatte. Am Anfang hatte er gefragt, wozu denn das gut sein sollte, da Andrea doch in einem Supermarkt arbeite. Jetzt fragte er nicht mehr.

Andrea brachte auch weiterhin Lebensmittel von ihrer Arbeit mit und er hatte einen Teil recht spezieller Dinge im Dorf zu besorgen. Er betrat die Apotheke von Sophia Weissmüller, um Tabletten zur Darmreinigung zu kaufen. Die Apothekerin schaute ihn verkniffen an.

»Ach, der Herr Sanger«, sagte sie dann doch leidlich freundlich.

Mike wusste aus Erfahrung, dass sie immer dann freundlich war, wenn sie etwas von ihm wissen wollte. Er konnte sich auch schon denken, was.

»Henning Mansen ist also jetzt da?«, fragte sie betont beiläufig und sortierte ein paar Musterpackungen Hautcreme von der einen Seite der Theke auf die andere.

»Ja«, antwortete Mike einsilbig.

»Man erzählt ja viel von ihm, zumindest die Älteren. Ich kann mich aber so gar nicht mehr an ihn erinnern. Als Teenager war ich mit anderen Dingen beschäftigt.«

Mike betrachtete die pausbackigen Wangen und die hängenden Augen, die an einen Bernhardiner erinnerten, und beschloss, es nicht näher wissen zu wollen. Er glaubte, dass die Zeit mit ihr freundlich umgegangen war, und das ließ

Rückschlüsse zu, wie sie wohl als Jugendliche ausgesehen haben musste. Sie schien es ihm übel zu nehmen, dass er nicht nachfragte, und knallte ihm einen Stapel Apothekenzeitschriften vor die Nase. Mike zuckte zusammen.

»Wie ist er denn?«, fragte sie dann. Die Neugier siegte immer.

»Wer?«, fragte Mike überflüssigerweise.

»Henning natürlich.« Wieder dieser verärgerte Unterton, der ihm suggerierte, er hätte etwas falsch gemacht.

»Ach, ich dachte, Sie kennen ihn gar nicht?«, fragte Mike ehrlich überrascht.

»Das tue ich auch nicht«, giftete Sophia und vergrub die Hände in den Taschen ihres Kittels. Mike vermutete, dass sie diese zu Fäusten geballt hatte und bekam unangenehme Assoziationen zu seiner Frau. Er trat einen Schritt zurück.

»Aber man kann ihn doch als Mensch behandeln. Dazu sollte man sich doch verpflichtet fühlen.«

Mike war der Ansicht, dass Henning Mansen ein Dach über den Kopf und eine genügende Menge an Nahrung und Bewegung bekommen hatte und somit ausreichend als Mensch behandelt worden war. In anderen Ländern hatten die Gefangenen noch ganz andere Sorgen.

Ihm fiel plötzlich wieder ein, dass Sophia Weissmüller einen regen Briefwechsel mit dem Lehrer Steffen Naumann pflegte, der einen Schüler aus pädagogischen Gründen ermordet hatte, um den anderen zu zeigen, dass es so nicht ging und der Verlust des guten Benehmens den Verlust des Lebens zur Folge hatte. Vielleicht konnte er hier nicht allzu viel geistige Normalität erwarten.

»Na, dann mache ich mich mal auf den Weg«, sagte er und ging rückwärts Richtung Ausgang, um Sophia nicht aus den Augen lassen zu müssen, die aufrecht wie eine Bastion wider die guten Sitten stand und ihn mit Argusaugen beobachtete.

Draußen wurde ihm zwar klar, dass er das vergessen hatte, weswegen er hergekommen war, nach einem kurzen inneren

Kampf ging er das Wagnis allerdings ein. Andrea hatte Spätschicht und er somit die Gelegenheit, mit dem Auto eine Gemeinde weiter zu fahren, um die befohlenen Tabletten zu besorgen.

Die Bastelzeitung für Andrea stand auch noch auf dem Zettel sowie Briefmarken, was ihn zum Geschäft von Birgit Schreiner führte.

Er konnte Dirk Biermann sehen, der ein Paket Zigaretten kaufte, was ihn dazu veranlasste, auch den Kauf der Zeitung und der Marken aufzuschieben. Er hatte keine Lust, mit ihm eine Diskussion über Mansen zu führen. Dann würde er lieber noch mal Sophia Weissmüller einen Besuch abstatten.

So unauffällig wie möglich glitt er die Hauptstraße entlang über den Bürgersteig, allerdings nicht unauffällig genug, um nicht von Heiner Frey gesehen zu werden, der mit seinem riesigen Trecker und Güllefass Frackhausen gerne das Fürchten lehrte.

»He, Sanger«, brüllte er entsprechend laut aus der Fahrzeugkabine, was nur im ersten Augenblick mit der Lautstärke des Fahrzeugs zusammenzuhängen schien. Frey brüllte immer, da er hoffte, so die Leute entsprechend einschüchtern zu können.

Mike stellte seine Ohren auf Durchzug und tat, als hätte er nichts gehört, was bei dem Lärm, den diese Höllenmaschine machte, durchaus im Bereich des Möglichen lag. Aber er steigerte seine Geschwindigkeit unmerklich, wie er hoffte, und beschloss, ab morgen mit dem Auto zur Arbeit zu fahren.

Kapitel 9

Jan Torick konnte die Lösung seines Problems förmlich riechen. Nur die Feinheiten fehlten ihm noch, aber die würde er schon ausfeilen, da machte er sich wenig Sorgen.

Die Ankunft von Henning Mansen hatte ihm eines klargemacht. Seit dem Tag war er nur von dem Gedanken besessen, sich zu rächen. Was ihm noch mehr zu schaffen machte, war, dass er wahrscheinlich alleine nicht das erreichen konnte, was er wollte und auf Hilfe angewiesen sein würde.

Wenn er diesen Schritt schon gehen wollte, sollte die Wahl der Verbündeten sorgsam überlegt sein. Die Lösung kam aber schneller, als er es selber vermutet hatte, denn sie lag sozusagen auf der Hand.

»Ich dachte, jetzt wäre der richtige Zeitpunkt«, sagte er am Telefon.

»Wer zum Teufel ist denn da?«, fragte Holger Rampone.

»Jan Torick«, gab dieser ärgerlich zurück. Rampone hatte schließlich die Tage mit ihm gesprochen und erkannte seine Stimme nicht? Er hatte nicht übel Lust, wieder aufzulegen.

»Mann, melden Sie sich doch mit Namen. Was soll das denn? Um was geht es überhaupt?«

»Wir wollten uns doch mal unterhalten. Jetzt, wo Mansen wieder da ist, wäre es an der Zeit, eine kleine Interessengemeinschaft zu bilden.«

»Welche Interessen sollen dann da vertreten werden?«, fragte Rampone und klang nicht mehr ganz so abweisend.

»Wie wir den Mansen wieder loswerden«, sagte Jan sanft. »Der sitzt da in der Klinik und verhöhnt uns damit, dass er es geschafft hat, wieder hierherzukommen.«

»Ist was dran«, erwiderte Holger Rampone und überlegte offenbar einen Moment. Im Hintergrund hörte Jan das Geräusch von klickernden Kugeln und konnte es nicht zuordnen.

»Wann?«, fragte Rampone dann.

»Heute Abend«, sagte Jan kurz. »Ich gebe den anderen Bescheid.«

»Welchen anderen?«

»Sehen Sie dann«, antwortete Jan und legte auf, wohl wissend, dass Rampone das sicherlich nicht gutheißen würde. Aber es war wichtig, direkt die Fronten klarzumachen. Bei Wolfgang Schreckau war es nicht ganz so einfach.

»Ich verstehe nicht, was wollen Sie von mir?«, fragte der misstrauisch. »Ich kenne Sie doch gar nicht.«

»Doch, Sie kennen mich«, sagte Jan geduldig, obwohl er ihn am liebsten am Hals durch das Telefon gezogen hätte, um ihn zu schütteln. Wochenlang hatten sie als Nebenkläger im Gerichtssaal beieinandergesessen und dieser Idiot kannte ihn nicht. Die Tatsache, dass sie im selben Dorf wohnten, noch gar nicht berücksichtigt.

»Henning Mansen hat unsere Frauen umgebracht«, sagte er ruhig, obwohl seine Stimme leicht vibrierte. »Jetzt ist er wieder da und ich finde, wir als Betroffene sollten uns treffen.«

»Um was zu tun?«, fragte Schreckau und Jan war sich nicht sicher, ob das schon eine Reaktion auf seinen letzten Satz war oder er immer noch an der Aussage klebte, er kenne ihn nicht. Er beschloss, das Beste zu hoffen.

»Das sollten wir heute Abend bei mir besprechen«, sagte er daher verschwörerisch, was Wolfgang Schreckau wenigstens dazu veranlasste, ihm zuzusagen.

Den letzten Anruf tätigte er nicht so leichtfüßig, denn hier wurde es kompliziert. Sascha Sauerweck war nicht gerade für seine Herzlichkeit bekannt. Er war schon wegen Betrug und schwerer Körperverletzung im Gefängnis gewesen. Seine Reizschwelle war niedrig, sodass Jan diese bewusst von sich weg in die richtigen Kanäle schieben musste.

»Ich weiß zwar nicht, was es bringen soll, wie eine Selbsthilfegruppe heulend unser Schicksal zu betrauern, aber was soll's, wegen mir«, gab der jedoch überraschend friedlich zur Antwort.

»Nicht betrauern«, erwiderte Jan vorsichtig. »Wir sollten uns überlegen, wie wir den Mansen wieder loswerden.«

»Da wüsste ich schon was«, knurrte Sascha Sauerweck. »Aber leider darf man das hier nicht.«

»Vielleicht gibt es doch eine Möglichkeit«, deutete Jan an.

»Welche sollte das sein?«

»Heute Abend bei mir«, sagte er statt einer Antwort.

Nach dem letzten Telefonat war er sehr mit sich zufrieden. Es schien, als habe er die Ölleitung an der richtigen Stelle angebohrt. Er musste jetzt nur noch warten, dass es sprudelte.

Wenn man vier Männer zusammen in einen Raum steckte, die nicht mehr gemeinsam hatten, als dass ihre Frauen umgebracht worden waren, war das sicherlich ein Alleinstellungsmerkmal, brachte aber auf den zweiten Blick keinen weiteren Gewinn.

Ähnlich sah das Jan, als er auf seine Leidensgenossen blickte, die mehr oder weniger offen und gespannt auf ihren Plätzen saßen und warteten, dass er endlich loslegen würde.

»Also los, meine Zeit ist kostbar«, drängte Sascha Sauerweck, der in Jans Augen ein bisschen zu sehr den Anschein erwecken wollte, der Macher zu sein.

Aber er war eindeutig ein Computerexperte, wenn man das böse Wort Hacker nicht in den Mund nehmen wollte. Mit solch einem Spezialwissen war man heutzutage so nah an der Königsklasse, wie man nur sein konnte.

»Ich habe auch noch zu tun«, sagte Wolfgang Schreckau vorsichtig.

»Was denn, Blümchen gießen?« Sauerweck konnte sich über seine eigene Häme kaputtlachen.

»Das bringt uns nun wirklich nicht weiter«, mahnte Holger Rampone.

Wahrscheinlich musste er auf der Gemeinde auch mit allen sprechen wie mit kleinen Kindern.

»Das lassen Sie mal meine Sorge sein«, zischte Sauerweck.

Jan wünschte sich schon, er hätte das Fass nie aufgemacht und könnte die Mischpoke wieder nach Hause schicken. Aber dafür war es sicherlich zu spät. Wenn man den Tiger herausgelockt hatte, musste man ihn auch dressieren.

»Ich habe Sie heute eingeladen, um mit Ihnen die Neuigkeiten in unserem Dorf zu besprechen.«

»Neuigkeiten, pah, alter Hut.« Sauerweck betrachtete ihn verächtlich. »Wenn es nichts Spannenderes gibt, dann haue ich besser ab.«

Jan fand es eine Unverschämtheit, bei seiner Rede unterbrochen zu werden. Am liebsten hätte er ihn rausgeschmissen, aber Sauerweck war zu entscheidend für seine Pläne.

»Ich komme sofort dazu«, sagte er so verbindlich, wie er das von seinem Job gewohnt war.

»Dann schwafel nicht so viel«, erwiderte Sauerweck. Jan beschloss sofort, ihn ab jetzt auch zu duzen.

»Ich bin der Meinung, wir sollten uns das nicht gefallen lassen. Wir werden hier lächerlich gemacht. Mit der Ankunft von Mansen wird die Vergangenheit wieder nach oben gespült. Ich möchte das auf keinen Fall.«

»Ich auch nicht«, meldete sich Wolfgang Schreckau unvermittelt ebenfalls zu Wort. Jan hatte ihn schon fast vergessen. »Lange Jahre hat man mich schief angeguckt. Das ließ erst nach, als ich in den Ruhestand gehen konnte. Jetzt kommt das sicherlich wieder. Man traut sich ja kaum aus dem Haus.«

»Lassen Sie ihn mal ausreden«, sagte Holger Rampone beiläufig und beobachtete Jan genau. Jetzt musste seine Idee zünden, sonst konnte er seine Pläne ad acta legen.

»Wir wollen Vergeltung, da sind wir uns doch sicherlich einig. Die einzige Vergeltung, die ich bereit bin zu akzeptieren, ist der Tod von Henning Mansen.«

Schreckau machte seinem Namen alle Ehre und riss die Augen auf.

»Interessant«, sagte Holger Rampone nur. Sauerweck lachte meckernd.

Jan war beleidigt, er hatte sich mehr Enthusiasmus erhofft.

»Aber vielleicht sollten wir es lassen. Für so was braucht man schon jede Menge Eier in der Hose.«

»Zwei reichen, da können Sie sicher sein«, sagte Rampone. »Ich finde die Idee wirklich interessant. Wegen mir können wir es direkt machen.«

»Zumindest muss es vernünftig geplant sein.« Auch Sauerwecks Interesse war geweckt. »Hals über Kopf hilft da nicht weiter.«

»Das haben Sie doch nicht wirklich vor?«. Schreckau gab sich entsetzt, aber Jan wusste, dass sich die Schmach tief in sein Hirn hineingefressen hatte. Er konnte gar nicht anders, als mitzumachen. Warum sonst waren seine Rollläden immer zu?

»Vielleicht hat Jan schon etwas geplant«, sagte Holger und war ebenfalls unbewusst zum Du übergegangen. Mordpläne vertrugen anscheinend keine Formalitäten.

»So ist es.« Jan war froh, sie am Haken zu haben. »Ich habe ein paar Möglichkeiten durchgespielt. Ich finde, der beste Mord ist der, den wir nicht begehen müssen.«

»Erklärung bitte.« Sascha hatte er jetzt anscheinend auch erreicht. Sogar Wolfgangs Gesichtsausdruck war von Entsetzen in Neugier gewechselt.

»Wir lassen Mansen von jemand anderem umbringen.«

»Auftragskiller?«, fragte Holger.

»Dafür habe ich kein Geld.« Wolfgang hob entsetzt die Hände. »Ich bin Frührentner und nicht reich!«

»Quatsch«, sagte Jan. »Wo sollen wir den denn hernehmen? Wir sind doch hier nicht im Kino.«

»Na ja«, sagte Sascha, aber Jan wollte erst gar nicht näher darauf eingehen, weder auf Auftragskiller noch auf Kino.

»Ich denke, mit der bewährten Erpressung kommen wir weiter. Irgendwelche schmutzigen Geheimnisse muss diese Klinik doch haben. Holger?«, wandte er sich an den Gemeindekämmerer. »Wenn einer an Interna herankommt, dann doch wohl du.«

»Sollte man meinen. Aber wir haben diese Klinik damals schon nicht verhindern können, obwohl wir es im Gemeinderat versucht haben. Leider alles bombensicher.«

»Wenn wir nichts an der Organisation selber aussetzen können, dann müssen wir uns die Mitarbeiter vornehmen. Da sollte es doch dreckige Wäsche geben. Sascha!«

»Woher soll ich denn das wissen?«

»Du sollst es nicht wissen, du sollst es herausfinden. Wofür bist du der Computerspezialist in der Runde. Da wird es doch sicherlich dies oder das zu hacken geben?«

»Eine tolle Aufgabe, wenn man keinen einzigen Hinweis hat.«

»Da habe ich vollstes Vertrauen in dich«, sagte Jan, der sicher war, dass Schmeicheleien immer zum Ziel führten. Ihn hätte man damit an die Angel bekommen. Sascha war da wohl etwas anders.

»Das finde ich toll, dass die ganze Arbeit wieder an mir hängenbleibt. dabei ist da noch nicht einmal was zu verdienen.«

»Wir bekommen unsere innere Befriedigung«, sagte Holger.

»Na toll, darauf kann ich mich ja dann freuen«, entgegnete Sascha.

Sie trennten sich harmonischer, als Jan das im Vorfeld vermutet hätte.

Kapitel 10

Mike hatte nicht bedacht, dass das Auto nicht da sein könnte. Eigentlich hätte Andreas Fahrgemeinschaft sie heute mitnehmen sollen. Da die aber aus einer Kollegin bestand, die die Hälfte der Zeit eine Möglichkeit zum Krankfeiern fand, war das Risiko leider ziemlich hoch, genau einen dieser Tage zu erwischen.

Der Tag entwickelte sich so gar nicht nach seinen Vorstellungen, aber das war fast an allen Tagen so. Daher blieb ihm nichts anderes übrig, als zu warten, dass seine Frau nach Hause kam. Es war Glück oder Pech für ihn, dass Andrea an diesem Abend etwas anderes auf dem Herzen lag.

»Du bist jetzt für diesen Serienmörder zuständig?«, fragte sie, kaum dass sie den Raum betreten hatte.

»Ich bin für mehr als einen Serienmörder zuständig«, stellte Mike richtig. »Welchen meinst du genau?«

»Stell dich nicht dümmer, als du bist. Du weißt genau, von wem ich rede.«

»Das weiß ich wohl.« Mike resignierte. »Ja, ich betreue Henning Mansen.«

»Wie kannst du das vor dir rechtfertigen?«

»So, wie ich alle anderen Fälle der Betreuung rechtfertige. Dass ich ihnen durch meinen Beruf verpflichtet bin.«

»Dein Beruf, dass ich nicht lache«, sagte Andrea und schien wirklich amüsiert, aber nicht auf fröhliche Weise. »Du wohnst hier in Frackhausen und betreust einen Mörder, der Einwohner von hier umgebracht hat.«

»Andrea, einer muss es machen. Es ist nun mal eine forensische Psychiatrie.«

»Und da kann man nicht Nein sagen? Du hast auch Kollegen, die nicht aus diesem Ort kommen. Einer von denen hätte es übernehmen können.«

»Du hast recht. Darüber habe ich nicht nachgedacht.« Mike lenkte friedfertig ein. Vielleicht konnte es doch noch ein ruhiger Abend werden.

Gerade als er darüber nachdachte, die fehlenden Tabletten, Zeitung und Paketmarken freiwillig zu beichten, traf ihn der Boden von Andreas Handtasche hart im Nacken.

Einen Moment war er mehr verdutzt als schmerzerfüllt. Einer einfachen Beuteltasche hätte er nicht diese Wucht zugetraut. Anscheinend transportierte sie schwerere Dinge als normale Frauen. Ein Gedanke, der bestätigt wurde, als Andrea die Tasche aus der Hand fiel und ihm die Scherben einer Schneekugel vor die Füße kullerten.

»Sieh, was du gemacht hast!«, keifte Andrea und schlug ihm die nun leere Tasche noch mal ins Gesicht. »Das sollte ein Geschenk sein.«

Wassertropfen und Schneeflocken sprangen ihm entgegen. Er konnte sich nur knapp zur Seite drehen. Er spürte, wie eine Schnalle ihm die Wange aufritzte.

Er fand es unnütz zu erwähnen, dass er doch nichts gemacht hatte und begnügte sich damit, die Einzelteile der Kugel aufzulesen. Er blickte dem Froschkönig in die Augen, dessen Krönchen abgebrochen war, und fragte sich, wem um alles in der Welt Andrea dieses Teil wohl schenken wollte.

Die Schneeflocken kratzten in der Wunde, aber er wollte sie sich nicht tiefer einreiben und hielt seine Hände weg von seinem Gesicht. Die goldene Kugel rollte auf ihn zu. Wenn das ein Symbol für etwas war, dann kam es anscheinend nicht richtig bei ihm an. Er hatte auf jeden Fall einen Frosch, aber keine Königin geküsst.

»Du räumst hier auf und danke, dass du mir den Feierabend kaputtgemacht hast.«

Mike klaubte schweigend weiter Einzelteile vom Boden, bevor er sich entschied, doch das Kehrblech zu holen.

»Möchtest du, dass ich die Behandlung von Mansen abgebe?«, fragte er, um die Wogen wieder zu glätten.

»Dafür ist es wohl zu spät. Hinter meinem Rücken wird schon getuschelt. Ich hoffe nur, sie kommen nie auf die Idee, dich mal etwas genauer unter die Lupe zu nehmen.«

Wütend stopfte sie die feuchte Handtasche in die Restmüllbox, deren Deckel unter der rüden Behandlung durchbrach.

Ehrlich gesagt hoffte Mike das auch.

Andrea feuerte zornig ein Stück des Deckels auf Mike, der diesmal geistesgegenwärtig genug war, frühzeitig auszuweichen.

Kapitel 11

Sie hatten das perfekte Opfer für ihren Angriff gefunden. Jan konnte nicht glauben, dass es wirklich so leicht sein sollte.

»Wenn man mal weiß, wonach man suchen muss, ist die ganze Sache durchaus ein Kinderspiel«, sagte Sascha und schlürfte genüsslich einen Cognac, der leider zu Jans besten gehörte. Obwohl er keinen kannte, der öffentlich Cognac mochte, schmerzte es ihn doch sehr, ihn in Saschas Kehle verschwinden zu sehen. Für einen Platz auf der Anrichte als Statussymbol war diese Flasche allemal gut. Jan beschloss, zur Not Apfelsaft nachzuschütten, und machte Frieden mit der Sache. Auch wurde er das Gefühl nicht los, dass Sascha das absichtlich tat, und er hatte nicht vor, sich von ihm ärgern zu lassen.

»Ich kann das kaum glauben«, sagte Wolfgang. »Alles wird bis aufs Letzte geprüft, aber so was geht durch?«

Da Jan ihn als grauenhaften Pedanten wahrnahm, wunderte ihn seine Entrüstung nicht.

»Das mag daran liegen, dass eine Missachtung der Bauvorschriften sicherlich schlimmere Konsequenzen hätte als die Vernachlässigung von Serienmördern«, sagte Holger.

»Das sind nicht alles Serienmörder«, wandte Wolfgang ein.

»Macht keinen Unterschied«, sagte Jan. Jetzt bloß keine Grundsatzdiskussion.

»Zumindest nicht für unsere Sache«, schob er nach, als er sah, dass Wolfgang sich zu einer Antwort anschickte. Der schloss seinen Mund wieder. Jan buchte das als Erfolg für sich als Führungsperson. Allerdings glaubte er nicht, dass ihm das bei Holger und Sascha gelingen würde.

»Wäre auch das Beste, wenn die Bude über diesem Abschaum zusammenkrachen würde«, sagte Sascha.

»Hm, hm«, brummte Jan nur, der zwar nicht seine Wortwahl, aber seine Ansicht tolerierte.

»Egal, es spielt uns in die Karten«, fuhr er fort. »Je höher der Einsatz, desto größer die Risikobereitschaft. Er wird alles tun, was wir von ihm verlangen.«

»Wie stellen wir es an?«, fragte Holger. »Leute, das muss wasserdicht für uns sein. Es darf uns keiner mit dieser Sache in Verbindung bringen. Sonst bin ich meinen Job los!«

»Nicht nur du«, erwiderte Jan, der sauer wurde, da sich Holger in der Runde für den einzig Wichtigen hielt, der etwas zu verlieren hatte.

»Wir wohl alle«, sagte Sascha. »Denn dafür wandern wir in den Knast.«

Ihm schien das nicht wirklich etwas auszumachen. Wahrscheinlich, weil er schon mal gesessen hatte.

»Ich will nicht ins Gefängnis«, sagte Wolfgang.

»Meinst du, wir?«, fragte Jan. Dämlichkeit konnte er nicht ausstehen. »Wir werden es schon richtig machen.« Er wünschte sich, Wolfgang niemals mit ins Boot genommen zu haben.

»Wie?«, fragte dieser auch sofort.

»Wir werden erst mal den Text für einen Brief aufsetzen«, sagte Jan schnell, als er sah, dass Holger ebenfalls das Wort ergreifen wollte.

»Den sollten wir in einem Internetcafé in der Stadt schreiben und auch dort ausdrucken«, fuhr Sascha fort.

»Und auch da in den Briefkasten werfen«, sagte Holger.

»Und keine Fingerabdrücke hinterlassen«, setzte Wolfgang noch obendrauf.

Wenn er aufwachte, ging er wohl von Reaktion zu Aktion über. Das brachte zwar nicht viel, war aber wenigstens beruhigend zu wissen.

»Sieh da, Krimis glotzen zahlt sich doch aus«, sagte Sascha herablassend. »Zumindest seid ihr alle schon theoretische Kriminelle.«

»Die Praxis kommt auch noch, keine Sorge«, erwiderte Jan, der es nicht leiden konnte, gönnerhaft behandelt zu werden. »Schließlich haben wir nicht so viel Erfahrung mit krummen Dingen wie du!«

»Was soll denn das bedeuten?« Sascha stützte sich auf die Armlehnen, um sich aus dem Sessel zu erheben. Jan trat unbewusst einen Schritt zurück.

»Also bitte«, sagte Holger genervt. »Sauerweck, hör auf, dass du im Gefängnis warst, ist ja nun wirklich kein Geheimnis.«

»Vielleicht war es auch als Kompliment gemeint«, versuchte Wolfgang die Wogen zu glätten.

»Darauf kann ich verzichten«, schnappte Sascha.

Sascha griff also notfalls auch bei Männern zu Gewalt, das Bild von ihm wurde allmählich runder.

Obwohl es für Jan beunruhigend war, mit einem gefährlichen Irren zusammenzuarbeiten, hatte es sicherlich Vorteile, wenn eine normale Erpressung nicht ausreichte und sie andere Druckmittel bräuchten.

Er war mit der Entwicklung der Zweckgemeinschaft nicht wirklich zufrieden, da er sich nicht so in der Rolle des Machers sehen konnte, wie er es sich gewünscht hätte. Verdammt, es waren seine Idee und sein Plan, er hatte sie zusammengebracht, aber er vermisste die Dankbarkeit, die ihm seiner Meinung nach zustand. Jetzt war er von drei Selbstdarstellern umgeben, die anscheinend kein anderes Ziel hatten, als ihn infrage zu stellen. Er tröstete sich damit, dass er somit auch vielleicht die Verantwortung abschieben konnte, wenn es hart auf hart kam. Trotzdem ging es voran. Der Plan war geboren und stand vor der Ausführung. Genugtuung war in Sicht.

»Ich bin froh, dass Mansen das bekommt, was er verdient«, sagte Wolfgang und wirkte auf einmal kämpferisch. »Ich habe lange darauf gewartet.«

»Wir alle«, pflichtete Jan ihm bei. »Man hat mir etwas weggenommen, was mir gehörte. Das kann ich gar nicht vertragen.«

»Ich auch nicht.« Wenigstens darin war Sascha mit ihm einig.

»Ich will einfach nur Rache«, sagte Holger.

»Ich auch«, bestätigte Wolfgang. »Mansen hatte ein Verhältnis mit meiner Frau.«

Er erntete irritierte Blicke.

»Sie hatten ein Verhältnis und dann hat er sie umgebracht? Was ist das für eine Logik?«, fragte Holger verständnislos.

»Vielleicht war der Sex nicht gut?«, mutmaßte Jan.

»Dann hätte ich meine Alte auch umbringen können«, feixte Sascha.

Wolfgang verschränkte die Arme vor der Brust und zog den Kopf zwischen die Schultern. Seine Unterlippe schob sich vor wie bei einem trotzigen Kind.

»Wolfgang, das kann nicht sein«, sagte Jan dann versöhnlich. »Das hast du sicherlich missverstanden.«

»Nein«, gab Wolfgang störrisch zurück. »Es kam zwar bei der Verhandlung nicht zur Sprache, aber ich weiß es. Ich konnte es an seinen Augen sehen.«

»An ihren wäre ja auch schlecht möglich.« Sascha konnte es nicht lassen.

Jan fand sein morbides Interesse gewöhnungsbedürftig.

»Einigen wir uns darauf, dass wir alle etwas haben, wofür wir uns rächen wollen«, trieb er ihr Ziel wieder in den Fokus. »Aber bis das zu unserer Zufriedenheit geschehen ist, haben wir noch etwas Arbeit vor uns.«

Den Rest des Abends arbeiteten sie konzentriert am Erpresserbrief.

Manchmal war es besser, tot zu sein als mit einem Psychopathen verheiratet. Es war nicht ganz sicher, ob das die vier toten Ehefrauen aus Frackhausen genauso sahen, als sie noch lebten. Man konnte sie zwar nicht mehr fragen, aber die Vermutung lag nahe.

Wolfgangs Frau hatte mitnichten ein Verhältnis mit Henning Mansen. Das wäre auch schlecht möglich gewesen, da sie Tag und Nacht von ihrem Mann kontrolliert wurde.

Dass es Sorge um sie war, glaubte sie nicht mehr, als sie Prospekte für Stromhalsbänder entdeckte, die bei Hunden bewirkten, dass sie das Grundstück nicht verlassen konnten. Sie hatten keinen Hund.

Aber auch die dauernden Kontrollen in der Nacht hätten sie stutzig machen sollen. Er hatte die Angewohnheit, ihr dann mit einer Taschenlampe ins Gesicht zu leuchten, um bei einem zufriedenen Gesichtsausdruck Rückschlüsse auf ihre Träume ziehen zu können. Nicht, dass sie jemals Grund für einen zufriedenen Ausdruck hatte. Angst war für Zufriedenheit ein schlechter Motivator. Wolfgang hatte sie zwar nicht geschlagen, aber sie befürchtete, dass es bald so weit sein könnte. Leider oder auch nicht erlebte sie diesen Moment der Eskalation nicht mehr.

Der Druck auf Holgers Frau war mehr körperlicher Art, da er sie immer dann schlug, wenn er Dampf ablassen musste. Es war einfach, einen Streit vom Zaun zu brechen, wenn er es an jemandem auslassen konnte, der sich nicht wehrte.

Sein exzessives Suchtverhalten hatte schon so manche abstrusen Formen angenommen, wobei die Sucht nach Sex mit Sicherheit das war, was seine Frau mit am meisten belastete. Davon ließ er aber schnell ab, als er feststellte, dass es erfüllender war, beim Glücksspiel zu gewinnen, als auf seiner Frau wie auf einem kalten Karpfen zu liegen, der nicht im Geringsten munter wurde.

Sascha war über solche Skrupel erhaben. Sex hatte ihm zu gefallen, Fisch oder Fleisch, da war er nicht wählerisch. Sex in der Ehe war das gottgegebene Recht, das er sich immer dann nahm, wenn ihm danach war. Und das passierte verdammt oft, denn er war verdammt potent.

Er hatte geheiratet, damit er nicht für jede schnelle Nummer das Haus verlassen musste. Meistens fühlte er sich nach einem kurzen Ritt wieder so erfrischt, um munter weiterprogrammieren zu können. Seine Frau war nicht so erfrischt, aber sie musste ja auch nicht am Computer arbeiten oder auf eine andere Art die Brötchen nach Hause bringen.

Jans Frau hatte es Zeit ihres Lebens sicherlich am besten getroffen, da sie in keiner Weise körperlich misshandelt wurde. Dafür hatte Jan auch schlichtweg keine Zeit. Er war sehr mit seiner Person beschäftigt, sodass jeglicher Versuch seiner Frau, sich auch in den Fokus zu rücken, einem Affront gegen ihn gleichkam.

Sie wäre sicherlich an gebrochenem Herzen gestorben, wenn Henning ihr da nicht zuvorgekommen wäre. So nahm dieser vorweg, was sie auch selber getan hätte, es war nur eine Frage der Zeit gewesen.

Jan verstand nicht, warum er von Henning in einen Topf mit den anderen geworfen wurde. Schließlich hatte seine Frau es doch gut. Sie hatte doch ihn.

Kapitel 12

Schneeflocken waren hartnäckiger, als man es allgemein vermuten würde, zumindest wenn sie aus Plastik waren. Anscheinend hatte er nicht alle aus der Wunde ausspülen können, denn am nächsten Morgen hatte er das unangenehm pochende Empfinden, das eine Entzündung ankündigte.

Andrea schlief noch. Dafür dankte er Gott. Wutausbrüche kurbelten ihre Libido an, während sie die von Mike komplett ausschalteten. Daher schlich er sich morgens so früh wie möglich aus dem Haus, obwohl er gar nicht so zeitig in der Klinik erscheinen musste.

Leider war er auch nicht mehr dazugekommen, seinen Bedarf am Auto anzumelden, sodass er nicht wusste, ob Andrea es an diesem Morgen brauchte oder nicht. Er beschloss, kein Risiko einzugehen, und setzte sich aufs Fahrrad. Das würde auch schon helfen, dummen Fragen aus dem Weg zu radeln.

Er schlich sich über den Flur am Schwesternzimmer vorbei, aber Oberschwester Dörte hatte ihn bereits gesehen. Mike fragte sich, ob sie sich Tag und Nacht im Krankenhaus aufhielt, nur um auf ihn zu treffen.

Jetzt hatte sie ihn auf jeden Fall bemerkt und schoss vom Schreibtisch wie ein kleiner Kugelblitz auf ihn zu. Er drehte sich um, sodass seine verletzte Wange sich im noch schummrigen Licht des Flurs versteckte.

»So früh sind Sie wieder«, flötete Dörte.

Mike wunderte sich, warum ihn ihre Anwesenheit so unruhig machte. In dem Maße, wie Andrea seine sexuelle Lust aus ihm herausprügelte, brach sie in Dörtes Nähe wieder aus. Er verschränkte betont lässig die Beine übereinander, um eine beginnende Erektion zu verbergen.

»Ja, ich habe noch viel Papierkram auf dem Schreibtisch«, sagte er und versuchte verzweifelt, an so asexuelle Dinge wie seine Frau oder Dr. Mäuchel zu denken. Leider funktionierte das nicht besonders gut, da ihm sofort Bilder in den

Kopf kamen, wie seine Frau mit Dr. Mäuchel Sex hatte. Eine grauenhafte Vorstellung.

»Wenn Sie Hilfe brauchen, sagen Sie einfach Bescheid.« Dörte schnurrte wie ein Kätzchen.

Mike war versucht zu sagen, sie hätte doch mit ihrer augenblicklichen Karriere sicherlich genug zu tun, unterließ es aber dann doch. Auch wenn Dörte Heckmanns Motivation sicherlich von ihrem Hormonspiegel bestimmt war, war es dennoch nett gemeint.

»Das schaffe ich schon«, sagte er, nickte ihr freundlich zu und wandte sich zum Gehen. Leider hatte er seine Wunde an der Wange vergessen.

»Ach du lieber Gott, was haben Sie denn gemacht?«

»Nur ein kleiner Schnitt«, wehrte er ab.

Er brachte es erst fertig, in sein Büro zu flüchten, nachdem Dörte ihm das Versprechen abgenommen hatte, sich nachher in der Ambulanz zu melden.

Im Büro lehnte er sich erst einmal von innen gegen die Tür, um die Gefahr abzuwenden, dass sie ihm vielleicht gefolgt war und plötzlich die Tür öffnen würde. Nicht zum ersten Mal kam ihm in den Sinn, was ihn alles erwarten könnte, wenn er sich auf das Werben von Schwester Dörte einlassen würde. Bebende Brüste und weiche Schenkel versprachen ihm in seinen Träumen das Paradies, das aber leider den Fehler hatte, auch im Traum nicht abschließbar zu sein und seine Frau immer zu der unpassendsten Zeit hereinzulassen.

Er hätte es schön gefunden, Zuwendung nicht in Form von Hieben, sondern mit ausufernden Trieben zu bekommen. Solange aber seiner Frau nicht der Himmel auf den Kopf fiel, sie Opfer einer Epidemie oder schlichtweg von einem Auto überfahren wurde, sah er schwarz, was seine sexuelle und seine Zukunft generell anging.

Während Mike sein Problem von zu wenig Sex in den Griff zu bekommen versuchte, hatte Ralf Stockschneider das Problem, es mit zu viel Sex zu tun zu haben. Nachdem

Susanne wieder einmal von Dr. Mäuchel und ihm erwischt worden war, hatte sich das bemerkenswert schnell in der Klinik verbreitet, wie eigentlich immer.

Da Ralf wusste, dass er es nicht verbreitet hatte, kam nur Mäuchel in Betracht, der schon seit Längerem darauf drängte, eine offizielle Sextherapie anzubieten, von der er sich nicht nur mehr Zulauf und damit Akzeptanz von der Öffentlichkeit erwartete, sondern auch einfach mehr Geld in der nicht allzu laut klingelnden Kasse.

Merkwürdigerweise war Susanne bei diesem Thema recht zugeknöpft, was in Ralf die Vermutung aufkeimen ließ, dass seine Frau es auch nicht wahllos trieb, sondern schon ihre Ansprüche hatte. Bis jetzt konnte er allerdings nicht herausfinden, worin diese Ansprüche genau bestanden, schließlich war Vivaldo Piccio zwar ein netter Kerl, aber nicht als Hengst bekannt, was ihn zwar nicht zum typischen Italiener, Ralf aber durchaus sympathisch machte.

Zu Hause war die Kost mehr als kärglich. Seine Frau glaubte, dass er aus Eifersucht nicht mehr mit ihr schlief, um sie zu bestrafen. Die Wahrheit lag aber so dermaßen woanders, dass Ralf hoffte, nicht so schnell das Gegenteil beweisen zu müssen. Es lag weniger am Nichtwollen als am Nichtkönnen.

Obwohl Ralf seine Impotenz gerne mit Susannes Fehlverhalten erklärt hätte, war es nicht ganz so einfach, dafür einen Schuldigen zu bestimmen. Die Impotenz fing vor ihrer erwachenden Leidenschaft für fremde Männer an, wovon Susanne jedoch nichts wusste und woran Ralf beim besten Willen auch nichts ändern wollte.

Er sah es als Glücksfall an, als er seine Frau mit einem Hausangestellten im Bett erwischte. Sie bemühte sich, ihm glaubhaft zu versichern, sie hätte ihn im Dunkeln verwechselt. Dem Gärtner brachte das eine unbefriedigende Nummer und den Rauswurf ein. Letzteres betrübte diesen wesentlich mehr, da er häufiger willige Frauen als einen so gut bezahlten Job antraf. Ralf bedauerte den Verlust seines guten Angestellten insgeheim sehr, da er ihm dazu verholfen hatte, sämtliche ehelichen Pflichten mit seiner Frau einzustellen und somit seine Unzulänglichkeit zu verbergen.

Ralf verspürte immer mehr den Wunsch, seine Frau hinauszuschmeißen und seinen Stolz wieder zurückzuholen. Ein Vorhaben, das ihm insoweit erschwert wurde, da sie einiges an Vermögen mit in die Ehe gebracht hatte und es sicherlich sang- und klanglos wieder mitnehmen würde. Er verzichtete lieber auf seine Ehre als auf die Annehmlichkeiten, die er sich unabhängig von seinem Gehalt leisten konnte.

Außerdem würden ihm seine Eltern die Hölle heiß machen, wenn in der Nachbarschaft darüber getuschelt würde, nachdem er seine Frau verlassen hätte.

Ralf verwunderte es zwar ein bisschen, dass eine promiskuitive Schwiegertochter weniger schlimm sein sollte als eine geschiedene, allerdings hütete er sich, das Thema erschöpfend auszudiskutieren.

Was allerdings noch einmal dringend diskutiert werden musste, war das Verhalten von Susanne. Er bezweifelte jedoch, dass diese Diskussion fruchtbar sein würde. Es nicht mit fremden Männern in der Öffentlichkeit zu treiben, gehörte in seiner Gesellschaftsschicht zu dem guten Ton, den sich Susanne auch nach Jahren nicht angewöhnen konnte.

Er grübelte über eine elegantere Lösung seines Problems nach.

Mike lehnte noch eine Weile an der Tür, aber seine Befürchtung bestätigte sich nicht. Anscheinend war Schwester Dörte von ihren Pflichten wieder in Anspruch genommen worden. Er traute sich an seinen Schreibtisch, um den Tag mit seiner eigentlichen Mission hier in der Klinik zu beginnen, die so gar nichts mit Träumen von leidenschaftlichen Übergriffen einer erotischen Krankenschwester zu tun hatte.

Das frühe Aufstehen zahlte sich aus. Ungestört von Kollegen am Telefon und an der Tür gelang es ihm, sich ein nicht unerhebliches Maß an Licht auf seinem Schreibtisch zu verschaffen. Gut gelaunt überstand er ebenfalls die allmorgendliche Besprechung und das Essen in der Kantine, was nur mit sehr viel sportlichem Ehrgeiz in bester Stimmung verdaut werden konnte. Aber auch das schaffte er, wobei er der Meinung war, das Schlimmste vom Tag schon hinter sich zu haben.

Das war ein Irrglaube. Er hatte an diesem Nachmittag noch ein Gespräch mit Fabian Krüger, der sich der Nekrophilie verschrieben hatte. Mike war jedoch zuversichtlich, dass er Fortschritte machte, um diese Vorliebe in den Griff zu bekommen. Allerdings war er sich noch nicht ganz sicher, wie er das belegen sollte, da Tote hier doch eher Mangelware waren.

Er hatte seine Unterlagen vergessen und machte einen Abstecher zu seinem Büro, wo ihm Dirk Freitag entgegenkam, der zwar Wachmann an der Pforte war, aber gleichzeitig in seinen Mußestunden die Post des Personals herumtrug. Das tat er weniger, um sich zu beschäftigen, da die Tätigkeit an der Pforte nicht so aufregend war, dass man damit seinen Tag zufriedenstellend gestalten konnte, sondern mehr, um seine krankhafte Neugier zu befriedigen, das Neueste auf den Fluren bei Personal und Patienten mitzubekommen.

Mike bückte sich und klaubte einen Batzen Umschläge vom Boden auf, der vor seiner Bürotür lag, und warf ihn auf seinen Schreibtisch, was dem aufgeräumten Eindruck nicht wirklich guttat. Er sortierte den Stapel ordentlich nach Größe. Dabei fiel ihm ein schlichter weißer Umschlag in die Hände, der außer seinem Namen und der Adresse der Klinik keinen weiteren Hinweis von sich gab, woher er stammen könnte. Seine Neugierde war geweckt. Er schielte auf seine Uhr und entschied sich, dass Fabian Krüger durchaus noch einen Moment warten konnte.

Das Papier des Umschlags war dünn und billig. Er hatte Mühe, eine Ecke des Klebefalzes zwischen die Fingernägel zu bekommen. Mike suchte seinen Brieföffner. Er konnte sich vage daran erinnern, ihn das letzte Mal in der Hand gehabt zu haben, um sich gegen einen Patienten zu verteidigen. Eine Tatsache, die er erfolgreich verdrängt hatte. Irgendwie hatte er danach nicht mehr den rechten Spaß an dem Teil und es aus den Augen verloren. Er hoffte nur, dass ihn kein Patient in die Finger bekommen hatte.

Allein dieser Gedanke wäre es wert gewesen, ihn in Trab zu halten, aber er hatte sich schnell verflüchtigt, als er sich auf den Inhalt des Briefs konzentrierte, nachdem er den Umschlag mit einem Kugelschreiber mehr schlecht als recht geöffnet hatte.

Mike lebte die letzten Jahre zwar in einer Illusion, die allerdings umso realer geworden war, je länger sie andauerte. Mittlerweile vergaß er selbst hin und wieder, dass er nicht das war, was er vorgab zu sein. Leider gehörte er damit zu der bevorzugten Zielgruppe für einen Erpresserbrief.

Der hatte es durchaus in sich, denn der oder die Erpresser verlangten kein Bargeld, sondern hatten Wünsche, die noch wesentlich unethischer waren. Sie verlangten Henning Mansens Tod. Er fühlte sich bestätigt, dass er den Serienmörder nicht betreuen wollte. Das war allerdings ein schwacher Trost für das Dilemma, in dem er nun steckte.

Das Problem war nicht, dass Mike kein guter Psychologe war. Das Problem war, dass er kein Psychologe war. Er wollte immer Schreiner werden. Leider war das für seine Mutter keine Option. Bei Sangers war man gewohnt, das zu tun, was Ehefrau und Mutter einem sagten, ein Umstand, der Mike ebenfalls seine Frau Andrea bescherte.

Er war in der forensischen Psychiatrie für die Behandlung und Rehabilitation sowie Entlassungsprognosen zuständig. Aber er ließ so gut wie nie einen raus, aus Angst, aufgrund mangelnder Qualifikation den falschen Mörder zu entlassen. Trotzdem war es die letzten Jahre ein gutes Leben gewesen, wenn man seine Frau und sein Gewissen außer Betracht ließ. Jetzt sah es so aus, als würde ihm seine Vergangenheit das mit einem Paukenschlag zerstören.

Mike konnte Fabian Krüger nun wirklich nicht mehr länger warten lassen. Er machte sich auf den Weg zur Station und traf diesen ziemlich aufmüpfig an.

»Ich warte«, sagte Fabian und zeigte auf die Stationsuhr.

»Das tut mir leid, ich wurde aufgehalten.«

Mike war zwar immer höflich zu seinen Patienten, obwohl er den Drang verspürte, Krüger zu sagen, er hätte doch hier drin sowieso nichts vor und könnte demnach auch einen Teil seiner Zeit mit Warten verbringen. Aber er tat es nicht, denn er war höflich, wie gesagt.

»Wie haben Sie die letzten Tage verbracht?«, fragte er stattdessen. »War der Drang immer noch so stark?«

»Ich weiß nicht, den Porno fand ich schon scharf.«

»Sehen Sie, und das, obwohl sich alle Frauen bewegen.«

Mike war recht stolz auf seine Idee, seinen Patienten mit einem tragbaren DVD-Player und einem Stapel Schmuddelfilme ausgestattet zu haben, eine Maßnahme, für die er bei Mäuchel recht hart kämpfen musste. Wenn er Ralfs Rat angenommen hätte, klemmte schon längst eine Elektrode an Krügers Pimmel, die ihm bei jeglicher Erektion bei Bildern von Toten einen Stromschlag verpasst hätte. Nicht nur, dass es dann sogar für Ralf erstaunlich schwierig gewesen war, Bilder von Toten aufzutreiben, war ein Glück für Krüger, auch hatte er es Mike zu verdanken, dass diese Behandlung an ihm vorüberging.

»Wie soll ich denn merken, ob 'ne Tote mich jetzt noch scharf macht?«, fragte Fabian zu Recht.

»Mal gucken, vielleicht bei einem Besuch im Leichenschauhaus. Weiß noch nicht genau«, sagte Mike ausweichend. Er glaubte nicht, dass ein Bestatter ihn freiwillig mit einem bekennenden Nekrophilen ins Schlaraffenland lassen würde.

»Ich lass mir was einfallen«, meinte er dann.

»Danke, Sie sind echt cool«, sagte Fabian Krüger.

In dem Moment sah Mike klar und er wusste, dass das, was er sich hier aufgebaut hatte, verteidigen musste. Wenn das bedeutete, dass Henning Mansen sterben musste, war er bereit, diesen Weg zu gehen.

Teil 3

Kapitel 13

Auch Frackhausen war derweil in eine Art Notfallplan-Modus gefallen. Obwohl die Gründe andere waren als die von Mike, waren sie für die Einwohner nicht weniger verheerend.

Es hatte Vorteile, wenn ein großer Teil der Bevölkerung in der forensischen Klinik arbeitete. Zwar hatte das Dorf nicht mehr Fachkräfte als anderswo zu bieten, aber es gab es in einer Klinik mit annähernd 400 Patienten mehr als genug zu tun, was nicht mit direkter ärztlicher Betreuung in Zusammenhang stand. Auch das hatte damals mit den Ausschlag gegeben, dem Bau zuzustimmen. Auf dem Land waren Arbeitsplätze allgemein dünn gesät, daher konnte man die Chance nicht ignorieren, die sich mit dem Bau der Klinik bot.

Allerdings verbreiteten sich Neuigkeiten auch schneller, als es der Klinikverwaltung – speziell Direktor Mäuchel – lieb sein konnte. So kam es, dass in Frackhausen schon die ersten Gerüchte die Runde machten, Henning Mansen sei Freigang gestattet worden. Dr. Mäuchel erfuhr dies von seiner Sekretärin, die ihm diese hochexplosive Mitteilung zwischen Tür und Angel kundtat. So schnell es ihm die kurzen Beine ermöglichten, hechtete er zur Tür und schlug sie Katrin Bäcker vor der Nase zu, bevor diese wieder verschwinden konnte.

»Was haben Sie da gesagt? Wie kommen Sie denn darauf?«

»Eine aus der Putzkolonne hat es im Schwimmbad erzählt«, verteidigte sich Frau Bäcker. »Und der Bademeister dann nachher mir.«

»Wenn es so eine Erlaubnis gäbe, müsste ich ja wohl davon wissen«, schnappte Mäuchel und ignorierte den mitleidigen

Blick, den ihm die Bäcker zuwarf. »Oder ich hätte darüber gelesen«, schob er kleinlaut nach.

»Dann haben Sie darüber hinweggelesen. Das Kleingedruckte von Mohama Electronics ist Ihnen ja auch entgangen.«

Dr. Mäuchel ignorierte auch die letzte Bemerkung. Über den Kauf eines Großbildfernsehers für sein Büro, der ihm nachher ein Jahresabo über zwölf zusätzliche Exemplare bescherte, redete er äußerst ungern. Ab und an tauchten über diesen Vorfall spitze Bemerkungen aus der Belegschaft auf, wenn er hier und dort den Etat für Behandlungsmaterialien kürzte.

In der Tat hatte Dr. Mäuchel zwar die Mitteilung bekommen, über einen Freigang von Henning Mansen zu entscheiden, sie aber nicht gelesen. Das hatte abends die Putzfrau übernommen, die gemütlich in seinem Sessel die Zeit überbrückte, die sie normalerweise zum Reinigen seines Büros gebraucht hätte. Sie betrachtete es als Bürgerpflicht, ihre Nachbarn und die Damen aus ihrem Schwimmverein zu unterrichten.

Frackhausen nahm diese Neuigkeit nicht allzu gut auf. Alle schlichen vorsichtig im Ort herum, nicht ohne immer einen wachsamen Blick auf ihre Umgebung zu haben, in der Angst, Mansen könnte hinter der nächsten Hecke hervorspringen.

Birgit Schreiner fiel fast in Ohnmacht, als ein Durchreisender, den das Navigationsgerät nach Frackhausen geschickt hatte, in ihren Laden kam, um sich ein paar Zigaretten zu kaufen. Leider hatte er das Pech, eine gewisse Ähnlichkeit mit dem Serienmörder aufzuweisen. Eine Tatsache, derer er sich bisher nicht bewusst war und auf deren Wissen er auch hätte verzichten können, zumal sich Birgit Schreiners Reaktion nicht auf eine Fast-Ohnmacht beschränkte. Voller Inbrunst, um ihr Leben und ihre Jungfräulichkeit zu verteidigen, schlug sie ihn äußerst schmerzhaft mit einer Posterrolle.

Erst Josef Pfeifer, der kurze Zeit darauf den Laden betrat, um seine tägliche Rentnerrunde zu machen, konnte sie davon überzeugen, dass zu keiner Zeit weder das eine noch das andere in Gefahr gewesen war, und sie mit einem Schnaps aus seinem Flachmann beruhigen. Der Durchreisende verließ den Ort schnell mit der Gewissheit, nie wieder hierhin zurückzukehren, und nahm sich vor, in Zukunft eine Karte zu lesen, die ihn sicherlich stressfreier ans Ziel brächte. Dauernd wurde von den Gefahren berichtet, die die neuen Medien mit sich brachten, aber sicherlich wäre keinem in den Sinn gekommen, die Nutzer vor ungerechtfertigten Mordanschlägen zu warnen.

Heiner Frey erwischte die Neuigkeit, als er die Messer an einem Mähwerk schärfte, was ihn veranlasste, sämtliche Mist-, Heu- und Grabegabeln ebenfalls in noch tödlichere Waffen zu verwandeln, als sie es sowieso schon waren.

Viele Männer waren nicht scharf darauf, das Leben ihrer Frau zu verteidigen, aber Frey hatte vor zwei Jahren noch einmal geheiratet und seine neue Gemahlin war durchaus schützenswert. Zwar hielt ihre Liebe zu ihm und den Schweinen nicht ganz so lang wie ihre Liebe zum Geld, aber Frey schaute über solche Kleinigkeiten hinweg, solange er sie mit diesem offenen Geldhahn halten konnte.

Leah Kaiser hoffte auf ihre Schönheit. Selbst ein Mörder konnte nicht übersehen, welches hübsche Juwel er da vor sich hatte und würde es vielleicht nicht zerstören. Jürgen Faust versicherte großmütig, sie natürlich beschützen zu wollen, ließ aber offen, wie ihm das gelingen könne, wenn er nur selten in ihrer Nähe war. Aber alleine diese Bemerkung brachte ihm Glück und eine Gratis-Nummer, die er gnädig annahm. Als er wieder abgezogen war, fühlte sie sich zwar befriedigt, aber bei Weitem nicht so beschützt, wie er es ihr versprochen hatte.

Trisha Tanzer hätte sich eher von Henning umbringen lassen, als mit Jürgen Faust zu schlafen. Allerdings beruhte das auf Gegenseitigkeit. Sie überdachte ihre Situation und kam zu dem Schluss, keine weiteren Schutzmaßnahmen treffen zu müssen, solange die Bache, die eine ihrer Flaschenaufzuchten war und momentan aufgrund eines ungenehmigten Freigangs eine Rotte Frischlinge beaufsichtigte, auf dem Hof frei herumlief und ihren Nachwuchs beschützte.

Dass weder Post noch Paketdienst genau aus diesem Grund den Hof betraten, störte sie weniger. Ärgerlicher war, dass sie nur dann den Hof verlassen konnte, wenn die Bache gute Laune hatte. Das schränkte ihren Speiseplan und den Rest ihres Lebens zwar erheblich ein, aber zumindest fühlte sie sich leidlich beschützt.

Sabrina Reiniger fürchtete sich zwar vor nichts, aber alles, was dieses Dorf hervorbrachte, war ihr seit jeher suspekt. Selbst Henning Mansen konnte sie nicht in Frackhausen umbringen, wenn sie sich nicht in Frackhausen befand. Daher bemühte sie sich äußerst penetrant um einen Auftrag in Düsseldorf, der sie zumindest für die nächste Zeit aus der Schusslinie bringen würde.

Dirk Biermann beschloss abzuwarten, bis seine Zeit gekommen war, was seinem Naturell als bekannter Hitzkopf völlig zuwiderlief. Aber da er Henning Mansen mindestens in vier Stücke reißen wollte, wenn er ihm im Dorf begegnete, um seine nicht vorhandene Frau umzubringen, war es umso wichtiger, sich im Vorfeld ruhig und überlegt zu geben, um keine unnütze Aufmerksamkeit auf sich zu lenken.

Einzig Sophia Weissmüller überkam ein wohliger Schauer nie gekannter Freuden, als Patrick Meier ihr die Informationen mit dem Anzeigenblatt brachte. Patrick war maßgeblich mit dafür verantwortlich, dass sich die Neuigkeit aus dem Schwimmbad rasant über das Dorf und die Umgebung verbreitet hatte.

Sophia ihrerseits beschloss, Steffen Naumann abends noch per E-Mail über Henning Mansen zu befragen und dafür zu sorgen, dass der ihren Namen kannte. Steffen hatte momentan nicht den Hauch einer Chance auf einen Freigang. Vielleicht ließ sich mit Henning diese Durststrecke erfolgreich überwinden.

Sich zu dem Entschluss durchzuringen, einen Menschen zu töten, war für Mike ein harter Kampf gewesen. Jetzt aber, wo er den Entschluss gefasst hatte, fand er es beunruhigend einfach, den Mord zu planen. Der Haken allerdings war, dass er nicht den Hauch einer Ahnung hatte, wie man das anstellen sollte.

Er machte sich eine Liste zu sämtlichen Tötungsmethoden, die ihm so einfielen. Leider ließ er diesen Zettel in der Kantine liegen, wo eine Servicekraft ihn fand und aufgebracht zu Dr. Mäuchel brachte. Der vermutete Ralf Stockschneider dahinter, der dafür bekannt war, moralische Grundwerte nur allzu großzügig auszulegen, und verpasste ihm einen Einlauf, der Ralf danach ratlos, aber nicht besonders beeindruckt zurückließ, da er sich keiner Schuld bewusst war.

Mike verbrachte eine schlaflose Nacht, als er den Verlust bemerkte, und legte sich eine Vielzahl an Erklärungen parat, von denen eine verrückter als die andere war. Aber am nächsten Morgen stellte ihn keiner zur Rede und er beruhigte sich wieder. Er beschloss, Mansen einfach selbst auf den Zahn zu fühlen.

»Wovor haben Sie am meisten Angst?«, fragte er ihn daher am Nachmittag, nachdem er eine ungeplante Sitzung anberaumt hatte. Henning Mansen schien durchaus erfreut, ihn wiederzusehen. Zwar konnte er durch das Gitter am Leben im Haus teilnehmen, so war zumindest der Plan. In der Praxis funktionierte das allerdings nicht ganz so gut.

»Wovor ich Angst habe?«, fragte er daher aufgebracht. »Dass ich aus diesem Zimmer nie wieder rauskomme.«

»Ich werde das so schnell wie möglich klären«, versprach Mike ihm. »Daher bin ich auch hier, da der Freigang auf der Station von meinem Urteil abhängt.«

»Nicht, dass mein Freigang an die frische Luft schneller kommt als der hier im Gebäude.«

»Wie kommen Sie denn darauf?«, fragte Mike ehrlich geschockt.

»Alle Vögelchen zwitschern das schon. Ein Pfleger hat mir das gesteckt.«

Mike hatte auf jeden Fall keiner etwas gesteckt und das kränkte ihn schon. Es sollte doch für irgendetwas gut sein, dass eine Schwester nach ihm verrückt war. Er notierte sich innerlich, Oberschwester Dörte möglichst vorwurfsvoll darüber zu befragen. Er rief sich zur Ordnung, sein ursprüngliches Vorhaben weiter voranzutreiben.

»Mal abgesehen vom Zimmer, was ist Ihre größte Angst?«, fragte er erneut.

»Krank zu werden.« Mansen brauchte nicht lange zu überlegen. »Ich meine, das ist doch furchtbar. Man kann nichts dagegen tun und sich nicht dagegen wehren.«

»Man kann gesund leben.«

»Quatsch«, erwiderte Henning abwertend. »Das ist alles in der Luft und in unserem Essen. Wie will man dann gesund leben?«

»Sonst noch was?«, fragte Mike erschöpft. Mansen so lange mit Umweltgiften zu konfrontieren, bis er endlich eine tödliche Krebsart zustande brachte, diese Zeit hatte er leider nicht.

»Die Welt nicht zu einem besseren Ort zu machen.« Als Ideenspender war der Serienmörder eindeutig nicht zu gebrauchen.

»Ja, das sagten Sie bereits bei unserem letzten Treffen.« Mike seufzte.

Er konnte sich erinnern, dass alle vier Ehemänner als latent gewalttätig eingestuft worden waren, auch wenn man es ihnen nicht hatte beweisen können.

»Hat Sie das so getroffen?«, fragte Henning interessiert.

»Nein«, sagte Mike, der ihm nun nicht verraten konnte, dass er leider keine sehr ergiebige Quelle für seine Tötung war, und suchte nach einem Grund, warum er betrübt sein könne.

»Ich finde es nur traurig«, sagte er dann. »Sie waren bei der Polizei. Sie hätten viel Gutes bewirken können, Karriere machen, ach, was weiß ich.«

»Geht Ihnen das Schicksal der Patienten immer so zu Herzen?«

Mansen hatte recht. Mike nahm immer sehr viel Anteil. Er fand es gefahrlos, das zuzugeben, und nickte. Anscheinend war das die richtige Reaktion. Henning lächelte. Er sah schon beeindruckend gut aus. Für seine Opfer musste es ein Trost gewesen sein, wenigstens von einem schönen Mann umgebracht zu werden.

»Ich werde vorschlagen, das Gitter zu entfernen«, sagte Mike dann.

»Vernünftig. Schließlich habt ihr noch einige andere Schwergewichte hier drin. Dagegen bin ich ja schon fast harmlos.«

Mike konnte ihm da nur zustimmen und dachte an Erik Schulze, der seine Eltern für Aliens gehalten und sie daraufhin zersägt hatte. Auf Mikes Frage, warum er sie unbedingt zersägen musste und es ein normaler Mord nicht auch getan hätte, bekam er zu hören, dass Aliens sich reinkarnieren könnten. Wenn aber ihre Körper in Einzelteile verstreut würden, wäre das nicht mehr möglich. Mike hätte gerne auf dieses Insiderwissen verzichtet.

Bei Henning allerdings wäre ihm mehr davon wirklich willkommen gewesen. Er verließ ihn, ohne in seiner wahren Absicht weitergekommen zu sein, und hoffte, dass ihm noch etwas einfallen würde.

Da er seine Ideenliste verloren hatte, setzte er eine neue auf, indem er für den Rest des Nachmittags im Internet recherchierte, aber außer dass er auf die Aussage des Kriminalpsychiaters Körber stieß, dass Töten menschlich sei, brachte ihn das nicht wirklich weiter. Das hätte er sich selber beantworten können.

Mike beschloss, seine Nachforschungen auf einen Rechner zu verlegen, der nicht so offenkundig überwacht werden konnte, und verließ die Klinik.

»Nun ist doch genau das eingetreten, was wir befürchtet hatten«, sagte Dr. Monika Berg. »Ganz Frackhausen benimmt sich wie ein Irrenhaus. Dabei hat Mansen noch nicht mal einen Fuß über unsere Schwelle gesetzt.«

»Das kann ich bestätigen«, pflichtete ihr Jessica Zweig bei. »Gestern an der Tankstelle fragte man mich, ob ich eine Petition für eine Waffenausgabe an die Einwohner unterschreiben würde.«

»Gott bewahre uns«, sagte Dr. Mäuchel. »Das haben Sie doch wohl hoffentlich abgelehnt.«

»Wie sollte ich denn?«, schnappte Jessica. »Ich wollte nach Hause und hatte nicht mehr genug Benzin im Tank.«

»Wie stehen wir denn jetzt da?«, fragte Mäuchel verzweifelt. »Damit haben wir doch wieder den Demonstranten Tür und Tor geöffnet.«

»Ist mir egal, ich wollte heim«, entgegnete Jessica störrisch.

»Das haben Sie jetzt davon«, sagte Dr. Berg. Mike fragte sich, ob sie die Zweig oder Mäuchel meinte.

»Ich fand die Idee von Anfang an beknackt«, sagte Ralf und ließ eines seiner langen Beine über die Stuhllehne baumeln.

»Ich habe meiner Sekretärin schon ein Manifest diktiert«, erwiderte Monika Berg.

»Großer Gott«, sagte Dr. Mäuchel und wurde blass.

»Frau Bäcker ist seine Sekretärin«, warf Ralf freundlich ein, was in keinem Verhältnis zu dem vernichtenden Blick stand, den ihm Dr. Berg zuwarf.

»Ach ja, natürlich«, sagte Dr. Mäuchel, der nicht mehr richtig bei der Sache war und sich anscheinend über Auswirkungen eines Manifestes gleich welcher Art Gedanken machte. Mike tat das übrigens auch.

»Vielleicht sollten wir die ganze Sache mal professionell angehen«, schlug Hud Maimun Maroun vor. Er konnte sich nicht vorstellen, dass Ärzte in seinem Land ernsthaft Zeit haben würden, sich mit Manifesten und Petitionen zu beschäftigen, wenn sie über das Wohlergehen eines Serienmörders entscheiden würden, für den es sowieso nichts anderes als *Kopf ab* geben würde.

»Schöne Idee«, sagte Ralf fröhlich. »Schließlich sind wir Profis, na ja, zumindest ein paar von uns.« Er schaute betont zufällig in Huds Richtung, der ihn aber vollkommen ignorierte. Mike wusste, dass sich Ralf darüber ärgerte.

»Dann fragen wir doch einfach Herrn Sanger«, schlug Manfred Mäuchel vor. »Schließlich hat er bisher am meisten mit Herrn Mansen zu tun gehabt.«

»Ich habe ihn nur zweimal gesprochen, wie soll ich das dann entscheiden?«, fragte Mike mehr verzweifelt als verdutzt.

»Beruhige dich«, sagte Ralf. »Im Prinzip ist es ja von höherer Stelle schon entschieden. Er hat einen Anspruch darauf und fertig.«

»Trotzdem liegt es letztlich auch an unserer Einschätzung«, mischte Dr. Berg sich ein. »Wir können die Sache noch kippen.«

»Dafür gibt es aber keinen Grund«, sagte Ralf, bevor Mike antworten konnte. »Er hat sich in den 15 Jahren seiner Haft mustergültig verhalten. Heute haben sie das Gitter entfernt und seitdem läuft er im Gebäude herum und schäkert mit dem Pflegepersonal.«

»Er tut was?« Dr. Mäuchel hoffte anscheinend, nicht richtig gehört zu haben.

»Mit dem Personal schäkern«, wiederholte Monika Berg ungeduldig.

»Wer hat das angeordnet?«

Ralf zeigte mit dem Finger auf Mike, der ärgerlich auf seine Hand schlug und ihm einen Vogel zeigte.

»Ja, ich«, sagte er dann. »Mansen bemerkte nicht zu Unrecht, dass er im Gegensatz zu anderen Bewohnern schon ein Waisenknabe ist.«

»Ein Waisenknabe mit Knasterfahrung«, ergänzte Dr. Berg. »Das ist auch das, was mich an der Sache beunruhigt.«

»Glauben Sie ernsthaft, das gäbe den Ausschlag, ob er hier noch einen Mord begeht oder nicht?«, fragte Hud.

»Zumindest wurde ihm sicherlich über die Jahre mehr Gewalt vorgelebt als unseren Schützlingen. Ja, ich denke schon, dass er da ein anderes Verhältnis zur Gewalt hat.«

»Das sollte Ihnen doch bekannt vorkommen, Hud«, mischte Ralf sich wieder ein. »Wenn man in Ihren Gefängnissen nicht vollgestopft mit Gewaltfantasien rauskommt, lag man wahrscheinlich die ganze Zeit im Koma.«

»Jetzt passen Sie mal auf, Stockschneider ...«, hob Hud Maimun Maroun die Stimme.

»Also bitte!«, schnauzte Dr. Mäuchel jetzt sichtlich erbost. »Wir sollten doch sachlich bleiben, nicht wahr. Immerhin sollten wir uns nicht so verrückt aufführen wie unsere Patienten.«

»Unsere Patienten sind nicht verrückt«, stellte Dr. Berg richtig. »Oder Sie sind in der falschen Klinik.« Ralf klatschte beifällig.

Huds Kopf fiel auf die Tischplatte. Mike konnte ihn verstehen. In seinem Kopf drehte sich ebenfalls alles im Kreis.

Dr. Berg presste die Lippen aufeinander, bis sie zu einem kleinen Strich wurden. Eine beachtliche Leistung, fand Mike. Ihre Lippen waren mit das Schönste an ihr, herzförmig geschwungen und prall. Sie tat ihm leid. Es musste schwer sein, die einzig Erwachsene im Raum zu sein.

»Sehen Sie mal, Dr. Berg«, sagte er daher behutsam. »Ich habe wirklich ein gutes Gefühl. Henning Mansen ist ein angenehmer Mensch mit einem fehlgeleiteten Weltbild. Außerdem tötet er nur, wenn er jemanden für ein armes Opfer hält.«

»Dann sollten wir sehen, dass alle weiblichen Wesen hier im Haus Glück verströmen«, sagte Monika Berg trocken. »Und damit meine ich nicht, dass sie sich von Vivaldo Piccio beglücken lassen. Oder sonst wem.« Sie blickte streng zu Ralf. Der hob abwehrend seine Hände.

»Meine Rede«, sagte er nur.

»Verteilen Sie Gehaltserhöhungen, dann wird es schon klappen«, erwiderte Hud.

»Wir wollen ja mal nicht übertreiben«, wehrte Dr. Mäuchel ab, der sich mit endlosen Forderungen nach einer gerechten Entlohnung in Pflegeberufen konfrontiert sah. »Vielleicht helfen schon ein paar hübsche Sträuße Blumen hier und dort ...«

»Hören Sie auf mit diesen Albernheiten«, fuhr ihm Dr. Berg über den Mund. »Herr Maroun wird mit seinen Leuten reden und ihnen die Notwendigkeit klarmachen, dass sie glücklich auszusehen haben.«

»Ja, das wird helfen«, sagte Ralf fröhlich. Mike bewunderte ihn wieder einmal dafür, Unverschämtheiten in die Welt zu posaunen, ohne dass jemand wirklich des doppeldeutigen Sinns habhaft wurde.

»Sie kennen mich doch, Dr. Berg. Ich treffe nie leichtfertige Entscheidungen, wenn es darum geht, Lockerungen oder Entlassungen zu empfehlen.«

»Das wissen wir, Herr Sanger«, versuchte Dr. Mäuchel die Gesprächsführung wieder an sich zu reißen.

»Und merken es auch recht deutlich an den hohen Patientenzahlen«, konnte Hud sich nicht verkneifen zu ergänzen.

»Gut, dann probieren wir es mit einem Freigang«, sagte Dr. Berg. »Ich vertraue Ihrem Urteil, Herr Sanger.«

Mike konnte sich nicht entsinnen, einem Freigang explizit zugestimmt zu haben, vermutete jedoch, das würde sowieso keinen wirklich interessieren. Alle hatten sich schon von ihren Stühlen erhoben und sahen aus, als würden sie ihn steinigen, wenn er mit einem Widerspruch die Sitzung in die Länge zöge.

»Das habe immer noch ich zu entscheiden«, sagte Dr. Mäuchel empört.

»Na, dann entscheiden Sie mal«, entgegnete die Chefärztin und wandte sich wieder den anderen zu. »Ich sage Frau Bäcker, sie soll Ihnen ein Protokoll der Sitzung zukommen lassen.«

Katrin Bäcker, die mit Block und Stift im hinteren Teil des Raums saß, nickte.

»Frau Bäcker ist meine Sekretärin«, sagte Dr. Mäuchel verzweifelt, aber keiner konnte ihn mehr hören. Das Rücken der Stühle machte zu viel Lärm.

»Henning Mansen kommt frei!«

Wolfgang Schreckau war außer Atem, da er den Weg zu Jan Toricks Haus gerannt war. Leider war er nicht gewohnt zu rennen, selbst in seiner aktiven Zeit als Postbote hatte er das nicht gemusst. Jan trat zur Seite und ließ ihn ins Haus.

»Blödsinn, er bekommt Freigang. Vor allen Dingen, nicht so laut. Muss die ganze Straße wissen, worüber wir uns unterhalten?«

»Ich wüsste nicht, was sie sonst denken sollten«, rief Holger aus dem Wohnzimmer, der bereits vor Wolfgang gekommen war. »Was geht einem denn durch den Kopf, was vier Ehemänner zusammen machen, deren Frauen einem Serienmörder zum Opfer gefallen sind. Einen Club für Vogelkunde gründen?«

»Wir sollten uns nicht mehr treffen. Wahrscheinlich sind wir sowieso schon aufgefallen.« Holgers letzte Bemerkung trug nicht zu Wolfgangs Beruhigung bei.

»Wem sollten wir denn auffallen?« Jan war nicht übermäßig besorgt. »Der Freigang ist Thema in ganz Frackhausen, egal wo du hinkommst. Da wird es keinen wundern, wenn wir darüber reden.«

Wolfgangs Hände zitterten. Er nahm das Bier dankend an, das Jan ihm reichte. Fast ließ er die Flasche fallen.

»Vielleicht reicht Bier zur Beruhigung nicht aus«, sagte Holger. »Ich könnte ihm was Stärkeres verpassen.«

»Wenn du von den Koks-Orgien redest, die ihr in eurem Amt da immer feiert, lass stecken«, sagte Jan gutmütig, der sich nicht ausmalen wollte, was ein Koksrausch bei einem Nervenbündel wie Wolfgang Schreckau anrichten würde.

»Wie kommst du denn darauf?«, empörte Holger sich. »Das ist üble Nachrede, dass du es weißt.«

»Ach, schau mal an«, sagte Sascha Sauerweck, der durch die Terrassentür eintrat und die letzte Bemerkung mitbekommen hatte. »Aber mir krumme Dinge unterstellen«, sagte er und spielte damit auf die letzte Begegnung an.

»Na, sei fair, das war keine Unterstellung, das war schon eine Tatsache«, verteidigte Holger sich.

»Und dass ihr in eurem Gemeinderat kokst, auch.« Sascha grinste amüsiert. »Weiß ich aus gesicherten Quellen. Vor allen Dingen, weil da gerne schon mal die ein oder andere Hose fällt und sich gewisse Körperteile in Öffnungen verirren, wo sie rein rechtlich nicht hingehören.«

Holger wurde rot, aber sicher nicht vor Scham, so weit kannte Jan ihn schon. Er hielt es für keine gute Idee von Sascha, Holger bis aufs Blut zu reizen. Er zwang Sascha seinen Blick auf, bis der ihn anschaute, und schüttelte leicht mit dem Kopf. Jan glaubte an seine Fähigkeit, Menschen seinen Willen aufzwingen zu können. Was es auch war, was Sascha davon abhielt, Holger weiter in die Enge zu treiben, es funktionierte.

»Es gibt immer noch Länder, wo Analverkehr gesetzlich verboten ist«, sagte Wolfgang sichtlich stolz auf sein ungewöhnliches Wissen.

Sie starrten ihn ungläubig an und fingen wie auf Kommando an loszulachen.

»Was ist? Ich glaube, darauf gibt es zum Teil auch noch die Todesstrafe.«

Das war zu viel. Holger, Sascha und Jan wälzten sich auf der Couch vor Lachen.

Als sich die Lage wieder etwas beruhigt hatte, machte Jan sich ein weiteres Bier auf. Das hatte schon fast was von einer

Männerfreundschaft, wenn auch einer sehr subtilen. Es sei denn, bei solchen Freundschaften war es üblich, andere Menschen zu erpressen oder einen Mord zu begehen. Das erinnerte ihn wieder an den Grund der Zusammenkunft.

»Wir sollten froh sein, dass wir schon reagiert haben«, sagte er daher wieder ernst.

»Vielleicht lässt er sich ja auf seinem Freigang um die Ecke bringen?«, überlegte Holger laut.

»Viel zu viel Risiko.« Sascha wehrte ab. »Auch ändert sich dann die Verdachtslage ganz erheblich. Solange der Mord hinter Gittern passiert, kann uns so schnell keiner was anhaben.«

»Außer sie finden unseren Brief.« Wolfgang war mal wieder Spielverderber.

»Und selbst den müssen sie erst mal mit uns in Verbindung bringen«, sagte Holger.

»Sascha hat schon recht. Lassen wir es mal so, wie es ist. Aber wir müssen Sanger etwas Druck machen.«

»Der rennt wahrscheinlich noch komplett kopflos durch die Gegend«, sagte Sascha. »Diese Psycho-Heinis sind doch alle ziemlich weichgespült.«

»Dann sollte er sich schnell etwas überlegen«, sagte Jan. »Schließlich steht für ihn einiges auf dem Spiel.«

»Er wird sich erst dann was überlegen, wenn er weiß, bis wann er das erledigt haben muss«, sagte Holger logisch.

»Wieso weiß er das nicht?«, fragte Wolfgang verwirrt.

»Ich hatte zwar dezent darauf hingewiesen, als ihr mit wilden Formulierungen nur so um euch geworfen habt, aber dann stand nachher alles drin, nur nicht das.«

»Egal«, wischte Jan seine Bedenken weg. »Bei einer Erpressung geht man davon aus, dass man handeln soll. Schließlich haben wir nicht geschrieben, dass wir uns noch mal melden, sondern dass er seinen Job erledigen soll.«

»Und wenn er nichts tut?«, fragte Wolfgang.

»Na, was dann. Job weg, Frau weg, von den Nachbarn geächtet. Und er guckt sich die Welt durchs Gitter an.«

»Ich weiß nicht«, sagte Wolfgang. »Ein Mord ist schon eine recht gewagte Verteidigung. Das muss man sich erst mal trauen.«

»Glaub mir, Menschen tun einiges, wenn sie in die Ecke gedrängt werden«, sagte Holger.

»Hört, hört«, kam von Sascha, um sich einen misstrauischen Blick von Holger einzufangen.

Jan vermutete, dass sich Saschas Spionageeinsatz nicht auf Mike Sanger beschränkte, und hätte gerne gewusst, welche Leichen Holger im Keller liegen hatte. Der Keller des Rathauses musste entsprechend geräumig sein. Er fragte sich, was Sascha über ihn herausgefunden haben könnte.

Da er sich aber in der Öffentlichkeit eloquent und so charmant wie möglich verhielt und seiner Frau strikt eine Internetnutzung untersagt hatte, bei der sie sich vor ihrem Tod vielleicht in diversen Frauenforen über ihr Leben hätte auslassen können, war er nicht sonderlich beunruhigt, was seine Leichen anging.

»Warten wir ein paar Tage ab. Er hat einiges zu verdauen«, sagte er.

»Wenn bis Ende der Woche keine Ergebnisse da sind, werden wir mal das Tempo anziehen«, sagte Holger.

»Oder die Daumenschrauben«, frotzelte Wolfgang und kicherte.

Ein Blick von Sascha brachte ihn zum Schweigen.

Mike indessen fand sein Leben mehr als ätzend, obwohl es schon bis dato kein Highlight gewesen war.

Henning war nicht besonders hilfreich gewesen, was seinen eigenen Tod anging, da er nicht wie jeder normale Mensch eine vernünftige Urangst hatte, aus der man ein Todesszenario kreieren konnte. Aber zu seinem Glück fiel ihm ein, dass unter all den mehr oder weniger versierten Mördern einer war, mit dem er offen reden konnte, da er ihm freundschaftlich verbunden war. Er machte sich nach seinem letzten Termin auf den Weg zu Peters Zimmer.

Der saß am Tisch und pickte Kartoffelschalen aus einem Müllbeutel. Er blickte auf, als Mike kam.

»Ich dachte schon, du hättest mich vergessen, seit der Mansen da ist.«

»Wie kommst du darauf?« Mike holte sich eine Flasche Cola aus dem Zimmerkühlschrank.

»Sonst kommst du fast jeden Tag, jetzt seit drei Tagen nicht mehr.«

»Ich hatte viel um die Ohren. Was machst du da denn bloß?!«

»Ich recycle. Das siehst du doch. Mit Kartoffelschalen kann man wunderbar Glas, Edelstahl und Leder reinigen. Kostet immerhin was.«

»Aha«, sagte Mike. »Aber nicht dich, oder sehe ich das falsch?«

»Wenn du spitzfindig wirst, kannst du gleich wieder gehen.«

Mike fragte sich zwar, warum er spitzfindig war, wenn Peter Kartoffelschalen sortierte, befand aber, es sei keine Erwiderung wert.

»Nein, ich sag nichts mehr«, versicherte er daher, seufzte und rieb sich die Stirn.

»Wieder Andrea?«, fragte Peter mitfühlend. »Obwohl, du siehst im Moment gar nicht so lädiert aus wie sonst.«

»Das mag daran liegen, dass sie sich jetzt mehr auf Regionen verlegt, die nicht zu sehen sind. Sie lernt auch dazu.«

Sie schwiegen eine Weile. Peter pickte weiter. Mike fragte sich, ob er diese Tür aufmachen wollte, aber dagegenzurennen war auch nicht die eleganteste Lösung, zumal es ihn nicht so wirklich voranbrachte.

»Welcher Tod ist für dich schnell und schmerzlos?«, fragte er vorsichtig.

»Muss ich wieder therapiert werden? Oh, bitte nicht, ich dachte, das hätten wir doch schon längst durch.«

»Nein, ich frage aus Interesse. Ja, ich interessiere mich für dich, du bist mein Freund. Freunde reden doch miteinander.«

»Über Mord und Totschlag? Du hast eine merkwürdige Auffassung von Freundschaft.«

»Wir haben doch dauernd darüber geredet. Warum regt dich das jetzt so auf?«

»Da waren wir noch Patient und Psychologe und noch nicht befreundet.«

»Dann behalte es für dich.« Mike machte Anstalten, das Zimmer zu verlassen.

Peter schnellte auf und stellte sich ihm in den Weg.

»Da stimmt doch was nicht. Du willst dich doch nicht etwa umbringen?«

Das war für Mike eine so neue Variante, dem Wahnsinn zu entkommen, dass er tatsächlich der Idee Raum gab, sich zu entfalten. Vielleicht wäre das der Weg, Informationen zu bekommen. Er schämte sich zwar, seinen Freund anzulügen, nahm sich aber selber das Versprechen ab, ihm irgendwann mal die Wahrheit zu sagen.

»Ich bin mir nicht sicher, ob das die Lösung meiner Probleme ist.«

Das empfand Peter anscheinend auch so. Er starrte ihn fassungslos an, wenn auch aus anderen Gründen, als Mike sie wirklich hatte.

»Meinst du nicht, du könntest es vielleicht erst mal weniger drastisch mit einer Scheidung probieren?«

»Ich kann mich nicht scheiden lassen, weil ich ... ach, das ist was Altmodisches. Man lässt sich nicht scheiden, meine Mutter würde der Schlag treffen.«

Oder Andrea würde etwas an die große Glocke hängen, was er mit dieser Recherche so dringend vermeiden wollte. Zwei Erpressungen würden ihn dann doch überfordern.

»Lass mal sehen, ob ich das auf die Reihe kriege. Sich scheiden lassen ist moralisch nicht vertretbar, sich umbringen aber schon?« Selbst mit seinem eigenen verdrehten Weltbild hörte sich das für Peter wohl falsch an.

»Tja, verrückt eben«, sagte Mike entschuldigend. »Aber würdest du mir trotzdem einen Rat geben?«

»Einen Rat geben, ja. Ich kann ja nicht verantworten, dass du dir in deiner Unerfahrenheit schlimmes Leid antust und stundenlang im Todeskampf liegst.«

»Eben, das wollen wir doch vermeiden«, sagte Mike eifrig und lehnte sich vor, um besser hören zu können. Selbst ein theoretischer Mörder war besser als gar kein Mörder.

»Wollen wir mal überlegen.« Peter hörte auf, Kartoffelschalen zu sortieren, lehnte sich auf dem Stuhl zurück und verschränkte seine Hände hinter dem Kopf.

»Du solltest dich auf die Klassiker beschränken. Ich glaube nicht, dass du Experimente mit indianischem Pfeilgift machen solltest.«

»Ganz deiner Meinung«, sagte Mike erleichtert. Wo bekam man Pfeilgift her? Aus dem Internet wahrscheinlich.

»Schlaftabletten?«, fragte er hoffnungsvoll. Das war die sauberste und schmerzloseste Methode, die er kannte. Peter schüttelte den Kopf.

»Funktioniert nicht gut. Einen Teil Pillen kotzt du meistens wieder aus. Und so lange Alkohol draufkippen, bis dein Herz stehen bleibt? Ich weiß nicht, das kann ins Auge gehen.«

»Erhängen?«, fuhr Peter fort, bevor Mike fragen konnte, was mehr ins Auge gehen könnte, als an einem Alkohol-Tabletten-Cocktail zu sterben.

»Nichts für dich, brauchst du echt Nerven für.«

»Na, vielen Dank.«

Peter klappte mit dem Stuhl wieder nach vorne.

»Nein, echt, dafür bist du zu weich. Das meine ich nur nett. Erschießen ist wie Erhängen, nur mit mehr Lärm und Blut. Nicht, dass es dich noch interessieren müsste.«

»Doch tut es. Ich hasse es, Dreck zu hinterlassen.« Oder Dreck beseitigen zu müssen. Mike war enttäuscht. Er hatte

nie wirklich darüber nachgedacht, aber ein bisschen mehr
Möglichkeiten hätte er schon erwartet.

»Dann schneide dir die Pulsadern auf. Wenn du es sauber
willst, leg dich in die Badewanne. Tut nicht so besonders weh
und du schläfst einfach ein.«

»Du liebe Zeit.« Mike stellte sich gerade vor, wie er Henning Mansen dazu bewegen konnte, sich im Waschraum freiwillig in die Wanne zu legen, ohne dass er das anrüchig finden würde, um ihm dann die Adern aufzuschlitzen.

Peter deutete sein Zaudern anders. Er hatte anscheinend das
erreicht, was er wollte: Mike den vermeintlichen Selbstmord
auszureden.

»Siehst du. Selbstmord ist nicht schön. Und immer irgendwie eklig. Vielleicht solltest du doch mal darüber nachdenken, Andrea einfach zu verlassen. Es gibt sicherlich auch Zu-
fluchtsstätten für Männer.«

Mike ging mit dem Unverständnis nach Hause, dass Tag
für Tag Tausende Morde auf der Welt passierten und er nicht
einen heißen Tipp für nur einen einzigen bekam.

Seine Frau hatte wieder Spätschicht. So konnte Mike wenigstens unbehelligt den Computer benutzen, ohne gefragt zu
werden, ob er nicht andere Dinge zu tun hätte.

Mike hatte sich beim Kauf des Hauses einen Raum als Ar-
beitszimmer ausgeguckt, das ihm in seinen Augen auch zustand. Allerdings arbeitete sein Gewissen anscheinend äußerst aktiv in seinem Unterbewusstsein, was dazu führte,
dass er das Zimmer nicht betreten konnte, ohne sich als
Hochstapler zu fühlen. Da Andrea seine Meinung teilte,
nahm sie das Zimmer zunehmend mehr in Beschlag.

Daher saß er nicht besonders entspannt zwischen Andreas
Stofftiersammlung eingeklemmt am Schreibtisch, um im Internet nach Tötungsmethoden zu suchen. Er konnte seinen
Wissensschatz um einige sehr interessante Ideen erweitern,
keine eignete sich aber wirklich, es sei denn, er würde Henning zu Tode langweilen. Ein paar scheiterten einfach an der

Wahl der Mittel. Löwen und Gladiatoren fand man in Frackhausen nicht so oft. Es wäre einfacher gewesen, wenn Mansen eine Frau wäre, dann hätte er ihn als Hexe verbrennen lassen können.

Entweder waren die Möglichkeiten nicht realisierbar oder für ihn einfach zu blutig. Er begann, darüber nachzudenken, einen tödlichen Virenstamm auf ihn loszulassen, entschied sich dann aber dagegen. Nachher hätte er nicht nur den Serienmörder, sondern Frackhausen komplett ausgerottet.

Er entschied sich, einen anderen Weg zu gehen, und änderte seine Suchparameter. Das half ihm auch nicht weiter. Immer wurde behauptet, dass man im Internet wirklich alles bekam, aber hier scheiterte es sogar schon an den einfachsten Dingen, wie einen Auftragskiller anzuheuern. Sicherlich hatten noch andere Menschen das Bedürfnis danach. Nicht jeder wollte selber Hand anlegen. Das wäre ihm in der Tat die liebste Alternative und er wollte den Gedanken noch nicht so einfach sterben lassen.

Er suchte sich ein paar vielversprechende Facebook-Gruppen aus, wo er einige kryptisch verschlüsselte Botschaften hinterließ, von denen er hoffte, dass sie von denen, die es anging, auch verstanden würden. Er surfte niedergeschlagen noch etwas planlos hier und da herum, bis ihm eine weitere Idee kam. Es war eventuell sinnvoll, an mehreren Fronten zu arbeiten. Seine nähere Umgebung bot durchaus Möglichkeiten, die ihm bei seiner Situation helfen könnten.

Er gab hoffnungsfroh *Elektroschocktherapie* ein und verlor sich auf Seiten, die das Thema mal mehr und mal weniger moralisch behandelten. Er suchte nach einem Grund, mit dem er Ralf davon überzeugen konnte, Henning Mansen mit diesem Verfahren zu therapieren.

Mit einem noch besseren Gefühl als heute Morgen fuhr er den Rechner herunter und boxte dem neben ihm sitzenden Riesenpanda auf die Nase. Er stellte sich vor, es wäre seine Frau, was ihn in eine Art Rausch versetzte. Er vermöbelte den unschuldigen Panda nach allen Regeln der Kunst. Erst als Schaumstoffflocken flogen, fragte er sich, wie er das Andrea erklären sollte.

Kapitel 14

Dr. Manfred Mäuchel war ein Blender. Tief in seinem Inneren wusste er das auch. Trotzdem fühlte er sich in seiner Rolle als Patriarch der forensischen Psychiatrie sehr wohl. Andere sahen ihn wohl eher als Hofnarr der Königin, wobei unschwer zu erraten war, wer mit *Königin* gemeint war.

Seit jeher hatte man Dr. Monika Berg für die bessere Wahl gehalten, sich aber dann nicht dazu durchringen können, Dr. Mäuchel an ihrer Stelle auf die Patienten loszulassen. Leider konnte man nicht ganz auf ihn verzichten, da er einflussreiche Freunde hatte, obwohl oder vielleicht gerade weil er so unscheinbar war. So kam er an die Stelle, an der er den geringsten Schaden anrichten konnte.

Blender hin oder her, es hatte seine Vorteile, Direktor der Klinik zu sein.

Manfred blickte zufrieden über seinen gewaltigen Eichenholzschreibtisch, der sicherlich angeschafft wurde, um andere Defizite zu kompensieren. Eine andere Möglichkeit hatte er auch nicht, denn er besaß keinen Führerschein und ließ sich morgens immer mit einem Taxi nach Frackhausen bringen und nachmittags wieder abholen.

Dass der Steuerzahler darüber nicht erfreut wäre, wenn er es wüsste, war ihm egal. In seinen Augen war es schon ein Affront, nicht zumindest vom Land einen Chauffeur gestellt zu bekommen. Er hielt das für das Mindeste an Ehrerbietung, die einem Mann in seiner Position entgegengebracht werden sollte.

Sein Büro war prachtvoll eingerichtet und er wurde es nicht leid, sich dort stundenlang aufzuhalten, obwohl er sich zugegebenermaßen etwas fehl am Platz fühlte. Er schaffte es aber durchaus, das mit der nötigen Arroganz zu kompensieren. Das Telefon riss ihn aus den Gedanken über sein Heldentum.

»Dr. Mäuchel, ich bin etwas beunruhigt«, sagte Landrat Stuben. Der joviale Ton täuschte nicht darüber weg, dass sich ein Gewitter anbahnte.

»Warum?«, fragte Manfred, nicht um Zeit zu gewinnen, er wusste es wirklich nicht.

»Henning Mansens Freigang wurde beschlossen. Seitdem laufen hier die Telefone heiß. Sind Sie da in Ihrer Landidylle verrückt geworden?«

»Freigang für Mansen?« Manfred zögerte es hinaus. Er hatte sich noch nicht damit abgefunden, dass er mit Mansens Freigang so überfahren worden war.

»Ja, das haben wir entschieden.« Das stimmte zwar nicht, aber das war egal. Er wollte auf keinen Fall den Eindruck erwecken, seine Klinik würde fremdbestimmt.

»Dr. Berg fand, das sei die richtige Idee.« Das war zwar genauso wenig wahr, würde dem Ruf der blöden Kuh aber hoffentlich genug schaden, dass er sie vielleicht endlich loswürde.

»Das ist mir scheißegal, Mäuchel«, brüllte Stuben und gab offensichtlich seine mühsam am Leben gehaltene Ruhe auf. »Tatsache ist, Sie sind der Direktor der Klinik und nicht die Berg. Ich bin es leid, permanent Druck vom Gesundheitsminister zu bekommen. Wenn Sie es zulassen, dass ein gefährlicher Irrer an dem Ort seiner Taten frei rumläuft, dann können Sie sie nicht mehr alle haben.«

»Wir haben noch mehr gefährliche Irre hier, nicht wahr?«, sagte Manfred, bezweifelte aber sofort, dass diese Bemerkung hilfreich war.

»Die möchte ich alle nicht in meinem Vorgarten rumlaufen haben«, blaffte der Landrat. »Aber damit kommen wir mal sofort zum nächsten Thema. Ihre Hütte platzt aus allen Nähten. Ich warte nur auf Ihren Antrag auf Etagenbetten. Irgendeine Chance, dass Ihr Chefpsychologe mal ein paar davon entlässt?«

Selbst Manfred hielt es nicht für die geeignete Schlussfolgerung, vormals titulierte gefährliche Irre in die Freiheit zu entlassen, nur weil ein paar Betten fehlten.

»Geht nicht. Wie ich schon sagte, wir haben viele Patienten, die selbst hier noch sehr gefährlich sind. Nicht auszudenken, was sie in Freiheit anstellen würden.«

»Dann schiebt sie ab in die Klapsmühle, verdammt noch mal. Ich bereite mich auf die nächste Wahl vor und möchte nicht vorher noch verkünden, dass wir noch mehr forensische Kliniken in diesem Bundesland bauen müssen. Die Wähler steigen mir jetzt schon aufs Dach.«

»Nicht so sehr, wie Sie mir zusetzen werden, wenn ich Entlassungen bewillige«, erwiderte Manfred trotzig.

»Mäuchel«, sagte Stuben gefährlich ruhig. »Der einzige Grund, dass Sie auf diesem Posten sitzen, ist, dass ich Sie protegiert habe, und das auch nur, damit Sie nicht die Bilder von mir in der Gegend herumzeigen. Trotzdem kann ich Sie jederzeit wieder von diesem Stuhl herunterholen, wenn mir danach ist.«

Manfred verfluchte sich, dass er ehrenhaft die Kopie des Bildes von dem Landrat in Frauenkleidern von seinem Rechner gelöscht hatte, nachdem er den Posten als Direktor bekommen hatte. Ihm kam vage in den Sinn, dass es mit seiner viel gerühmten Weitsicht vielleicht doch nicht so weit her war.

»Das fände ich jetzt etwas drastisch«, sagte er daher. Der Schweiß brach ihm aus. »Ich spreche noch mal mit den Psychologen. Vielleicht können wir ja wirklich auf das ein oder andere Mitglied unserer kleinen Gemeinschaft verzichten.«

»Kleine Gemeinschaft? Ihre Klinik ist die Kelly-Familie der forensischen Psychiatrie.« Landrat Stuben war nicht so leicht zu beruhigen.

»Es ist sowieso schon ein gewagtes Unterfangen, eine Klinik, die offiziell nur 280 Plätze hat, auf knapp unter 400 aufzustocken. Wie machen Sie das eigentlich?«

»Wir lassen die Patienten in Etappen schlafen, wie im Krieg. Theoretisch könnte ich jedes Bett dreimal belegen«, erzählte Manfred stolz. »Natürlich nur die, die sich leicht beeindrucken lassen. Alles andere wäre ja lebensgefährlich, nicht wahr?«

Am anderen Ende der Leitung ächzte Stuben, als hätte er Schmerzen.

»Es ist besser, ich weiß nicht mehr davon als unbedingt nötig«, sagte er dann. »Ich habe gerade beschlossen, dass ich gar nichts wissen muss. Fest steht nur, dass Mansens Freigang gestrichen ist und Sie innerhalb von vier Wochen Ihre Klinik wieder auf die offizielle Belegung geschrumpft haben.«

Er legte auf, noch bevor Manfred etwas erwidern konnte. Dieser sah sich einer gewaltigen Aufgabe gegenüber und befürchtete, dass diese sein bequemes Leben ernsthaft gefährden könne.

Er eilte zur Tür, riss sie auf und brüllte nach seiner Sekretärin. Frau Bäcker glänzte durch Abwesenheit. Wahrscheinlich hing sie wieder bei Dr. Berg herum. Dann musste er sich halt selber mit den Akten beschäftigen. Genau genommen war es sowieso besser, so wenig Mitwisser wie möglich zu haben.

Wenn eine Massenentlassung bevorstand, war es sicherlich einfacher, das so verschwiegen wie möglich zu machen, obwohl ihm noch nicht ganz klar war, wie er das bewerkstelligen sollte. Das würde wohl auf eine Nacht-und-Nebel-Aktion hinauslaufen.

Die Patienten nachts zu deportieren, fand er eine gelungene Grundidee, über die es sich lohnte, näher nachzudenken.

»Wie funktioniert das mit deinen Elektroschocks?«, fragte Mike, als er und Ralf Richtung Station gingen.

»Was soll denn diese Frage auf einmal?«, gab Ralf erstaunt zurück. »Du willst doch sonst nie etwas davon wissen.«

»Vielleicht war das ein Fehler«, sagte Mike. »Ich finde, du hast es wenigstens verdient, dass ich mich mal damit auseinandersetze.«

»Aha«, sagte Ralf nur und schaute ihn misstrauisch an. »Sollst du mich etwa ausspionieren?«

»Was denkst du denn von mir?« Mike war ehrlich gekränkt.

»Ich denke, dass es Dinge gibt, von denen du nichts wissen solltest, da du ein anständiger Mensch bist.«

»Was ist das für eine Logik? Ich kann trotzdem einer bleiben.«

»Ja, schon, aber dein Gewissen wird dir zu schaffen machen. Du bist einer von denen, die nicht damit leben können, wenn sie von etwas Schlechtem Kenntnis haben.«

»Quatsch«, sagte Mike, aber mehr automatisch, denn es war schon etwas dran.

Irgendwie hatte sein Gewissen immer das Bedürfnis, sich zu erleichtern.

Ralf blieb hinter einer Säule stehen, machte das Fenster auf und zündete sich eine Zigarette an. Die Fenster waren überall zu öffnen, da Dr. Mäuchel immer voller Hoffnung war, einer der Patienten würde sich hinausstürzen, um dem Belegungsproblem entgegenzuwirken. Dass das noch nicht passiert war, war eher der guten Therapie als der mangelnden Intelligenz zu verdanken.

Mike war dankbar für die Verzögerung und versteckte sich mit seinem Freund hinter dem Pfeiler. Er überlegte, wie er das Thema anschneiden sollte, ohne sich allzu verdächtig zu machen. Allerdings war Ralfs Sensor für verdächtige Dinge nicht besonders empfindlich. Leute ohne viel Moral waren schon mal angenehm.

»Ich dachte, Henning Mansen könnte von einer Therapie profitieren«, sagte er. »Vielleicht kann man ihm damit seinen Hang nach Frauen austreiben.«

»Damit treibst du ihm eher seine Zeugungsfähigkeit aus. Auch nicht zu verachten, wenn du mich fragst.«

»Das wäre so eine Art Zusatznutzen. Aber ich will eher den Trieb abtöten.«

»Ich bezweifle, dass das funktioniert. Meistens bleibt nur Gemüse übrig. Was meinst du, warum so viele unserer Schäfchen mit dümmlich-seligem Gesicht herumlaufen.«

»Ich brauche das für die positive Beurteilung seines Freigangs«, sagte Mike bittend. »Ganz so sicher, wie die Berg das gerne hätte, bin ich nämlich nicht.«

»Dafür hast du ganz schön dick aufgetragen.«

»Ja, ich weiß«, sagte Mike unglücklich. Es widerstrebte ihm, seine eigene Kompetenz infrage zu stellen, aber er wusste nicht, wie er Ralf anders überzeugen sollte.

»Vielleicht habe ich da etwas übertrieben«, sagte er dann. »Mir wäre wohler, Mansen hätte deine Spezialbehandlung genossen, wenn er herauskäme.«

»Nimm es mir nicht übel, aber im Moment ist das schlecht«, sagte Ralf. »Mäuchel hat mich nach dem Vorfall mit dem Scherer ein wenig auf dem Kicker. Kann ich ihm noch nicht mal übelnehmen, jetzt ist er vollkommen nutzlos. Nicht mal Küchendienst kann er noch erledigen.«

Bernd Scherer hatte zwar schon vorher nicht allzu viel Verstand gehabt, aber Ralf hatte es geschafft, ihm den auch noch wegzubrutzeln. Er schmiss seine Zigarette aus dem Fenster und klopfte Mike auf den Rücken.

»Kopf hoch«, sagte er. »Mansen wird keinen falschen Schritt machen können. Dafür sorgen schon unsere Frackhausener Bürger.«

Sie gingen weiter und bogen ab in den Flur, in dem sich die Räume der Kunst- und Musiktherapie befanden. Dabei rannten sie fast Susanne Stockschneider um, die sich von Marcel Keller, der nebenbei auch mit Gott sprach, über den Wasserspender beugen ließ.

128

Kapitel 15

»Alexander, kommen Sie ruhig herein.« Ralf winkte den Mann lässig, aber bestimmt in seine Richtung.

Alexander Schweitzer trat vorsichtig heran und ließ sich auf die äußerste Ecke des Stuhles nieder, den Ralf für ihn bereitgestellt hatte. Er traute dem Frieden offensichtlich nicht, was Ralf ihm noch nicht einmal krummnehmen konnte. Er probierte momentan eine Aversionstherapie an ihm aus, bei dem Alexander ein Übelkeit verursachendes Mittel gespritzt bekam, während er Sexvideos ansah.

Ralf hatte es in dem *Uhrwerk Orange* von Stanley Kubrick gesehen und war förmlich hingerissen von den Möglichkeiten dieser Behandlung, wenn man es mit der lästigen Moral nicht so genau nahm.

Alexander hatte sich bei dieser Therapie als sehr resistent erwiesen, was nichts anderes bedeutete, als dass er selbst nach der größten Kotzattacke noch einen Steifen hatte. Bis heute hatte Ralf das gewurmt. Jetzt hoffte er allerdings, dass sich nicht mittlerweile ein Behandlungserfolg eingestellt hatte.

»Setzen Sie sich ruhig richtig hin«, ermunterte er ihn. »Es wird Ihnen nichts geschehen.«

Alexander war die fehlende Begeisterung anzumerken und er murmelte etwas, was Ralf zwar nicht verstehen konnte, das sich aber irgendwie nach *Noch nicht* anhörte.

»Auch morgen nicht«, sagte Ralf herzlich. »Vorausgesetzt, Sie würden etwas für mich tun.«

Er verübelte es seinem Patienten nicht, dass der schwieg und abzuwarten schien. Ralf buchte das als Erfolg seiner Autorität.

»Ich würde gern eine neue Methode mit Ihnen ausprobieren«, sagte er und lehnte sich in seinem Stuhl zurück. Einen Moment war er versucht, die Füße auf den Tisch zu legen, das empfand er aber dann doch als übertrieben. Alexander indes hielt sich mit Dankbarkeit spürbar zurück.

»Was meinen Sie, ist Ihr größtes Problem, Herr Schweitzer?«, fragte Ralf ihn daher. Allerdings war Herr Schweitzer auch nicht zu Quizfragen aufgelegt.

Ralf überlegte, ob er es auf einen Machtkampf ankommen lassen sollte, in dem er Alexander Schweitzer schließlich zwingen würde, die Frage zu beantworten. Aber die Bereitschaft des Patienten, sich auf die neue Aufgabe einzulassen, könnte darunter leiden. Normalerweise war ihm das mehr als egal, aber im Moment konnte er keine ablehnende Haltung gebrauchen.

»Ihr größtes Problem ist, Ihren Sexualtrieb nicht ausleben zu können. Unser Problem ist es, diesen in Schach zu halten. Wäre es nicht besser, wenn sich unsere Interessen ergänzen könnten?«

Schweitzer zuckte mit den Schultern, aber Ralf sah es in seinen Augen blitzen. Seine Neugier war anscheinend geweckt.

»Ich möchte Sie zu der Kunsttherapie meiner Frau schicken«, sagte Ralf, merkte aber, wie langweilig sich das anhörte. Daher nestelte er ein Bild aus seiner Brieftasche. Susanne bestand darauf, dass er eins mitnahm. Es kam ihm immer unnütz vor, aber heute war er froh, dass sie so hartnäckig war, zumal es ein Oben-ohne-Foto war.

Er reichte es Alexander Schweitzer, der mehr automatisch danach griff, da seine Augen sich schon nicht mehr davon lösen konnten.

»Nett, nicht wahr«, sagte Ralf überflüssigerweise. Susanne hätte hässlich sein können wie die Nacht, wenn das für die Nacht nicht eine zu große Beleidigung darstellen würde, solange aber zumindest ihre Brüste nackt zu sehen waren, würde sein Patient nichts anderes mehr bemerken.

»Und was soll ich da für Sie tun?«, brach er sein Schweigen, nachdem er mit diesen verlockenden Tatsachen konfrontiert wurde.

»Da die Aversionstherapie für uns beide nicht ganz so geklappt hat, wie ich mir das vorgestellt habe, möchte ich es jetzt mal andersrum versuchen.«

»Andersrum?«, fragte Schweitzer wieder beunruhigt.

»Eine andere Therapie«, verbesserte Ralf sich. »Wenn ich Ihnen den Sex nicht abgewöhnen kann, dann gebe ich Ihnen so viel Sex, bis er Ihnen zum Hals heraushängt.«

»Das ist Quatsch«, sagte Alexander folgerichtig. »Es kann höchstens Ihrer Frau zum Hals herauskommen.«

Ralf wollte sich keine Details dazu ausmalen, obwohl die Aussage durchaus Sinn ergab, da er schon in den ärztlichen Berichten von Alexanders Penisausmaßen gelesen hatte.

»Wie auch immer«, sagte er unwirsch. »Das überlasse ich Ihren Fähigkeiten.«

»Klingt gut«, meinte Alexander. »Wo ist der Haken?«

»Kein Haken«, sagte Ralf. Er mochte es zwar nicht, wenn die Patienten zu viel über ihn wussten, aber hier war er bereit, sich ein Stückchen in die Karten schauen zu lassen. »Meine Frau hat einen sehr ausgeprägten sexuellen Appetit, ich aber leider nicht immer die Zeit.«

»Habe ich schon gehört«, sagte Alexander Schweitzer. »Spricht man hier oft drüber. Leider bin ich ihr noch nie begegnet.«

Das war kein Zufall, da Schweitzer in einem anderen Gebäudetrakt untergebracht war und bis jetzt kein Interesse an einer Kunsttherapie gezeigt hatte. Ralf hegte den Verdacht, dass er schon wie Rembrandt malen könnte, wenn er früher von der Veranlagung seiner Frau gehört hätte.

»Habe es für ein Gerücht gehalten«, fuhr Alexander fort. »Dachte immer, die Jungs wollten mich aufziehen. Man kennt das ja.«

»Ich kann Ihnen versichern, es ist genau so, wie sie es gehört haben«, erwiderte Ralf, ohne sich seinen Missmut anmerken zu lassen, schließlich lief alles nach Plan.

»Auf eines muss ich allerdings bestehen. Sie dürfen sich nicht erwischen lassen. Also alles bitte außerhalb der Öffentlichkeit.«

»Ist gebongt, verlassen Sie sich drauf. Mensch, Sie sind echt tolerant. Hätte ich nicht gedacht.«

»Wir haben eine offene Beziehung«, entgegnete Ralf. Was Susanne betraf, stimmte das ja auch.

»Ich sollte dann vielleicht keine triebhemmenden Medikamente mehr einnehmen.«

»Natürlich nicht.« Ralf schlug sich innerlich gegen die Stirn. Das hatte er fast vergessen. Nicht auszudenken, wenn Alexanders bestes Stück im entscheidenden Moment versagen würde. Eine zweite Chance gab es für so was bei seiner Frau nicht.

»Ich sage gleich Bescheid, dass Ihre Medikamentenausgabe erst einmal eingestellt wird.«

Das würde ihm noch eine ausufernde Diskussion mit den Schwestern einbringen, da sich ohne dieses Mittel keine der Frauen so wirklich in sein Zimmer traute, aber Ralf würde im Notfall Keuschheitsgürtel verteilen. Eine Sache, die er vormals schon angeregt hatte, die aber auf keine besondere Gegenliebe gestoßen war.

Sie trennten sich fast freundschaftlich. Alexander schüttelte ihm die Hand, er schien seine Vorbehalte gänzlich aufgegeben zu haben.

Ralf beglückwünschte sich für seine Idee. Man musste den Teufel mit dem Beelzebub austreiben. Der Triebtäter würde seine Frau schon in Atem halten.

Henning Mansen derweil beglückwünschte sich nicht.

Direktor Mäuchel war höchstpersönlich bei ihm aufgetaucht. Bevor er sich fragen konnte, was dieser lächerliche kleine Mann wohl bei ihm zu suchen hatte, bekam er die Mitteilung, dass sein Freigang ersatzlos gestrichen worden war.

»Was fällt Ihnen ein, zum Teufel«, verlor Henning etwas die Fassung. »Der Freigang steht mir zu.«

»Laut den Regeln des Strafvollzuges schon«, sagte Dr. Mäuchel. »Aber hier gelten jetzt unsere Regeln.«

»Deswegen können Sie sich trotzdem keine machen, wie Sie lustig sind«, schnauzte Henning. »Ich werde das mit meinem Anwalt besprechen.«

»Und hier sind Sie im Irrglauben«, sagte Mäuchel genüsslich. »Kein Strafvollzug, kein Anwalt. Lassen Sie sich das von Ihrem Psychologen erklären.«

»Das darf doch wohl nicht wahr sein!« Henning ließ sich auf den nächsten Stuhl fallen. »Bin ich hier im Irrenhaus?«

»Wir sind kein Irrenhaus, wir sind eine forensische Psychiatrie«, sagte Mäuchel. »Auf diesen Unterschied legen wir schon Wert.«

»Entschuldigung, Sie haben recht«, entgegnete Henning süffisant. »Ich habe mich vertan. Das Personal kommt hier aus der Klapsmühle.«

»Unverschämtheiten bringen Sie nicht weiter.« Direktor Mäuchel trat ein Stück näher an die Tür. »Zumindest nicht hier heraus.«

Henning stand wieder auf, woraufhin der Direktor die Flucht ergriff.

»Wenn Sie mich angreifen, lasse ich Ihr Gitter wieder anbringen«, schallte seine Stimme aus dem Gang. Als Henning zur Tür trat, war Mäuchel nirgendwo mehr zu sehen.

Henning setzte sich wieder, um seinen Zorn in den Griff zu bekommen.

Er mochte es nicht, wütend zu sein, da er gerne die Kontrolle über die Dinge behielt. Das war überhaupt die Voraussetzung, erfolgreich in dem zu sein, was er getan hatte. Leider hatte er sich nachher nicht mehr unter Kontrolle gehabt und seine Mission war gescheitert.

Warum konnte der Direktor dieser Klinik auch keine Frau sein? Diese hätte ihn auf den Schultern raus in die Freiheit getragen. Als Frauentyp war es einfacher, ein Vorteil, der ihm allerdings im Strafvollzug nicht viel geholfen hatte. Nur seinem Ruf als skrupelloser Serienmörder war es zu verdanken, dass er immer noch Jungfrau am hinteren Ausgang war. Vielleicht auch, im Hochsicherheitstrakt untergebracht gewesen zu sein und somit keinen direkten Kontakt zu den anderen Häftlingen zu haben. Was es auch im Endeffekt war, er wusste es zu schätzen. Nicht auszudenken, was er sich dabei alles an Krankheiten hätte holen können.

Er hatte sich in Frackhausen auf Hafterleichterung und Freigang gefreut, wohl wissend, dass die Einwohner dies vielleicht anders sehen könnten. Aber Mission war Mission, und selbst Frackhausen konnte sich sicher fühlen, wenn alle Männer ihre Frauen zuvorkommend behandelten. Seine Anwesenheit alleine hätte dafür Sorge tragen können.

Jetzt wurde er dieser Möglichkeit beraubt. Man war halt nicht besonders erschreckend, wenn man hinter fast sechs Meter hohen Mauern weggesperrt war.

Also half nur noch die Flucht. Henning hatte zwar keinerlei Ahnung, wie das zu bewerkstelligen sein könnte, aber es lohnte sich auf jeden Fall, darüber nachzudenken. Viel mehr hatte er hier eh nicht zu tun. Seine Gedanken blieben an Mike Sanger hängen. Bot der Psychologe vielleicht eine Möglichkeit, hier herauszukommen?

Henning wusste zwar, dass Mike sicherlich seinen Freigang befürwortet hatte, aber anscheinend reichten seine Machtbefugnisse nicht weit genug, diese Entscheidung auch durchzusetzen. Es musste schrecklich frustrierend sein, sich dessen bewusst zu werden. Rachegefühle lagen da im Bereich des Möglichen. Rache wäre etwas sehr Konkretes, was Henning in die Karten spielen könnte. Mit ein wenig Geschick und einer Dosis seiner eigenen Psychologie könnte er Mike bestimmt dazu bringen, der Klinikleitung diesen Affront heimzuzahlen.

Für Henning fügte sich alles Steinchen für Steinchen zusammen und ergab ein Bild. Seine Wut war mittlerweile vollkommen abgeklungen und machte einer ruhigen, überlegten

Planung Platz. Mike war sein Mann. Er war nett, wusste, wovon er redete und wurde hier anscheinend sträflich übergangen. Wenn Henning in dieser Wunde gezielt bohren würde, könnte er ihn dazu kriegen, ihm zu helfen, die Klinik zu verlassen. Und das nicht nur für einen Freigang, sondern dann direkt dauerhaft. Der Freigang hätte ihm durchaus gereicht, aber hier hatte Direktor Mäuchel seine Chance verspielt. Wenn er hier rauskam, dann war es auf jeden Fall für immer.

Henning beschloss, es für heute gut sein zu lassen. Er war zufrieden damit, seine Ziele vernünftig definiert zu haben. Da Mike Sanger heute anscheinend sowieso nicht mehr kam, weil es schon nach 16 Uhr war, würde er weitere Überlegungen auf den nächsten Tag verschieben.

Ralf konnte oder wollte ihm nicht helfen. So viel war klar. Mike verübelte es ihm nicht. Ralf war in der letzten Zeit durch seine rüden Methoden aufgefallen und tat gut daran, den Ball wieder etwas flacher zu halten.

Mike beschloss, sich selbst mit der Elektroschocktherapie auseinanderzusetzen. So schwer konnte es nicht sein. Er hatte Ralf einmal dabei zusehen können und außer, wie dieser ein paar Elektroden an noch nicht näher definierte Teile des Körpers anbrachte und dann ein paar Knöpfe drückte und zumindest einen aufdrehte. Das würde er auch schaffen.

Er wartete bewusst bis zur Mittagszeit, in der Ruhe auf den Gängen herrschte, da sowohl Personal als auch Bewohner zum Essen gingen.

Er hoffte, sich unbemerkt Richtung Ralfs Behandlungsraum schleichen zu können, zu dem auch er einen Schlüssel hatte, aber er hatte die Rechnung ohne Schwester Dörte gemacht. Wieder einmal kam ihm in den Sinn, dass sie nicht nur scheinbar rund um die Uhr hier war, sondern auch immer irgendwie in seiner Nähe.

»Sie gehen zum Essen?«, schnurrte sie. »Dann begleite ich Sie.«

»Ich, nein, noch nicht«, sagte Mike unruhig. Das hatte ihm gerade noch gefehlt.

»Ich wollte schon sagen, die Richtung stimmt doch nicht.« Vormachen konnte man ihr nichts.

»Ich gehe noch zu Herrn Stockschneider«, versuchte er, seinen Schatten loszuwerden.

»Herr Stockschneider ist doch schon längst in der Kantine«, sagte Dörte und schüttelte mit dem Kopf, als wolle sie ihm damit sagen, was er doch für ein Dummerchen sei.

»Ich lege ihm nur noch etwas auf den Tisch«, sagte Mike.

»Herr Stockschneider schließt sein Büro immer ab«, erklärte Schwester Dörte geduldig. »Am besten geben Sie es ihm gleich in der Kantine.«

Sie hakte sich bei ihm unter. Mike wollte ihren Arm abschütteln und doch wieder nicht. Ihr Parfüm oder ihr Sex machte ihn atemlos.

Sie schlenderten scheinbar voller Harmonie Richtung Treppe zur Kantine, als Mike die Gelegenheit ergriff, sich loszureißen, als sie mit einer anderen Schwester sprach und dabei ihren Griff gelockert hatte. Mit einem entschuldigenden Gemurmel, das sich nach *Toilette* anhörte, verschwand er um die Ecke in dem Herrenklo, das den großen Vorteil hatte, zwei Ausgänge zu besitzen. Eine Tatsache, die er nie besonders gewürdigt hatte, für die er aber nun äußerst dankbar war.

Ralfs Behandlungszimmer wirkte für seine spezielle Art der Behandlung äußerst freundlich, wenn man sich nicht an dem Stuhl mit den Gurten störte. Ein großer Farn sollte diesem Bild wohl die Schärfe nehmen und eine Atmosphäre der Behaglichkeit schaffen, was ihm nur sehr rudimentär gelang. Darüber hinaus wedelten seine Stiele weit in den Raum, sodass derjenige, der auf dem Behandlungsstuhl saß, sie ziemlich sicher immer im Gesicht hängen hatte.

Wichtig war, dass alles schnell und wie geschmiert ging, wenn er einmal hier war. Er konnte sich weder Zeugen noch Störungen leisten. Also musste er alle Handgriffe üben. Er bemerkte schon den ersten Fehler in seinem Plan, als er die Schnallen des Stuhles betrachtete. Ihm fehlte eine Person im Stuhl als Übungsobjekt. Da es vollkommen unmöglich war, jemanden mit ins Vertrauen zu ziehen, überlegte er eine Alternative.

Mike dachte nach, aber alle naheliegenden Möglichkeiten schienen ihm nicht wirklich geeignet. Er wollte einfach keinem einen Knüppel über den Kopf ziehen, um ihn dann zur Probe einer Hinrichtung zu schleppen. Er war schon fast so weit, es mit Sand gefüllten Säcken zu versuchen, als ihm dann doch die rettende Idee kam.

Er eilte in den nächsten Gebäudetrakt, in dem die Allgemeinmediziner ihr Domizil hatten, und achtete streng darauf, dass Schwester Dörte nicht in den Ecken lauerte. Er hatte sich auf einmal an Bruno erinnert, wie die Ärzte ihr Skelett liebevoll nannten. Bruno hatte genau die richtige Größe, war lediglich etwas sehr schlank. Henning Mansen war allerdings auch nicht dick.

Bruno war zwar ein sympathischer und schweigsamer Zeitgenosse, allerdings ein bisschen schwer zu tragen. Er ließ sämtliche Gliedmaßen hängen und dachte nicht im Traum daran, mitzuhelfen. Es grenzte fast an ein Wunder, dass ihm auf dem Weg zurück durch den Flur und das Treppenhaus keiner begegnete, zumal er sich auch noch keine geeignete Geschichte überlegt hatte, die Brunos Anwesenheit hätte erklären können. Bruno nahm problemlos Platz und starrte Mike erwartungsvoll an.

»Ja, du kannst gucken«, sagte Mike. »Ich muss jetzt erst mal sehen, wie ich dich hier am besten festzurren kann. Es wäre wesentlich einfacher, wenn du etwas mithelfen könntest.«

Bruno machte keine Anstalten, ihm diesen Gefallen zu tun. Mike legte die Gurte um die dünnen Fußknöchel und Handgelenke und zog sie so fest, wie er es vertreten konnte, ohne dem armen Bruno die Knochen zu brechen.

Der Gurt um die Brust stellte ihn aber dann doch vor Probleme, da ihm hier eindeutig eine Haut- und Fettschicht fehlte, die den Gurt oben halten konnte. Mike schlug das linke Bein über die Lehne des Stuhls, um genau vor Bruno zu stehen und besser sehen zu können, was eine Schwester, die kurz in den Raum schaute, veranlasste, schnell wieder das Weite zu suchen.

»Ich denke, jetzt hab ich es«, sagte Mike erleichtert zu Bruno. Der war sichtlich erfreut, das zu hören.

Mike schaute sich die Elektroden an, fand aber keine Möglichkeit, diese an Brunos Schädel zu befestigen. Da war dann doch die fehlende Haut das entscheidende Kriterium, das aus einem Skelett keinen adäquaten Ersatz für einen Menschen machte.

»Ich bin Psychologe, kein Elektriker«, entschuldigte er sich bei Bruno, der ihm das aber nicht übel nahm. »Ralf könnte mir dabei helfen, aber der ist ja zu beschäftigt.«

Bruno wackelte zweifelnd mit dem Kopf.

»Doch, es stimmt«, sagte Mike. »Ralf ist gelernter Elektriker, auch wenn er damit nur seine überkandidelten Eltern ärgern wollte. Was meinst du, warum ihm diese Therapie so viel Spaß macht.«

Letzteres stimmte nur zum Teil. Es hätte Ralf wesentlich weniger Spaß gemacht, wenn er mit neuen, zugelassenen Geräten der Elektrokonvulsionstherapie hätte arbeiten können. Diese hatten aber leider für ihn den unbequemen Nebeneffekt, dass das Zusammenspiel zwischen Spannung und Strom nicht auch zum Spaß führte. Mit diesem Kalauer nervte er spätestens ab dem dritten Cocktail. Er hatte aber Glück gehabt, von seinem Vater ein Elektroschockgerät aus den 60er Jahren zu bekommen, das bei einem geheimen Forschungsprojekt über die Möglichkeiten der Bewusstseinskontrolle von der CIA benutzt worden war.

Ein Umstand, der Ralf verwirrt hatte, da sein Vater weder Mitglied der CIA oder jemals in den Vereinigten Staaten gewesen war. Allerdings durfte man sich auf diesen Kenntnisstand nicht mehr rückhaltlos verlassen, seit er die 80 Jahre überschritten hatte.

»Jetzt kommt der Knackpunkt, die Elektroden. Ich glaube, ich werde sie dir mit etwas Klebeband ankleben. Ich hoffe, du hast nichts dagegen.«

Offensichtlich nicht, zumindest sagte Bruno nichts Gegenteiliges.

Mike arbeitete nun voll konzentriert. Auch mit Klebeband war es eine frickelige Aufgabe. Zwar hatte er keine Ahnung, welche Elektrode er wohin kleben musste, nahm sich aber fest vor, sich ausreichend darüber zu informieren, bevor er Henning an diesem Stuhl anschnallte. Er verdrängte den unangenehmen Gedanken, dass es erst einmal das Problem zu überwinden galt, Henning überhaupt in diesen Stuhl zu bekommen.

»Das sieht gut aus«, sagte Mike selbstzufrieden. Er trat ein paar Schritte zurück, um sein Werk zu begutachten. Es wirkte zumindest sehr professionell.

Er hatte gehofft, das träfe auch auf die alte Holzkiste zu, aus der ihm verschiedene Drehknöpfe und -schalter schwarz und silbern entgegenblickten. Er beugte sich vor, um die Beschriftungen nicht nur zu lesen, sondern auch zu verstehen und gab es bald auf. Es kam einfach auf einen Versuch an. Bruno war zumindest ein Versuchsobjekt, das sich nicht allzu sehr wehren würde.

Er drehte alle Regler bis zum Anschlag.

Die Mehrzahl der Patienten und des Personals saß friedlich beim Essen, als die Lampen über ihren Köpfen zu flackern begannen.

»Ich wusste, dass sie mich hier finden«, sagte Erik Schulze düster, der unter einen ausgeprägten Verfolgungswahn litt. Das war an sich nicht so dramatisch, wenn er dadurch nicht seine Eltern zersägt hätte, da er dachte, sie wären von einem anderen Stern. Er sah in vielen Menschen ebenfalls Aliens, was zwar durchaus stimmen mochte, aber für ein friedliches Zusammenleben nur wenig zuträglich war.

»Wenn es gut läuft, bricht noch ein Feuer aus«, sagte Jonas Bieber hoffnungsvoll.

»Du bist vielleicht ein Spinner.« Tobias Bachmeier zeigte ihm einen Vogel.

»Ach halt den Mund, sonst zerre ich dich vor einen Spiegel«, sagte Jonas genervt. Tobias konnte sich nicht im Spiegel sehen, ohne in Ohnmacht zu fallen. Das passierte auch, wenn er Wasser sah, ein Effekt, der sich äußerst negativ auf sein Umfeld auswirkte. Hässlichkeit konnte man ertragen. Gestank nicht.

»Das gibt sich gleich wieder«, sagte Jessica Zweig beruhigend. Sie nahm ihr Mittagessen immer im Kreis ihrer Schäfchen ein.

Das tat es allerdings nicht. Der Strom fiel aus und die Lampen erloschen.

Dr. Mäuchel sah in diesem Moment einen Lesbenporno am Computer, im nächsten nur noch auf einen schwarzen Bildschirm. Das allein war schon frustrierend genug, aber nun wurde eine Aktion irgendwelcher Art von ihm erwartet, und das passte so gar nicht in seine Pläne, da er nach seiner mittäglichen Augenlektüre seine überschüssige Energie immer im eigens errichteten Fitnessraum loswurde. Frau Bäcker klopfte, wartete aber nicht ab, bis er sie hereinbat. Das machte sie nur bei Dr. Berg.

»Die Schwestern vom Trakt zwei fragen, wo sie sich vor Dieter Fuhrer verstecken sollen.«

»Was soll das denn bedeuten? Dieter Fuhrer sitzt im Trakt eins«, sagte Dr. Mäuchel gereizt.

»Jetzt nicht mehr. Die Türen sind aufgesprungen.«

Dr. Mäuchel wurde es warm unter dem Kragen. Dieter Fuhrer erstach Frauen, da das Messer den Penis darstellte, den er nicht hatte. Daher wurde er nur von Pflegern betreut.

»Das kann nicht sein. Wir haben ein Notstromaggregat«, erwiderte er schwach.

»Was auch durchaus funktionieren würde, wenn es ein normaler Stromausfall wäre«, sagte Hud Maimun Maroun, der hinter Katrin Bäcker auftauchte. »Das E-Werk weiß aber leider nichts davon. Anscheinend liegt das Problem hier im Haus.«

»Dann sollen die Schwestern sich im Putzraum einschließen, dafür gibt es noch einen normalen Schlüssel.«

»Das geht nicht«, sagte Katrin Bäcker. »Da sitzen schon die Pfleger, die vor Dennis Zimmermann geflüchtet sind.«

»Der ist auch draußen?«, ächzte Dr. Mäuchel. Da Dennis in jedem Mann eine potenzielle Bedrohung sah, hatte der es nur mit Schwestern zu tun.

»Ohne Strom? Klar.« Hud schien sich zu amüsieren.

Dirk Freitag schob sich an ihm vorbei.

»Was machen Sie hier? Warum sitzen Sie nicht an der Pforte?«, schnauzte Manfred.

»Ich dachte, es interessiert Sie, dass das Haupttor aufgegangen ist.«

Mäuchel sagte zwar nichts, das war aber auch nicht nötig. Seine Augen sprachen von blankem Entsetzen.

»Wäre es dann nicht logischer, Sie würden sich da aufhalten und die Patienten davon abhalten, die Klinik zu verlassen?«, fragte Hud ehrlich interessiert.

»Wie man's macht, ist es falsch«, murmelte Dirk Freitag, trollte sich dann aber wieder.

Dr. Mäuchel erhob sich schwerfällig aus dem Stuhl. Er musste sich jetzt unbedingt selber ein Bild von der Situation machen.

Auf den Gängen ging es unruhig zu. Die Tatsache, dass die Patienten des ersten Trakts überall herumgeisterten, trug nicht zur Truppenmoral bei.

»Rufen Sie sofort einen Elektriker an, wenn uns die aus dem verdammten E-Werk nicht helfen können«, brüllte er zu Katrin Bäcker rüber, die sich nur äußerst widerwillig wieder in ihr Büro begab, da es wesentlich interessanter war, sich die anzuschauen, deren Namen sie normalerweise nur auf dem Papier zu sehen bekam.

Dr. Mäuchel eilte in den Überwachungsraum, in dem Torsten Dreher mit zahlreichen Bildschirmen die Kontrolle über die Klinik haben sollte. Das war sicherlich eine sinnvolle Einrichtung in einer forensischen Psychiatrie, aber nur dann wirklich hilfreich, wenn der zuständige Beamte dabei nicht schlief.

Torsten Dreher mochte es eher gemütlich. Dabei kam ihm entgegen, dass das Leben in der forensischen Psychiatrie von Frackhausen beileibe nicht so gefährlich war, wie als Mitarbeiter der Klinik draußen herumzurennen und von militanten Müttern und Bürgerrechtlern angegriffen zu werden.

Nachdem er die Hoffnung aufgegeben hatte, hier jemanden erschießen zu können, der widerrechtlich auf der Flucht war, hatte er sich angewöhnt, seinen dringend benötigten Schlaf am Arbeitsplatz nachzuholen, während er sich in der Nacht lieber mit Computerspielen vergnügte, in denen er wenigstens mit einer Waffe spielen konnte. Zu der griff er aus Reflex auch, als der Direktor mit der flachen Hand vor ihm auf den Tisch schlug.

»Ihnen geht es wirklich gut, nicht wahr?«, fragte Dr. Mäuchel und schaffte es tatsächlich, einen drohenden Unterton anzuschlagen, ohne sich dabei vorher zu räuspern, was dem Effekt eher nicht dienlich gewesen wäre.

Torsten Dreher erledigte das für ihn, da ihm keine passende Antwort einfiel. Nie hatte er den Direktor jemals in seinem Überwachungsraum gesehen. Er rappelte sich vom Stuhl auf und stand stramm.

»Nichts Außergewöhnliches zu vermelden«, sagte er zackig und hoffte, damit den richtigen Ton getroffen zu haben. Er hatte noch nicht viel mit dem Chef der Klinik zu tun gehabt, hörte aber schon mal dies und jenes.

»Nichts ... was?!« Dr. Mäuchel musste sich setzen. »Hier bricht alles zusammen und der Idiot sieht nichts Außergewöhnliches?!«

Torsten Dreher machte ein beleidigtes Gesicht. Er mochte es gar nicht, als Idiot tituliert zu werden.

»Aber wir haben doch mehr als genug Zeit«, sagte Hud aufmunternd, der Manfred Mäuchel gefolgt war. »Bis jetzt habe ich ja nur das Mittagessen und den Nachtisch versäumt.«

Der Direktor stieß ihn unsanft zur Seite und eilte wieder den Gang entlang. Er war auf dem Weg in den ersten Trakt. Als er die Tür aufriss, rannte er fast in Susanne Stockschneider, die die Gunst der Stunde genutzt hatte, sich schnell von Fabian Krüger an den Pfeiler gelehnt richtig rannehmen zu lassen. Dass sie nicht tot war, übersah der in diesem Fall großzügig.

Manfred Mäuchel stand kurz vor einem Herzinfarkt. Zumindest glaubte er das. Er lehnte den Kopf an die Wand, an die er lieber mit demselben geschlagen wäre.

»Schluss jetzt!«, keuchte er. So musste sich der Tod anfühlen.

»Mir reicht es jetzt!«, brüllte er dann den verdatterten Hud an, der sich momentan keiner Schuld bewusst war.

»Keiner hört hier auf irgendwas, die Patienten sind außer Kontrolle, das Personal vögelt mit Patienten und wir haben zum Teufel noch mal immer noch keinen Strom!«

»Ich möchte betonen, ich *vögle* mit niemandem«, sagte Hud äußerst akzentuiert. »Also bitte.«

»Dr. Mäuchel, Bernd Scherer hat im Garten einen Scheiterhaufen errichtet. Er sagt, er will Marina Goldschmidt grillen.«

Nina Kohler, die Sozialdienstmitarbeiterin, war leicht außer Atem.

Der Direktor fiel in die lang ersehnte Ohnmacht.

Teil 4

Kapitel 16

Mike hatte beschlossen, sich in den nächsten Tagen möglichst wenig in der Schusslinie von Dr. Mäuchel aufzuhalten, da dieser im Moment keine große Begeisterung für ihn aufbringen konnte. Das wurde spätestens dann deutlich, als er ein ziemlich unangenehmes Gespräch mit ihm hatte.

Der Direktor saß hinter seinem monströsen Schreibtisch, als Mike nach einem behutsamen Anklopfen vorsichtig die Tür aufschob, und sah selbst bei seiner geringen Größe irgendwie furchterregend aus. Das mochte allerdings auch an der verquollenen rechten Gesichtshälfte liegen, die nach seinem Sturz in die wohltuende Ohnmacht stark angeschwollen war und eine gelblich-grüne Farbe angenommen hatte. Er deutete hoheitsvoll auf den Stuhl vor seinem Schreibtisch. Mike setzte sich.

»Wissen Sie, Herr Sanger, ich habe immer gedacht, was ist unser Chefpsychologe doch für ein ruhiger, besonnener Mann, nicht wahr?«

Mike fand es nicht angemessen, darauf zu reagieren. Er senkte den Kopf.

»Es geht auch nicht darum, dass Sie Bruno – Gott hab ihn selig – bis zur Unkenntlichkeit verstümmelt haben.«

Bruno hatte sich überraschenderweise nicht als echtes Skelett, sondern als eine Nachbildung aus Spezialkunststoff herausgestellt, der zwar in seinen Eigenschaften Formstabilität versprach, es aber mit einem Kurzschluss nicht aufnehmen konnte.

»Auch dass wir den kompletten Tag und die folgende Nacht damit beschäftigt waren, unsere Patienten wieder einzufangen, das ist nicht der Punkt, nein, nein.«

Glücklicherweise war das in Frackhausen nicht weiter bemerkt worden, da just an diesem Tag ein Reisebus mit einer

Horde isländisch sprechender Männer angekommen war, der sich eindeutig verfahren hatte. Das Chaos verbreitete sich, als sie durch den Ort strömten, um nach dem Thermalbad zu suchen, das ihnen ein offensichtlich überforderter Reiseleiter versprochen hatte. Einzig Birgit Schreiner wurde es am nächsten Morgen bewusst, dass sich etwas zwischen ihren Beinen befunden hatte, was dort nicht hingehörte. Torsten Dreher, der Paul Kluge erst nachts wieder nach Hause brachte, war nur froh, dass sie nicht tot war und sich ihre Haare noch alle an ihrem ursprünglichen Platz befanden.

Mike schreckte aus seinen Gedanken auf, als Dr. Mäuchel weiterredete.

»Was ich Ihnen aber auf keinen Fall verzeihen kann, ist, dass Sie mich in meinem eigenen Haus wie einen Idioten haben aussehen lassen.«

»Das wollte ich nicht«, sagte Mike, denn es war schließlich nicht gelogen. An den Direktor hatte er dabei wirklich am wenigsten gedacht.

»So muss ich mich fragen, was wollten Sie dann?«, schnauzte Dr. Mäuchel. »Elektrokonvulsionstherapie ist doch gar nicht Ihr Bereich?«.

»Ich wollte mich mit der Verfahrensweise vertraut machen«, sagte Mike.

»Warum, zum Teufel? Fragen Sie doch einfach Herrn Stockschneider. Der kann Ihnen sicherlich mehr darüber sagen als sämtliche Scharfrichter der USA zusammen.«

Mike fragte sich, ob Dr. Mäuchel das positiv oder negativ bewertete. Er selber sah es jedoch eindeutig negativ, dass sein Problem mit Henning Mansen immer noch nicht aus der Welt geschafft war. Einen neuen Versuch würde es wohl nicht geben. Erstens war das Gerät zu einem Klumpen geschmolzen, und zweitens hatte er am selben Tag von Dr. Mäuchel im Flur ziemlich lautstark bereits die Auflage bekommen, sich nicht mehr näher als fünf Meter einem elektrischen Gerät – egal welcher Art – nähern zu dürfen. Ob das praktikabel war, würde sich allerdings noch zeigen.

»Es wird nicht wieder passieren«, sagte Mike schlicht. Er wollte Ralf nicht mit hineinziehen, indem er Dr. Mäuchel mitteilte, dass der ihm nicht hatte helfen wollen.

»Da haben Sie verdammt recht«, erwiderte Dr. Mäuchel.

Mike merkte, dass er langsam wieder in seinen normalen Modus fiel. Der Sturm war vorbei. Trotzdem stand er danach wie ein begossener Pudel vor der Tür. Das lag allerdings weniger an Dr. Mäuchels Predigt als an der Tatsache, dass er wieder hier stand ohne Möglichkeiten und ohne Idee, wie er sich Mansens entledigen konnte.

Er ging in sein Büro, um seine Optionen auszuloten. Er erinnerte sich an sein Verbot, elektrischen Geräten zu nahe zu kommen, was sich als schwierig erwies, weil überall welche herumstanden. Was außerhalb seines Büros schon kompliziert war, erwies sich in seinem Büro als fast unmöglich. Es war einfach zu klein, als dass er fünf Meter von seinem Computer entfernt bleiben konnte, zumal er diesen jetzt erst recht für seine neuen Recherchen brauchte.

Er zog seine unterste Schublade am Schreibtisch komplett heraus und las sich das Erpresserschreiben nochmals durch. Leider gewährte es nicht viel Spielraum, was das Verschwinden von Henning Mansen anging. Die Rhetorik ließ keinen Zweifel, dass Verschwinden definitiv Tod bedeutete. Unglücklich starrte er auf das Stück Papier, das in seiner Schlichtheit an Bedeutungslosigkeit nicht zu übertreffen war. Er hatte keine Ahnung, aus welcher Richtung es kam oder in welche Richtung es weitergehen sollte.

Er fragte sich eher, wann er das nächste Schreiben erhielte, in dem er endgültig eine Deadline bekam. Solange er die nicht hatte, fühlte er sich noch recht sicher. Aber er machte sich keine Illusionen, dass der Erpresser es eilig haben würde, dieses Versäumnis nachzuholen. Genau genommen erwartete er stündlich neue Anweisungen.

Alexander Schweitzer fühlte sich so wohl wie schon lange nicht mehr. Ralf Stockschneider hatte Wort gehalten und seine Medikamente sowie die Aversionstherapie abgesetzt.

Da sie nie wirklich dazu geeignet waren, seinen Trieb zu unterdrücken, fühlte er sich jetzt umso wohler, auch wenn er sicherheitshalber in einen anderen Trakt verlegt worden war, in dem es nur Pfleger gab. Die Schwestern hatten eine Revolte angekündigt, falls das nicht passierte. Da ging es weniger um eine Vergewaltigung an sich als um die Größe seines Gemächts, was einigen Schwestern mehr als nur eine diffuse Angst machte.

Nur von Männern umgeben zu sein, war für die Erleichterung seines inneren Drucks zwar nicht so förderlich wie ein schöner Frauenhintern, er wäre aber gewillt gewesen, von diesem Manko zumindest teilweise abzusehen. Das beurteilten die betroffenen Pfleger anders. Erst nach der Drohung, sein Ding abzuhacken, falls er ihnen an der Stelle nur noch einmal zu nahe käme, sah Alexander davon ab, sich an den Pflegern zu vergreifen.

Das war eine Tatsache, die er durchaus verschmerzen konnte, da die Lösung seines Problems in ansehnlicher Form von Ralf Stockschneiders Frau kam. Er hätte nie geglaubt, in den Genuss zu kommen, das, was er über den Flurfunk über Susanne Stockschneider zu hören bekam, in persona testen zu können.

Ralf Stockschneider hatte kein Problem gehabt, ihn in Susannes Kurs unterzubringen, erst recht nicht, da sie ihrerseits von seiner Potenz und Ausstattung bereits gehört hatte und sich ganz entgegen der üblichen Haltung davon nicht abgeschreckt fühlte. So trafen zwei übereinstimmende Komponenten zusammen, die eine Erfolgsgarantie versprachen. Daher konnte sich Ralf Stockschneider keinen Reim darauf machen, dass Alexander Schweitzer nur einen Tag später wieder bei ihm im Büro saß und sich beklagte.

»Sie wollen was?!«, fragte Ralf entgeistert. »Das kann doch nicht Ihr Ernst sein.«

»Doch, das grenzt fast schon an Folter«, sagte Alexander Schweitzer.

Ralf betrachtete ihn prüfend. Falls Schweitzer einen Scherz mit ihm machte, fehlte ihm der nötige Humor dafür.

»Jetzt kann ich verstehen, warum Sie mich so freiwillig an Ihre Frau lassen wollten«, sagte dieser. »Sie müssen ja ein Stehvermögen haben, das halte ich schon für bewundernswert.«

Ralf wusste nicht genau, ob er sich auf ein Kompliment eines Triebtäters etwas einbilden konnte oder wollte. Er beschloss aber für sich, diese ungerechtfertigte Belobigung klaglos hinzunehmen. Zum Dauerstecher abgestempelt zu sein, war eindeutig besser als zum Dauerhänger.

»Danke«, sagte er daher knapp. »Sie sind dafür echt eine Enttäuschung.«

»He, ich habe mich wirklich bemüht«, protestierte Schweitzer.

Das stimmte. An seinem fehlenden Willen hatte es eindeutig nicht gelegen.

Erwartungsvoll war er morgens aufgestanden, hatte geduscht und sogar die Körperstellen gewaschen, die er sonst schon mal gerne übersah. Aber sein Gespür sagte ihm, dass Frau Stockschneider sicherlich auf ein Mindestmaß an Hygiene Wert legte. Dazu war sie eine gebildete Frau. Bei denen war es sowieso schwerer zu landen, was sicherlich nicht einfacher würde, wenn er beim Öffnen seiner Hose zehn Meter gegen den Wind nach Fisch stank. Die Vorgehensweise, bei einer Frau erst einmal *landen* zu müssen, war neu für ihn. Wie viel einfacher war die Welt, wenn man Teile des Körpers ungefragt in Frauen reinstecken konnte, zumindest für ihn.

Auf Hochglanz poliert trabte er hoffnungsvoll Richtung Therapieraum, was nicht ganz einfach war, da er sich zur Vorbereitung auf das, was ihn erwartete, einen gewaltigen

Ständer angerubbelt hatte, der die Pfleger dazu veranlasste, schnellstens aus den Gängen zu verschwinden.

Susanne Stockschneider sah angezogen genauso verlockend aus wie oben ohne auf dem Bild, das ihm ihr Mann gezeigt hatte. Er hatte aber so lange keine Frau mehr gehabt, dass ihn wahrscheinlich auch ein Mopp mit Holzstiel angemacht hätte, wenn er die nötige Ausstattung gehabt hätte.

Er hatte sich nachts bereits ausgemalt, wie sein Glückstag verlaufen würde, was ihm einige angenehme Gedanken und Orgasmen beschert hatte. Leider war ihm nicht klar gewesen, dass sein neuer Therapieansatz damit beginnen sollte, sich erst damit zu beschäftigen, weswegen der Kurs stattfand.

Als er recht uninspiriert mit seinem Pinsel die weiße Leinwand befleckte, fiel ihm dieser Vergleich selber auf und er hoffte, dass das nicht das Einzige war, was Ralf Stockschneider gemeint hatte. Er hatte kein Interesse daran, in schwülstigen Farben Regionen seines Gehirns zu stimulieren, die ihm jegliche Stimulans austreiben würden. Leider sah es momentan ganz danach aus.

Er kleckste unmotiviert ein paar besonders aggressive Rottöne aufs Papier und stellte sich vor, es wäre Blut, vorzugsweise das Blut von Ralf Stockschneider, der ihm diesen Schwachsinn eingebrockt hatte. Obwohl er nie das Bedürfnis zu töten gehabt hatte, hielt er es für keine schlechte Zeit, jetzt damit anzufangen.

Daher vertrödelte er am Ende der Therapie äußerst lustlos seine Zeit, indem er endlos seinen Pinsel reinigte. Auch hier entging ihm die Ironie nicht. Er hatte nicht die geringste Lust, auf die Station zurückzukehren und zugeben zu müssen, dass seine Erwartungen nicht mal annähernd erfüllt worden waren. Er schimpfte sich einen Trottel, im Vorfeld zu sehr angegeben zu haben. So in Gedanken bemerkte er Susanne Stockschneider erst, als ihr Busen sich an seinen Rücken drückte.

»Sie haben mich heute ganz besonders beeindruckt«, sagte sie mit verführerisch dunkler Stimme.

Alexander Schweitzer konnte sich beim besten Willen nicht vorstellen, womit. Schließlich war er noch angezogen. Daher schwieg er und wartete ab.

»Die Vagina habe ich in ihrer Weiblichkeit noch nie so schön dargestellt gesehen. Roh, aber dennoch zart. Unglaublich lustvoll. Sie sind ein wahrer Künstler.«

Der vermeintliche Künstler betrachtete sein Werk und versuchte, eine Verbindung zur Weiblichkeit herzustellen, aber es wollte ihm nicht so recht gelingen.

Das war mittlerweile sowieso zweitrangig, da Susanne ihm bereits wichtige Stellen seines Körpers massierte. Sie zeigte sich von seiner Männlichkeit ohne Frage beeindruckt. Er drehte sich um und Susanne hob ihren Rock. Alexander stellte schmerzhaft fest, dass sein Psychiater nicht zu viel versprochen hatte.

Mike indessen kehrte zu den anderen Mitteln der Medizin zurück und beschloss, Henning Mansen mit Barbituraten zu vergiften. Er wusste zwar nicht so genau, wie und womit das vonstattenging, er hatte es allerdings einmal irgendwo gelesen. Es hörte sich nach einer vernünftigen Methode an, jemanden loszuwerden.

Das bedeutete allerdings, er musste den Ort freiwillig betreten, von dem er sich am liebsten in sicherer Entfernung aufhielt. Medikamente wurden im Schwesternzimmer ausgegeben, da führte leider kein Weg dran vorbei. Als Psychologe hatte er zwar nicht wirklich etwas damit zu tun, aber Ralf war da zum Glück sehr mitteilsam. Da das Schwesternzimmer Tag und Nacht besetzt war, sah er auch keine andere Möglichkeit, als Schwester Dörte mit seinem Charme und dem unbestritten guten Aussehen etwas näher auf den Pelz zu rücken.

Wie durch Zufall lungerte er daher nach Feierabend im Flur herum und bekam mit, wie die Schwestern hinter seinem Rücken tuschelten. Ihnen war selbstverständlich nicht entgangen, wie vernarrt ihre Oberschwester in den jungen

Psychologen war. Mike vermutete allerdings, dass er auch das Herz so manch anderer Schwester höherschlagen ließ.

»Mein Gott, du siehst verdammt gut aus«, war es Ralf neidisch entfahren, als sie sich kennenlernten. Mike fragte sich allerdings, warum das bis jetzt keinen Vorteil für ihn bedeutet hatte. Er hoffte, das würde sich jetzt ändern.

Dörte Heckmann war wie erwartet begeistert, dass er sie freiwillig aufgesucht hatte. Sie konnte es dennoch nicht unterlassen, ihn zu tadeln.

»Dr. Sanger, Dr. Sanger, ich sollte wirklich böse auf Sie sein. Lassen mich vor der Tür warten und sind hintenraus entwischt.«

Dörte hatte diese Kränkung trotz der sich überschlagenden Ereignisse an diesem Tag nicht vergessen.

»Ich bin kein Doktor«, sagte Mike. Er hätte ihr das gerne ins Gesicht gebrüllt, hielt solch eine Vorgehensweise allerdings momentan für nicht allzu clever.

»Jetzt bin ich ja da«, schob er hinterher. Er hoffte, es klang angemessen versöhnlich.

»Ja, das sind Sie«, sagte Dörte versonnen und hängte sich an seinen Arm. »Ich habe gleich Zeit für Sie. Ich muss noch eben schnell mit meinen Schwestern die Medikamentenausgabe besprechen.«

»Ach, wirklich?«, sagte Mike. »Kann ich da nicht mitkommen. Ich würde so gerne noch das ein oder andere lernen. Zumal ich kein Doktor bin.«

Er kicherte für seine Ohren unnatürlich laut. Er kicherte nie und war sich in diesem Moment sicher, es auch nie wieder zu versuchen. Wenn es sich wirklich für Dörte Heckmann so dämlich angehört hatte wie in seinen eigenen Ohren, dann überraschte es ihn, dass sie nicht angewidert das Weite suchte. Liebe machte anscheinend nicht nur blind, sondern auch taub.

»Aber gerne.« Dörtes Augen leuchteten auf. Mike hätte nicht gedacht, dass man mit Interesse für irgendwelche Pillen eine Frau begeistern konnte. Er lernte hier wirklich noch was Neues.

Dörte lenkte ihn sanft in den Raum, wo die Schwestern damit beschäftigt waren, kleine und große, bunte und weiße, runde und ovale Tabletten in Töpfchen fallen zu lassen, die mit dem jeweiligen Namen der Patienten versehen waren.

»Es gibt so viele Medikamente«, sagte er fantasielos.

»Ja, das stimmt.« Dörte strahlte ihn an. Er strahlte zurück.

»Sind die nicht alle unheimlich gefährlich?« Mike kam sich vor wie ein Idiot.

»Nein, nicht alle. Die wirklich gefährlichen Mittel sind hier gar nicht dabei.«

»Was zum Beispiel?« Mike hoffte, es klang nicht allzu neugierig.

Dörte zog ihn ein Stück von den anderen Schwestern weg hinter ein Regal, das als Raumteiler diente, und öffnete eine Schublade. Mike hörte die Schwestern leise lachen. Er brauchte nicht viel Fantasie, um sich vorzustellen, worüber sie lachten. Er sah in das Innere der Schubladen, wo ein ganzer Teil Spritzen lag, in denen sich eine klare Flüssigkeit befand. Er blickte Schwester Dörte erwartungsvoll an.

»Aufgelöstes Barbital«, flüsterte diese verschwörerisch. »In einer zu hohen Dosierung garantiert tödlich.«

»Warum haben wir es dann hier?«, fragte Mike.

»Auf Wunsch von vielen Ärzten. Damit setzen sie besonders wehrhafte Patienten schnell außer Gefecht. Daher haben wir immer eine Notfall-Schublade.«

»Wie barbarisch«, sagte Mike und meinte es auch so.

»Nein, nötig. Verboten, ja. Aber hilfreich. Die alten Sachen sind immer noch die besten. Das haben wir auch noch in den Pfeilen des Betäubungsgewehres. Moment.«

Eine der Schwestern hatte Dörte gerufen. Wahrscheinlich wollten sie sehen, wie schnell sie wieder hervorkam. Wahrscheinlich, um den Grad ihrer Nacktheit zu testen. Mike folgte ihr.

»Das war alles wirklich sehr interessant«, sagte er später. »Ich bin froh, das mal gesehen zu haben.«

»Ich hoffe, Sie wissen jetzt alles, was Sie darüber wissen wollten.«

Mike verspürte ein leichtes Ziehen im Magen. Er musterte sie aufmerksam, aber Dörte sah ganz harmlos aus.

»Ja, danke«, sagte er freundlich, beugte sich vor und gab ihr einen Kuss auf die Wange.

Als er den Flur entlangging, hörte er sie noch nach Luft schnappen. Er hatte fünf Spritzen voll mit Barbital in der Tasche.

»Was soll das bewirken? Ich habe es immer noch nicht so richtig verstanden.«

Mike fing an zu schwitzen. Er hatte sich im Geiste eine Argumentationskette aufgebaut, die ihm in sicherer Entfernung von Henning Mansen genügend schlüssig erschienen war. Leider nur für ihn und nicht für den Serienmörder. Das mochte daran liegen, dass dieser mit einer anderen Logik arbeitete, oder es lag ganz einfach an seiner fehlenden Überzeugungskraft.

»Es ist ein neuer Ansatz. Eine Therapie.«

»Therapie? Wofür soll das gut sein?«

»Sie zweifeln daran, dass Sie davon profitieren könnten?«

»Beantworten Sie meine Fragen nicht mit Gegenfragen. Das kann ich nicht leiden. So spricht man mit Schwachmaten. Und ich bin keiner.«

»Nein, natürlich nicht.« Mike seufzte. Das war tatsächlich das Kernproblem. Er dachte mit Wehmut an Patienten wie Bernd Scherer, den sein Kannibalentum mittlerweile anödete und der sicherlich nicht lange überzeugt werden müsste, an einer Therapie teilzunehmen, egal wie schwachsinnig.

»Vielleicht bietet Ihnen die Behandlung die Möglichkeit, die Klinik irgendwann zu verlassen«, sagte Mike und verschwieg, dass Henning dann mit den Füßen zuerst vor das

Tor getragen würde, wenn es nach ihm ging. Aber er hatte erreicht, was er wollte. Er hatte Hennings Interesse geweckt.

»Das nenne ich doch mal ein Argument. Warum rücken Sie nicht früher damit raus?«

»Weil sich das Mittel in der Probephase befindet.«

»Da habe ich kein Problem mit. Was soll es denn bewirken?«

Das war der heikle Punkt. Henning war besser als Gott und daher leider nicht besonders kritikfähig. Musste man das als Gott überhaupt sein? Wenn man Kritik annahm, machte man etwas falsch. Dann konnte man aber nicht Gott sein, geschweige denn besser. Mike fand es auch ohne eine philosophische Betrachtung schon schwer genug, Henning von den vermeintlichen Vorteilen der Spritzen zu überzeugen.

»Es gibt Ihrem Geist die Möglichkeit, wieder zur Ruhe zu kommen. Sich mit anderen Dingen als mit der Erlösung der Frau zu beschäftigen.«

»Dazu hatte ich jetzt 15 Jahre Zeit. Warum wollen Sie mein Gehirn vernebeln, als ob ich verrückt wäre? Ich bin nicht verrückt.«

»Herr Mansen, entweder Medizin oder lebenslanger Aufenthalt hier«, sagte Mike knapp, da er keine Lust mehr hatte, über Mansens nicht vorhandene Verrücktheit zu diskutieren.

»Dann soll ich also als Versuchskaninchen herhalten. Wieso überhaupt Sie? Sie sind doch gar kein Arzt.«

»Aber ich bin Ihr zuständiger Psychologe. Außerdem sind Sie für diese Testreihe gar nicht vorgesehen. Ich glaube aber, Sie würden davon sehr profitieren.«

»Dann würde ich gern mal wissen, nach welchen Auswahlkriterien die hier Personen für ihre Tests aussuchen. Ich wäre doch ideal.«

»Das denken viele.« Mike lächelte so gewinnend wie möglich. »Aber es geht halt auch nicht immer gerecht zu. Dafür muss man dann schon mal selber sorgen.«

»Wem sagen Sie das.« Henning Mansen hatte den Widerstand offenbar aufgegeben. Er schien angetan von dem Gedanken, für Mike so wichtig zu sein, dass er für ihn ein Risiko einging. Mike hätte sich auch toll gefunden.

»Und wie geht es jetzt weiter? Wie läuft das ab?«, fragte Henning. Mike bekreuzigte sich innerlich. Er hegte die Hoffnung, sein Problem bald erledigt zu sehen.

Er hatte sich in den letzten Tagen öfter über das moralische Dilemma Gedanken gemacht, in das ihn Mansens Tod sicherlich stürzen würde. Aber es war nun einmal so, dass er es tun musste, wenn ihm an seinem jetzigen Leben etwas lag, auch wenn es manchmal noch so bescheiden war.

»Sie müssen eine Grundimmunisierung erhalten«, sagte Mike und fummelte in seiner Jackentasche. Er bekam das Bündel Spritzen zu fassen, das er mit Klebeband so weit entschärft hatte, dass er sie mit einem Griff aus der Tasche ziehen konnte, ohne sich zu verletzen. Henning Mansens Augen wurden groß. Mike fand es interessant, dass man mit so etwas einen hartgesottenen Serienmörder schocken konnte. Aber er irrte sich. Henning war nicht im Mindesten geschockt.

»Das nenne ich mal eine Ansage«, meinte der anerkennend. »Wenn ihr nur mit allen Mitteln so freigiebig umgehen würdet. Dann hättet ihr auch wesentlich mehr Sympathie.«

»Sympathie zu bekommen, ist nicht unser vorrangiges Ziel. Wir wollen betreuen, helfen, vielleicht sogar heilen.«

»Schön gesagt«, bemerkte Mansen. »Das könnt ihr euch auf ein Küchenhandtuch sticken lassen.«

»Ist aber wahr.«

»Ihnen glaube ich das sogar. Den anderen Pfeifen hier nehme ich allerdings nichts ab.«

»Ich sehe das mal als Kompliment«, sagte Mike.

»Und die Spritzen sind alle nötig?«

»Ich weiß noch nicht«, erwiderte Mike ehrlich. Er hatte den Abend zuvor noch versucht, darüber etwas zu recherchieren, hatte aber nicht den richtigen Erfolg gehabt. Er würde Henning einfach so lange spritzen, bis dieser die entsprechende Reaktion zeigte. In seinem Fall bedeutete das leider den Tod.

»Sie wissen es nicht? Wenn mich das ermutigen soll, dann kann ich Ihnen versichern, das tut es nicht.«

»Entschuldigung, so sollte es nicht klingen. Die Dosierung ist von vielen Faktoren abhängig. Größe, Körpergewicht, Konstitution. Da ich keinen Zugang zu den genauen Unterlagen habe, muss ich mich da herantasten.«

»Wie merken Sie, wann es genug ist?«

Das war ein kritischer Moment, mit dem die ganze Geschichte stehen oder fallen könnte.

»Sie werden sich etwas müde fühlen, was aber nicht weiter schlimm ist. Das vergeht sehr schnell. Wenn Sie sehr müde sind, dann sollte es genug sein.«

»Lustige Methoden«, sagte Henning Mansen, krempelte aber dennoch seinen Ärmel hoch.

»Nötige Methode«, korrigierte Mike ihn. »Wie Sie schon richtig bemerkt haben, ich bin kein Arzt. Aber dieses Medikament wurde von Ärzten entwickelt.«

»Da danke ich auch Gott für«, sagte Mansen nicht unfreundlich.

Mike kam sich sehr professionell vor, als er die Luft aus der Spritze drückte und ein kleiner Schwung der Flüssigkeit nach oben schoss. Er klopfte ein wenig auf Hennings Venen herum in der Hoffnung, die Stelle auszuspähen, in die er stechen musste. Dann kam die Dunkelheit.

Nachmittags berief Dr. Mäuchel eine Sondersitzung ein. In Anbetracht der Umstände erschien ihm das mehr als notwendig. Er spürte seine Autorität immer mehr entgleiten, selbst kleine Gemeinheiten, mit denen er die Mitarbeiter sonst in Schach zu halten pflegte – wie 48-Stunden-Dienste –, funktionierten nicht mehr so, wie sie sollten.

Er hatte Henning Mansen heute Morgen unangekündigt einen Besuch abstatten wollen, in erster Linie, um nach ihm zu sehen. Das war jedenfalls die offizielle Version. Innerlich hoffte er auf eine Gelegenheit, an ihm sein Mütchen zu kühlen, indem er ihm seinen verpatzten Freigang unter die Nase rieb.

Dazu sollte es jedoch nicht kommen, da ein sehr bewusstloser Mike Sanger auf dem Rücken lag, eine seiner Oberschwestern sich über ihn beugte und anscheinend versuchte, ihn mit ihrer gewaltigen Oberweite wieder wachzuklatschen. Indessen saß ein sehr begeisterter Henning Mansen rittlings auf seinem Stuhl und genoss das Spektakel von oben.

»Schwester Dörte, was machen Sie da?«, fragte Dr. Mäuchel. Er wusste es wirklich nicht, er konnte es nur vermuten.

»Dr. Sanger ist ohnmächtig«, schluchzte Dörte. »Der Puls ganz schwach. Wir brauchen einen Krankenwagen.«

»Er ist kein Doktor«, stellte Mäuchel richtig. Das fehlte noch, dass irgendwelche Psychologen einen Doktortitel verpasst bekamen. Er hatte mit Dr. Monika Berg schon genug zu tun. »Der Puls ist schwach, weil er keine Luft bekommt. Nehmen Sie doch mal Ihre Dinger aus seinem Gesicht.«

Manfred Mäuchel wedelte hektisch mit den Armen, als würden sich Dörte Heckmanns Brüste damit in Luft auflösen.

»Das sind keine Dinger«, antwortete diese mit Recht beleidigt. »Das ist das, wovon alle Männer heimlich träumen.«

»Also ich nicht«, blaffte Dr. Mäuchel. »Ich sag Ihnen mal, wovon ich träume. Ich möchte einmal im Leben hier durch die Klinik gehen, ohne zu denken, ich wäre von Patienten einer Klapsmühle umgeben. Einschließlich Personal«, schob er noch nach, damit da keine Missverständnisse entstehen konnten.

»Dr. Tarr und Professor Fether«, warf Henning Mansen dazwischen.

»Wie bitte?«, fragte Manfred Mäuchel irritiert.

»Das Szenario, das Sie hier beschreiben. Edgar Alan Poe. Eine Geschichte, vielmehr eine Kurzgeschichte. Grandios. Wurde auch schon verfilmt.«

»Ach, halten Sie den Mund«, fauchte Dr. Mäuchel, der keine Lust zeigte, eine Diskussion über tote Schriftsteller anzufangen.

Mike Sanger fing an zu husten, daher offensichtlich auch wieder zu atmen.

Das reichte Dr. Mäuchel, auf dem Fuß umzudrehen, um seiner Sekretärin sofort ein Memo zu diktieren, in dem er alle Mitarbeiter Punkt 18 Uhr zu einer Belegschaftsbesprechung verdonnerte.

Dementsprechend war die Stimmung, die ihn empfing, etwas frostig, was er durchaus erwartet und ebenso gewollt hatte. Sie würden noch merken, mit wem sie es zu tun hatten.

Er wanderte ein paarmal vorne hin und her, die Hände hinter dem Rücken verschränkt und mit leicht gesenktem Kopf. Er hoffte, mit dieser Haltung und der schier endlosen Wanderei eine Atmosphäre der Spannung und der Bedrohung aufzubauen. Er hatte das Gefühl, das bei einem anderen Machthaber der Geschichte schon mal beobachtet zu haben, konnte sich aber nicht mehr erinnern, bei wem. Schließlich blieb er stehen und wandte sich seinem Publikum zu.

»Ich bin es leid ...«, sagte er leise.

»Lauter!«, rief einer aus den hinteren Reihen.

»Ich bin es leid!«, brüllte er daraufhin. Es ärgerte ihn, dass die Dramatik des Moments von einem offensichtlich tauben Mitarbeiter zerstört wurde.

»Ich habe das schon mehrfach erwähnt. Aber ich könnte genauso gut mit einer Litfaßsäule reden.«

»Die gibt es so gar nicht mehr«, wandte Leon Huber, der Ergotherapeut, vorsichtig ein.

»Ich verbitte mir diese absolut unnötigen Bemerkungen.«

Leon Huber hüllte sich in Schweigen. Das sollte sich bis zum Ende der Veranstaltung nicht mehr ändern. Hud

Maimun Marouns Gesichtsausdruck wies darauf hin, dass er das liebend gerne kommentiert hätte, er hielt aber den Mund. Manfred Mäuchel hasste diesen Menschen, der in seinen Augen nur für die Quotenregelung gut war.

»Der ganze Betrieb hier gerät außer Kontrolle. Ich denke, Sie wissen, wovon ich rede.«

Diese Bemerkung löste eine unterschwellige Diskussion bei seinem Personal aus.

»Sie wissen doch, was ich meine?«, wiederholte er dann. Er kam sich nicht mehr wie ein renommierter Direktor und Doktor vor, sondern wie ein Aufseher bei einer Kindergartengruppe. Der Vergleich war zu passend, als ihn nicht direkt anzuwenden.

»Ich bin es leid, hinter jedem hier herzulaufen, als wäre er ein kleines Kind.«

»Warum tun Sie es dann?«, fragte Maroun unschuldig.

»Ich bin für Ihre Art von Humor heute nicht in Stimmung.« Manfred Mäuchels Stimme bebte leicht. Dieser unverschämte Schwarzfuß sollte ihn kennenlernen.

»Aber gut, dass Sie sich ins Spiel bringen. Ich möchte, dass Sie mir ein ausführliches Referat liefern über *Lebenspraktische Trainingsmaßnahmen der milieugeschädigten Insassen in ihrem soziologischen Umfeld*. Und das bitte bis morgen 9 Uhr. Also zackig.«

Er hatte es geschafft. Der pädagogisch-pflegerische Leiter hielt endlich mal den Mund.

»Ich habe unseren Tagesablauf in den letzten Tagen sehr genau unter die Lupe genommen. Ich habe das Gefühl, dass sich hier in der letzten Zeit etwas der Schlendrian eingeschlichen hat, nicht wahr?«

Das konnte anscheinend keiner abstreiten. Zumindest kam diesmal keinerlei Protest.

»Wir können uns das aber nicht erlauben. Wir sind kein LPG-Betrieb der DDR. Wir haben Auflagen. Wir werden vom Gesundheitsministerium beobachtet. Da möchte ich nicht mit solch einer Chaotentruppe auftreten.«

»Monty Python's Flying Circus«, hörte er aus der Menge heraus.

Nicht schon wieder Vergleiche aus der Film- und Buchindustrie.

»Ruhe«, raunzte er daher, um jegliche Diskussion im Keim zu ersticken.

»Lassen Sie uns das doch mal ganz entspannt diskutieren«, sagte Susanne Stockschneider beruhigend.

»Ach, Frau Stockschneider ist es nicht entspannt genug? Dann fangen wir doch direkt mal mit Ihnen an.«

»Ich weiß nicht, was Sie meinen.« Susanne Stockschneider sah aus, als könnte sie kein Wässerchen trüben.

»Mir ist es zwar nicht egal, dass Sie in allen Ecken Ihre Röcke heben, aber ich kann damit leben, solange Sie sich auf das Personal beschränken. Aber bei Patienten habe ich dann doch etwas dagegen.«

»Das kann nicht sein«, erwiderte sie.

»Es kann nicht sein, dass Sie das getan haben oder dass ich davon weiß?«

Die Kunsttherapeutin schwieg.

»Ein Pfleger hat Sie in Ihrem Therapieraum mit Alexander Schweitzer beobachtet. Und, wenn ich das bemerken darf, er hat Sie nicht wieder herauskommen sehen.«

»Warum sollte er auch?«

»Stimmt, warum sollte er. Er musste seinen Posten aufgeben, weil seine Nachtschicht zu Ende war. Es hätte ihn interessiert, ob Schweitzer nachher noch auf zwei Beinen laufen konnte.«

Susanne Stockschneider zog es vor, das nicht zu kommentieren.

»Dann beschäftigen wir uns mal mit Ihrem Mann. Der ist auch nicht viel besser. Nur diskreter.«

»Ich schlafe weder mit Personal noch Patienten«, sagte dieser.

»Stimmt«, sagte Dr. Mäuchel. »Aber glauben Sie mir, es wäre mir lieber, Sie täten das, als in Ihrem Behandlungszimmer Methoden aus der Vorkriegszeit anzuwenden.«

»Für den Kurzschluss des Gerätes bin ich nicht verantwortlich.«

»Ja und nein. Der Knackpunkt ist aber, dass sich das Gerät noch in Ihrem Besitz befindet, nicht wahr? Das hatte ich Ihnen schon seit Jahren untersagt.«

»Sie haben mir aber auch kein neues bewilligt.«

»Sie haben auch keins beantragt«, entgegnete Dr. Mäuchel und ärgerte sich, dass er sich auf eine Diskussion einließ. Das passte nicht so recht in sein Konzept vom Durchgreifen.

»Schluss jetzt«, sagte er daher. »Sie werden das Gerät umgehend vom Gelände schaffen.«

»Das ist sowieso komplett verschmort«, erwiderte Ralf Stockschneider.

Manfred Mäuchel schloss die Augen und zählte. Als er sie wieder öffnete, war er mit seinem Psychiater durch.

»Schwester Dörte«, sagte er dann und holte noch mal extra Luft. »Was ich heute wieder in Mansens Zimmer sehen musste, hat mir gereicht. Ich erwarte von Ihnen, dass Sie Ihren Körper dementsprechend bedecken.«

»Ich kann nichts für meine Formen. Die sind halt nun mal sehr eigenwillig«, verteidigte die Oberschwester sich.

»Ich habe Ihnen schon mal gesagt, dann müssen Sie abnehmen. Ich kann aber nichts mit Psychologen und Ärzten anfangen, die kopflos durch die Gegend rennen, nur weil sie die Nase zwischen Ihre Brüste stecken.«

»Ich war ohnmächtig«, sagte Mike Sanger.

»Waren Sie auch ohnmächtig, als Sie unser einziges Skelett mit Stromstößen bombardiert haben? Dazu fällt mir ein, ich will es ersetzt haben.«

»Ich melde es meiner Haftpflichtversicherung«, sagte Mike kleinlaut.

»Sind Sie verrückt geworden? Das fehlt mir noch, dass die hier einen Gutachter herschicken, weil sie nicht verstehen können, warum wir mit Elektroschockgeräten ohne TÜV hantieren. Sie bezahlen das gefälligst aus Ihrer eigenen Tasche.«

Mike Sanger wirkte beunruhigt.

»Was ist mit dem restlichen Schaden? Muss ich den auch bezahlen?«

»Beten Sie, dass das Land keine Fragen stellt, wenn ich die Rechnung des Elektrikers einreiche. Vielleicht kommen Sie mit einem blauen Auge und nur mit einem Skelett davon.«

Er blickte in die Runde und fand, dass alle noch nicht betroffen genug aussahen. Aber er hatte sein Pulver verschossen.

»Ich erwarte, dass Sie sich hier alle benehmen, wie man es von Klinikpersonal erwartet. Alle sexuellen Anzüglichkeiten werden unterlassen. Ansonsten werden Sie Konsequenzen zu spüren bekommen.«

Er drehte sich auf dem Absatz um und verließ den Raum, bevor sein Personal fragen konnte, worin denn diese Konsequenzen bestehen würden.

Mike hatte die Welt vorher schon nicht fair gefunden, momentan fand er sie allerdings mehr als zum Kotzen. Nicht nur, dass er Bruno bezahlen musste, das konnte er noch verschmerzen. Mehr Sorgen machte ihm, wo die Spritzen mit Barbital abgeblieben waren. Als er wieder wach geworden war, lenkte ihn zwar kurzzeitig Dörte Heckmanns irritierende Nähe ab, was ihn aber nicht davon abhielt, Ausschau nach dem Corpus Delicti zu halten. Nicht auszudenken, wenn einer es eingesteckt hatte, um im besten Fall noch unangenehme Fragen zu stellen. Im schlechtesten Szenario hatte er eine neue Erpressung am Hals, und die konnte er nun wirklich nicht brauchen, zumal er mit der ersten noch genug zu tun hatte.

Die einzige Möglichkeit, das herauszufinden, war, Henning oder Dörte zu befragen. Er entschloss sich, mit der leichteren Alternative anzufangen, und machte sich auf den

Weg zu Henning. Der zeigte sich nicht überrascht, Mike um diese Zeit noch zu sehen, als hätte er mit so etwas gerechnet.

»Sehen Sie, Arzt zu sein hat schon so seine Vorteile«, sagte er. »Zumindest können die Spritzen geben ohne umzufallen.« Er grinste, aber es sah nicht hämisch aus.

»Apropos Spritzen«, lenkte Mike das Gespräch auf das Thema, das ihn brennend interessierte. »Sie haben nicht vielleicht gesehen, ob Schwester Dörte sie eingesteckt hat?«

»Leider nein. Kann natürlich sein. Sie war mit Ihnen beschäftigt. Dann kam Ihr angeblicher Direktor, Sie wachten wieder auf, die Schwester hat Sie gestützt und hinausgebracht. Ich bin hinterher, weil ich sehen wollte, ob Sie okay sind. Auf die Spritzen habe ich da nicht geachtet. Als ich wieder reinkam, waren sie auf jeden Fall nicht mehr da.«

»Solange Dr. Mäuchel sie nicht hat ...«

»Nein, das auf keinen Fall. Der stand nur im Türrahmen.«

Dann war er allein Schwester Dörtes Gnade ausgeliefert und er dachte mit einigem Schaudern daran, was das für ihn bedeuten würde. Dr. Mäuchels Anweisung, sich sexuell von ihr fernzuhalten, war dann nur seine kleinste Sorge.

»Ich hab mich mal erkundigt«, sagte Henning Mansen. »Die Ärzte hier wissen von keiner Studie.«

»Das habe ich Ihnen doch erklärt. Sie waren nicht ausgewählt.«

»Sie haben aber nicht gesagt, dass es sich um eine geheime Studie handelt.«

»Mit solchen Studien wird nie hausieren gegangen.«

Henning blickte ihn prüfend an, gab sich mit seiner Erklärung aber anscheinend zufrieden. Mike wanderte weiter, um Dörte zu suchen.

Diese hatte Dr. Mäuchels Ansprache offensichtlich nicht besonders beeindruckt. Der Kittel war an ihren massigen Schenkeln ein Stück nach oben gerutscht, wodurch sich der Ausschnitt des Kittels vom Körper wegbewegt hatte, als wollte er flüchten. Das bewirkte, dass der Einblick auf ihren

Spitzen-BH noch schöner war als sonst schon. Der Sozialdienstmitarbeiter, der nur Papiere abgeben wollte, stierte dümmlich vor sich hin und erinnerte sich offensichtlich nicht mehr, warum er überhaupt hier war. Mike seufzte und räusperte sich dann laut.

»Oh.« Schwester Dörtes Augen wurden groß und bekamen einen feuchten Schimmer. »Ich bin so froh, dass Sie sich vom Direktor nicht abhalten ließen, hierherzukommen.«

Sie strich züchtig ihren Kittel glatt, wodurch sich der Ausschnitt sofort wieder schloss. Der Sozialdienstmitarbeiter erwachte fast augenblicklich aus seinem Delirium.

»Sie haben ja alles, dann können Sie jetzt auch gehen«, sagte Dörte ungeduldig und schob ihn aus der Tür. Sie strahlte Mike an.

»Können wir uns einen Moment unter vier Augen unterhalten?«, fragte Mike so leise wie möglich. Er wollte sich nicht ausmalen, was jetzt in ihrem Kopf vorging.

»Wie alleine? Aber natürlich«, flötete Dörte unangemessen laut und hakte sich bei ihm unter. Die Köpfe der Schwestern schnellten hoch. Vielleicht war ihr Kopf noch das geringste Problem. Mike ließ sich ein Stück mitziehen und protestierte auch nicht, als Dörte ihn in den Vorratsraum zog, wo die Station ihr Kopierpapier und Krankenblätter aufbewahrte.

»Ich bin so froh, dass du mich alleine sehen willst«, sagte Dörte und kuschelte sich an ihn.

»Tja, wir müssen etwas besprechen.« Mike fühlte sich ausgesprochen unwohl. »Und zwar, was in Mansens Zimmer vorgegangen ist.«

»Du warst ohnmächtig und Herr Mansen hat mich geholt. Da war nichts Schlimmes«, sagte sie. »Noch nicht«, fügte sie verheißungsvoll hinzu.

»Darum geht's nicht. Ist dir etwas Ungewöhnliches aufgefallen?« Mike merkte, wie er unbewusst zum Du übergegangen war. Darauf kam es jetzt auch nicht mehr an.
»Was meinst du?«

»War da etwas, was nicht dahingehörte?« Mike fand es extrem schwierig, auf den Punkt zu kommen. Falls sie die Spritzen nicht hatte, gab es keinen Grund, ihr das auf die Nase zu binden.

»Was wäre denn, wenn da was war?« Dörtes Blick wurde lauernd. Er konnte ihn nicht einsortieren.

»Dann wäre es schön, wenn du mit keinem darüber sprechen würdest«, sagte er.

»Es fiele mir natürlich äußerst schwer, einen Menschen zu verraten, mit dem mich so viel verbindet.« Dörte lächelte. Es sollte wohl zärtlich wirken, er kam sich aber vor, als blickte er in das Maul eines Haifischs.

»Ja, das ist wohl so«, sagte Mike planlos und fragte sich, was in drei Teufels Namen nun von ihm erwartet wurde.

»Ich verstehe nie, wie aus glücklichen Paaren auf einmal erbitterte Feinde werden. Das kann ich mir gar nicht vorstellen.«

Mike sah nicht, wie er da herauskam. Dörte hatte die Weichen für ihn gestellt. Er hatte sich aber auch überaus dämlich verhalten. Jetzt würde er nie herausbekommen, ob sie die Spritzen hatte oder nicht. Er wollte es auch nicht darauf ankommen lassen. Daher setzte er ein schiefes Grinsen auf, als Dörte ihn herunterzog, um ihm ihre Zunge in seinen Hals zu stecken.

»Ich will wieder Therapie«, sagte Alexander Schweitzer in Ralfs Büro.

»Sie sind in Therapie«, entgegnete Ralf, obwohl er düster ahnte, worauf Schweitzer hinauswollte.

»Ich will aber nicht mehr diese, ich will meine alte Therapie.«

»Das halte ich nicht für gesund.«

»Von gesund ist hier schon lange nicht mehr die Rede. Hier ist eine Klinik und kein Gefangenenlager für Zwangsarbeit.«

»Meinen Sie nicht, dass Sie ein Stück weit überdramatisieren?« Ralf wusste, dass Alexander das nicht tat.

»Überdramatisieren? Mein Schwanz hängt bald in Fetzen. Dieses Weib ist vollkommen verrückt. Ich muss Stellungen mitmachen, die nicht einmal ein Schlangenmensch vollführen könnte.«

Das war beileibe keine appetitliche Vorstellung. Ralf fühlte sehr wohl mit ihm, hütete sich aber, das laut zu sagen.

»Alexander, wissen Sie, was Ihr Problem ist? Sie sind nie zufrieden. Egal ob Sie bekommen, was Sie wollen oder nicht. Daran müssen wir arbeiten. Ich schicke noch mal einen Psychologen zu Ihnen.«

»Sie können mich mal mit Ihrem Psychologen. Ich will die alten Medikamente. Wegen mir auch wieder Spritzen und Videos. Hauptsache nicht diese Frau!«

Ralf seufzte. Alexander legte trotz seines geschundenen Körpers eine Bestimmtheit an den Tag, die signalisierte, dass er sich in diesem Punkt nicht umstimmen ließ. Ralf überlegte, ob Tabletten gegen Erektionsbeschwerden hier helfen könnten, und machte sich eine innerliche Notiz, einen Kollegen um Rat zu fragen. Erst einmal aber wollte er es dabei belassen.

»Gut, wir brechen diese Therapie ab. Aber ich halte es für falsch. Das sage ich Ihnen gleich«, meinte er dann laut.

»Ich glaube, Sie haben mir mein Verlangen ausgetrieben. Sex ist mir zuwider. Ich habe die Befürchtung, dass der Spaß daran nie wiederkommt. Wissen Sie was, ich pfeife auf die Tabletten, Spritzen und Videos. Wenn ich es mir genau überlege, ich bin geheilt.«

»Das ist eine subjektive Meinung«, sagte Ralf, um Zeit zu gewinnen. Es wäre nicht vorteilhaft, wenn Alexander einen riesigen Aufwind um das machen würde, was ihm passiert war. Schätzungsweise hatte Dr. Mäuchel dann noch ein paar mehr unangenehme Fragen als nur über nicht zugelassene Elektroschockapparate.

»Sie sind auf einem guten Weg. Das stimmt.«

»Dann will ich von Ihnen eine positive Beurteilung für meine Entlassung. Das habe ich mehr als verdient.«

»Wir werden sehen«, erwiderte Ralf und schob Alexander Schweitzer aus seinem Büro.

»Das sagt ihr Ärzte immer! Ich bin das leid. Ich habe getan, was Sie wollten. Dafür habe ich was verdient. Basta.«

Es war hier nicht ungewöhnlich, Patienten lautstark mit dem Personal diskutieren zu hören, daher war Ralf nicht allzu beunruhigt. Er machte eine Handbewegung zu einem Pfleger, der das Zeichen sofort verstand und ihm eilig eine Spritze brachte, die Alexander Schweitzer schlagartig außer Gefecht setzte.

Ralf ärgerte sich, dass er das Problem nicht käuflich gelöst hatte. Es musste Männer auf der Welt geben, die in der Lage waren, seiner Frau Paroli zu bieten. Triebtäter, die dazu nicht in der Lage waren, fand er erschreckend. Damit hatten sie ihren kompletten Sinn verfehlt, vorausgesetzt, dass sie vorher überhaupt Sinn hatten.

Die Lösung dieser äußerst philosophischen Frage verschob er. Andere Dinge warteten darauf, geklärt zu werden, zum Beispiel was er nun mit seiner Frau anstellen sollte. Susanne lief momentan mit einem befriedigten Ausdruck herum. Er betete, dass das noch eine Zeit lang anhielt, da er nicht wusste, wie lange der Direktor das Sex-Embargo aufrechterhalten würde.

Das Telefon klingelte. Ralf fühlte sich in seinen Überlegungen gestört. Aber die Hoffnung, dass sich das von selbst erledigen würde, schwand von Klingeln zu Klingeln. Er zog den Apparat an sich heran und sah, dass Mike anrief.

»Du hast mir noch gefehlt«, sagte er.

»Danke, du mir auch. Habe nur eine Frage an dich als Arzt.«

»Raus damit und beeil dich.«

»Welche Medikamente werden bei Sterbehilfe genommen?«

»Falls es dir noch nicht aufgefallen ist, wir sind in einer forensischen Psychiatrie, nicht in einer Palliativstation.«

»Lustig, hoffentlich kannst du selber über dich lachen.«

»Ich kann mich nicht beklagen«, sagte Ralf, und das stimmte.

»Sagst du es mir jetzt oder nicht?«

»Ich würde 15 Gramm Natriumpentobarbital nehmen. Paspertintropfen, damit man nicht kotzt. So in der Art.«

»Ist das auch in den Spritzen drin, die ihr für den Notfall bunkert?«

»Ja, kann sein. Was in aller Welt hast du vor?«

»Nichts«, antwortete Mike. »Ich habe nur so einen Verdacht. Ich sag's dir, wenn er sich bestätigt.«

»Wie du meinst. Kann ich mich wieder mit meinen Sorgen beschäftigen?« Aber Mike hatte schon aufgelegt. Irgendwie wurde Ralf das Gefühl nicht los, dass Mike ihn belogen hatte, aber seine eigenen Sorgen verlangten seine ganze Aufmerksamkeit. Ralf machte sich wieder Gedanken um Mäuchels Sexverbot und wie lange es wohl dauern würde.

Hoffentlich nicht so lange. Er hatte absolut keine Ahnung, was er tun sollte.

Nicht, dass Mike mit einem guten Gefühl nach Hause gegangen war. Nicht einmal eine gute Nacht hatte er verbracht. Er hoffte nur, dass Andrea ihm sein Schuldbewusstsein nicht an der Nasenspitze ablesen konnte. Gott sei Dank hatte sie abends genug mit sich selber zu tun gehabt, da sie in der Volkshochschule in einem Kurs Ikebana lernte. Unsinnige Kurse zu belegen, war Andreas größtes Hobby. Wenn es etwas gab, was sie davon abhalten konnte, ihren Ehemann zu maltätieren, dann gehörte das sicherlich an vorderste Stelle.

Daher konnte Mike am nächsten Tag zur Arbeit gehen, ohne schmerzende Körperteile entweder überdecken oder kaschieren zu müssen. Ein Luxus, der ihm unter normalen Umständen einen durchaus guten Tag beschert hätte. Aber heute lauerte die Gefahr nicht mehr da, wo sie immer war. Mike hatte einen Entschluss gefasst, noch bevor er durch das

Tor in die Eingangshalle trat. Nachdem er nun zwei potenzielle Bedrohungen bewältigen musste, war es sicherlich das Beste, sich ihrer gleichzeitig anzunehmen.

Henning Mansen musste sterben, da gab es nun mal nichts dran zu rütteln. Aber wenn der tot war, war Dörte umso gefährlicher, auch wenn sie wie ein unschuldiger Rubens-Engel aussah. Sie würde sich einen Reim darauf machen können. Daher hatte die schlaflose Nacht definitiv etwas Gutes. Sie präsentierte ihm die Problemlösung. Wenn Henning starb, starb Dörte mit. Aus Leidenschaft, verstand sich. Sie tötete erst ihn, dann sich. Mike war es in Gedanken zigmal durchgegangen. Es erschien ihm durchaus nachvollziehbar. Dörte hatte sich in den Serienmörder verliebt, konnte nicht mit ihm glücklich werden und erledigte das mit einer doppelten Tötung.

Er war nicht rundherum glücklich mit dieser Argumentationskette, aber er konnte damit leben. Der Anruf bei Ralf verschaffte ihm nicht nur das nötige Wissen, sondern auch ein wunderbares Alibi. Später könnte er sagen, dass er Dörte Heckmann auf der Spur war, aber noch nichts beweisen konnte.

Er passte auch diesmal wieder den Zeitpunkt der Medikamentenverteilung ab und lungerte vor dem Schwesternzimmer herum, was die herumwuselnden Pfleger und Schwestern so gar nicht interessierte. Mike wartete einen unbeobachteten Moment ab und huschte hinein, um direkt hinter dem Raumteiler zu verschwinden.

Die geheimnisvolle Schublade, die prall gefüllt mit Spritzen gewesen war, lag nun leer und anklagend vor ihm. Er vermutete, dass Dörte sie nach dem Vorfall bei Henning ausgeräumt hatte. Die Tür zum Medikamentenschrank stand offen, die vom Betäubungsmittelschrank nicht. Zumindest fand er die Paspertintropfen schnell. Das sollte jetzt also seine Ausbeute sein? Ein Mittel gegen Erbrechen. Toll.

Frustriert rüttelte er an der Klinke und traute seinen Augen nicht, als die Tür leise aufschwang. Der Schrank war nicht abgeschlossen. Wahrscheinlich hoffte man verzweifelt darauf, dass sich Patienten mit allem Möglichen bedienten, um so der Überbelegung Herr zu werden und vielleicht die schlimmsten und nervigsten Kameraden auf elegante Weise loszuwerden, indem sie sich selbst entsorgten. Nach Mikes Kenntnisstand hatte das allerdings so noch nicht funktioniert.

Sein Zeigefinger huschte flink an den Etiketten entlang, bis er das Natriumpentobarbital fand. Er wollte gerade danach greifen, als er auf dem Flur ein Geräusch hörte. Mikes Hand zuckte zurück und er spähte durch einen Spalt zwischen einem Ordner und einer vertrockneten Topfpflanze. Die Luft im Schwesternzimmer jedoch war immer noch rein. Mike griff schnell nach dem Fläschchen und schob es in seine Hosentasche. Er wartete den Moment ab, in dem er unbemerkt wieder auftauchen konnte. Zur Sicherheit setzte er eine seiner schönsten Unschuldsmienen auf. Auch darin war er durch seine Frau Andrea geübt.

Schwester Dörte – oder seine Kuschelfee, wie sie sich seit gestern Abend selbst nannte – war noch nicht da. Sie hatte Spätschicht. Das gab ihm Zeit, noch mal die Einzelheiten seines Plans durchzugehen und die Löcher zu stopfen, durch die es allzu gewaltig zog. Er verschwand in sein Büro, legte den Kopf in die Hände und starrte auf den schwarzen Bildschirm seines Computers. Das Fünf-Meter-Verbot zu elektrischen Geräten hatte sich in der Praxis als zu kompliziert erwiesen. Das musste selbst der Direktor einsehen.

Nach dem Mittagessen war eindeutig die beste Zeit für einen kleinen Giftmord. Um diese Uhrzeit befand Mansen sich auf seinem Zimmer, da er an seinem Buch schrieb, das ihn berühmter machen sollte, als es ihm bis heute zugestanden wurde. Nach seiner Auffassung war das nicht seine Schuld. Hätte man ihn nicht aufgehalten, wäre er auf eine größere Anzahl von Opfern gekommen und damit auf die wohlverdiente Aufmerksamkeit.

Im Moment beschränkte sich die Aufmerksamkeit darauf, vom Personal Fruchtsaft aufs Zimmer geliefert zu bekommen. Das war kein spezieller Service für ihn, da er im Rahmen einer Medikamentenverteilung stattfand. Henning brauchte zwar keine, aber Saft bekam er trotzdem. Dazu wurden wöchentlich kistenweise Trinkpäckchen angeliefert, die einem Getränkehersteller aus der Region zwar viel Umsatz bescherten, aber die Klinik sicherlich nicht in die Top Ten für ökologische Nachhaltigkeit brachte.

Diese Saftpäckchen hatten allerdings den Vorteil, dass man sie besser präparieren konnte. Dafür hatte Mike das Natriumpentobarbital und die Paspertintropfen extra in eine Spritze aufgezogen, die er nun in Hennings Saftpäckchen drückte, das die Schwester auf ihrem Wagen vor seinem Zimmer abgestellt hatte. Als sie erneut in dem Zimmer davor verschwand, da sie dort anscheinend etwas vergessen hatte, nutzte Mike diese Gelegenheit. Den Saft im Beisein von Henning zu vergiften, wäre erheblich schwerer gewesen. Er ging zügig, aber beherrscht zurück durch den Gang, ohne weiter aufzufallen.

In Ruhe abwarten, Dörte anrufen, damit sie in Hennings Zimmer kam. Den Anruf bei ihr musste er vielleicht später noch rechtfertigen. Eins nach dem anderen, er würde sich erst einmal auf das konzentrieren, was unmittelbar bevorstand. Dann Dörte das Mittel verabreichen. Hochkonzentriert auf das, was nun folgen würde, begab Mike sich zurück in sein Büro. Am besten würde es sein, wenn er ihr fürsorglich ein großes Glas Schnaps reichte, um ihren Schock über Mansens Tod zu mildern. Im Schwesternzimmer war immer welcher in einer Schublade, falls man einer Schwester das Hirn vernebeln wollte, wenn diese sich mal wieder auf irgendeine Weise belästigt fühlte.

Mike stand auf. Dabei stieß er unsanft an die Tischkante und brachte die offene Flasche Cola zum Kippen, die sich erst auf die Tischplatte und dann über seine Hose ergoss. Mike fluchte. Das tat er äußerst selten. Cola trinken auch.

Andrea hielt nichts davon, womit sie zweifellos recht hatte. Dass er sie dennoch ab und an einmal trank, hatte mehr was von unterschwelligem Ungehorsam als von Überzeugung. Er fand solche Getränke viel zu klebrig, was jetzt der Fleck auf seiner Hose wieder bewies. Er stakste Richtung Waschraum, um dort festzustellen, dass er so nicht weiterkam. Wohl oder übel musste er die Hose ausziehen.

Als er den Anruf bekam, hatte er keine Hose an. Das Handgebläse erwies sich als nicht besonders effektiv, wenn es darum ging, damit Kleidung zu trocknen.

»Herr Sanger, kommen Sie bitte. Henning Mansen dreht komplett am Rad«, sagte der Pfleger.

»Mit *komplett am Rad* kann ich nichts anfangen. Geht es auch präziser?«

»Dafür gibt es keine genauere Beschreibung. Kommen Sie her und sehen es sich an«, pampte der Pfleger auf der anderen Seite und legte auf.

Jetzt war *am Rad drehen* nicht das, was sich Mike für Henning vorgestellt hatte. Nach seinen Berechnungen hätte er längst im Jenseits sein müssen. Hektisch föhnte er seine Hose weiter, als erneut das Handy klingelte. Diesmal war es Dr. Mäuchel.

»Herr Sanger, ich weiß nicht, warum das so lange dauert. Kommen Sie umgehend auf Station.«

»Es ist schlecht im Moment.«

»Bei Ihnen ist es schlecht?«, brüllte es am anderen Ende der Leitung. »Was glauben Sie, was hier los ist. Ich will Sie umgehend hier sehen, sonst spiele ich mit Ihren Eiern Billard!«

Wenn einer offene Drohungen verstand, dann war es Mike nach jahrelangem Training mit seiner Frau. Er leistete dem Wunsch des Direktors umgehend Folge.

Auf der Station war Chaos noch ein harmloses Wort. Schwestern, Pfleger und Patienten lagen sich in den Armen und scharten sich alle an den Wänden entlang. Die Ärzte liefen hektisch hin und her und versuchten, Pflegepersonal zum Mithelfen zu bewegen.

173

Henning Mansen baumelte bedrohlich kopfüber von der Decke, wo er sich mit einem Fuß in die Deckenbelüftung eingehakt hatte.

»Ich bin der Gott dieser Welt«, erschallte sein Ruf weit durch die Gänge bis in die letzten Ritzen der Station.

Kapitel 17

Mike betrat Hennings Zimmer und sah diesen ausnahmsweise einmal nicht aufrecht und überlegen auf seinem Stuhl sitzen, sondern zusammengerollt auf seinem Bett.

Ralf hatte ihm eine gehörige Portion eines Mike unbekannten Beruhigungsmittels gespritzt. Nachdem klar wurde, dass Mansen keineswegs einfach übergeschnappt war, legte sich die Aufregung bald wieder und machte wichtigeren Fragen Platz. Zum Beispiel, wo die große Dosis in Ethanol aufgelöstes LSD herkam, die man in seinem Körper gefunden hatte.

Dr. Mäuchel war äußerst erleichtert gewesen, nicht einen echten Verrückten zu haben. Echte Verrückte machten die Sache schwierig, da sie sich in den seltensten Fällen mit den kriminellen Geisteskranken vertrugen.

So wartete man einfach ab, bis Mansen von seinem Trip herunterkam. Mike besuchte seinen Schützling, als Henning wieder unten war. Das bedeutete in seinem Fall ganz unten, denn er war in ein riesiges schwarzes depressives Loch gefallen.

»Schlechter Trip, was?«, fragte Mike mitfühlend. Er hatte Gewissensbisse. Schließlich sollte Henning nur friedlich sterben, was zwar an sich schon schlimm war, aber einen wenigstens nicht in Depressionen verfallen ließ.

»Hm«, brummelte Henning unter seiner Decke.

»Stehen Sie auf«, sagte Mike. »Ihnen fehlt nichts.«

Mansen schaute unter dem Plumeau hervor.

»Ich habe mir bestimmt meine Gesundheit zerstört«, sagte er kleinlaut. »Ich hatte nie mit Drogen zu tun.«

»Das haben Sie auch jetzt nicht. Wahrscheinlich war es nur ein kleines Missverständnis.«

»Missverständnisse lassen einen nicht von der Decke baumeln.«

»Nein, das tun sie wohl nicht.« Mike seufzte.

Henning richtete sich aus seinem Bett auf und setzte sich auf die Kante. Anscheinend war ihm schwindelig, er schwankte leicht.

»Also Drogen«, sagte er dann. »Wann soll ich die genommen haben, daran kann ich mich nicht erinnern.«

»Sie hatten einen Blackout«, erklärte ihm Mike.

»Ja, aber erst, nachdem die Drogen zu wirken begonnen hatten. Vorher war ich klar.«

»Die Erinnerung spielt uns da schon mal einen Streich«, sagte Mike und merkte selber, wie lahm das klang.

»Mir nicht.« Davon war Henning eindeutig überzeugt. »Daher frage ich mich, wie das LSD in meinen Körper gekommen ist.«

»Woher soll ich das wissen?«, fragte Mike.

»Ja, woher«, sagte Henning nur und beobachtete ihn dann schweigsam. Mike wurde es unwohl.

»Wissen Sie, ich habe in der letzten Zeit viele merkwürdige Dinge erlebt«, sagte Henning.

Die Aussage, dass Henning merkwürdige Dinge erst hier in der Klinik auffielen, überraschte Mike dann doch.

»Im Gefängnis konnte man Wächter und Gefangene eindeutig voneinander unterscheiden. Hier ist das nicht mehr ganz so einfach.«

»Wir wollen fair bleiben. Das sieht man ja schon an der Kleidung«, wandte Mike ein und beglückwünschte sich innerlich zu der sicherlich dümmsten Antwort des Tages. Das fiel Henning anscheinend auch auf.

»Herr Sanger, enttäuschen Sie mich nicht. Ich halte viel von Ihnen.«

»Danke«, antwortete Mike schlicht.

»Wissen Sie, das fing schon mit dieser merkwürdigen Studie an, zu der Sie mich überreden wollten.«

So musste es sich anfühlen, wenn man vom Sog in einem Baggersee nach unten gezogen wurde.

»Ich war skeptisch, aber bereit, Ihnen zu glauben. Die Sache ist ja nun in die Hose gegangen, zum Glück, wie ich jetzt sagen kann.«

Mike schwieg immer noch hartnäckig, nicht, weil er es wollte, sondern weil ihm nichts Passendes darauf einfiel.

»Und jetzt die Drogen. Ich werde das Gefühl nicht los, dass das alles irgendwie bei Ihnen anfängt.«

»Das meinen Sie nur.« Mike klang wenig überzeugend, wie er bemerkte.

»Darüber hinaus sind Sie auch selber so komisch. Ja, man hat hier viel Zeit zum Nachdenken. Was ist eigentlich los?«

Mike fand es auf einmal einfach, sein Herz bei jemandem auszuschütten, der an und für sich längst hätte tot sein müssen.

»Ich wollte Sie umbringen. Sie hatten Glück. Wenn ich mich nicht offensichtlich beim Medikament vergriffen hätte, wären Sie auch tot«, sagte er daher.

Henning schien ehrlich geschockt.

»Warum, was habe ich Ihnen denn getan? Soviel ich weiß, lebt Ihre Frau noch.«

»Ja«, sagte Mike und fügte ein *leider* im Geist hinzu, wofür er sich umgehend schämte. »Es ist auch so nicht richtig. Ich will es nicht, ich muss es tun.«

»Dieser verdammte Direktor.« Henning schlug mit der Faust aufs Laken. »Ich wusste doch, der hat Dreck am Stecken.«

»Nein, ich rede nicht von Dr. Mäuchel«, wehrte Mike ab. »Der ist zwar verrückt, aber er lässt keine Patienten um die Ecke bringen. Na ja, wenigstens nicht so offensichtlich.«

»Also, raus damit. Sie wissen, ich war Polizist. Auch wenn ich nicht mehr aktiv bin, bin ich immer noch ein Diener des Volkes, sozusagen eine Vertrauensperson.«

»Und besser als Gott«, schob Mike unvorsichtig hinterher.

»Stimmt«, strahlte Henning. Die Ironie war ihm anscheinend entgangen.

»Ich werde erpresst«, erzählte Mike dann. »Wenn ich Sie nicht umbringe, dann deckt man ein Geheimnis von mir auf.«

»Was für ein Geheimnis?«, fragte Henning.

»Tut nichts zur Sache«, wehrte Mike ab.

»Was für eine Frist?« Henning fragte nicht weiter nach dem Grund der Erpressung. Mike war ihm dankbar dafür.

»Keine«, sagte er dann.

»Keine? Was sind das denn für Erpresser?«

»Wenn ich das wüsste, hätte ich die umgebracht und nicht Sie.«

»Danke. Das freut mich dann doch.«

Es war überraschend, wie gut es tat, jemandem sein Herz auszuschütten, auch wenn er ein Serienmörder war.

»Gehen Sie zur Polizei«, sagte dieser dann.

»Geht nicht. Mein Geheimnis würde die Polizei ebenfalls interessieren.«

»So schlimm, wirklich? Dann fällt das wohl flach.«

»Was soll ich denn jetzt tun?«, fragte Mike.

»Auf jeden Fall nicht mehr versuchen, mich umzubringen, bitte«, sagte Henning. »Die werden sich noch mal melden, seien Sie sicher. Selbst denen fällt auf, dass sie einen Fehler gemacht haben, indem sie Ihnen keine Frist setzten.«

»Und dann?«

»Dann kommen Sie wieder zu mir und wir überlegen dann, was wir unternehmen können. Schließlich geht es um meinen Tod, da möchte ich schon ein Wörtchen mitreden.«

»Das ist Ihr gutes Recht«, stimmte Mike ihm zu.

Sie trennten sich freundschaftlich. Mike schrieb in seine Beurteilung, dass Mansen keine Erinnerung daran hatte, wie das LSD in seinen Körper gekommen war, aber dass eine Wiederholung nicht zu erwarten war. Wahrscheinlich hatte einer der anderen Insassen ihm das untergemischt. Mike fand es ratsam, so dicht wie möglich an der Wahrheit zu bleiben.

Da Henning Mansen in seiner Vergangenheit nicht im Entferntesten mit Drogen zu tun gehabt hatte, war das glaubhaft und er behielt die Vergünstigung, eine Zimmertür ohne Absperrung zu haben.

Er wollte Hennings Rat befolgen und abwarten, bis sich der oder die Erpresser noch einmal bei ihm meldeten.

Henning war fast trunken von den Möglichkeiten, die sich für ihn durch diese neue Situation ergaben. Natürlich war es nicht angenehm, die Nummer 1 auf der Liste eines Mörders zu sein, aber diese Sache hatte wenigstens zwei positive Aspekte. Zum einen war Mike Sanger kein skrupelloser Mörder und zum zweiten auch noch äußerst sympathisch.

Nicht, dass es einen Unterschied gemacht hätte, von einem sympathischen Mörder umgebracht zu werden statt von einem Widerling. Man war zwar nachher genauso tot, starb aber vielleicht fröhlicher. Jetzt lebte er noch, war froh darüber und empfand einiges an Mitleid für seinen zuständigen Psychologen. Erpressungen waren eine unangenehme Sache, bei denen man schnell den Überblick über die eigene Situation verlieren konnte.

Er hatte Henning ins Vertrauen gezogen und damit ergab sich eine Symbiose, die sich für beide sehr vorteilhaft erweisen könnte. Mike brauchte einen Toten und Henning wollte die Freiheit. Es wäre doch gelacht, wenn man daraus nicht etwas machen könnte.

Die Erpresserfraktion derweil war so gar nicht zufrieden mit dem Ablauf ihrer ersten Erpressung.

Sie saßen in Holgers Haus und schoben sich gegenseitig die Schuld zu.

»Ich hab euch darauf hingewiesen, dass es ein Fehler ist, keine Frist zu setzen«, sagte Jan selbstgefällig.

»Das warst nicht du, das war Holger«, schnauzte Sascha. »Du hast gesagt, so würdest du das aber nicht schreiben.«

»Entschuldigung, ich dachte, du hättest genug Fernsehen geguckt, um zu wissen, wie so was abläuft.«

»Denkst du, ich sitze den ganzen Tag vor dem Fernseher? Hältst du mich für so beschränkt?«

»Ruhe!«, donnerte Holger. »Das bringt uns jetzt wirklich nicht weiter. Halten wir fest, dass unser Brief so einige Mängel aufweist, die es jetzt zu korrigieren gilt.«

»Ich finde es traurig, dass vier erwachsene Menschen keinen vernünftigen Erpresserbrief zustande bringen.« Jan blieb beharrlich.

»Ich habe gesagt, dass da ein Stichtag rein muss, nicht Holger«, meldete sich Wolfgang zu Wort. »Aber ihr habt mir nicht zugehört.«

»Na, dann halt du«, meinte Jan gönnerhaft. »Wo immer du das auch her weißt.«

»Als Briefträger weiß man das«, entgegnete Wolfgang. »Meinst du, ich habe in 35 Jahren noch nie einen Erpresserbrief ausgeliefert?«

»Hört, hört, Mr. Abenteuer«, sagte Sascha und lachte. »Mensch, Schreckau, du bist ja ein stilles Wasser.«

»Können wir langsam mal wieder zum Thema kommen?«, fragte Holger. »Wir haben im Moment nämlich eine eigene Erpressung am Laufen, sofern ihr euch erinnert. Wie gehen wir jetzt weiter vor?«

»Einen neuen Brief schreiben«, sagte Wolfgang.

»Wir wollen hier nicht deinen alten Arbeitgeber bereichern«, spottete Sascha. »Außerdem dauert mir das zu lange.«

»Stimmt«, pflichtete ihm Jan bei. »Das ist ineffizient.«

»Das ist ineffizient«, äffte Sascha ihn nach. »Torick, blas dich doch nicht so auf.«

»Das stimmt«, sagte Holger. »Man hätte es aber auch anders ausdrücken können.«

»Tatsache ist aber auch, dass wir Mansen schon längst tot sehen wollten und noch gar nichts erreicht haben«, sagte Jan pikiert.

Damit schien das Gespräch erst einmal totgelaufen. Sie saßen im Kreis auf Holgers Couchgarnitur und starrten aneinander vorbei.

»Irgendetwas müssen wir jetzt doch machen?«, fragte Wolfgang dann. »Oder sollen wir es einfach lassen?«

»Nein«, erwiderten die drei anderen unisono.

»Ich weiß, was wir machen«, sagte Jan. »Wir rufen ihn an.«

»Bist du von allen guten Geistern verlassen?«, fragte Holger ihn ungläubig.

»Nein, das ist gar nicht so dumm«, mischte Sascha sich ein, der ganz überraschend auf Jans Seite wechselte.

Alle blickten ihn erwartungsvoll an.

»Anruf ohne Rufnummernerkennung, eh klar«, fuhr der fort. »Aber ich habe noch was Besseres. Einen Stimmenverzerrer.«

»Wie kommt man da ran?«, erkundigte Holger sich.

»Das gibt's als App. Habe ich auf dem Smartphone«, entgegnete Sascha.

»Du willst also mit deinem Smartphone einen Erpresseranruf machen? Also ich bin kein Experte, aber ich glaube, das ist selbst mit ausgeblendeter Rufnummer problematisch.« Holger hegte anscheinend Zweifel an Saschas erfolgreicher Verbrecherkarriere, die er aber auch schon zuvor hätte haben können. Schließlich hatte Sascha schon gesessen, da konnte man nicht von einer besonders guten Reputation sprechen.

»Ihr haltet mich alle für einen Idioten«, stellte Sascha fest und wehrte sofort ab, als Holger etwas sagen wollte. »Spar dir das. Knast heißt nicht automatisch, ein Depp zu sein. Ich war auf dem Gymnasium, das wusstet ihr sicher nicht.«

»Könnten wir uns wieder mit unserem eigentlichen Problem beschäftigen?«, fragte Jan, der nicht auf dem Gymnasium gewesen war und diesen Makel ungern vor den anderen ausbreiten wollte.

»Wie ist denn der Plan?«, brachte Holger alle wieder auf Kurs.

»Morgen habe ich ein Handy mit dieser App«, versicherte Sascha. »Und es wird sicherlich nicht meins sein.«

»Klingt vernünftig«, sagte Wolfgang, der wohl auch wieder etwas zur Unterhaltung beitragen wollte.

»Wir sagen Sanger, dass er Mansen gefälligst bis Freitag um die Ecke bringen soll«, schlug Jan vor.

»Und dass wir lange genug Geduld gehabt haben«, ergänzte Holger.

»Dass wir sein ganzes Leben in Fetzen reißen, wenn er das nicht ernst nimmt.« Sascha schlug wie zur Bekräftigung seine rechte Faust in die linke Handfläche.

»Dass wir es ihm echt übel nehmen, wenn er nicht mitspielt«, rief Wolfgang, den der ganze Enthusiasmus angesteckt hatte. Seine Mitstreiter blickten ihn irritiert an.

»Was für eine blöde Drohung«, sagte Jan dann.

Mike hätte das sicherlich auch gefunden, wenn er nur ein wenig Humor für die Situation an sich hätte aufbringen können. Er machte dafür die interessante Feststellung, dass es schlimmer war, mit einer Wischiwaschi-Erpressung zu tun zu haben als mit zwar harten, aber klar verständlichen Fakten konfrontiert zu werden.

Es machte ihn nervös, weil er nicht wusste, wann der Hammer auf ihn niederfallen würde. Inkonsequente Erpresser stellten sich als absoluter Gräuel heraus, eine Erkenntnis, von der er nie gedacht hätte, dass er sie einmal machen würde. Er ahnte noch nicht, dass er sich am Ende des Tages mehr vor Erpressern fürchten sollte, die persönlich anriefen.

Das Gespräch mit Henning hatte seine Stimmung allgemein angehoben, gemessen an dem niedrigen Pegel, an dem sie sich davor befunden hatte. Irgendwie glaubte er daran, dass Henning in der Lage war, das Problem zu lösen. Das war zwar keine empirisch belegbare Feststellung, da es keinen direkten logischen Zusammenhang zwischen Erpressung und Serienmord gab. Den musste es aber auch nicht geben, um

Mike zu beruhigen. Dass ein Verbrecher über ein Verbrechen Bescheid wusste, war für ihn ein gutes Gefühl, das er sich gegenüber nicht rechtfertigen brauchte.

Das Körnchen Hoffnung kullerte allerdings recht zügig auf und davon, als er einen Anruf bekam und den Hörer sofort weit weg von seinem Ohr halten musste, da er anscheinend mit einer Kreissäge telefonierte.

»Ich verstehe Sie nicht«, sagte er und achtete darauf, ins Mikrofon zu sprechen und die Ohrmuschel so weit wie möglich wegzuhalten.

Sofort wurde das Geräusch leiser, dafür klang sein Gegenüber jetzt, als wäre es einer Gruft entstiegen.

»Mike Sanger?«, hallte es unheilvoll aus dem Hörer.

»Ja«, sagte Mike vorsichtig und ahnte Übles. Das war auch berechtigt.

»Wir warten!« Anscheinend wurde noch mit Soundeffekt gearbeitet. Das Echo wiederholte sich immer und immer wieder. Schließlich war es still.

»Worauf genau?«, fragte Mike dann.

»Verarsch uns nicht. Du hast unseren Brief bekommen!« Der Lärm schwoll wieder an. Wahrscheinlich hatte die blecherne Stimme einen Sensor für unflätige Ausdrücke.

»Ja, habe ich«, sagte Mike, da Leugnen sowieso zwecklos war. Seine Meinung hatte sich mal wieder bestätigt. Anrufe mit unterdrückter Nummer bedeuteten nie etwas Gutes. Leider konnte er sich nicht so wirklich darüber freuen, recht gehabt zu haben.

»Warum ist er noch nicht tot?«

»Es hat noch nicht geklappt«, antwortete Mike ehrlich.

»Es steht einiges für dich auf dem Spiel«, dröhnte es ihm entgegen. »Anscheinend ist dir das nicht klar.«

»Doch«, sagte Mike kleinlaut. »Aber ich wusste auch nicht, wie eilig es war.«

»Das ist eine Erpressung, was sollen wir sonst erwarten?«

»Sie sind mehrere?« Mike ärgerte sich, dass ihm das jetzt erst auffiel.

»Kümmere dich nicht darum, wie viele wir sind«, quäkte es aus dem Hörer. Allerdings klang die Blechstimme nicht mehr ganz so siegessicher. Mike hatte wohl einen Nerv getroffen. »Tu einfach das, was von dir verlangt wird.«

»Werde ich tun«, versicherte Mike. »Bis wann soll ich es denn tun?«

»Wir erwarten eine Meldung über den Tod von Henning Mansen in den Lokalnachrichten bis Freitagabend! Ansonsten bekommt dein Direktor sofort am nächsten Tag einen Tipp.«

»Das ist doch schon in drei Tagen. Das kann ich auf gar keinen Fall schaffen!«

»Dann lass dir was einfallen. Unsere Geduld ist erschöpft«, scheppterte es aus dem Hörer.

»Mansen umbringen ist eins. Aber wie soll ich eine Meldung in den Nachrichten beeinflussen?«, fragte Mike verzweifelt und wieder panisch.

»Das ist deine Sache«, sagte die Konservenstimme düster. »Wir melden uns morgen wieder. Dann kannst du sagen, wie du dich entschieden hast.«

Die Verbindung wurde unterbrochen. Aber im Prinzip war ja auch alles gesagt.

Mike überlegte kurz, ob er noch zurück in die Klinik fahren sollte, um mit Henning zu sprechen. Er entschied sich dagegen, da es erstens zu auffällig war und zweitens Andrea diesen abendlichen Ausflug nicht gutheißen würde. Er ging ins Wohnzimmer, wo ihn seine Frau schon erwartete. Ihre Miene verriet, dass sie nicht gerade die beste Laune hatte. Aber wann hatte sie die schon?

»Ich habe dir schon mal gesagt, dass so spät keiner anrufen soll.«

»Schatz, ich kann doch nichts dafür«, sagte Mike beschwichtigend. »Die wollten nur irgendwas verkaufen.«

»Dann legt man einfach den Hörer auf«, zischte Andrea. »Dafür hast du aber noch recht lange mit denen telefoniert.«

»Ich wollte nur höflich sein«, verteidigte Mike sich.

»Ach, der Herr möchte sich Liebkind machen. Ob ich meine Ruhe brauche, das ist dem Herrn mal wieder vollkommen egal.«

»Natürlich nicht«, erwiderte Mike unglücklich, doch es war schon zu spät. Die Obstschale traf ihn hart am Wangenknochen.

Es ging ihm durch den Kopf, dass die Erpresser sich die falsche Person zum Umbringen ausgesucht hatten.

Eines hatte diese Nacht in Frackhausen für mindestens acht Personen gemeinsam. Sie schliefen alle schlecht, wenn auch aus unterschiedlichen Gründen.

Mike lag auf dem Rücken im Bett, da er sich nicht auf die Seite legen konnte. Sein Gesicht schmerzte, egal auf welche Seite er sich legte. Ihn beschäftigte der Gedanke der unendlichen Möglichkeiten ohne Andrea.

Das war zwar eine verlockende Vorstellung, brachte ihm in seiner jetzigen Situation allerdings nichts, da er sich auf sein wesentlicheres Problem konzentrieren musste. Eins stand für ihn fest, er konnte und wollte Henning auf keinen Fall umbringen. Schließlich war er fast so etwas wie ein Freund für ihn geworden. Er hoffte inständig, dass Henning die rettende Idee hatte.

Der hatte diese Idee zur Zeit zwar noch nicht, aber er spielte in Gedanken vielversprechende Optionen durch. Erpressung war zwar nicht sein Metier, aber er hatte ein systematisch denkendes Gehirn, wodurch sich ihm viele Sachen intuitiv erschlossen. Er wollte Mike und dabei sich selbst helfen. Er hielt das für eine angemessene Belohnung und war sicher, dass Mike das ebenso sehen würde, wenn er dafür seinen Kopf aus der Schlinge bekam.

Ralf wäre über solch eine rosige Zukunft sicherlich froh gewesen. Allerdings war er keinen Schritt weiter. Susanne war weder befriedigt noch in Schach gehalten. Im Gegenteil, das

Intermezzo mit Alexander Schweitzer schien sie angestachelt zu haben, noch einen Gang zuzulegen. Zur Gegenwehr hatte er sich mit der Ausrede, einen Patienten nachts bewachen zu müssen, in seinem Behandlungszimmer verschanzt, wo er recht unbequem die Nacht auf einer Liege verbrachte.

Dr. Mäuchel konnte sich auch nicht über zu viel Schlaf freuen. Das letzte Gespräch mit dem Landrat lag wie ein Damoklesschwert über ihm. Er brauchte unbedingt eine Idee, wie er seine Forderung erfüllen konnte. Leider fehlte ihm die Fantasie, Lösungen für komplexe Problemstellungen zu finden. Genau genommen löste er noch nicht einmal einfache Probleme, sondern überließ das voll und ganz seinen Mitarbeitern. Bei denen war er nur leider nicht hoch genug angesehen, um Hilfe erwarten zu können. Das konnte einem dann schon mal den Schlaf rauben.

Auch an der Erpresserfront lief schlaftechnisch nicht alles rund.

An Jan nagte die Schmach, da er sich von der ihm eigens zugedachten Stelle als Anführer der Gruppe verdrängt sah.

Holger war mit der Entwicklung der Erpressung unzufrieden, da er die Rache an Henning Mansen dringend brauchte, um sein Innerstes wieder ins Lot zu bekommen. Außerdem beschäftigte sich der Rat der Gemeinde momentan viel zu intensiv mit ominösen Ausgaben, die Holger nicht zufriedenstellend belegen konnte. Der Mord an Henning Mansen würde für die nötige Ablenkung sorgen.

Sascha ärgerte sich, von den anderen wie ein Prolet und dummer Junge behandelt zu werden, obwohl er sicherlich derjenige war, der am meisten auf dem Kasten hatte. Durch seine Fähigkeit, Informationen jedweder Art zu besorgen, war er nach seiner Überzeugung das wertvollste Mitglied dieser Gemeinschaft, was die anderen aber weder sahen noch zu schätzen wussten.

Wolfgang schlief schlecht, weil er Sodbrennen hatte.

Teil 5

Kapitel 18

»Sie haben angerufen«, flüsterte Mike. Er hätte gerne die Tür hinter sich geschlossen, aber das wurde von Direktor Mäuchel strengstens untersagt und auch geahndet.

»Ich?«, fragte Henning, der sich den Magen verdorben hatte und anscheinend nicht ganz in Form war.

»Nein, die Erpresser.« Das letzte Wort zischte Mike zwischen den Zähnen hervor. Henning verstand ihn trotzdem.

»Die?«, fragte er. »Dann sind es tatsächlich mehrere?«

»Ja, sie haben sich verraten«, sagte Mike nicht ohne Stolz, dass ihm das bei seinem Stress noch aufgefallen war.

»Wann muss ich denn jetzt sterben?«, fragte Henning interessiert.

»Bis Freitagabend. Und es muss in den Nachrichten kommen«, sagte Mike. »Was machen wir jetzt?«

»Eines ist Ihnen aber klar, ich will nicht sterben.« Henning hielt es wohl für nötig, das noch mal zu erwähnen.

»Das habe ich mir gedacht«, erwiderte Mike und fühlte sich kurioserweise enttäuscht. Wie einfach wäre es gewesen, wenn Henning einfach anbieten würde, sich selbst umzubringen.

»Keine Sorge, wir finden eine Lösung«, sagte Henning. »Wir müssen uns nur über die Basis unserer Geschäftsbeziehung im Klaren sein.«

»Schon klar«, entgegnete Mike, obwohl ihm eigentlich nichts klar war.

»Sie brauchen Hilfe und ich will hier raus«, stellte Henning fest. So etwas in der Art hatte Mike erwartet.

»Verständlich«, sagte er daher.

»Jetzt müssen wir nur sehen, wie wir unsere Interessen am besten verbinden.« Henning stand auf und wanderte in seinem Zimmer hin und her. Er wirkte sehr eindrucksvoll.

»Ich brauche sicherlich auch eine Leiche als Beweis«, gab Mike zu bedenken.

»Das ist ein Problem«, sagte Henning. »Aber nicht unlösbar. Wie wäre es mit einer Leiche aus der Anatomie?«

»Wie soll ich da rankommen?«, fragte Mike geschockt und sah sich schon wie Frankenstein nachts mit Leichen durch die Gegend fahren. Nicht auszudenken, wenn er dabei von der Polizei angehalten würde.

»Einbrechen natürlich«, sagte Henning, als wäre das das Normalste der Welt.

»Entschuldigung, aber dafür habe ich keinerlei Talent«, wehrte Mike ab.

»Wahrscheinlich auch nicht die Nerven«, erwiderte Henning. »Vergessen wir das besser.«

»Außerdem muss ein Arzt einen Totenschein ausstellen. Das kann nicht funktionieren«, sagte Mike.

»Wenn ich das richtig sehe, ist also ein Toter problematisch«, spann Henning seine Gedanken weiter. »Wie wäre es denn, wenn wir viele Tote hätten?«

»Wie viele Tote?«, ächzte Mike. »Und woher sollen die kommen?«

»Wir haben doch hier drin weiß Gott genug Exemplare, auf die man verzichten kann.«

Mike fragte sich, welche Kriterien ein Serienmörder wie Henning Mansen anlegte, bevor er andere Insassen zum Abschuss freigab. Er konstatierte, dass er es so genau gar nicht wissen wollte.

»Wie sollte das denn vonstattengehen?«, fragte er dennoch vorsichtig.

»Wir liefern so viele Tote, dass einer mehr oder weniger nicht auffällt.«

Mike musste sich setzen.

»Vielleicht sollten wir doch mal die Tür zumachen«, schlug Henning vor.

Mike wägte eine Rüge von Dr. Mäuchel ab gegen ein unangenehmes Gespräch mit der Polizei, zu dem es zwangsläufig kommen würde, wenn einer mitbekam, was hier besprochen wurde, und er beschloss, dass es das wert war. Er nickte entkräftet.

»Mal angenommen, wir ziehen das ernsthaft in Erwägung. Wie kommen wir an so viele Tote?«

»Mike, man merkt, dass Sie keine kriminelle Ader haben«, sagte Henning sichtlich amüsiert. »Daher sind Sie dringend auf Hilfe angewiesen.«

Darauf gab es keine passende Antwort. Mike wusste nicht, ob das ein Vor- oder Nachteil war.

»Sehr effektiv wäre natürlich ein Brand, von einem Kurzschluss oder so. Wie ich hörte, haben Sie da schon einiges an Erfahrung.«

»Haha«, erwiderte Mike humorlos.

»Wir könnten auch auf einen Blitzschlag warten, aber die sind einfach zu unberechenbar.«

»Ich freue mich, wenn Sie Spaß haben«, sagte Mike und brüllte im selben Moment: »Tür zu!«, als ein Pfleger sich erdreistete, diese neugierig zu öffnen. Die Tür fiel umgehend wieder zu.

»Da gibt es sicherlich noch andere Möglichkeiten«, lenkte Henning ein. »Aber was es auch ist, es braucht etwas mehr Vorbereitung. Das kriegen wir nicht bis Freitag geregelt.«

»Aber heute Abend wollen die Bescheid wissen!«

»Dann halten Sie die hin! Sie sind doch der Psychologe. Da wird Ihnen doch was einfallen. Machen Sie ihnen klar, dass Sie ihnen hier etwas viel Besseres anbieten. Wenn sie nur halb so verrückt sind, wie sie sich anhören, springen die sofort darauf an. Massentötung, das ist das Stichwort.«

Mike fragte sich – übrigens nicht zum ersten Mal – wann sein Leben einmal so eine beschissene Wendung genommen hatte, dass er sich jetzt mit solchen Situationen herumschlagen musste.

»Dann machen wir hier einen Rundumschlag und in dem allgemeinen Tumult schaffen Sie mich hier heraus. Später fällt dann keinem mehr auf, ob ich dabei war oder nicht.«

»Natürlich nicht«, erwiderte Mike lakonisch. Er hatte keine Lust, Henning darauf aufmerksam zu machen, dass auch Leichen identifiziert wurden. Er war der Polizist. Er sollte es wissen.

»Mike, Sie sind etwas lustlos. Ich weiß, die Vorgehensweise ist Ihnen nicht vertraut. Aber auf der anderen Seite sind Sie an Ihrem Dilemma bestimmt alleine schuld, auch wenn Sie mir nicht sagen, worum es geht. Man kann keinen Polterabend machen, ohne Porzellan zu zerschlagen.«

»Ja, ich weiß«, sagte Mike unglücklich. Ihm war jetzt auch übel. »Ich bin auch dankbar für Ihre Hilfe.« Das meinte er ehrlich. Er fand es dann doch wichtig, Henning auf einen Fehler in seinem Plan hinzuweisen.

»Wenn sie die Leichen obduzieren, werden sie aber feststellen, dass Sie nicht dabei sind.«

»Nicht, wenn nicht mehr viel zum Obduzieren übrig ist«, entgegnete Henning.

»Funktioniert bei einem Feuer wahrscheinlich nicht so gut.«

»Stimmt. Dann lassen wir sie durch eine Explosion in Stücke reißen. Wenn man Fetzen zusammensammelt, fällt der ein oder andere sicherlich durchs Raster.«

Mike stürzte würgend aus der Tür und wäre fast mit Dr. Mäuchel zusammengestoßen, der gewiss vom Personal gerufen worden war, um ihn wegen der geschlossenen Tür zurechtzuweisen.

Nachdem Mike seinen Mageninhalt von sich gegeben hatte, fühlte er sich trotzdem noch nicht stark genug, Dr. Mäuchel gegenüberzutreten, der ihn sicherlich schon suchte. So lungerte er den Rest des Vormittags in der Werkstatt herum und machte damit den Ergotherapeuten Leon Huber nervös, der das für eine Schikane von Dr. Monika Berg hielt, nachdem er sich auf einen fachlichen Disput mit ihr eingelassen hatte. Auch Mikes Beteuerung, dass er nicht hier war, um ihn zu beaufsichtigen, sondern nur aus reinem Interesse, konnte sein Misstrauen nicht gänzlich zerstreuen. Mittags sparte Mike sich den Gang zur Kantine und schlich dafür in sein Büro, wo sein Mittagessen aus einem alten Schokoriegel und muffig schmeckenden Erdnüssen bestand, die er weit hinten in einer Schublade gefunden hatte. Aber das war es wert, damit er seine angeschlagene Stimmung nicht noch um einen Rüffel erweiterte, dem er sich heute keinesfalls mehr gewachsen fühlte. Er überlegte gerade, wie er den Rest des Tages gestalten sollte, um dem Direktor nicht begegnen zu müssen, als sein Telefon klingelte.

Diesmal hatten sich die Erpresser anscheinend entschlossen, nicht mehr Dracula aus dem Sarg zu imitieren, sondern waren in den Stimmbruch gekommen, was Mike ein scheußliches Falsett bescherte, das ihm in den Ohren wehtat und ihn veranlasste, erneut den Hörer so weit von sich wegzuhalten, wie es sein Arm hergab.

»Wie haben Sie sich entschieden?«, fistelte die Stimme.

»Ich werde tun, was Sie von mir verlangen«, sagte Mike und überlegte fieberhaft, wie er den Erpressern das neue Angebot schmackhaft machen sollte.

»Ich habe da etwas, was Sie sicherlich noch mehr interessieren könnte«, begann er vorsichtig.

»Was könnten Sie uns schon bieten?«

»Größere Befriedigung, als Ihnen der Tod von Mansen bringen könnte«, sagte Mike geheimnisvoll. »Sein Tod ist natürlich beschlossene Sache«, beeilte er sich zu erwähnen, bevor eine Diskussion aufflammte, an der er wenig Interesse hatte. Am anderen Ende murmelten Stimmen durcheinander. Mike spitzte die Ohren, konnte aber nichts verstehen.

»Wir hören.«

»Mansen verdient in Ihren Augen den Tod. Das kann ich verstehen, wirklich. Aber verdient nur er den Tod? Das System hätte den Tod verdient.«

»Sprechen Sie weiter.«

Mike deutete das als gutes Zeichen.

»Das System können wir nicht töten. Aber wir können ein Zeichen setzen.« Er hielt inne, da er auch hier einen Kommentar erwartete. Aber es kam nichts.

»Hören Sie, ich bin auf Ihrer Seite.« Er hoffte, dass das sehr psychologisch war. Er konnte es ja nicht wissen. »Ich arbeite auf dieser Seite, das heißt aber nicht, dass ich das System gutheiße.«

»Und warum arbeiten Sie dann da?«, quakte die Stimme.

»Um von innen heraus operieren zu können«, sagte Mike unheilvoll. Das hatte er mal in einem Film gehört. »Ich will das System von innen zerstören.«

Wieder Gemurmel. Die Erpresser berieten anscheinend untereinander. Vielleicht aber stellten sie nur fest, dass sie noch nie so viel Quatsch gehört hatten.

»Wie sollen wir Ihnen glauben?«, fragte dann wieder einer von ihnen.

»Sie können mir vertrauen«, sagte Mike. Wenn sie jetzt wirklich so dämlich waren, dann war es um das Verbrecherwesen in Deutschland nicht mehr allzu gut bestellt.

»Natürlich«, kam es vom anderen Ende, und anscheinend mussten alle meckernd lachen. Es klang wie ein Satz Murmeln, der in einer Blechdose herumrollt.

»Da sollte aber ein bisschen mehr kommen«, sagte schließlich einer, der sich wohl als Erster wieder eingekriegt hatte. »Liefern Sie einen Beweis.«

»Ich hätte da wirklich etwas«, antwortete Mike und beglückwünschte sich innerlich zu seinem genialen Schachzug. «Ich plane eine Massentötung. Ich möchte so viele wie möglich mitnehmen.«

Am anderen Ende der Leitung war es so lange still, dass er schon meinte, seine Erpresser hätten einfach aufgelegt, weil ihr Telefon ein Schwachsinnsbarometer hatte. Schließlich meldeten sie sich aber doch wieder zu Wort.

»Wie soll das vor sich gehen?« Die Trethupe klang neugierig.

»Wahrscheinlich eine Explosion«, sagte Mike. »Das feile ich gerade noch genauer aus.«

»Explosion?« Die Stimme hörte sich skeptisch an.

»Eine gewaltige Explosion. Wenn ich es richtig anstelle, kann ich über die Hälfte der Patienten damit ausradieren«, sagte Mike großspurig und hoffte, er hatte nicht zu dick aufgetragen.

»Das klingt wirklich nicht schlecht«, sagte ein unsichtbares Gegenüber aus dem Hintergrund.

Mike fiel eine Zentnerlast vom Herzen. Sie hatten es ihm abgenommen, und das ganz ohne studierte Psychologie. Er hatte seinen Beruf im Leben studiert und mit seinem Wissen jetzt durchaus ins Schwarze getroffen. Am anderen Ende wurde wieder diskutiert. Mike wartete geduldig.

»Wann soll das stattfinden?«

Das hatte Mike sich allerdings auch schon gefragt.

»Ich überlege noch am richtigen Termin«, sagte er daher ausweichend. »Da habe ich mich noch nicht abschließend entschieden.«

»Das ist aber sehr schlecht«, donnerte es in der Leitung. Wahrscheinlich war wieder einer an den Lautstärkeregler gekommen. »Wir lieben es gar nicht, hingehalten zu werden.«

»Das tue ich nicht«, verteidigte sich Mike. »Aber ein Massenmord in dieser Größenordnung verlangt etwas Planung. Das kann ich nicht eben zwischen Frühstück und Mittagessen erledigen.«

»Wir wollen ein Zeichen des guten Willens. Töten Sie Mansen und dann sehen wir weiter.«

Mike brach wieder der Schweiß aus. Das mühsam zusammengeschusterte Gebäude drohte erneut zu kippen. Aber er weigerte sich, sich ins Bockshorn jagen zu lassen. Diesmal hatte er mit Henning einen starken Partner in der Hinterhand.

»Nein«, sagte er daher bestimmt. »So läuft das nicht. Sie können alles haben oder gar nichts. Von mir gibt es kein besseres Angebot.«

Wieder wartete er geduldig das Gemurmel ab.

»Einverstanden«, kam nach einer gefühlten Ewigkeit. »Aber wenn Sie uns verarschen, lassen wir die Bombe sofort platzen. Dann gibt es keine Verhandlungen mehr.«

»Das ist nur gerecht«, erwiderte Mike. »Ich bringe so viele wie möglich um die Ecke, dafür sind wir für immer quitt. Nur dass wir uns verstehen, danach habe ich keine Erpressung mehr zu erwarten?«

»Wir sind Ehrenleute«, tönte es durch den Hörer. Es wurde aufgelegt.

»Auf jeden Fall«, sagte Mike leise und legte ebenfalls auf. Er fragte sich, ob das alles die ganze Angelegenheit wert war. Vielleicht sollte er dem Direktor einfach reinen Wein einschenken. Wenn er ihm versprach, die Klinik zu verlassen, könnte es sogar klappen, nicht von ihm angezeigt zu werden. Eventuell war bei Dr. Mäuchel auch eine kleine Erpressung drin, wenn man nur tief genug grub. Mit diesem Gedanken öffnete er die Tür seines Büros, um die Toilette zu besuchen.

Dr. Mäuchel konnte sich gerade noch hinter einen Flurschrank retten. Das war zwar als Versteck nicht ganz ideal, weil der Schrank recht niedrig war, aber er selber war schließlich auch nicht so groß. Außerdem hatte Mike Sanger offensichtlich mit anderen Dingen den Kopf voll, als sich in seiner Umgebung allzu genau umzusehen. Nach dem, was der Direktor eben gehört hatte, konnte er es ihm auch nicht verdenken. Mike Sanger hatte eindeutig von Mord gesprochen, und nicht nur von einem.

Dass der Tod von Mansen anscheinend schon beschlossene Sache war, überraschte ihn dann doch, da er immer das Gefühl gehabt hatte, Mike würde Mansen zumindest respektieren, wenn nicht sogar mögen. So eine Kaltschnäuzigkeit hätte er seinem Chefpsychologen gar nicht zugetraut. Aber dann nicht nur Mansen, sondern gleich eine Massentötung. Manfred Mäuchel konnte sich zwar nicht viel darunter vorstellen, wie man innerhalb des Systems operierte, aber es hörte sich eindeutig radikal an. Er befürchtete, dass er und seine Anstalt mit System gemeint waren.

Er flüchtete in sein Büro, um Mike Sanger nicht zu begegnen noch sonst irgendeinem. Sanger hatte mit jemandem telefoniert. Der Direktor hatte überhaupt keine Ahnung, wer am anderen Ende der Leitung gewesen war, aber er befürchtete allmählich das Schlimmste. Wer wusste schon, wie viele subversive Elemente beim Personal er hier unter seinem Dach beherbergte. Wenn er nur an diesen unangenehmen Stockschneider dachte, der immer den Eindruck erweckte, ihn innerlich auszulachen. Jetzt wusste er auch warum. Sanger und er hockten oft genug zusammen. Dann der pädagogisch-pflegerische Leiter aus dem Jemen, den er damals nehmen musste, um guten Willen zu einer Quote zu zeigen, deren Sinn er keinesfalls verstand. Seiner Meinung nach reichte es, bei der Personalbesetzung Randgruppen als Gärtner, Küchenhilfen oder Putzkräfte einzusetzen.

Ein Umstand, den die querschnittsgelähmte Ärztin für Allgemeinmedizin deutlich zu spüren bekam, als sie an ihrem ersten Tag in den Aufenthaltsraum des Reinigungsdienstes manövriert wurde und sich mit der Aufgabe konfrontiert sah, sich mit einer Hand vorwärtszuschieben und mit der anderen den Fußboden zu wischen. Als sich dieses Missverständnis auflöste, musste der Direktor so einige Vaterunser beten, um zu verhindern, von der Ärztin vor eine Ethikkommission geschleift zu werden. Er erinnerte sich nicht gerne daran.

Erleichtert, sein Büro erreicht zu haben, ohne dass ihn jemand gesehen hatte, schloss er die Tür leise hinter sich. Er bekam fast einen Herzinfarkt, als ihn jemand an der Schulter berührte.

»Entschuldigen Sie bitte«, sagte Katrin Bäcker spitz und quetschte sich an ihm vorbei zur Tür hinaus.

»Was haben Sie in meinem Büro zu suchen?«, fauchte Dr. Mäuchel. Seine Augen durchforsteten hektisch jeden Winkel des Raumes.

»Wie bitte? Ich habe Ihnen die Unterschriftenmappe auf den Schreibtisch gelegt. Jetzt gehe ich allerdings hinüber zu Dr. Berg.«

»Aber Sie sind meine Sekretärin««, rief er erbost hinter ihr her. Sein Ruf verhallte ungehört im Flur. Die Tür hatte sich bereits hinter Katrin Bäcker geschlossen.

Mikes Zeit war ebenfalls weit davon entfernt, sich angenehm zu gestalten. Das lag nicht an dem geplanten Massenmord, der mittlerweile schon zu seinem Alltag gehörte wie das tägliche Zähneputzen. Das erschreckte ihn jedoch nicht so sehr wie Dörte, die nach seinem mehr oder weniger freiwilligen Kuss an ihm klebte, als hätte er sich Honig an den Hintern geschmiert. Er hatte das vage Gefühl, dass Andrea eher einen Mord akzeptieren würde als eine andere Frau.

Dörte schwebte im siebten Himmel. Das blieb leider nicht im Verborgenen. Mike fragte sich, wie viel das Personal sich zusammenreimte oder wirklich wusste von dem, was zwischen ihm und ihr in der Kammer passiert war.

Aber im Endeffekt war es komplett egal. Wenn Andrea es zu hören bekam, würde zwischen Dichtung und Wahrheit nicht mehr in dem Maß unterschieden, das ihm helfen könnte, den Tag dann noch zu überstehen. Oder einfacher ausgedrückt: Kam es Andrea zu Ohren, war er tot. Sofort und unwiderruflich. Das bedrückte ihn weniger als die Tatsache, dass die Einzigen, denen er wirklich fehlen würde, wahrscheinlich die Erpresser waren, die sich von ihm und seiner geplanten Aktion wohl einiges versprachen. Was für ein trauriger Abgang eines traurigen Lebens. In diesen Gedanken befand er sich, als er von hinten von kurzen, speckigen Armen umfasst und gedrückt wurde.

»Ich wusste doch, dass du hier bist, mein Schöner«, hauchte Dörte. Sie ließ ihren Zeigefinger an seinem Hals entlanggleiten und Mike ärgerte sich, dass er eine Erektion bekam.

Aber jahrelanger Sexentzug forderte seinen Tribut. Er musste fest an etwas anderes denken, damit er nicht der Versuchung erlag. Daher dachte er an glühende Kohlen und brennende Peitschen, die ihn erwarteten, wenn er dabei erwischt würde, sein Schicksal zu erleichtern. Er hatte nicht die Hoffnung, dass Dörte vielleicht weniger anhänglich war, wenn sie bekam, was sie wollte.

»Ich dachte, ich koche uns heute etwas und biete dir danach den Nachtisch.« Dörtes Finger waren wirklich flink. Er wand sich wie ein Regenwurm.

»Der Nachtisch bin natürlich ich«, sagte sie dann, für den Fall, dass er das beim ersten Mal nicht verstanden hatte.

»Andrea hatte Frühschicht. Ich muss nach Hause.«

Das war zwar Unsinn, da er auch schon früher länger gearbeitet hatte, er hoffte aber, es fiel Dörte nicht auf.

»Sag doch, du müsstest länger hierbleiben. Ein Notfall.«

»Was durchaus Sinn machen würde, wenn wir eine Notfallambulanz hätten und ich ein Chirurg wäre. Aber so geben wir unseren Schäfchen einfach eine doppelte Menge Schlafmittel und therapieren am nächsten Morgen.«

»Irgendwann musst du es ihr sagen.«

Hatte er es nicht geahnt? Warum konnte er nicht einfach nur eine Frau kennenlernen, die nichts anderes wollte außer Sex? Warum musste er überhaupt eine Frau kennenlernen? Warum hatte er sich so übertölpeln lassen und sich von Dörte erpressbar gemacht?

Die Antwort war simpel. Er war er ein Idiot.

So nannte er sich auch noch mal, als Andrea abends ans Telefon ging und anscheinend am anderen Ende aufgelegt wurde.

»Komisch«, sagte Andrea mehr zu sich selbst als zu ihm. Seine Meinung hätte sie sowieso nicht interessiert, daher hielt er vorausschauend den Mund. Ihre Laune trübte es momentan nicht, was aber auch daran lag, dass sie heute ausgesprochen gut gelaunt war. Das änderte sich bereits leicht, als sie ein zweites Mal den Hörer auflegen musste.

»Diese verdammten Kinder«, maulte sie. »Du wolltest unbedingt welche haben. Jetzt siehst du, wohin das führt.«

Mike verkniff sich die Bemerkung, dass es nicht seine Kinder sein konnten, die vermeintlich anriefen, daher also nicht wissen könnte, wohin das führt. Genauso wie sie sich vor ein paar Jahren Kinder verkniffen hatten. Oder, besser, auf den Wunsch von Andrea eingegangen waren, die partout keine wollte. Mike erfuhr dabei, dass er auch keine wollte und hinterfragte das nie mehr. Zumal Andrea da schon gerne die Hand ausrutschte. Er wollte weder misshandelte Kinder noch sein eigenes misshandeltes Gesicht. Manchmal war Schweigen einfach die bessere Antwort.

»Verdammt noch mal!«, brüllte Andrea, als es wieder klingelte. Diesmal ließ sie sich auf keinen Misserfolg mehr ein und ging aus der Küche.

»Jetzt kannst du ja rangehen«, rief sie Mike hämisch über ihre rechte Schulter zu.

Mike ging ran. Allerdings nicht mehr ganz so holterdiepolter wie er anfangs an Dörte rangegangen war.

»Sanger«, sagte er und hoffte, so ungehalten wie möglich zu klingen.

»Mike!«

Seine Befürchtung hatte sich bestätigt. Er hatte sich von vornherein nicht vorstellen können, dass ein Kind freiwillig hier anrief. Ihr Haus war schon an den *Heiligen Drei Königen* berüchtigt genug.

»Warum rufst du hier an?«, zischte er in den Hörer und blickte sich ängstlich um. Aber Andrea blieb verschwunden.

»Ich hatte Sehnsucht nach dir.« Dörtes Stimme klang wie Schokosoße auf Vanilleeis. »Außerdem wollte ich dich daran erinnern, was wir heute besprochen haben.«

»Wir haben gar nichts besprochen«, wisperte Mike. »Ich habe dir gesagt, dass das nicht so einfach wird.«

Das stimmte. Mike konnte Dörte nachmittags nur nach einer regen Diskussion über mögliche und unmögliche Diskussionsstrategien bei Patienten abschütteln. So nötig konnte ein Mensch nun Sex wirklich nicht brauchen, um sich so etwas freiwillig anzutun.

»Dann solltest du dir ins Gedächtnis rufen, wer es gut mit dir meint und wer nicht.«

Wie er es auch drehte und wendete, er konnte nicht erkennen, wie und ob diese Aussage ernst war.

»Nein, ich vergesse es nicht«, flüsterte er daher vorsorglich und legte den Hörer auf. Leider hatte er seine Frau vergessen, die wie eine Schlange wieder in die Küche geglitten war.

»Mit wem hast du gesprochen?« Hatte er es nicht geahnt?

»Mit einer Schwester aus der Klinik.« Das war immerhin die Wahrheit.

»Soso, mit einer Schwester. Ich wusste gar nicht, dass ihr da geheime Pläne ausheckt.«

»Warum sollten wir auch?« Mike war einen Augenblick begriffsstutzig.

Andreas Nasenflügel bebten. Er trat einen Schritt zurück.

»Ach, der Herr Pseudo-Psychologe denkt, ich wäre doof. Ich bin ja nur eine kleine Verkäuferin ohne Verstand.«

»Davon habe ich wirklich nichts gesagt«, erwiderte Mike verzweifelt. Mit normalen Frauen war es schon schwer genug, aber er hatte mittlerweile wirklich den Jackpot. Zwei verrückte Frauen, das musste ihm mal einer nachmachen.

»Du brauchst auch nichts zu sagen. Ich weiß, was du denkst.«

Damit hatte sie ihm eindeutig etwas voraus. Er wusste nämlich nicht mehr, was er denken sollte.

Das war auch jetzt müßig, weil er einen Schuh auf den Kopf geknallt bekam, der ihm für wenige Augenblicke das Bewusstsein raubte.

Die Erpresserbrigade war im Moment ebenfalls nicht besonders glücklich, denn sie fühlte sich übertölpelt, auch wenn sie nicht genau sagen konnte, warum. Eigentlich war ein Toter gegen eine Menge Toter ein guter Deal bei dem Abschaum, der sich in der Klinik befand, trotzdem erschien er einfach zu perfekt zu sein und man fragte sich, wo da der Haken sei.

»Ich habe gleich gesagt, dass das eine dämliche Idee war«, fing Sascha an. »Ihr seid alle Dilettanten. Der verarscht uns doch.«

»Ich glaube nicht, dass er sich das traut. Er ist kein Gewohnheitsverbrecher, der das alles so ruhig hinnimmt.« Auch Holger hatte etwas von seiner zur Schau gestellten Ruhe verloren.

»Oder er lügt aus Angst«, warf Jan ein, obwohl er eigentlich eher der Theorie von Holger zustimmte.

»Uns aus Angst so eine Schote aufbinden?« Holger zweifelte. »Na ja, ich weiß nicht. Er hat einiges zu verlieren.« Jan stimmte ihm innerlich zu.

»Ich würde mich das nicht trauen«, warf Wolfgang ein.

»Das wissen wir«, sagte Sascha ungeduldig. Lange Diskussionen ohne wirkliches Ergebnis lagen ihm nicht, das wusste Jan mittlerweile.

»Also, was haben wir?« Jan fand, dass diese vor sich hin dümpelnde Truppe mal wieder etwas Pep vertragen könnte. »Das ist nichts Halbes und nichts Ganzes. Wir haben keine Sicherheit und keine Gewissheit.«

»Wie wäre es, wenn wir mal den Druck etwas erhöhen?«, fragte Sascha.

»Was denn noch?« Jan war genervt von diesem Klugscheißer. »Mehr als erpressen können wir ihn ja wohl nicht.«

»Vielleicht ist die Erpressung nicht erpresserisch genug«, sagte Wolfgang.

»Na, sieh mal an. Der Postbote hat mich verstanden.« Sascha lachte und klopfte Wolfgang gnädig auf die Schulter. Wolfgang probierte ein Grinsen, das eher so aussah, als würde er gerade von einem Grizzly zerfleischt.

»Mal abgesehen von Wolfgangs unzumutbarer grammatikalischer Konstruktion könntet ihr recht haben.« Holger blickte in die Runde. »Anscheinend hat der Sanger noch zu wenig zu verlieren.«

»Jobverlust und wahrscheinlich Gefängnis, das ist ja nun nicht so ohne.« Jan war noch nicht vollends überzeugt.

»Um einen Menschen umzubringen, muss man wohl vor einem noch größeren Verlust Angst haben. Jeder Mensch hat da eine andere Schwelle. Bei Sanger liegt sie wohl höher«, sagte Holger.

»Dann wollen wir mal an dieser Schwelle rütteln.« Sascha rieb sich die Hände. »Meint ihr, wir könnten ihn mehr beeindrucken, wenn wir androhen, seiner Alten was anzutun?«

»Ich weiß nicht.« Jan verzog das Gesicht. »Hast du die mal gesehen?«

»Nicht bewusst.« Sascha allerdings sah Frauen prinzipiell nur, wenn sie eine mörderische Oberweite hatten.

»Egal«, sagte Holger. »Um ihm etwas Angst einzujagen, dafür sollte es reichen.«

»Also was jetzt? Umbringen?« Sascha hatte es eindeutig mit der brutaleren Seite dieser Erpressung.

»Nein, wir werden es ihm nur androhen. Denke, das sollte erst mal reichen.«

»Erst mal?« Wolfgang schluckte. »Wir wollen sie doch nicht wirklich umbringen? Da mach ich nicht mit!«

»Keine Sorge, da lassen wir dich nicht dran. Nachher kotzt du uns noch auf die Leiche.« Sascha grunzte verächtlich.

Jan fragte sich, ob er wirklich so ein harter Knochen war oder nur so tat. Betrügen, hehlen, dealen, das war eine Sache, ein Mord eindeutig eine andere. Er hoffte, dass es nicht zum Schlimmsten kam und Mike die Forderungen erfüllte. Sollte Sascha doch Blut an den Händen haben. Jan nahm sich vor, seine Präsenz bei solchen Aktionen auf ein Minimum zu reduzieren. Dafür musste er die anderen mal wieder etwas anschubsen.

»So, was denn?«, fragte er daher drängelnd. »Wie soll das jetzt konkret vonstattengehen?.«

»Wir rufen einfach noch mal an. Sascha ist jetzt dran«, sagte Holger.

»Kein Problem, ich stell den Stimmenverzerrer ein.«

Sascha probierte ein paar Stimmmodule, bis er anscheinend etwas gefunden hatte, das ihm gefiel. Er klang wie Marlon Brando aus *Endstation Sehnsucht*.

»Toll, und ich habe mich gestern angehört wie ein Idiot«, protestierte Jan, der sich noch gut an diesen Auftritt erinnern konnte.

»Da kann die App nichts dafür«, murmelte Sascha abwesend, während er den Lautsprecher wieder abschaltete.

»Stell dich nicht an wie ein Kind«, sagte Holger. »Ich habe mich beim ersten Mal auch nicht besser angehört.«

Sie scharten sich erwartungsvoll um Sascha, der beschwichtigend die Hand hob, um für Ruhe zu sorgen.

»Wir dachten, wir sollten uns noch mal melden«, sagte er. Anscheinend hatte Mike Sanger abgehoben.

»Wir haben noch nicht alles besprochen«, sagte Sascha und schwieg wieder. Holger stieß ihn an und tippte mit dem Finger an sein Ohr. Sascha schaltete den Lautsprecher wieder an.

»Aber ich mach es doch«, sagte Mike Sanger.

In Jans Ohren klang er verzweifelt und er konnte nicht beurteilen, ob das positiv für sie war.

»Wissen Sie, wir glauben Ihnen«, erwiderte Sascha beinahe väterlich. »Wir dachten nur, wir könnten unsere Abmachung noch fester machen. Eine Möhre vor die Nase halten sozusagen.«

»Und was schwebt Ihnen da so vor?«, fragte Sanger misstrauisch, durchaus zu Recht, wie Jan fand.

»Wir werden Ihre Frau entführen, damit Sie bei der Stange bleiben.« Sascha hatte offensichtlich keine Lust mehr, Kreide zu essen. »Wenn es nämlich dann nicht so läuft, wie wir uns das vorstellen, hat es sich für Sie erledigt!«

»Für mich?«, fragte Sanger.

»Für Ihre Frau natürlich, wie blöd sind Sie denn?« Sascha wurde unwirsch. Holger klopfte ihm auf den Arm, damit er wieder runterkam. Sascha schüttelte ihn ab.

»Sie meinen, Sie wollen sie umbringen?« Wenn Mike sich noch nie vollkommen geschockt angehört hatte, dann war es definitiv jetzt der Fall.

»Schnellmerker«, schnauzte Sascha, was sicherlich so gar nicht zu seiner erotischen Stimme passte, die vom Stimmenverzerrer kam. »Also würde ich Ihnen raten, sehen Sie zu!«

Nach dieser merkwürdigen Drohung legte er den Hörer auf.

»Wenn das nicht hilft, dann weiß ich auch nicht mehr«, sagte Holger.

»Wenn ihr diese Frau umbringen wollt, dann bin ich nicht dabei«, stellte Wolfgang nochmals fest.

»Das wissen wir«, antworteten die anderen drei unisono.

Kapitel 19

Ralf hatte einen fantastischen Plan. Er hielt sich eigentlich immer für sehr genial, einfach, weil er es war, aber das war selbst für ihn eine absolute Hammeridee. Daher suchte er den Mann, mit dem er sie teilen wollte, denn der war eminent wichtig für das Gelingen, weil er ihm die nötige Verbindung schaffen konnte. Er fing Mike vor dem Mittagessen ab.

»Du musst mir helfen.«

»Gern, wenn ich kann«, sagte Mike wie erwartet. Wie gut, dass auf manche Dinge Verlass war.

»Stell mir einen Kontakt zu Mansen her.«

Mike zog überrascht die Augenbrauen hoch.

»Was willst du denn von Henning Mansen?«

»Ich will ihn kennenlernen«, sagte Ralf so lässig wie möglich. »Ich halte ihn für eine faszinierende Persönlichkeit.«

»Du hältst dich für eine faszinierende Persönlichkeit, da ist für eine weitere sicherlich kein Platz.« Mike schickte sich an, weiterzugehen. Ralf hielt ihn fest.

»Jetzt warte doch mal. Ich meine das ernst.«

»Henning Mansen will mit keinem Arzt reden. Er traut keinem von euch. Wenn ich dann noch mit einem Psychiater komme, ist es ganz vorbei.«

»Ja, habe ich gehört. Du kannst doch sagen, ich wäre Proktologe.«

»Na, den sieht er sicherlich noch viel lieber. Jetzt lass mich in Ruhe, ich habe Hunger.«

»Vielleicht macht er eine Ausnahme.«

»Warum sollte er?«

»Was ich ihm vorschlagen will, das muss ihn reizen.«

Wenigstens zerrte Mike jetzt nicht mehr, um sich aus seinem Griff zu befreien. Seine Neugierde war nun wohl doch geweckt.

»Und das wäre?«

»Jetzt komm erst mal hier aus der Einflugschneise.« Ralf zog wieder an seinem Arm.

»Würdest du das bitte lassen, ich bin nicht dein Hund«, sagte Mike, kam aber dann doch mit. Sie standen nun hinter einem Pfeiler am Wasserspender.

»Ich wünschte, ich könnte einmal hier im Gebäude herumlaufen, ohne dass einer aus den Ecken auf mich zugestürmt kommt.«

»Sag das lieber deinem Schwesternmäuschen. Obwohl Maus hier nur sehr bedingt zutrifft. Aber Wal passt halt nicht so gut.«

»Entweder du sagst mir jetzt, was du willst, oder ich gehe.«

»Schon gut, schon gut. Dein Humor lässt in letzter Zeit schwer zu wünschen übrig.«

Mike gab auf seine letzte Bemerkung keine Antwort mehr und blickte ihn nur an.

»Du weißt doch, wie viel Ärger ich mit Susanne habe.« Mike nickte nur.

»Ich kann mich bald nirgendwo mehr blicken lassen. Offene Ehe schön und gut, aber für mich ist es schon peinlich.«

»Wäre es mir auch«, sagte Mike, offenbar wieder milder gestimmt. »Was hat das mit Mansen zu tun?«

»Ich dachte, er könnte Susanne solch einen Schreck einjagen, dass sie auf einen Schlag jegliche Lust auf Sex verliert.«

»Wie bitte?«

»Na, er könnte doch Sex mit ihr haben und dann versuchen, sie umzubringen. Wenn das nicht schockt, dann weiß ich es nicht.«

»Ich auch nicht.« Mike konnte augenscheinlich nicht glauben, was er gerade gehört hatte. »Was ist denn, wenn er sie dann wirklich umbringt, du Genie? Schließlich hast du es hier mit einem nicht ganz kittelreinen Serienmörder zu tun. Da könnte man von ein bisschen Unberechenbarkeit ausgehen.«

»Du hältst das für keine gute Idee?«

»Ob ich was?« Mike atmete einmal schwer ein und aus. »Nein, Ralf, ich halte das für keine gute Idee. Ich würde sogar so weit gehen zu sagen, das ist eine saudoofe Idee.«

»Überschlafe es eine Nacht«, sagte Ralf beruhigend. »Dann reden wir morgen noch mal darüber.«

Anscheinend hätte Mike schon jetzt noch eine ganze Menge dazu zu sagen gehabt, wenn nicht auf einmal Katrin Bäckers Stimme aus dem Lautsprecher an der Decke gehallt hätte.

»Herr Sanger, bitte kommen Sie in Dr. Mäuchels Büro. Sofort.«

»Ich habe noch nicht mal was gegessen«, sagte Mike unglücklich und ging in die andere Richtung.

»Dann wollen wir doch mal sehen, was der alte Mäuchel von unserem Musterknaben will«, murmelte Ralf und ging in gebührendem Abstand hinter ihm her.

Mike hatte für heute eigentlich schon wieder genug gehört und keinerlei Interesse an einem weiteren Gespräch. Aber das hier kam ihm gelegen, denn er hatte einen Entschluss gefasst.

Die Erpresser hatten ihm mit der Drohung, Andrea zu entführen und im Zweifelsfall zu töten, mehr als nur einen kleinen Schrecken eingejagt.

Er wünschte sich zwar ein Leben ohne Andrea, aber in seinen Träumen verließ sie ihn einfach Knall auf Fall und wurde nicht ermordet. Alles was recht war, aber damit wollte er nicht leben.

Wenn man es genau nahm, mit den anderen Toten auch nicht. Sein ganzes Leben hatte er noch nie einen live gesehen. Nun plante er schon die Vernichtung einer Gruppe in der Größe eines gut frequentierten Kleingartenvereins.

Daher war jetzt die optimale Gelegenheit, Abbitte zu leisten und auf die Gnade seines Direktors zu hoffen. Da der sehr von seiner Rolle als Herrscher dieser Einrichtung überzeugt war, könnte das sogar klappen. Mike musste es nur demütig genug anpacken. Wenn er dann auch noch ein wenig Glück hätte, würde ihn Andrea verlassen, weil er sich vom Halbloser mit gutem Einkommen zum Vollloser ohne Einkommen entwickelt hatte. So hätte er zwar keine Arbeit mehr, aber eine gute Nachtruhe und sein Gewissen wieder.

Von dem Gedanken beseelt, dass bald alles wieder gut sein würde, klopfte er an die Tür des Sekretariats und begrüßte Katrin Bäcker mit einem freundlichen Lächeln. Die winkte ihn wortlos weiter Richtung Dr. Mäuchels Büro, dessen Tür einen Spaltbreit offenstand.

»Herr Sanger«, sagte Dr. Mäuchel etwas zu freundlich und deutete auf einen Stuhl vor seinem Schreibtisch.

Mike wurde den Eindruck nicht los, dass er sich nicht wohl in seiner Haut fühlte. Er nahm Platz und blickte den Direktor erwartungsvoll an. Obwohl der sich immer selbst gerne reden hörte, tat er sich damit heute mehr als schwer.

»Wie läuft es denn im Moment bei Ihnen?«, fragte Mäuchel unverbindlich.

»Danke, soweit ganz gut. Zumindest bei den Patienten.«

»Sonst nicht?«, fragte Mäuchel so arglos, dass es Mike nicht ignorieren konnte. Hier stimmte etwas nicht. Ob die Erpresser ihm schon über seine fehlenden Qualifikationen berichtet hatten? Ob er ihn wegen Schwester Dörte tadeln wollte? Mike beschloss, sofort zu beichten, solange er den Vorteil noch auf seiner Seite hatte.

»Nicht ganz so optimal«, sagte er daher ehrlich.

Dr. Mäuchels Augen verengten sich abschätzend. Mike fragte sich, warum der Direktor auf einmal solche Fragen aufwarf. Dieser wartete ab. Auch das war schon mehr als ungewöhnlich für ihn.

»Ich muss Ihnen etwas sagen, was Ihnen nicht gefallen wird.«

Anscheinend gefiel es Dr. Mäuchel jetzt schon nicht, denn er krallte sich ziemlich auffällig am Schreibtisch fest, als würde er jeden Moment das Jüngste Gericht erwarten.

»Ist Ihnen nicht gut?«, fragte Mike besorgt und beugte sich vor. Das fehlte ihm jetzt noch, dass der Direktor vor seiner Beichte abnibbelte und ihm die Möglichkeit nahm, sein Gewissen zu erleichtern.

»Doch, doch«, gurgelte Manfred Mäuchel und nahm sichtlich Abstand von seinem Chefpsychologen. Er beugte sich in seinem Chefsessel so weit zurück, dass er fast hintenüberkippte.

Mike fand sein Verhalten äußerst seltsam, konnte sich aber damit weiß Gott nicht auch noch befassen.

»Leider bin ich nicht das, was ich vorgebe«, machte er einen neuen Versuch.

»Ach nein?« Die Stimme seines Chefs klang gepresst.

»Das ist nicht einfach für mich. Ich glaube aber, es ist besser, reinen Tisch zu machen.«

Er bekam keine Rückmeldung, die hatte er aber auch nicht erwartet. Schließlich gab es dazu noch nicht besonders viel zu sagen. Dafür nachher wahrscheinlich umso mehr.

»Leider habe ich mein Studium nie abgeschlossen. Ich bin kein Psychologe. Ich bin einfach nur ein Hochstapler, der sich den Job hier mit gefälschten Papieren erschlichen hat.«

Dr. Mäuchel kippte mit seinem Stuhl wieder nach vorne.

»Was behaupten Sie da?«

»Ja, es stimmt«, sagte Mike kläglich. »Es tut mir unendlich leid. Aber ich will nicht mehr so weitermachen.«

»Sind Sie eingeschleust worden?«, fragte Dr. Mäuchel jetzt interessiert.

»Eingeschleust? Von wem?«

»Na, von einer radikalen subversiven Gruppierung natürlich.«

Mike kannte sich in radikalen subversiven Gruppierungen eindeutig zu wenig aus, um beurteilen zu können, ob diese Psychologen mit oder ohne Abschluss in forensische Psychiatrien einschleusten, um Umstürze, egal welcher Art, zu bewirken.

»Nein«, sagte er daher verhalten.

»Warum wollen Sie dann unsere Patienten töten?«

»Woher wissen Sie das, ich meine, nein, will ich natürlich nicht«, stotterte Mike.

»Das haben Sie am Telefon gesagt.«

Anscheinend hatte der Direktor ihn belauscht. Darauf kam es jetzt auch nicht mehr an.

»Das ist ja gerade das Problem«, sagte er daher. »Jemand hat herausbekommen, dass in meiner Vergangenheit etwas nicht stimmt und erpresst mich jetzt damit.«

»Der Erpresser will als Gegenleistung, dass Sie Patienten töten?«

»Eigentlich sollte ich nur Henning Mansen töten. Die anderen waren nur eine Zugabe von mir.«

»Eine Zugabe? Wofür sollte die gut sein?«

»Ich weiß es nicht«, sagte Mike ehrlich. Er wollte Henning da nicht mit hineinziehen.

Dr. Mäuchel wippte auf seinem Stuhl hin und her und überlegte offenbar angestrengt. Das dauerte ziemlich lange.

»Was passiert jetzt?«, fragte Mike. »Soll ich schon mal meine Sachen packen?«

»Nein, nein. Wir wollen ja nichts überstürzen, nicht wahr?« Der Direktor schwieg wieder.

Mike übte sich in Geduld. Er war anscheinend noch nicht gefeuert, was ihn doch sehr überraschte. Er wollte seinen Vorgesetzten jetzt nicht unnütz aus dem Konzept bringen.

»Bis wann wollen Ihre Erpresser denn Ergebnisse sehen?«, fragte dieser unvermittelt.

»Kurzfristig«, sagte Mike.

»Was für eine merkwürdige Erpressung ist das denn?«

»Es sind keine geübten Erpresser.« Mike fühlte sich verantwortlich.

»Das sehe ich auch so.« Dr. Mäuchel drehte sich mit dem Stuhl und blickte zum Fenster hinaus.

»Sie haben wirklich ein Problem, Herr Sanger«, sagte er schließlich und drehte sich wieder Mike zu. »Aber Sie haben Glück.«

Mike bezweifelte das stark.

»Ich habe auch ein Problem. Jetzt ist es aber so, dass die Lösung Ihres Problems meines ebenfalls lösen könnte.«

Mike konnte sich das im Moment nur schlecht vorstellen. Er hörte weiter gespannt zu.

»Der Landrat macht mir gewaltig Druck. Wir sind überbelegt, das wissen Sie. Dafür sind Sie weitgehend mitverantwortlich. Jetzt können wir aber nicht auf einmal die Richtung wechseln und Entlassungen befürworten. Das ist sicherlich auch nicht in Ihrem Interesse.«

»Nein«, erwiderte Mike nur. Anscheinend schrappte er hier gerade an einer riesigen Katastrophe vorbei. Er würde es nicht riskieren, das durch unnötige Diskussionen zu gefährden.

»Allerdings muss ich ebenfalls kurzfristig Ergebnisse vorweisen, sonst habe ich ein Problem. Sie verstehen, worauf ich hinauswill?«

»Ich weiß nicht genau.«

Schlug ihm Manfred Mäuchel etwa vor, die Massentötung zu unterstützen? Die Idee war einfach zu ungeheuerlich.

»Herr Sanger, Sie sind zwar nicht studiert – wie wir jetzt wissen –, aber dennoch ein intelligenter Mann. Wir drehen das Ding, wir hauen Sie da raus! Nicht zu vergessen, Sie behalten Ihren Job. Durch Ihre Erpresser haben wir perfekte Voraussetzungen. Was halten Sie davon?«

Was konnte man von solchen Angeboten schon halten? Mike schwirrte der Kopf, während er versuchte, der moralischen Fallstricke Herr zu werden, die sich hinter dieser Idee verbargen.

Sein Gewissen zu erleichtern war leider nicht ganz so einfach, wie er sich das erhofft hatte.

Ralf brauchte eine Weile, bis er an Katrin Bäcker vorbeikam, die partout noch nicht zum Mittagessen aufbrechen wollte.

Da sie auf ihre äußere Erscheinung großen Wert legte, mied sie die Kantine und traf sich mit Marina Goldschmidt zum gemeinsamen Verzehr von Obst und Salat im angrenzenden Garten der forensischen Psychiatrie, der die Bewohner dazu animieren sollte, genau das anzupflanzen. Dort war selten etwas los und der Platz wie geschaffen dafür, sich bei sommerlichen Temperaturen zu erholen. Wenn Ralf im Trakt eins zu tun hatte, der den verstörendsten Fällen vorbehalten war, sah er sie oft durch die Fenster der Station dort sitzen.

Scheinbar war die Goldschmidt heute nicht da oder hatte keine Zeit für sie, jedenfalls hatte es Katrin nicht eilig. Sie summte vor sich hin und räumte ein wenig auf ihrem Schreibtisch hin und her. Bei Dr. Mäuchel hatte sie nicht allzu viel zu tun. Wahrscheinlich, da er auch nicht das Allermeiste tat, zumindest, wenn man Frau Dr. Berg Glauben schenken wollte.

Ralf wurde unruhig und wechselte das Bein. Er stand im Flur und schaute durch den offenen Spalt der Tür, immer bereit, sich in den angrenzenden Aktenraum zu retten, falls jemand das Sekretariat verlassen wollte.

Endlich stand Katrin auf und griff nach ihrer Tasche. Als sie um die Ecke gebogen war, eilte Ralf so leise wie möglich ins Vorzimmer und hielt das Ohr an Dr. Mäuchels Tür.

Der hatte beim Bau der Klinik zwar Wert darauf gelegt, eine Schallschutztür zu bekommen. Dieser Wunsch wurde jedoch lapidar mit der Begründung abgewiesen, so wichtig sei er nicht. Wenn er etwas mitzuteilen hätte, was keiner hören durfte, solle er sich gefälligst Eierkartons von innen ankleben. Diese Abfuhr hatte er zwar immer verheimlichen wollen, sie war aber dem kompletten Personal bekannt.

Daher ließ er nachträglich einen Verbundschaumstoff aufkleben, der zumindest Ralfs Ohr weich bettete, wenn er auch über dessen Schallschutzeigenschaften keine Aussage machen konnte. Über die Optik schon, aber seine Paranoia zu befriedigen, stand bei Mäuchel augenscheinlich höher im Kurs.

Zumindest reichte die Funktion der Tür aus, dass Ralf nur einzelne Worte der Unterhaltung verstand. Also blieb es an ihm, die Zusammenhänge zwischen *Erpressung*, *Mord* und *perfekten Voraussetzungen* herzustellen.

Es würde sich lohnen, Mike und Dr. Mäuchel in naher Zukunft etwas mehr im Auge zu behalten.

Mike wurde das Gefühl nicht los, auf einem Karussell zu sitzen, das sich schneller und schneller drehte. Irgendwie konnte er die Umrisse seiner Umgebung immer schwieriger unterscheiden, alles lief zusammen zu einem großen Einheitsbrei der moralischen Grenzwertigkeiten.

Es wäre ihm nie in den Sinn gekommen, dass man sich noch schuldiger fühlen konnte, nachdem man gebeichtet hatte. Die Verantwortung für den Massenmord wurde er einfach nicht los. Selbst wenn der Direktor die Vorbereitungen dafür traf, fiel die Schuld immer noch auf ihn. Aber wer konnte ahnen, dass er seinem Chef mit seinem Geständnis in die Karten spielte?

Mike war verwirrt und beschloss, Henning Mansen aufzusuchen. Er hätte das lieber mit Peter besprochen. Er musste jedoch noch mal ernsthaft darüber nachdenken, wie er ihm das beibringen sollte, ohne ihn zum Mitwisser zu machen, ihn warnen zu können, ohne etwas Konkretes auszusprechen. Vielleicht hatte Henning eine Idee.

Der war nicht auf seinem Zimmer, obwohl er das normalerweise nur selten verließ. Ihm reichte es, wenn die Tür offen stand und er ab und zu einen Blick auf das weibliche Pflegepersonal werfen konnte, das in dieser Klinik ausnahmslos glücklich schien, wenn er in der Nähe war. Keine wollte riskieren, sein nächstes Opfer zu werden.

Henning saß im Aufenthaltsraum und erschreckte Tobias Bachmeier mit einer Schüssel Wasser, der immer in Ohnmacht fiel, wenn Henning sie ihm erneut unter die Nase hielt.

»Muss das sein?«, fragte Mike vorwurfsvoll. Er bereute es, Henning erzählt zu haben, dass Bachmeier eine Phobie vor spiegelnden Oberflächen hatte.

»Das ist faszinierend«, sagte Henning. »Ich habe ja über die Jahre schon einige Verrückte gesehen, aber das ist wirklich neu.«

»Tobias ist nicht verrückt. Er hat ein Trauma.«

»Nettes Wort für verrückt sein. Gehen Sie mal mit auf die Wache, die erzählen Ihnen da einiges über die angeblich Traumatisierten.«

»Henning, kann ich Sie sprechen? In Ihrem Zimmer«, bekräftigte er seinen letzten Satz, um keine Missverständnisse aufkommen zu lassen. Dieser ließ von seinem unwürdigen Treiben ab und kam Mikes Aufforderung nach.

»Haben unsere Freunde sich wieder gemeldet?«, fragte Henning, als sie im Schutz seines Zimmers bei geöffneter Tür saßen.

»Nein, aber wir haben einen neuen Freund gewonnen.«

»Noch einen Erpresser?«

»Im Moment könnte ich nicht sagen, ob mir das nicht sogar lieber wäre, aber nein. Keinen Erpresser, sondern Dr. Mäuchel.«

»Der Clown aus der Direktionsabteilung? Also will der mich jetzt umbringen?«

»Nein, aber er hat mich wohl belauscht, wie ich mit den Erpressern telefonierte. Jetzt sieht er seine große Chance, durch den Massenmord die Überbelegung der Klinik zu lösen und einem anderen die Schuld in die Schuhe zu schieben.«

»Also Ihnen?«

»Nein, er meint die Erpresser. Hoffe ich wenigstens.«

»Also sind jetzt unsere Pläne zunichte?« Hennings Gesicht verfinsterte sich. Mike hoffte, dass er nicht gerade jetzt seine Tötungsstrategie änderte und er in einem gottgleichen Anfall umschwenkte, Verräter umzubringen.

»Nein, sind sie nicht«, beeilte er sich zu sagen. »Ich habe Sie mit keinem Wort erwähnt. Das würde ich nicht tun. Sie wollten mir schließlich helfen.«

»Ich dachte, dafür ist jetzt dieser Direktordödel zuständig?«

»Wir haben einen Deal, und den halte ich unbedingt ein. Außerdem gibt es für mich noch ein Problem, das ich ihm nicht erzählt habe.«

»Sieh an, mir erzählen Sie nicht alles, ihm nicht alles. Sehen Sie bloß zu, dass Sie den Überblick behalten, Mike.«

»Ja, ja, keine Sorge«, sagte dieser ungeduldig. »Die wollen meine Frau entführen.«

»Ihre Frau? Das liegt Ihnen im Magen?«

»Ja, natürlich«, sagte Mike und machte sich auf einmal wieder bewusst, wen er vor sich hatte. »Ich hätte fürchterliche Angst um sie«, bekräftigte er seine letzte Antwort noch einmal. »Sie ist mein Leben!«

Einen Moment überkam ihn die Angst, er hätte zu dick aufgetragen und Henning würde Ironie hinter seinen Worten vermuten, aber der zeigte sich beeindruckt.

»Trifft man nur noch selten. Ihre Frau hat echt Glück.«

»Nein, hat sie nicht. Auf jeden Fall nicht, wenn die Erpresser sie in die Finger bekommen. Sie drohen damit, sie umzubringen. Sie ist ihr Druckmittel, wenn ihnen das hier nicht alles schnell genug geht.«

»Dann müssen Sie sie in Sicherheit bringen. Lassen Sie sie ein paar Tage verreisen.«

»Das wird sie auf keinen Fall tun. Sie ist nicht so der Typ für Urlaub.«

»Verstecken Sie sie?«

»Und wo, bitte?«

»Muss ich denn hier immer die guten Einfälle haben? Wegen mir in einem Schuhgeschäft oder einem Bordell. Wie wäre es mit einer Hütte im Wald?«

Bei Mike klingelte etwas. Er meinte sich an eine alte Forsthütte erinnern zu können, die ein Stück östlich der Klinik im Frackhausener Forst lag. Soweit er wusste, wurde die seit der Zeit nicht mehr genutzt, als die Verwaltung des Waldes von der Nachbargemeinde übernommen wurde. Das war schon einige Jahre her. Mike beschloss, sich diese Hütte heute nach Feierabend sofort einmal anzusehen.

»Keine schlechte Idee«, sagte er zu Henning. »Hütte ist das richtige Stichwort. Wenn ich damit verhindern kann, dass sie ermordet wird, wird sie mit dem fehlenden Komfort dort wohl klarkommen.«

»Ich denke, das ist das kleinste Problem«, erwiderte dieser.

Mike hatte da so seine Zweifel, aber das gehörte nicht hierher.

»Jetzt müssen wir nur sehen, dass wir Sie hier rauskriegen. Ich denke, wir bleiben bei unserer ursprünglichen Idee. Wenn der Trubel hier groß genug ist, wird die beste Gelegenheit sein.«

»Dann müssen wir jetzt nur noch auf das *Wie* warten. Eine Explosion wird wohl nicht mehr zur Debatte stehen.«

Mike konnte sich ebenfalls nicht vorstellen, dass Dr. Mäuchel seine eigene Klinik in die Luft jagen würde.

Ralf hätte vor Hennings Zimmertür keine Probleme gehabt, das Gespräch zu verfolgen, allerdings vereitelten ständig herumlaufende Patienten und das Pflegepersonal, sich zu nah an dieser Tür aufzuhalten, ohne dass es merkwürdig wirkte.

Daher empfing er nur Gesprächsfetzen, aus denen er sich eine nachvollziehbare Version zusammenschustern musste, was durchaus nicht ganz einfach gewesen wäre, wenn er nicht das Hintergrundwissen aus dem Gespräch mit Dr. Mäuchel gehabt hätte. Diesmal konnte er zumindest zusammenhängend erkennen, dass Andrea ermordet werden sollte. Dann hörte er nur noch, dass Mike Andrea wegschaffen und Henning zur Flucht verhelfen wollte.

Er konnte sich jetzt auch einen Reim darauf machen, warum Mike den Direktor eingeweiht hatte. Wahrscheinlich täuschte er Andreas Entführung vor, um seine Frau von Henning Mansen umbringen zu lassen. Einzig die *perfekten Voraussetzungen*, von denen Manfred Mäuchel gesprochen hatte, waren noch etwas diffus, aber dafür würde sich wohl auch eine Erklärung finden.

Stellte sich nur die Frage, warum Mike seine Frau loswerden wollte. Sie hatten nie darüber gesprochen, dennoch hatte Ralf eine Ahnung.

So gruselig wie sie war, traute Ralf ihr schon einige Gemeinheiten zu, vielleicht sogar Gewalt. Dann ergäben Mikes Blessuren einen Sinn, die er in unregelmäßigen Abständen aufwies, die sich ihrerseits in letzter Zeit auffällig verkürzten.

Mike wollte Andrea scheinbar umbringen, das war jedoch für den hartgesottenen Ralf nicht wirklich schockierend, da er keinerlei Skrupel hatte, das Gehirn der Patienten mit fraglichen Methoden wie einen Toast zu rösten. Zwar hatte er sich noch nie von einer Frau schlagen lassen, wurde seinerseits allerdings von seiner Frau zum Deppen gemacht. Ralf wurde bewusst, dass es ihm gar nicht so anders ging als Mike. Der hatte jetzt wenigstens einen Weg gefunden, damit fertigzuwerden. Ralf mochte Mike zwar, witterte jedoch eine Chance, die dann leider Mikes Aussichten auf ein Leben ohne Andrea entsprechend schmälerte.

Er durfte Mike in der nächsten Zeit nicht aus den Augen lassen. Er musste wissen, wo er Andrea hinbrachte und wann er es Henning ermöglichen würde, die Klinik zu verlassen, um zuschlagen zu können. Wenn er Susanne nicht zur Räson bringen konnte, dann musste sie halt sterben. Das war zwar suboptimal, aber immer noch besser, als sich von ihr zum Hanswurst machen zu lassen. Von ihrem Geld mal ganz abgesehen. Diesmal hatte er eine reelle Chance, seine Frau wirklich in die Schranken zu weisen.

In Ralfs Fantasie formte sich ein Plan, den er zwar noch nicht bis ins Detail zu Ende gedacht hatte, der sich aber trotzdem im Kopf festsetzte und ihm eine ganze Palette der besten Möglichkeiten bescherte.

Kapitel 20

Falls Mike der Meinung war, seine jüngste Vergangenheit wäre stressig gewesen, dann wurde er jetzt eines Besseren belehrt.

Je mehr Leute von dieser Angelegenheit wussten, desto mehr Probleme taten sich vor ihm auf. So stellte er sich es nicht vor, wenn man sein Gewissen erleichterte. Wenn das schon zu Buße tun nach einer Beichte zählte, machte Gott einen beschissenen Job.

Er brach nach der Arbeit auf, um die Hütte im Wald zu besichtigen. Da er aber nur eine vage Vorstellung davon hatte, wo sie sich befand, und er eindeutig nicht zum Waldläufer geboren war, entpuppte sich schon ein einfacher Waldspaziergang als Überlebenstraining.

Er stellte fest, dass es keine gute Idee gewesen war, einfach blindlings in den Wald zu rennen, war aber so schlau, den Kompass seines Handys zu befragen. Immerhin wusste er, aus welcher Himmelsrichtung er gekommen war. Kompass lesen war eines der wenigen Dinge, die sein Vater ihm beigebracht hatte, auch wenn es laut seiner Mutter unnützes Wissen war, das ihn in der zivilisierten westlichen Welt kein Stück weiterbrachte. Das hatte sich jetzt nun doch als Irrtum erwiesen. Es war allerdings mehr dem Zufall als seinen Pfadfinderkünsten zu verdanken, dass er die alte Hütte wirklich fand. Die war sogar in einem noch besseren Zustand, als er vermutet hätte.

Er betrat die kleine Veranda, die durch einen verlängerten Giebel vor Regen, Sonne und Schnee geschützt war. Der Holzboden der kleinen Terrasse wurde geteilt von einer Betonplatte, die bis zur Haustür führte. Anscheinend war die Qualität dieser Platte nicht die beste, da sie deutlich ausgetreten und voller Sand war.

Drinnen war es rustikal, aber nicht ungemütlich, wenn man von den fehlenden Möbeln einmal absah. In der Ecke standen leere Farbeimer, eine Petroleumlampe und eine Holztischplatte, die man wieder an die Wand zurückklappen konnte, an der sie befestigt war.

Ansonsten gab es nicht viele interessante Dinge. Der Zustand der Hütte war gut, nicht allzu dreckig, die Scheiben alle ganz. Trotzdem wurde Mike plötzlich bewusst, dass es mit der Hütte allein nicht getan sein würde.

Es fehlten nicht nur Dinge des Komforts wie Matratzen und Stühle, sondern auch die simpelsten sanitären Einrichtungen. Mike begann, sich die ersten Notizen zu machen. Er musste grundlegende Dinge hierhinschaffen, aber er wusste noch nicht, wie er das bewerkstelligen sollte, geschweige denn wann.

Die Uhrzeit war entscheidend. Am helllichten Tag war es ausgeschlossen. Seit dem Bau der forensischen Psychiatrie waren alle Einwohner ausgesprochen wachsam, wenn es um merkwürdiges Verhalten ging. Mike fiel einfach keine passende Erklärung ein, wenn er eine zappelnde und sich wehrende Frau durch den Wald schleifte, auch nicht, wenn es sich dabei um seine Frau handelte. Er musste sie halt irgendwie betäuben. Das schien ihm die vernünftigste Lösung zu sein.

Er schaute sich noch mal um und machte zur Sicherheit auch ein paar Fotos mit seinem Smartphone, falls er etwas übersehen hätte.

Er beschloss, sich am nächsten Tag früher freizunehmen, um 50 Kilometer weiter in die nächste Stadt zu fahren, in der er im Schutz der Anonymität wichtige Dinge wie Matratze, verpackte Lebensmittel, Campingtoilette sowie Ketten und Schloss in einem Baumarkt kaufen konnte, da er eher nicht vermutete, dass Andrea freiwillig in der Hütte bleiben würde.

Wieder zu Hause seufzte Mike. Einen Mord an Patienten zu planen, war eine Sache, die Entführung seiner Frau eine andere. Im Nachhinein wäre es ihm lieber gewesen, bei dem ersten Plan geblieben zu sein, der sich sicherlich einfacher hätte durchführen lassen, auch wenn Henning nicht sterben wollte.

Sein Stift kreiste über seinen Notizen und blieb in der Zeile stehen, in der er die Matratze aufgeschrieben hatte. Er tippte mit der Stiftspitze nachdenklich auf die Stelle. Ihm dämmerte es, dass da ein Transportproblem auf ihn zukam, wenn er nicht gerade eine Rollmatratze kaufte. Diesen Gedanken verwarf er allerdings sofort, da er Andrea zumindest einen gewissen Komfort bieten wollte, wenn sie schon eine Entführung durchstehen musste. Er beschloss, sich Ralfs Porsche Cayenne zu leihen, der einen ordentlich großen Kofferraum hatte, wenn man die Rücksitzbank umlegte. Ralfs großer Vorteil war, nicht allzu viele Fragen zu stellen. Zur Not musste er ihm sagen, dass er sich in der Stadt mit einer Frau treffen und diese dementsprechend beeindrucken wollte. Darauf sprang er sicherlich an.

Mike hörte, wie die Haustür aufgeschlossen wurde. Andrea kam von ihrer Schicht zurück. Er räumte alle belastenden Zettel in seine Arbeitstasche und stellte sie schnell wieder hinter die Küchentür, wo sie immer stand und einen harmlosen Eindruck machte.

Andreas Schlüssel klimperten, als sie diese auf den Dielenschrank legte. Das darauffolgende Klappern waren wohl die Kleiderbügel. Sie hängte anscheinend ihre Jacke auf.

Mike saß am Tisch, las vermeintlich in einer Zeitung und sah so unauffällig aus wie nur möglich.

Ralfs Auto zu leihen war genauso problemlos vonstattengegangen, wie Mike es sich erhofft hatte. Er war sogar leicht enttäuscht, dass Ralf nichts weiter von ihm wissen wollte.

Dafür gestaltete es sich exorbitant schwierig, früher freizubekommen. Dr. Berg hatte an diesem Tag eine weitere Lockerungskonferenz angesetzt, bei der sie unbedingt auf seine Anwesenheit angewiesen war.

Mike traute sich nicht, mehr Zeit zu vertrödeln als nötig, da er jeden Moment einen Übergriff der Erpresser erwartete und dem auf jeden Fall zuvorkommen wollte. Daher beschloss er, revolutionäres Verhalten an den Tag zu legen und diese Besprechung einfach zu schwänzen.

Er fühlte sich reichlich verwegen und unerwartet jung, als er mit Ralfs Luxus-SUV aus Frackhausen düste, frei von Zwängen und Sorgen, die nicht so schnell hinterherkamen.

Es war es seit langer Zeit wieder das erste Mal, an dem er etwas anderes tat als das, was von ihm erwartet wurde. Es war ebenfalls etwas anderes, als er von sich selbst erwartet hatte, aber das war wohl nicht zu ändern. Sein Leben hatte sich halt entschlossen, kompliziert zu werden, was es zwar vorher auch ein Stück weit gewesen war, womit er aber zurechtkam, da es berechenbar blieb. Zumindest bis zu den Momenten, in denen Andrea unkontrolliert zuschlug. Zugegebenermaßen wurden diese allerdings immer häufiger.

Seine Einkaufsliste arbeitete sich schneller ab, als er erwartet hatte. Selbst eine annehmbare Matratze fand er zu einem moderaten Preis, die sich aber nur durch Quetschen in dem Cayenne verstauen ließ, da dessen Ladefläche selbst mit heruntergeklappten Rücksitzen nicht an die benötigten zwei Meter kam. Es war die letzten Tage heiß geworden. Mike schwitzte.

Er suchte im Navigationssystem nach dem nächsten Baumarkt, in dem er die Utensilien zum Anketten seiner Frau kaufen wollte. Auf dem Weg dorthin überlegte er, wie er das anstellen sollte, ohne allzu sehr aufzufallen, und beschloss, die einzelnen Sachen auch in einzelnen Baumärkten zu kaufen, damit man keinen Zusammenhang herstellen konnte. Er fand das eine exzellente Idee und betrat den ersten Laden, um dort schnell frustriert festzustellen, dass man mit diesen Ketten vielleicht lästige Gesellen davon abhalten konnte, vor der eigenen Einfahrt zu parken, sie sich aber sicherlich nicht dazu eigneten, eine wütende Ehefrau erfolgreich ein paar Tage in Schach zu halten.

Etwas ratlos streifte er durch die Gänge und hoffte, dass er wissen würde, was er brauchte, wenn er es sah. Er befragte die Suchmaschine seines Smartphones, was ihn aber umgehend auf Bondage-Seiten leitete. Genervt drückte er das weg, bis ihm aufging, dass das vielleicht seine Lösung sein könnte. Kurz darauf war er auf dem Weg zum nächsten Erotikgeschäft mit Spezialisierung auf SM.

Wieder in Frackhausen angekommen, fuhr er mit dem Auto so nah zur Hütte, wie er konnte. Er war dankbar, einen geländegängigen Wagen zur Verfügung zu haben. Ralf war nicht ganz so dankbar. Es hatte kurz zuvor ein kräftiges Wärmegewitter gegeben, der Boden war eklig aufgeweicht und der Cayenne frisch gewaschen und poliert gewesen.

»Du wolltest doch nur irgendwo damit hinfahren. Von einer Querfeldein-Rallye war nicht die Rede«, sagte Ralf fassungslos, als sie sich auf dem Parkplatz trafen. »Außerdem war die Berg wegen ihrer Lockerungskonferenz stinksauer. Sie hat morgens extra noch eine Rundmail verschickt.«

»Ach, die soll mich gernhaben«, sagte Mike ungewohnt aufmüpfig. »Lass dein Auto noch mal waschen, ich gebe dir das Geld.«

»Und ob du mir das gibst«, knurrte Ralf. Er klang wieder erheblich freundlicher.

Sie trennten sich in guter Stimmung, die Mike sogar bis nach Hause transportieren konnte.

Nicht, dass seine Vorbereitungen hier aufhörten, aber sie waren überschaubar. Nur die Art, Andrea aus dem Verkehr zu ziehen, hatte er überdenken müssen, da ihm kein geeignetes Betäubungsmittel außer ein Schlag auf den Kopf einfallen wollte. Im SM-Shop war er schließlich fündig geworden. Dort hatte man ihm nicht nur diverse Hilfsmittel zum Fesseln und Anketten verkauft, sondern auch noch einen Knebel und eine Maske, die er Andrea über den Kopf ziehen konnte. Damit hatte er nicht mehr allzu viel Gegenwehr zu erwarten.

Er ging alle Schritte im Kopf noch mal durch und hoffte, dass es gutging. Er spielte Computerschach, um die Zeit totzuschlagen. Die Sonne neigte sich langsam gen Westen und die Schatten wurden länger. Er hörte den röhrenden Auspuff des Twingo, der die Straße hochkam, und ärgerte sich, ihn nicht schon längst zur Reparatur gegeben zu haben. Kurioserweise störte Andrea sich daran nicht die Bohne.

Mike konnte sich gut vorstellen, dass jetzt etliche Nachbarn auf ihren Terrassen unüberhörbar mitbekamen, um welche Uhrzeit Andrea Sanger nach Hause kam. Über die Konsequenzen musste er noch nachdenken, aber nicht jetzt.

Er stellte sich hinter den Flurvorhang und wartete. Als Andrea im Flur ihr tägliches Ritual abspulte, teilte sich der Vorhang und seine Hände kamen zum Vorschein, die seiner Frau schnell und erstaunlich routiniert die Maske überstülpten. Vielleicht hatte er Talente, von denen er noch nichts ahnte.

Erwartungsgemäß versuchte Andrea, sich mit ganzem Körpereinsatz zur Wehr zu setzen. Da dieses anscheinend einiges an Kraft kostete, keuchte sie nur heftig und verzichtete gnädigerweise darauf zu schreien. Letzteres hätte Mike auf wilden Sex geschoben, falls davon draußen etwas zu hören gewesen war. Trotzdem hatte er vorsorglich alle Fenster geschlossen, da ihm die Geschichte mit dem Sex dann doch zu wenig glaubhaft erschienen war.

Eigentlich wollte er Andrea direkt nach der Maske den Knebel in den Mund stecken, er fand allerdings, dass es besser war, erst ihre Hände außer Gefecht zu setzen. Konzentriert band er diese zusammen und befestigte die Lederleine dann am Garderobenhaken. Jetzt war es eindeutig einfacher, den Reißverschluss der Maske zu öffnen, der auf Mundhöhe angebracht war, Andrea den Knebel in den Mund zu stecken und diesen hinter ihrem Kopf festzuschnallen.

Mike verschnürte sie wie ein Paket, auch das hatte man ihm in dem neuen Laden seines Vertrauens gezeigt. Er achtete streng darauf, nicht den kleinsten Laut von sich zu geben, ebenso hatte er sich mit einem sehr aufdringlichen Männerparfüm besprüht, damit ihn seine Frau nicht am Geruch erkennen konnte. Angetan betrachtete er sein Werk und stellte fest, dass diese Stellung bei seiner Frau seine neue Lieblingsstellung werden könnte, und das ganz ohne Sex. Andrea wand sich auf dem Boden wie eine überdimensionierte Raupe, konnte aber nichts zu ihrer Befreiung beitragen. Mike wartete ruhig in der Küche, bis er sicher sein konnte, dass es nicht nur dunkel genug war, sondern auch seine Nachbarn schliefen oder sich wenigstens im Bett aufhielten.

Er packte Andrea in die Schubkarre und lief zügig und lautlos zwischen den Häusern zum angrenzenden Waldstreifen, an dem er parallel zum Neubaugebiet entlanggehen konnte, ohne von jemandem gesehen zu werden. Die Schubkarre ließ sich zwar nicht mehr ganz so gut schieben wie auf dem Teer, gab dafür jedoch keinerlei Geräusch von sich. Mike hatte extra noch das Rad geschmiert. Außerdem ergab ein kleiner Umweg in seinen Augen durchaus Sinn, da er Sicherheit der Bequemlichkeit vorzog. So erreichte er den Ortsausgang.

Er bog links ab und kam hinter der nächsten Kurve bei seinem eigenen Auto an. Es stand weit genug von der Straße weg in einer kleinen Einbuchtung im Wald. Er hatte sicherheitshalber das Warndreieck ins Heckfenster gestellt, als hätte er eine Panne gehabt. Dennoch bezweifelte er, dass es seine Kollegen sehr interessieren würde. Es war der einzige Weg zur Klinik und anderer Publikumsverkehr kam hier nur selten vorbei.

Er hob seine Frau auf die Rücksitzbank, die unverständliche, sehr gequetschte Geräusche von sich gab. Er hätte sie lieber im Kofferraum verstaut, aber er musste die Schubkarre mitnehmen, da er nicht wusste, wie weit er mit seinem Auto gefahrlos in den Wald fahren konnte. Mike prüfte noch mal den Sitz des Knebels und sämtlicher Fesseln. Nicht auszudenken, wenn Andrea sich befreien könnte und ihren Mann zu Gesicht bekäme.

Als er schließlich an der Hütte ankam, legte er Andrea eine robuste Handfessel aus Leder an, die er zusätzlich mit einem Vorhängeschloss sicherte. Daran befand sich eine Öse, an der er einen ebenfalls abschließbaren Karabiner mit einer stabilen Rundstahlkette befestigte. Diese verband er am anderen Ende auf die gleiche Weise mit einem Deckenring, der sich bereits in der Hütte befunden hatte. Mike vermutete, dass Jäger daran die Tiere ausbluten ließen. Er hatte zuvor die Belastung des Rings getestet, indem er an ihm in alle möglichen Richtungen zog, aber er hielt stabil in der Decke. Ein Besuch des Kriechbodens löste das Rätsel. Der Ring war nicht einfach nur ins Holz gedreht, sondern über den Deckensparren mit Gewindestangen verschraubt. Bevor sich Andrea hier befreien könnte, stürzte eher die ganze Hütte ein.

Er löste die anderen Fesseln und nahm ihr den Knebel aus dem Mund. Erwartungsgemäß begann sie sofort ohrenbetäubend zu schreien, was Mike jetzt allerdings nicht mehr sonderlich interessierte. Hier konnte sie nur das Wild verscheuchen und er war sich sicher, dass sie sich bis Tagesanbruch schon heiser geschrien hatte.

Er verließ die Hütte schnell, bevor Andrea auf die Idee kam, sich die Maske vom Kopf zu reißen, da ihre Hände nun frei waren. In der Hütte war es zwar dunkel, aber er wollte kein Risiko eingehen. Frühestens in der Morgendämmerung würde sie sehen, wo er sie hingebracht hatte.

Während für Mike die Tage anstrengender gewesen waren als gewöhnlich, hatte Ralf die Ruhe weggehabt.

Er war zwar kurz unruhig geworden, als Mike sich sein Auto leihen wollte und er auf die Schnelle keinen triftigen Grund fand, ihm das zu verweigern, aber es fiel ihm ein, dass er sein Auto per GPS überwachen lassen konnte. Ein Service, der ihm vom Autohaus angeboten worden war und den er bis dato nicht in Anspruch nehmen musste.

Als er darüber informiert worden war, dass sich der Cayenne im Frackhausener Forst befand, und ihm sein Anruf im Supermarkt Aufschluss darüber gab, dass Andrea immer noch wohlbehalten auf der Arbeit war, meldete er sich selber Entwarnung.

Er legte nachdenklich auf, nachdem Andrea unwirsch ihren Namen in den Hörer gebellt hatte. Sie würde sich wohl darüber Gedanken machen, wer das war, der scheinbar doch nicht mit ihr sprechen wollte. Andrea aber eindeutig mit ihm, denn sein Smartphone klingelte plötzlich. Er hatte vergessen, seine Rufnummernerkennung abzuschalten. Ralf wollte das Gespräch ignorieren, hatte jedoch keine Lust, die Polizei auf seine Fährte zu bringen. Da Andrea bei dieser Entführung nicht sterben würde, wenn für ihn alles nach Plan lief, könnte sie sich später sicherlich an diesen Anruf erinnern. Deshalb hob er ab.

»Stockschneider«, sagte er so neutral wie möglich.

»Welcher Stockschneider?«

»Ralf Stockschneider, forensische Psychiatrie.«

»Warum rufen Sie mich hier an und legen dann auf?«

»Ich wollte fragen, wann Ihr Mann Geburtstag hat«, sagte Ralf, dem auf die Schnelle nichts Intelligenteres einfiel. »Ich habe es vergessen.«

»Dann fragen Sie ihn«, schnauzte Andrea und legte auf.

Als Ralf nachts mit einem Nachtsichtgerät geschützt hinter den Bäumen stand und Mike dabei beobachtete, wie er Andrea in die Hütte schaffte, konnte er seinen Freund nur allzu gut verstehen.

Ralfs Verständnis hätte Mike sicherlich sehr gefreut, auch wenn es ihm nicht aus der moralischen Bredouille geholfen hätte.

Er war froh, dass er seine Frau in Sicherheit wusste, aber das war nur der Anfang. Das Schwerste kam noch.

Teil 6

Kapitel 21

Dr. Manfred Mäuchel indessen sah sich mit der für ihn schwersten Aufgabe betraut, alles für ein reibungsloses Gelingen dieser Aktion vorzubereiten, was aufwändiger war, als er gedacht hatte.

Er blätterte im Kalender vor und zurück, kam aber immer wieder zum gleichen Schluss, dass der Tag der offenen Tür, der Ende nächster Woche stattfand, die Gelegenheit war, die Show mit einem Knall zu Ende gehen zu lassen. Das hatte einige Vorteile. Zum einen war an diesem Tag so viel Trubel, dass es später nicht leicht wurde, Besucher nach verdächtigen Aktivitäten zu befragen, und es gab ihm genug Luft, nach der richtigen Methode zu suchen.

Es war fast paradox, dass er in einer Klinik mit unzähligen äußerst tödlichen Medikamenten keines davon verwenden konnte, um sich nicht unnütz verdächtig zu machen. Daher war er auf seine eigene Weisheit angewiesen, was sich schwierig gestaltete, da die Mordmethoden nicht einfach so auf der Straße lagen. Was im Film so leicht aussah, stellte ihn hier vor größere Probleme. Daher klickte er sich etwas unentschlossen durchs Netz und wunderte sich, welche Ergebnisse man bekam, wenn man nach Mitteln zur effektiven Tötung suchte, und wie viele Menschen sich anscheinend wie er für dieses Thema interessierten.

Als er sich das letzte Mal intensiv mit dem Internet beschäftigt hatte, hatte er festgestellt, dass er zum Porno gucken keine Heftchen mehr unter dem Ladentisch kaufen musste. So faszinierend das auch die erste Zeit gewesen war, es nutzte sich schnell ab, da er proportional zum Überangebot keine Orgasmen produzieren konnte. Das wirkte sich ebenfalls auf seine körperliche Leistungsfähigkeit aus. Er war kaum noch in der Lage, seinem geliebten Sport nachzuge-hen. Manfred beschloss, dass Sex überschätzt wurde, und hörte damit auf.

Aber anscheinend hatte er auch seine Fähigkeiten über-schätzt, einen Massenmord zu initiieren. Er suchte etwas halbherzig nach einer Eventagentur, die sich vielleicht auf so etwas spezialisiert hatte, schließlich war heutzutage nahezu alles möglich. Aber auch das war eine Sackgasse. Er lehnte sich in seinem Arbeitssessel zurück und überlegte, bis ihm dann doch eine Idee kam. Er schwang wieder nach vorne und begann seine Suche erneut.

Wenn ihn die Krimis der alten Schule eines gelehrt hatten, dann, dass die ursprünglichen Mittel die besten waren. Das war bei Agatha Christie schon so gewesen. Leider machte die deutsche Gesetzgebung hier jeden Spaß zunichte, indem sie durch langweilige Bestimmungen und unnütze Grenzwerte bereits den Versuch im Keim erstickte.

Gott sei Dank gab es Länder, in denen das nicht so war und Rattengift noch als das Mittel der Wahl angesehen wurde, wenn es darum ging, sich unliebsamer Mitmenschen zu entledigen. Manfred dankte China für moralisch zweifel-hafte Werte, die dem Land zwar nicht den Friedensnobel-preis, aber ihm zumindest eine moderate Art der effektiven Tötung verschafften. Liebend gerne hätte er seine Sekretärin mit den weiteren Details der Transaktion betraut, da sie in seinen Augen sowieso zu wenig tat – zumindest für ihn –, aber das Risiko konnte er nicht eingehen. Daher rief er Mike Sanger zu sich.

»Sie kennen sich mit Computern aus«, konstatierte er, als dieser eintrat.

»Nun ja.« Anscheinend hatte Sanger nicht viel Vertrauen in seine Fähigkeiten.

Manfred drehte seinen Bildschirm so weit Richtung Mike, wie es das Kabel zuließ, und tippte auf den Monitor.

»Chinesisches Rattengift«, sagte er verheißungsvoll. »Das wird Ihre und meine Probleme im Nu lösen.«

»Und wie wollen Sie das verabreichen?« Mike Sanger fehlte anscheinend jegliche Fantasie.

»Im Essen natürlich«, sagte Manfred. »Wie sonst?«

»Ich habe Rattengift zwar noch nie probiert, und schon gar kein chinesisches. Ich bezweifle aber stark, dass es einen angenehmen Geschmack hat.«

Die Zweifel seines Chefhobbypsychologen waren berechtigt, aber Manfred ließ sich nicht die Laune verderben.

»Dann wird halt etwas stärker gewürzt. Vielleicht Chili?«

»Das könnte helfen.«

Manfred konnte nicht sagen, ob er Mikes Zustimmung wegen seiner guten Idee bekam oder ob dieser nur seine Ruhe haben wollte. Da würde er ihm allerdings einen Strich durch die Rechnung machen.

»Dann können Sie es ja bestellen«, sagte er deshalb. »Bestellen auf einen anderen Namen, Lieferung an eine Packstation. Sie werden wohl wissen, wie das geht. Ich kenne mich damit nicht genug aus.«

»Ich auch nicht«, entgegnete Sanger ehrlich entsetzt.

»Dann lernen Sie es«, sagte Manfred nur. »Und zwar schnell. Wir machen es am Tag der offenen Tür.«

Er wedelte Sanger aus dem Raum. Das Gespräch war für ihn erfolgreich beendet.

Zufrieden plumpste er wieder auf seinen Sessel, drehte sich Richtung Fenster und schaute auf den Sportplatz weiter hinten auf dem Gelände, wo die Patienten zweimal die Woche nachmittags Fußball spielten oder Leichtathletik machten. Heute war es dafür anscheinend viel zu heiß. Das Thermometer war nach dem Mittag bereits auf über 30 Grad geklettert, was Manfred natürlich in seinem vollklimatisierten Büro nicht merkte, das er so selten wie möglich verließ, damit er nicht noch unnötigen Patientenkontakt bekam. Selbst die Aussicht auf Patienten von seinem Büro aus empfand er schon als Belästigung. Damals hatte er aber nur die Wahl gehabt, das zu akzeptieren oder vor die Außenmauer zu schauen.

Manfred hatte sich für das kleinere Übel entschieden.

Mike wurde den Eindruck nicht los, dass seine Probleme sich duplizierten.

Es war der angenehme Effekt seiner Beichte, die Aufgaben, die ihm am meisten Probleme bereiteten, auf jemanden abwälzen zu können. Aber schwierige Aufgaben entpuppten sich anscheinend schon einmal als Bumerang. Mike hatte keinerlei Idee, wie er den geforderten Fake-Account anlegen und das Paket woanders hin liefern lassen sollte. Erst ein Gespräch mit Peter brachte ihn der Sache näher.

»Ach, das ist doch einfach.« Peter winkte ab. »Das habe ich früher ständig gemacht.«

Peter hatte außer an der Unzulänglichkeit, ein berüchtigter Serienmörder zu sein, ebenfalls noch an ausgeprägter Kaufsucht gelitten. Mike war nicht überrascht, dass er sich damit auskannte.

»Wenn du mit mir in den Aufenthaltsraum gehst, zeige ich es dir.«

»Das halte ich für keine gute Idee«, sagte Mike. »Ich weiß nicht, ob es clever ist, so was auf dem Rechner der Klinik zu erledigen.«

»Wenn du mir sagst, was *so was* bedeutet?« Peter war zwar sein Freund, aber auch ebenso neugierig wie all die anderen Patienten, deren Leben aus zu wenig Anreizen von außen bestand. Er lag Mike sehr am Herzen, aber dieses Geheimnis würde er ihm nicht anvertrauen.

»Ich wollte mir etwas Illegales bestellen«, sagte er daher ausweichend.

»Pornos?« Peter unterlag dieser typisch männlichen Faszination wie alle anderen, die Mike betreute.

»Warum eigentlich immer nur Pornos«, sagte er gereizt. »Gibt es nichts anderes auf der Welt? Und Pornos sind nicht illegal.«

»Die, die du kennst, sicher nicht«, erwiderte Peter gutmütig. »Also, was jetzt?«

Mike überlegte, aber ihm fiel nichts Illegales ein, außer dem, was er vorhatte. Daher entschied er sich für ein Hintertürchen.

»Ich brauche ein paar blaue Pillen. Meine Frau soll davon nichts wissen. Wir haben ein gemeinsames E-Mail-Postfach«, sagte er daher und wurde tatsächlich rot. Toll, jetzt schämte er sich noch für etwas, das er gar nicht brauchte.

Peter prustete los. Er freute sich immer, wenn es etwas zu lachen gab. Ansonsten war es hier manchmal schon trostlos, zumindest wenn man keine Kunsttherapie machte und Susanne Stockschneider dabei vögeln konnte.

»Hast du hier nicht genug Ärzte, die dir was verschreiben können? Warum machst du es dir so schwer?«

»Sonst fehlt dir aber nichts?« Mike schüttelte mit dem Kopf. Manchmal zweifelte er schon ein bisschen an Peters Fähigkeit, schnell Zusammenhänge zu erkennen.

»Meinst du, ich will den Rest meines Lebens von meinen Kollegen hinter der Hand als der Psychologenschlaffi tituliert werden.«

»Nein, das willst du bestimmt nicht.« Peter klopfte ihm entschuldigend auf die Schulter. Er liebte es, Mikes Kumpel zu sein. Diese Gesten brachten das immer wieder zum Ausdruck. »Also, schreib mit.«

Mike zückte sein Notizbuch.

Abends hatte er diese Aufgabe erfolgreich hinter sich gebracht, eine Pizza bestellt und mit dem Vorgesetzten seiner Frau gesprochen.

»Ich weiß nicht, warum sie Ihnen nichts gesagt hat«, gab er sich in dem genau richtigen Maß verwirrt. Jedenfalls hoffte er das. »Ich bin davon ausgegangen, dass sie Urlaub beantragt hat.«

Natürlich überraschte es ihn nicht, dass seine Frau keinen Urlaub eingereicht hatte. Ihn überraschte es aber umso mehr, dass ihm noch nicht das Herz in die Hose gerutscht war, ein untrügliches Zeichen, dass er auf dem besten Weg war, ein abgebrühter Verbrecher zu werden.

»Können Sie die zwei Wochen Urlaub nicht noch nachträglich genehmigen? Sicher hat sie es vergessen. Sie wollte zu ihrer Mutter fahren.«

Er hoffte, dass es für Andrea Erklärung genug war, dass er nicht gewusst hatte, wo sie war, und versucht hatte, sie bei ihrem Chef zu decken. Er fragte sich, wie lange er warten konnte, bis er ihr Verschwinden der Polizei melden musste. Das sollte auf jeden Fall nicht vor dem Tag der offenen Tür geschehen. In diesem Chaos würde die Polizei nicht mehr die Gelegenheit bekommen, den Wald mit Hundertschaften abzusuchen. Vielleicht war es aber auch gar nicht nötig, ihr Verschwinden überhaupt anzuzeigen. Er entschied sich, das spontan zu entscheiden.

Er hoffte, dass es ihr gut ging, hatte aber trotz seiner frisch erwachten Verbrechermentalität nicht den Mumm, sich selbst davon zu überzeugen. Er ärgerte sich, ihr die Möglichkeit gegeben zu haben, sich die Maske vom Kopf zu ziehen. Das machte einen Besuch am helllichten Tag unmöglich. Aber heute Nacht verspürte er definitiv nicht ein Fünkchen Lust, noch mal das Haus zu verlassen, um nach seiner Frau zu schauen.

Er tröstete sich damit, dass er sie zwar gut angekettet hatte, ihr aber genug Freiraum blieb, sich in der Hütte zu bewegen, die Campingtoilette zu benutzen und sich zum Essen an den Tisch zu setzen. Wasser und Nahrungsmittel waren ausreichend vorhanden, wenn man sich auch über den gesundheitlichen Nährwert des Essens streiten konnte, da es hauptsächlich aus nicht so leicht verderblichen Müsliriegeln und Ähnlichem bestand. Dennoch machte es satt. Schließlich ging es um das höhere Ziel, seine Frau vor einer noch unangenehmeren Entführung zu beschützen. Wenn diese Aktion ihre kantige Persönlichkeit darüber hinaus etwas glatter schliff, war das für ihn ein angenehmer Zusatznutzen.

Der Onlineshop hatte das Rattengift vorrätig und würde per Express versenden. Morgen würde er noch mal in ein anderes Internetcafé der Stadt fahren, um zu sehen, ob er bereits einen Link zur Sendungsverfolgung bekommen hatte.

Mikes Gewissen war so rein, wie es unter diesen Umständen nur sein konnte.

Dr. Manfred Mäuchel war zufrieden mit sich. Bis jetzt brauchte er nur minimalen Einsatz zu zeigen und bekam ein maximales Ergebnis.

Das ersehnte Paket stand vor ihm. Mike Sanger hatte es vorhin gebracht. Die Kleinkriminellen des Internets mit ihren halbseidenen Geschäften stiegen in seinem Ansehen erheblich. Zumindest was die Geschwindigkeit betraf, mit der sie ihre Waren verschickten.

Manfred hatte sich herabgelassen und der Küche der Klinik einen Besuch abgestattet. Er nahm sich vor, das allerdings nie wieder zu tun. Als ihn die Mitarbeiter endlich erkannten – aber nur nachdem er lautstark seinen Namen gebrüllt hatte –, verbesserte sich seine Lage nicht nennenswert. Er hatte vor einigen Monaten versucht, die Überstundenzulage des Küchenpersonals zu streichen, nachdem er es ebenfalls nicht durchsetzen konnte, das Weihnachtsgeld einzubehalten. Die Leistung der Küche rechtfertigte seiner Meinung nach diese Extravergünstigungen nicht. Wütend über seine Niederlage änderte er daraufhin die Schichtzeiten, die der hauptsächlich aus Küchenhelfern bestehenden Belegschaft dann die Möglichkeit nahm, mit dem Bus nach Frackhausen zu kommen. Dementsprechend beliebt war er in der unteren Etage, und das nicht nur, was Sonderwünsche anging wie diesen jetzt.

»Ich will, dass Sie mir dieses Gericht vorkochen«, versuchte er der polnischen Küchenhilfe klarzumachen, nachdem keiner der Köche und Köchinnen es für nötig befunden hatte, sich mit ihm abzugeben.

»Ich nix kochen, nur putzen.«

»Ist mir egal«, schnauzte Manfred. »Dann geben Sie es einem, der das tut.«

Er hatte sich ein Rezept aus dem Internet ausgedruckt, von dem er sich versprach, dass es durch seine Schärfe den Geschmackssinn lahmlegen würde.

»Wir kochen hier deutsch, nicht so einen amerikanischen Mist«, rief eine Stimme aus dem Hintergrund. Manfred schnellte herum und sein Blick wanderte forschend durch die Menge. Jeder ging konzentriert seiner Arbeit nach.

»Wenn Sie das wenigstens richtig kochen würden«, giftete er. »Sie sollten es lieber mal mit dem *amerikanischen Mist* probieren. Vielleicht kommt da dann mal etwas Essbares raus.«

Die polnische Küchenhilfe war froh, aus der Schusslinie zu sein, und verschwand hinter einer Kesselzeile. Abermals hielt es keiner für nötig zu antworten.

»Dann drücke ich es mal so aus. Morgen schicken Sie mir einen Teller Chili rauf, der tipptopp gekocht und so scharf abgeschmeckt ist, wie es im Rezept steht. Ansonsten gehe ich davon aus, dass ich Ihren Dienstplan nochmals neu überdenken muss.«

Das war zwar nicht die Art von Worten, die einem den Preis für gelungene Mitarbeiterführung einbrachten, für seine Zwecke reichten sie jedoch allemal. Pünktlich um 11 Uhr stand eine dampfende Schale Chili auf seinem Schreibtisch, die Katrin Bäcker mit sichtbarem Missfallen servierte.

»Das hat die Küche gerade heraufgebracht. Seit wann bin ich Serviererin?«

»Konnten Sie den oder die nicht durchwinken?«

»Schwerlich. War wie ein Blitz verschwunden. Wieso essen Sie Chili?«

»Kümmern Sie sich um Ihren eigenen Kram.«

Die Bäcker verließ beleidigt den Raum.

Manfred suchte vergeblich nach Besteck. Er nahm eine Probe mit seinem Brieföffner. Kurz darauf standen ihm die Tränen in den Augen. Scharf genug war es auf jeden Fall.

Aber wie sollte er wissen, ob es seinen Zweck erfüllte? Am besten durch empirische Forschung. Er brauchte einen Freiwilligen. Da hatte er auch schon jemanden im Sinn.

»Peter, fühlen Sie sich noch wohl bei uns?«, fragte er eine halbe Stunde später so herzlich, wie es ihm möglich war. Da er darin nicht so besonders geübt war, schaute ihn Peter auch dementsprechend skeptisch an.

»Noch gut«, schien ihm da wohl die einzig vernünftige Antwort.

»Das freut mich doch. Sie gehören schon so lange zu unserer kleinen Gemeinschaft und machen uns nie Ärger.«

»Warum sollte ich? Ich habe ja auch keinen Grund.«

»Sehen Sie«, sagte Manfred beifällig. »Sie gehören einfach zu denen, die das auch zu schätzen wissen, was man für sie tut.«

»Danke«, entgegnete Peter Paulater nur.

»Wissen Sie, daher dachte ich auch sofort an Sie. Ich möchte meine Schäfchen auch kulinarisch verwöhnen und arbeite an einem neuen Speiseplan.«

»Ja, ich habe mich schon gefragt, warum Sie hier Essen herumstehen haben.«

»Zu Recht, mein lieber Paulater, zu Recht. Ich glaube, wir sollten etwas weg von dem verstaubten, biederen Image und ein bisschen internationales Flair in unsere Gerichte einfließen lassen, nicht wahr?«

»Aha.« Peter wurde nicht unbedingt redseliger. Das war auch nicht nötig, solange er nur das aß, was ihm vorgesetzt wurde.

»Natürlich liegt es mir am Herzen, was unsere Bewohner dazu sagen. Aber wie sollte ich das herausfinden, ohne die Basis zu befragen, nicht wahr?«

»Klingt relativ vernünftig.«

Schon wieder so ein kurzer Satz. Manfred konnte nicht einschätzen, ob Peter schon für das bereit war, was er mit ihm vorhatte. Es kam auf einen Versuch an.

»Daher möchte ich Sie bitten, dieses Chili zu probieren. Ein amerikanischer Klassiker, nach Originalrezept.«

»Ich weiß nicht, ob das etwas für mich ist.«

»Das können Sie nur herausfinden, wenn Sie es probieren, Peter, nicht wahr?«

»Wenn ich das aber nicht möchte?«

»Ich sage es mal so, das könnte sich sehr negativ auf einige Ihrer Vergünstigungen auswirken.«

Manfred wusste zwar nicht auf die Schnelle, welche das waren, aber er war sich sicher, es gab welche. In solchen Sachen hatten gerade seine Psychologen immer die Spendierhosen an. Er meinte sich zu erinnern, dass Paulater und Mike Sanger so was wie befreundet waren. Aber auch wenn ihm das vorher eingefallen wäre, hätte es seine Entscheidung nicht beeinflusst. Personal, das sich mit Patienten befreundete, fand er unethisch und ihrem Berufsstand nicht angemessen. Anscheinend hatte er den richtigen Nerv getroffen, denn Peter Paulater guckte äußerst sparsam aus der Wäsche.

»Dann probiere ich es halt.«

»Das ist schön. Sie werden es nicht bereuen.« Höchstens als Geist, fügte er in Gedanken hinzu und hoffte, dass es nicht so lange dauerte. Er wollte heute nicht zu spät Feierabend machen.

»Und essen Sie alles auf. Nur so bekommt man den richtigen Eindruck.«

Als er Peter aus der kulinarischen Besprechung entließ und wieder in seinen Trakt schickte, was dieser umgehend und mit extrem angewidertem Gesicht tat, war er äußerst zufrieden mit sich.

Henning Mansen langweilte sich furchtbar. Er hätte nie geglaubt, dass das für ihn einmal zum Problem werden würde, denn im Gefängnis hatte es für die umtriebigen Inhaftierten jede Menge zu tun gegeben. Sein einziger Lichtblick war, es bald mit Mikes Hilfe hier herauszuschaffen. Aber seine Euphorie trübte der Gedanke, dass der zweifelsohne durchge-knallte Direktor Mäuchel die Planung der Massentötung übernommen hatte. Das beinhaltete zu viel Raum, bei dieser Angelegenheit auch unter die Räder zu kommen.

Mike wusste offensichtlich Genaueres, weigerte sich aber, es ihm vorab zu verraten. Als er ihn im Flur traf, hielt er sich bedeckt. Ob aus Sorge um seine Person oder Misstrauen, das konnte er nicht richtig einschätzen. Er vertraute Mike, aber er vertraute auch auf seinen Überlebensinstinkt.

Schon als Polizist war es wichtig, die Taktik seiner Feinde zu kennen, und das war als Verbrecher nicht unbedingt an-ders. Daher hatte er schon direkt nach dem Gespräch mit Mike beschlossen, Manfred Mäuchel besser im Auge zu be-halten.

Er konnte sich zwar dank Mike auf der Station frei bewe-gen, nicht aber auf dem Gelände selbst. Das war ein Prob-lem, schien aber nicht unlösbar. Der Ergotherapeut Leon Huber versuchte schon seit geraumer Zeit, ihn zur Teil-nahme in seiner Arbeitsgruppe zu bewegen. Henning hatte bis dahin noch keinen Sinn darin gesehen, sich für keinen oder nur einen extrem kleinen Obolus den Tag mit einer Ar-beit zu versauen, die noch weiter unter seinem geistigen Ni-veau lag als der Lohn, der für sie bezahlt wurde.

Aber diese Arbeit schloss ihm die Türen der Station auf. Henning war erstaunt, wie schnell Huber bereit war, ihn in diese Gruppe aufzunehmen, ohne zu hinterfragen, was ihn zu seinem Sinneswandel bewogen hatte.

Als betreuender Psychologe musste Mike das ebenfalls gut-heißen, und der war schon schwieriger hinters Licht zu füh-ren. Aber er sagte nichts und blickte ihn nur forschend an. Mike sah anscheinend keinen Grund, seine Motive infrage zu stellen, zumal er nicht befürchten musste, dass Henning ausbräche, da er ihm selber dazu verhelfen würde.

Der Rest war der Idiotie der Menschen geschuldet, die sich immer auf der sicheren Seite fühlten, je länger nichts pas-sierte. Leon Huber war da keine Ausnahme. Er ließ Henning mit der Begründung die Werkstatt verlassen, er müsse auf die Toilette. Er hatte nicht gleich am ersten Tag Glück, aber den Vorteil, jeden Tag mindestens einmal auf die Toilette zu müssen, und das just immer bei der Ergotherapie.

Der Direktor verbrachte den meisten Teil seiner Arbeitszeit im eigens für ihn ausgestatteten Fitnessstudio, während die Patienten bei Hitze, Kälte, Sonne oder Regen entweder die schlecht isolierte, undichte Sporthalle benutzten oder ihre Bahnen auf dem Sportplatz zogen.

Wenn Mäuchel nicht da war, pflegte auch Katrin Bäcker nicht da zu sein. Das machte es Henning einfach, ihr Vorzimmer und das angrenzende Büro zu untersuchen, ersteres nicht abgeschlossen, weil es der Sekretärin offenbar egal war, letzteres ebenfalls offen, da der Direktor darauf vertraute, dass seine Sekretärin draußen die Stellung hielt.

Daher brauchte es nicht mehr als drei Anläufe, bis er das Paket mit dem Rattengift ganz hinten unter Mäuchels Schreibtisch entdeckte, als er sich gemütlich in dessen Stuhl niedergelassen hatte und die Beine ausstreckte. Das Reinigungspersonal in Mäuchels Büro schien sich offenbar nie so weit zu bücken. Da war das als Versteck fast ideal. Er vermutete anhand der Bilder auf dem Eimer zumindest, dass Rattengift drin war. Die Beschriftung mutete asiatisch an. Henning hielt schon nicht viel von asiatischen Potenzmitteln und sonstigen Wunderpillen, aber auf die Idee, Rattengift über Fernost zu kaufen, darauf wäre er so nicht gekommen. Er drehte den Eimer in der Hand, nicht ohne vorher ein paar Latexhandschuhe anzuziehen, die er bei der letzten Prostatauntersuchung gemopst hatte. Seitdem steckten sie immer in seiner Tasche, damit er suspekte Dinge anfassen konnte, ohne sich umgehend zu infizieren. Derer gab es an diesem Ort reichlich.

Wer so viel kaufte, musste es mit einer Menge Ratten zu tun haben. Oder mit einer Menge Wesen, derer man sich entledigen wollte. In dem Moment wusste Henning, dass er Mäuchels Plan durchschaut hatte.

Fortan legte er sich eine schwache Blase zu und hatte ein wachsames Auge auf alle Vorgänge um sich herum. Daher wurde er auch sofort hellhörig, als ein Pfleger Peter in das Büro des Direktors schickte. Henning patrouillierte auf dem Flur auf und ab, da er so am besten sämtliche Unterhaltungen und Bewegungen des Personals und der Patienten beobachten konnte.

Peter ging an ihm vorbei und nickte ihm knapp zu. Henning hatte mehrmals versucht, sich mit ihm zu unterhalten, bekam aber immer seine kalte Schulter zu spüren. Henning vermutete anfangs eine Art Konkurrenzkampf, bis ihm ein anderer Patient erzählte, dass Paulater gar kein Serienmörder war. Dann tippte er auf Neid, was gar nicht so falsch war, aber aus anderen Gründen, als er erst vermutete.

Als er mitbekam, dass Mike eine Art Freundschaft mit Peter pflegte, lagen die Gründe für dessen Ablehnung quasi auf der Hand. Henning entschied in seiner grenzenlosen Güte, dem Mann seine fehlgeleiteten Gefühle zu verzeihen. Er hatte sich in seiner Mission um weit wichtigere Dinge zu kümmern als um gekränkte Eifersucht.

Er lungerte etwas auf dem Gang herum und scherzte mit dem weiblichen Pflegepersonal, das mit strahlenden Gesichtern an ihm vorbeieilte. Überhaupt war das hier eine sehr glückliche Anstalt, das hatte er schon bemerkt. Er wunderte sich darüber. Der Chef machte nicht den Eindruck, als gäbe er besonders viel auf das Wohlergehen seiner Mitarbeiter. Er beschäftigte sich eine Weile mit diesem Gedanken, als Peter plötzlich wieder auftauchte. Die Automatiktür schloss sich hinter ihm. Seine Haut hatte eine leicht grünliche Farbe angenommen.

»Stimmt was nicht?«, fragte Henning ihn verhalten. Zu großes Interesse hätte Aufsehen erregt, da sie beide sich normalerweise gar nicht unterhielten.

»Ein bisschen schlecht«, nuschelte Peter zwischen den Zähnen hervor.

Entweder wollte er nicht mit Henning reden oder musste sich übergeben. Henning hoffte inständig Ersteres, da er zu nah an ihm dranstand. Sonst wäre übergeben in seinem Fall nicht das Schlechteste, wenn es von dem herrührte, was er vermutete.

»Wovon?«, fragte er deshalb nach, um seine Vermutung zu bestätigen.

»Chili«, murmelte Peter kurz angebunden und verschwand in seinem Zimmer.

Henning fragte sich, ob er damit die Frucht oder das Gericht meinte, aber im Endeffekt kam es auf dasselbe heraus. Beides war scharf genug, um einen ekligen Geschmack zu überdecken. Normalerweise wirkte Rattengift zeitverzögert, aber das hatte natürlich etwas mit der verabreichten Menge zu tun. Henning vermutete, dass sich Mäuchel da auf keine Experimente eingelassen hatte.

Er rechnete aber sicherlich nicht mit Henning, der früher einen Hund sein Eigen genannt hatte und mit den Notfallmaßnahmen bei Rattengift vertraut war.

Gott sei Dank hatte er schon vorgesorgt, indem er die letzten Tage chronischen Durchfall vorgetäuscht hatte. Da er immer schon auf Naturheilverfahren bestanden hatte, überraschte es keinen, dass er ausschließlich auf Kohle als Heilmittel bestand. Innerhalb eines halben Tages hatte er sämtliche Kohletablettenvorräte der Klinik zusammengeschart und in seinem Zimmer gehortet. Trotzdem hatte er die Sorge, dass das nicht reichen könnte, und er schickte Nina Kohler, die Sozialdienstmitarbeiterin, zur Apotheke im Ort, um dort noch Nachschub zu holen. Nina war bemüht, seine Bitte fröhlich zu erfüllen, nachdem er sie auf dem Flur am Ärmel erwischt hatte, um ihr seinen doch etwas merkwürdigen Wunsch vorzutragen. Sophia Weissmüller vermutete mindestens eine Epidemie in Frackhausen und stockte ihren Vorrat derweil um eine beträchtliche Menge auf.

Er ging an Peters Tür und klopfte an den Türrahmen.

»Wenn dir schlecht ist, habe ich etwas für dich«, sagte er.

»Wenn mir schlecht ist, gehe ich zum Personal.« Peter würgte leicht.

»Ich sag dir jetzt mal was.« Henning betrat das Zimmer ganz und zog sich einen Stuhl ran.

»Ich weiß, dass du beim Direktor warst. Gut, das ist kein Geheimnis. Ich weiß aber auch, warum.«

»Tolle Sache«, sagte Peter abweisend. »Ich habe es dir ja auch gesagt.«

»Du hast nur *Chili* gesagt, aber lassen wir das. Dafür ist wirklich keine Zeit. Denn Zeit ist von entscheidender Bedeutung für das, was wir jetzt vorhaben.«

»Ich wüsste nicht, was WIR vorhaben sollten.«

»Geduld, du wirst es bald wissen. Da gibt es zwei Möglichkeiten. Entweder glaubst du mir sofort, dann kannst du dir einiges an Schmerzen ersparen, oder wir warten ab, bis du es von selber merkst.«

»Du willst mir also wehtun? Warum? Ich hab dir nichts getan!«

»Davon habe ich nicht ein Wort gesagt. Ich würde es dir erklären, wenn ich nicht dauernd unterbrochen würde.«

»Gut, ich höre«, sagte Peter.

»Der Mäuchel hat dir ein Gift untergejubelt. Das ist in dem gewesen, was du gegessen hast.«

»Quatsch, warum denn das?«

»Warum er jetzt gerade dich ausgewählt hat, das weiß ich nicht. Aber ich bin sicher, dass du eine ordentliche Menge Rattengift im Körper hast.«

»Woher weiß ich, dass du mich nicht verarschst?«

»Pass auf. Das erste, beste Mittel gegen Rattengift ist medizinische Kohle, also Durchfalltabletten. Die saugen das Zeug wie ein Schwamm auf und schleusen es aus dem Körper. Was kann schon passieren? Im schlimmsten Fall kannst du eine Woche lang nicht. Aber ich bin sicher, dass der Mäuchel schon vorgesorgt hat, dass sie keinen Arzt holen sollen, wenn du hier umfällst.«

Peter betrachtete ihn. An seinem Gesicht war nicht abzulesen, ob er sich entschieden hatte, Henning zu vertrauen.
Aber seine grüne Gesichtsfarbe war schon längst einem fah-
len Farbton gewichen. Wahrscheinlich war die Dosierung
recht ordentlich.

»Wenn du mich suchst, ich bin in meinem Zimmer. Warte
besser nicht so lange.«

Henning verzog sich. Keine fünf Minuten später stand Peter im Türrahmen.

»Tu, was du für nötig hältst.«

Mike arbeitete in einer Klinik für kriminelle Geisteskranke.
Das war ihm durchaus bewusst. Was ihm bis jetzt nur nicht
ganz klar war, dass er auch in einer Klinik mit kriminellem
Personal arbeitete. Er saß einen Tag nach Peters Vergiftung
in Hennings Zimmer und glaubte nicht, was er da hörte.

»Komm, hör auf, du willst mich auf den Arm nehmen.«
Im gestrigen Trubel waren sie stillschweigend zum Du übergegangen.

»Warum sollte ich?«, fragte Henning. »Ich habe keinerlei
Humor.«

Mike dachte an die Frauen, die Henning auf dem Gewissen
hatte, und glaubte das unbesehen.

»Dass er auf seinen Vorteil bedacht ist, das war mir schon
klar. Aber so skrupellos, das ist selbst für ihn ein neuer Ne-
gativrekord. Peter hat ja nun wirklich keinem etwas getan.«

»Das hätte ich dir vorher sagen können. Daher habe ich
ihn auch im Auge behalten.«

»Das hast du verdammt gut gemacht«, sagte Mike. »Wenn
du nicht gewesen wärst, hätte Peter den Löffel abgegeben.«

Mike dachte mit Entsetzen daran, dass es seinen Freund
fast erwischt hätte. Das Problem, das er am Anfang alleine
hatte, weitete sich nun auf die komplette Klinik aus. Damit
hatte er sich arrangiert, war aber nicht bereit, dafür seine
spärlichen Freunde zu opfern.

»Ja, ich wusste Gott sei Dank, was zu tun ist«, sagte Henning selbstgefällig, was Mike ihm aber keineswegs übel nahm. Auch Selbstgefälligkeit musste man sich erst verdienen.

Peter war zur Beobachtung im Krankenhaus. Das hatte er einer Schwester zu verdanken, die nach Hennings Aussage, Peter habe Rattengift gegessen, es doch für angemessen hielt, einen Krankenwagen zu rufen, während die Allgemeinmediziner des Hauses es für sicherer hielten, sich unauffindbar zu machen. Anscheinend hatten sie – wie das Küchenpersonal – keine Lust auf eine Veränderung ihres Dienstplanes.

Peter wurde nun offiziell als Selbstmörder gehandelt, was ihm nach seiner Rückkehr aus dem Krankenhaus einen Aufenthalt in der geschlossenen Station des Hauses zusicherte, aus der ihn Mike aber so schnell wie möglich rauszuholen gedachte. Wenn auch besser erst nach der Massenvernichtung. Bis das Projekt abgeschlossen war, war Peter sicherlich dort am besten aufgehoben.

»Was hat Mäuchel denn jetzt überhaupt genau gesagt, nachdem sein Plan so gar nicht geklappt hat?«, fragte er Henning. »Ich meine, du warst ja nun als Erster vor Ort.«

»Er hatte sich ganz gut im Griff, aber man konnte sehen, er hat sich schon geärgert. Jedenfalls weiß er jetzt, dass es funktioniert. Der Arzt aus dem Krankenhaus hat gesagt, mit der Menge hätte man eine Horde Affen vergiften können.«

»Affen?«, fragte Mike irritiert. »Warum um Himmels willen Affen?«

»Keine Ahnung. Vielleicht weil Elefanten zu schlau sind. Warum ist das wichtig? Er hat hier angerufen und mit einer vom Personal gesprochen. Die hat auf Freisprechen gestellt, damit die anderen es auch hören konnten. Dabei hat der so gebrüllt, das konnte man am Ende des Flurs noch hören. Mehr weiß ich auch nicht.«

Dann wurde es jetzt wirklich ernst. Bis vor Kurzem konnte sich Mike das noch nicht so recht vorstellen. Aber als Dr. Mäuchel ihm als optimalen Termin den *Tag der offenen*

Tür vorschlug, ließ sich das nicht mehr nur als vager Punkt in der Ferne sehen. Der Tag der offenen Tür war schon in zwei Tagen.

»Eines steht fest: Ich werde hier nichts mehr essen«, sagte Henning kategorisch. »Ich hoffe, ich kann auf dich zählen.«

»Ja, natürlich. Ich bringe dir was von draußen rein. Es dauert ja nur noch ein paar Tage.« Darüber war Mike heilfroh. Er hatte bis auf die eine Ausnahme jede Nacht bei seiner Frau nach dem Rechten gesehen, die sofort das Zetern anfing, wenn er ohne Licht auf die Hütte zustolperte. Ihr ging es eindeutig noch gut. Trotzdem war er froh, wenn es vorbei war.

Nachdem Henning seinen Freund gerettet hatte, stand Mikes Hilfe bei Hennings Freilassung nicht mehr auf seiner moralischen Werteliste. Die hatte der sich eindeutig verdient. Was er machte, wenn er draußen war, daran wollte Mike nicht denken, denn es ging ihn auch gar nichts an. Außerdem würden sie genug mit den Toten zu tun haben, die es in der Klinik selber geben würde.

Moralische Grenzen passten sich halt den Begebenheiten an und positionierten sich in ihrem Status quo neu. So konnte man immer erreichen, was man wollte, ohne sich nur eine schlaflose Nacht einzuhandeln. Dr Mäuchel arbeitete da im Moment an der Perfektion, für Mike war es immer noch Neuland, das sich aber als gut betretbar herausstellte, wenn man bereit war, den ersten Schritt zu tun.

»Wie ist dein Plan für Samstag?« Henning riss ihn aus seinen philosophischen Gedanken.

»Dich hier herauszubekommen ist wahrscheinlich der einfachste Teil des Tages. Wir warten ab, bis das Chaos in der Kantine seinen Lauf nimmt. Dann hole ich dich ab. Ich denke, in dem Moment hat jeder andere Sorgen, als sich für flüchtige Serienmörder zu interessieren.«

Das war der einfachere moralische Teil. Wie konnte man einem Serienmörder nicht helfen, der einen Freund gerettet hatte?

Mike war mit sich und seinen Werten im Reinen.

Kapitel 22

Der Sommer hielt an diesem Tag, was er schon während des ganzen Juni versprochen hatte. Die Sonne schien wie zum Hohn, als wollte sie mit aller Gewalt ignorieren, dass heute viele Leute sterben sollten. Oder vielleicht gerade deswegen. Wer wusste das schon.

Mike war morgens direkt noch zu einem Gespräch mit Direktor Mäuchel gebeten worden, da dieser das dringende Bedürfnis hatte, Mike den genauen Ablaufplan durchzugeben. Nun war der Chef der Klinik nicht gerade ein strategisches Genie, da übte er seinen Beruf als Direktor der Anstalt noch besser aus.

»Jetzt ist unser großer Tag da, Herr Sanger, nicht wahr?«, sagte er leutselig, als Mike eintrat.

Mike glaubte nicht, dass von ihm wirklich eine Antwort erwartet wurde und schwieg.

»Im Prinzip ist alles ganz einfach«, sagte Mäuchel und faltete selbstzufrieden seine Hände vor der Brust.

»Ich werde das Essen veredeln«, er lachte kurz und dreckig. »Und Sie mischen sich unters Volk und streuen Indizien.«

»Was für Indizien wären das?«, fragte Mike beunruhigt, da er sich kein Indiz vorstellen konnte, das es nur irgendwie wert war auszustreuen. Das Einzige, wofür er sicherlich sorgen würde, war, von fast jedem auf dem Fest zwecks Alibi auch gesehen zu werden.

»Verdachtsmomente. Wir müssen den Fokus von uns ablenken. Es ist wichtig, dass die Polizei denkt, jeder könnte der Mörder sein.«

»Aha, und wie soll ich das machen?«

»Ihnen wird schon etwas einfallen«, sagte Mäuchel und komplimentierte Mike schon fast aus seinem Büro.

Es endete damit, dass Mike den Direktor verließ und gar nicht mehr wusste, was wann passieren sollte.

Eine Sache hatte er allerdings verstanden: Manfred Mäuchel wollte nicht riskieren, dass irgendetwas schiefging, und sich deshalb persönlich darum kümmern, das Gift ins Essen zu mischen. Blieben nur noch die Verdachtsmomente.

Mike fiel ein, dass er ja in der glücklichen Lage war, einen richtigen Verbrecher und dazu noch Polizisten befragen zu können, wenn der auch mehr Erfahrung mit Mord als mit Vergiftung hatte. Er fand, dass das keinen allzu großen Unterschied machte und suchte Henning auf.

»Was sollst du streuen? Verdachtsmomente? Was soll ich mir denn darunter vorstellen?«

»Ich hatte die Hoffnung, du könntest etwas damit anfangen«, sagte Mike.

»Na ja, ich denke nicht, dass du durch die Gegend laufen und Leuten leere Rattengiftdosen in die Tasche stecken sollst. Obwohl die Idee an sich gar nicht so schlecht ist.«

»Ich hatte auch schon die Befürchtung, dass es darauf hinausläuft.« Mike war beunruhigt.

»Mach dir doch darüber keine Gedanken. Du flanierst draußen etwas auf dem Platz herum und lässt den Verrückten einfach machen. Was soll dir schon passieren?«

»Vielleicht, dass es schiefläuft und er mich mit ins Boot nimmt?«

»Ihr plant, fast 300 Leute um die Ecke zu bringen. Was in aller Welt sollte da noch schiefer laufen?«

»Du weißt, was ich meine«, sagte Mike ungeduldig.

»Nein«, erwiderte Henning unwirsch. »Ich weiß nicht, was du meinst. Wie sollte ich auch? Du sagst mir ja noch nicht einmal, womit dich Mäuchel in der Hand hat.«

»Erzähle ich dir später mal«, wich Mike aus. »Lass uns lieber besprechen, wann wir uns wo treffen, wenn es so weit ist.«

Die nächste Viertelstunde beschäftigten sie sich damit, wann und wo Mike Henning möglichst unerkannt aus dieser Klinik schleusen sollte.

Der Tag der offenen Tür war für Frackhausen ein großes Ereignis, denn wider aller Versprechungen bei den Genehmigungsverfahren war das Land den Einwohnern einen Besuch in dieser Einrichtung bis zum heutigen Tag schuldig geblieben.

Dementsprechend groß war der Zulauf, als Punkt 11 Uhr die Tore geöffnet wurden, um die wartende Menge einströmen zu lassen. Danach postierte sich der Wachmann Torsten Dreher am Eingang, damit er vereinzelte Leute herein- und wieder hinauslassen konnte. Dem ein oder anderen verursachte das geschlossene Tor vielleicht ein unangenehmes Gefühl, diesen Ort nie wieder verlassen zu können. Man hätte das als prophetische Ahnungen werten können, wenn nicht Dr. Mäuchel persönlich dafür gesorgt hätte, dass die Besucher auf keinen Fall das Essen der Patienten zu sich nehmen würden.

Zu diesem Ereignis hatte Dr. Mäuchel riesige Mengen Chili con Carne kochen lassen. Keiner konnte sich sein plötzliches Interesse an der amerikanischen Küche erklären. Da er jedoch allgemein bei seinen Mitarbeitern auf eine berechenbare Art als unberechenbar galt, verschwendete niemand einen weiteren Gedanken daran.

Für die Besucher und das Personal wurde in der Sporthalle gedeckt und serviert, während die Patienten wie gehabt in der Kantine essen würden. Das stellte man ebenfalls nicht infrage, da sich keiner vorstellen konnte, dass den Besuchern das Essen schmecken würde, wenn neben ihnen ein Mann wie Erik Schulze säße, der seine Eltern in Stücke gesägt hatte.

Mike mischte sich unter das Volk und wunderte sich nicht, dass außer den Einwohnern aus Frackhausen noch etliche Menschen aus Nachbargemeinden gekommen waren, um sich ein Bild der forensischen Psychiatrie zu machen, die dafür gesorgt hatte, dass hier die Grundstückspreise in den Keller gingen. Die klinikeigene Kapelle spielte zwar aus sicherheitstechnischen Gründen hinter Glas, dennoch spielten sie gut und es tat der ausgelassenen Stimmung keinen Abbruch.

Mike begann den Tag ein klein wenig zu genießen. Einen kurzen Moment kam ihm seine Frau in den Sinn. Er tröstete sich damit, dass ihre unbequeme Lage spätestens morgen früh beendet sein würde. Wenn alles gut lief, war er morgen Mittag der Held seiner Frau, hatte seine Erpresser vom Hals und durfte vielleicht sogar seinen Job weitermachen, der zumindest die erste Zeit wesentlich einfacher würde, da nicht mehr so viele Patienten da wären. Soweit man in diesem Zusammenhang davon sprechen konnte, war die Zukunft ganz schön rosig für ihn. Er bedauerte aufrichtig, dass man das heute Abend nicht mehr von jedem hier sagen konnte.

Mike schlenderte über das Gelände, grüßte hier und da und beobachtete heimlich seine Uhr, deren Zeiger sich so gar nicht bewegen wollten. Er bemerkte erst im letzten Moment, dass ihm der Weg von vier Männern versperrt wurde, die versuchten, sich so unheilverkündend wie möglich vor ihm aufzubauen.

Diese Aktion war am Tag zuvor von jenen äußerst heftig diskutiert worden. Das Ergebnis am nächsten Tag war nicht für jeden zufriedenstellend.

»Ich glaube, ihr habt sie nicht alle.« Obwohl Holger normalerweise immer distinguiert und beherrscht aussah, hatte ihn die jüngste Diskussion doch aus der Fassung gebracht.

»Das machen wir auf keinen Fall. Ich gehe hier sowieso ein gewaltiges Risiko ein. Aber mich dann noch selbst ans Messer liefern, das kommt nicht infrage.«

»Ich weiß gar nicht, warum du dich so sträubst«, sagte Sascha. »Wo ist das Risiko? Sanger wird sich hüten, den Mund aufzumachen. Er hat mindestens genauso viel zu verlieren wie du.«

»Deswegen müssen wir es doch nicht provozieren«, sagte Wolfgang aus dem Hintergrund. »Mir ist auch nicht wohl dabei.«

»Dir ist nie wohl«, entgegnete Sascha verächtlich. »Wenn es auf dich ankäme, wären wir heute noch keinen Schritt weiter.«

»Wir sollten wirklich etwas mehr Präsenz zeigen. Wenn Sanger weiß, dass die Gefahr real ist, wird er sicherlich um einiges kooperativer.« Jan musste leider zugeben, dass die Idee etwas für sich hatte.

»Mir würde es schon reichen, wenn er etwas flotter würde«, erwiderte Sascha gereizt. »Mit diesem ganzen psychologischen Geschwalle kommen wir nicht weiter. Ich will, dass er Angst hat.«

»Ich denke, der hat schon Angst«, sagte Holger.

»Ich meine richtige Angst. Nervenzerfetzende Angst, die einen nachts nicht schlafen lässt. Durch Angst wird er wesentlich besser kontrollierbar.«

»Ich finde das alles sehr melodramatisch. Wir arbeiten doch nicht fürs Kino.«

Jan wollte Sascha wieder auf den Teppich bringen. Das nahm mit ihm langsam sowieso absonderliche Formen an. Sascha schoss herum.

»Ich sage dir mal was, du Fatzke. Ihr wolltet etwas erreichen, ihr wolltet Genugtuung, toll. Aber keiner ist wirklich bereit, sich die Finger schmutzig zu machen. Wenn es darum geht, versteckt sich einer hinter dem anderen. Ihr wärt besser an Mamis Rockzipfel geblieben. Entweder bewegt sich hier was, oder ich bin raus. Ich will auf jeden Fall, dass diese Schweine da oben bekommen, was sie verdienen.«

»Das wollen wir doch alle, beruhige dich wieder«, sagte Holger. »Ich kann es mir aber nicht leisten, hiermit in Verbindung gebracht zu werden.«

»Ach, meinst du, wir können das?« Jetzt war Jan an der Reihe, sauer zu sein. »Nimm dich doch nicht ganz so wichtig. Für uns alle hängt da was dran.«

»Ich glaube, unsere Erpressung läuft nicht ganz so gut«, sagte Wolfgang kleinlaut.

»Siehst du, da hast du endlich mal etwas Wahres gesagt.« Sascha nickte ihm zu. Er sah allerdings nicht freundlich aus.

»Dann sag ich euch jetzt mal, wie es ist. Wir gehen zu diesem komischen *Tag der offenen Tür* und nehmen uns den Psychologen mal zur Brust. Und es wird nicht das Wort Erpressung fallen. Ihr Wortkünstler könnt euch ja schon was überlegen.«

Holger und Jan sahen sich an. Sie wirkten nicht wirklich überzeugt.

»Oder ich mache es allein. Dann verspreche ich euch aber, wenn sie mich erwischen, hängt ihr auf jeden Fall mit drin.«

»Wie schön, dass wir Alternativen haben«, sagte Holger sauer.

Aufgrund dieser fehlenden Alternativen zeigten sie sich – zumindest äußerlich – geschlossen auf dem Klinikgelände. Holger und Jan hatten beschlossen, dass es besser war, Sascha unter Kontrolle zu behalten.

Deswegen war die Stimmung leicht gespannt. Zumindest mussten sie Mike Sanger nicht lange suchen. Er lief quasi in sie rein. Die Bewohner Frackhausens kannten sich alle vom Sehen, dennoch schaute Mike ihnen ins Gesicht, ohne sie anscheinend als die zu erkennen, die sie waren. Mindestens zwei von ihnen kränkte das ernsthaft. Darüber hinaus fand Holger es eine Unverschämtheit, als Gemeinderatsmitglied von einem Mitglied der Gemeinde nicht erkannt zu werden. Jan fand es ganz allgemein unverschämt.

»Herr Sanger, wie schön, Sie endlich persönlich kennenzulernen«, sagte Sascha sehr süffisant.

Mike Sanger schien das auch aufzufallen, denn er war eindeutig irritiert.

»Entschuldigen Sie mich, aber ich kann mich leider nicht erinnern, woher wir uns kennen.«

Alle vier lachten wie auf Kommando auf. Es war kein fröhliches Lachen. Auch Mike Sanger schien auf einmal etwas klar zu werden.

»Sie sind das«, flüsterte er. »Warum verfolgen Sie mich bis hierher?«

»Wir wollen nur sehen, ob Sie Ihren Teil der Abmachung einhalten«, sagte Sascha zwar leise, aber durchaus bedrohlich.

»Das habe ich Ihnen doch bereits gesagt«, wisperte Mike. »Heute wird es passieren.«

»Sie müssen entschuldigen, wenn wir uns persönlich davon überzeugen wollen«, sagte Wolfgang höflich. Mike Sanger musterte ihn genau.

»Ich kenne Sie doch«, sagte er dann. »Sie waren hier noch Postbote, als meine Frau und ich hierhin zogen.«

Wolfgang Schreckau machte seinem Namen alle Ehre und zog den Kopf zwischen die Schulterblätter.

»Und Ihre Frau ist ein Opfer von Henning Mansen.« Das sagte Sanger schon mehr zu sich selbst. »Ich Idiot, da hätte ich draufkommen können.«

»In der Tat«, sagte Jan. »Aber es macht keinen Unterschied.«

»Nein, wirklich nicht.« Mike Sanger klang bitter.

»Wir sollten weitergehen, sonst fallen wir noch auf«, murmelte Wolfgang nervös. Er blickte sich so verstohlen um, dass es aussah, als mache er einen Veitstanz.

»Wenn du so weitermachst, bestimmt«, erwiderte Holger auch prompt und wandte sich wieder Mike zu. Der schien nicht so recht von den Qualitäten seiner Erpresser überzeugt. Holger bemerkte sehr wohl den kritischen Gesichtsausdruck.

»Passen Sie auf, Sanger. Wir mögen vielleicht unprofessionell wirken. Wahrscheinlich sind wir es auch. Aber trotzdem meinen wir es todernst. Und Sie haben bemerkt, welches Wort ich betont habe.«

»Tod«, sagte der Pseudo-Psychologe wohl mehr automatisch.

»Genau!« Holger strahlte ihn extra breit an, damit etwaige Beobachter der Überzeugung waren, sie führten ein herzliches Gespräch, auch wenn Mikes Gesichtsausdruck nicht wirklich dazu passen wollte.

»Ich denke, wir gehen jetzt mal weiter und genießen die Show.« Jan, der hinter Mike Sanger stand, klopfte ihm freundlich auf den Rücken.

Die vier apokalyptischen Reiter entfernten sich betont fröhlich schwatzend, um den Eindruck zu erwecken, sie könnten kein Wässerchen trüben.

»Aber das ist ja fantastisch.« Dr. Mäuchel war komplett aus dem Häuschen.

Mike fand die Situation alles Mögliche, aber beileibe nicht fantastisch.

»Schön, dass es Ihnen gefällt. Aber ich fühle mich jetzt erst recht bedroht.«

»Falsche Sichtweise. Vorher hat es Sie auch bedroht. Für Sie hat sich rein gar nichts geändert. Für unsere neuen Möglichkeiten aber alles.«

Es war Mike zwar nicht neu, dass der Direktor kryptische Rätsel von sich gab, bis jetzt brachte das immer ein paar Lacher mit sich. Diesmal schien Dr. Mäuchel recht genau zu wissen, wovon er redete. Anscheinend wuchs der kleine Mann proportional mit seiner Aufgabe.

»Verstehen Sie das denn nicht?«, zischte Manfred Mäuchel und zog ihn hinter den nächsten Getränkestand.

»Etwas Besseres kann uns nicht passieren. Wenn der Postbote dabei war, ist es sehr wahrscheinlich, dass die drei anderen Ehemänner von Henning Mansens Opfern auch mit von der Partie sind.«

»Ja, es waren vier.« Es klang durchaus logisch. Mike meinte sich auch vage an die Namen erinnern zu können.

»Wunderbar, das ist die Lösung unserer Probleme. Überlegen Sie mal. Hier passieren etliche Morde, und die, die das stärkste Motiv haben, sind mittendrin in der Menge. Sie wissen, was Sie jetzt zu tun haben?«

Mike wusste es zwar nicht explizit, er war sich aber sicher, dass es ihm nicht sonderlich gefallen würde.

»Sie durchforsten Mansens Akte. Da sollten auch die Namen der Opfer drinstehen. Dann wird es wohl nicht so schwer sein herauszufinden, wo die Herren genau wohnen.«

Mike hoffte nur, dass es so einfach war, wie Dr. Mäuchel sich das vorstellte.

»Es wird für Sie ein Leichtes sein, Beweismittel in deren Haus zu platzieren. Ich bereite etwas vor und bringe es Ihnen sofort in Ihr Büro.«

»Gut«, sagte Mike gehorsam und wollte schon lostraben. Dann stockte er.

»Wie bitte, was soll ich tun?«, fragte er ehrlich entsetzt. »Wie soll ich denn in die Häuser kommen?«

»Seien Sie bitte nicht so laut!«, herrschte Mäuchel ihn an. »Zeigen Sie sich mal ein bisschen kreativ. Es geht hier schließlich auch noch um Ihren Hals. Bitte vergessen Sie das nicht.«

»Ich bin noch nie im Leben eingebrochen. Ich habe doch gar keine Ahnung, wie das geht«, sagte Mike kläglich. »Man wird mich erwischen.«

»Keiner wird Sie erwischen, wer sollte denn? Die Einwohner und die Polizei aus der Umgebung, die sind alle hier.«

Dr. Mäuchel hatte recht. Das war für Mike wenigstens ein kleiner Trost. Wenn er schon in die Häuser anderer Leute einsteigen musste, war heute sicherlich die beste Gelegenheit.

»Ich lass mir was einfallen«, sagte er trotzdem freudlos und setzte sich wieder in Bewegung.

Je mehr er darüber nachdachte, desto mehr leuchtete ihm das Potenzial dieser Idee ein. Wenn die Polizei Beweise bei denen fand, die ein sehr starkes Motiv hatten, Serienmörder und alle damit verbundenen Konsequenzen zu hassen, dann würde das Interesse an anderen möglichen Tätern schlagartig erlöschen. Dafür versprach der Fall zu viel Medienrummel, sodass man für irgendeinen anderen radikalen Täter kein Interesse mehr aufbringen würde.

Mike fühlte sich zwar momentan ganz sicher, jedoch noch längst nicht aus dem Schneider. Es schien ihm vernünftig, dem Plan des Direktors zu folgen. Allein wegen dieser Feststellung hatte er Angst um seine geistige Gesundheit und beschloss, diese Erkenntnis mit ins Grab zu nehmen.

Bis es aber so weit war, hatte er noch einiges zu tun. Als Erstes brauchte er einen Crashkurs für Einbruch. Was lag näher, als jemanden zu fragen, der sich damit auskannte. Immerhin hatte Henning noch einen anderen Job gehabt als ausschließlich Frauen umzubringen, und schon das war keine tagesfüllende Aufgabe gewesen, selbst wenn er es jeden Tag gemacht hätte.

Mike unternahm einen Abstecher zu seinem neuen Freund.

Henning hatte in seinem Leben schon so einiges Merkwürdige gehört, da machte es für ihn keinen Unterschied, dass ausgerechnet sein Psychologe ihn verzweifelt um todsichere Einbruchstipps bat.

»Na, bei euch geht's jetzt ja richtig rund«, sagte er beruhigend, als Mike in sein Zimmer geflogen kam und ihm stakkatohaft im Kurzverfahren die momentane Situation schilderte.

»Bitte, ich brauche Hilfe, keinen Small Talk.«

Mike rannte im Zimmer auf und ab.

»Beruhige dich und setz dich«, sagte Henning milde.

»Ich will mich nicht setzen, ach, ich kann mich nicht setzen. Ich habe es verdammt eilig. Wir wissen nicht, wie lange die Truppe hier auf dem Gelände bleibt.«

»Wirklich die Ehemänner meiner Opfer? Was für eine Ironie.« Henning war nicht ganz so amüsiert, wie er tat, dass ausgerechnet diese Truppe Rache an ihm üben wollte.

»Bitte!«, drängte Mike verzweifelt.

»Also, Lektion eins des Einbrecher-Handbuches. Mit Eile und Nervosität erreichst du gar nichts. Ruhe bewahren ist unheimlich wichtig für einen erfolgreichen Bruch.«

»Oh Gott«, gurgelte Mike. »Vor ein paar Wochen war ich noch komplett unbescholten, jetzt mache ich mich auf den Weg zu einem *Bruch*.«

»Na ja, so komplett unbescholten kannst du nun nicht sein, sonst müsstest du jetzt keinen Bruch machen«, sagte Henning. »Also, pass auf. Du kannst es erst mal mit dem Offensichtlichen versuchen. Offene Türen oder gekippte Fenster. Du würdest dich wundern, wie nachlässig Menschen speziell auf dem Land damit umgehen.«

»Hier ist es auch sicherer als in der Stadt«, entgegnete Mike.

»Unsinn.« Henning winkte verächtlich ab. »Das glaubt ihr immer gerne. Glaub mir, wenn ich Einbrecher wäre, würde ich mich aufs Land spezialisieren. Die Menschen in der Nachbarschaft sind zwar neugieriger, aber es gibt genug einsam stehende Häuser.«

»Ich vertraue da deiner Sachkenntnis.«

»Danke«, antwortete Henning schlicht. »Also weiter. Bei gekippten Fenstern sind nur Doppelflügel interessant. Du kannst mit der Hand durch den Schlitz fassen und den Griff des anderen Fensters herunterdrücken. Dann vergiss aber nicht, das Fenster wieder zu kippen und durch die Haustür rauszugehen. Wenn die abgeschlossen ist, geh durch die Garage. Meistens haben die Leute sowieso elektrische Türöffner. Wenn nicht, ist es trotzdem unauffälliger, die Garage nicht abzuschließen, als ein Fenster aufzulassen.«

Mike hatte damit angefangen, sich schnelle Notizen zu machen. Henning schüttelte innerlich mit dem Kopf. Ein kriminelles Superhirn würde er wohl nie werden.

»Guck nach den Lichtschächten. Da sind die Leute am nachlässigsten. Im Optimalfall sind die unten mit Ketten gesichert oder sonst wie verankert. Meistens kannst du aber einfach einsteigen. Ein kaputtes Kellerfenster fällt nicht so schnell auf. Dann solltest du dir aber etwas Werkzeug mitnehmen. Zumindest einen Schraubenzieher und eine Eisensäge.«

»Oh nein«, stöhnte Mike. »Mit Werkzeug bin ich gar nicht gut.«

»Warum wundert mich das nicht«, sagte Henning mehr zu sich selbst.

»Wenn gar nichts hilft, dann deponiere die Sachen draußen. Das ist auch gut. Gartenhäuschen zum Beispiel. Sind eher selten abgeschlossen. Auch sonst gibt es draußen immer einige passende Ecken.«

Ein paar Minuten später entließ er Mike und fragte sich, ob er es geschafft hatte, ihn wenigstens einigermaßen gut vorzubereiten.

Mike konnte sich nur darüber wundern, wie einfach es doch war, in das Haus von anderen Leuten zu kommen, wenn man es darauf anlegte. Vielleicht sollte er den Sendungen in Zukunft mehr Respekt zollen, die tumbe Bürger immer wieder darauf hinwiesen, wie wichtig doch vernünftige Prävention war. Er hatte solche Sendungen und Beiträge bislang als Lückenfüller gesehen. Aber was sollte man schon von einem Volk halten, das in Zeiten von Aids und anderen unappetitlichen Geschlechtskrankheiten dennoch nicht in der Lage war, sich selbst zu schützen. Da war ein Einbruch eindeutig noch das kleinere Übel.

Jan Toricks Wohnung war die zweite, die er betrat. Nachdem es bei Wolfgang Schreckau dermaßen trist, staubig und grau war, brauchte er dringend eine Aufheiterung. Er hoffte, dass er dafür bei Torick genau richtig war. Leider blieb es bei dieser Hoffnung. Jan Toricks Wohnung war so unpersönlich wie hypermodern. Was es wirklich in ausreichender Menge gab, waren Fotos von ihm. Harmlose Momentaufnahmen beim Grillen wechselten sich mit waghalsigen Selfies beim Fallschirmsprung ab. Mike untersuchte die Fotowand im

Wohnzimmer akribisch. Er fand kein Foto, auf dem eine andere Person als Torick selbst zu sehen war.

Mike steckte die Nase in jedes Zimmer, um sich ein Bild zu machen, und stieg dann die schmale Treppe hinab in den Keller. Er fühlte sich wie ein echter Verbrecher, und das war gar nicht mal so schlecht. Er war sich ziemlich sicher, dass man damit die Mädels beeindrucken konnte, obwohl er sich dafür ein cooleres Image zulegen musste. Indizien zu streuen war eventuell nicht ganz so sexy, wie Diamanten zu klauen. Er verschob seine Karrierepläne fürs Erste.

Im Keller fand er schließlich das Versteck, das er suchte. Jan Torick schien nicht oft hier runterzugehen. Er entdeckte jedenfalls nichts, was einen Mann normalerweise in den Keller locken würde, weder Werkzeug noch Hobby, weder Waschmaschine, Trockner, Vorräte noch eine geheime Pornosammlung. Es war noch nicht mal der Keller eines waschechten Junggesellen, dann wäre zumindest Bier da gewesen. Oder auch nicht, korrigierte er sich selber. Junggesellen würden ihr Bier direkt da aufbewahren, wo sie am besten drankamen, nämlich im Wohnzimmer.

Er hatte auf dem Weg nach Frackhausen überlegt, wem er welchen Beweis unterschieben sollte. Das schien ihm eminent wichtig. Wer würde es glauben, wenn ein Typ wie Wolfgang Schreckau das Rattengift verwahrte? Daher hatte er vor seinem Aufbruch kurzfristig den Plan geändert und eine Stippvisite in Ralfs Büro gemacht. Er meinte, dort einmal ein Buch über die Gifte dieser Welt gesehen zu haben, die ebenfalls zu medizinischen Zwecken eingesetzt wurden. Aus seinen Unterlagen zauberte er noch einen Zeitungsartikel, in dem sich reißerisch-kritisch mit der Verlegung von Henning Mansen nach Frackhausen beschäftigt wurde.

Es war fast zu einfach. Er hatte in Schreckaus Haus genau diesen Artikel deponiert, nebst einer Gebrauchsanleitung, die dem Rattengift beilag. Dass sie auf Chinesisch war, tat der Sache in seinen Augen keinen Abbruch. Die Piktogramme waren eindeutig und genau das, was die Polizei und die Kripo interessieren würde.

Bei Jan Torick ging er subtiler vor. Mike hatte in einem Blitzeinfall noch ein Foto von Andrea aus seinem Büro mitgenommen, das er aus einem für ihn günstigen Winkel geschossen hatte und seine Frau nur spärlich bekleidet und deutlich attraktiver zeigte, als sie es später war. Es stammte aus der Zeit, in der ihre Ehe noch halbwegs funktionierte und Andrea wenigstens noch ansatzweise Wert auf ihr Äußeres legte. Eines war damals wie heute gleich: Hätte sie gewusst, dass er dieses Foto von ihr geschossen hatte, wäre er ein toter Mann. Aber um seine Erpresser mit der Entführung von Andrea in Zusammenhang zu bringen, reichte es auf jeden Fall.

Holger Rampone bekam das Buch über Gifte vermacht, das er unschuldig in ein Bücherregal platzierte, nicht ohne Lesezeichen an Stellen, an denen es um Tötungsmethoden an Menschen ging. Er hoffte, dass es Holger nicht auffiel, aber die Bücher machten nicht den Eindruck, als würde er sich viel mit ihnen beschäftigen. Sie dienten eher dazu, den Schein eines vielseitig interessierten und gebildeten Mannes aufrechtzuerhalten, obwohl im Ort allgemein bekannt war, dass er sich nur die Bilder auf Spielkarten ansah.

Bei Sascha versteckte er das Rattengift, da dieser in seinen Augen der Einzige war, dem man die Tat an sich zutrauen würde. Er meinte vage, irgendwo gehört zu haben, dass Sascha Sauerweck bereits im Gefängnis gesessen hatte, aber auch ohne diese Information hätte er ihn gewählt. Sauerweck hatte etwas Brutales an sich. Mike konnte sich gut vorstellen, ihn mit einem gezielten Mord in Verbindung zu bringen.

Mike verließ das Haus durch den Lichtschacht in der Waschküche, durch den er gekommen war. Er achtete darauf, das Gitter vor dem Kellerfenster wieder zuzuziehen. Das Fenster selber hatte offen gestanden. Die dumpfe, feuchte

Luft deutete darauf hin, dass Sauerweck einen Tag zuvor gewaschen oder hatte waschen lassen. Das Gitterfenster hätte es zumindest erschwert, dort einzudringen, wenn es denn verriegelt gewesen wäre.

Verschwitzt, aber zufrieden legte er den Rost wieder sauber auf den Schacht und richtete sich auf. Er war froh, die Gummihandschuhe wieder loszuwerden. Die Haut seiner Finger sah aus, als hätte er zu lange in der Badewanne gelegen. Er stopfte die Untersuchungshandschuhe sorgfältig in die Tasche seiner Jeans und versuchte, ein harmloses Gesicht zu machen, als er sich wieder zur Klinik begab.

Dort war das Fest in vollem Gange. Nachdem die größte Neugier der Frackhausener Bürger befriedigt war, was die baulichen Gegebenheiten und ihre Sicherheit anging, war die allgemeine Anspannung gewichen und hatte sich in einer Sauforgie entladen.

Das bekam Mike zu spüren, als er von einer Truppe angeheiterter Jugendlicher dazu aufgefordert wurde, sich freizumachen und zu chillen.

Nachdem Mike sich seinerseits von der Gruppe freimachen konnte, verschwand er durch einen Seiteneingang im Gebäude. Das hinderte die grölenden Teenager daran, ihm zu folgen, da man für alle Türen einen Schlüssel brauchte.

Er verspürte ein starkes Bedürfnis, Henning zu danken. Den fand er genau dort, wo er ihn verlassen hatte, in seinem Zimmer.

»Alles klar«, sagte er verschwörerisch und setzte ein diabolisches Grinsen auf. Zumindest hoffte er, dass es diabolisch wirkte. Das tat es nicht.

»Ist etwas passiert?«, fragte Henning auch sofort. »Hast du dich verletzt?«

»Wie kommst du darauf?«

»Weil du ... ach, lassen wir das.« Henning winkte ab. Er wirkte amüsiert.

»Puh, ich bin erleichtert.« Mike plumpste auf Hennings Bett.

»Keiner hat dich gesehen?«

»Ich hoffe nicht. Aber es ist unwahrscheinlich. Ich war sehr vorsichtig. Habe alles so gemacht, wie du mir geraten hast.«

»Braver Junge.« Henning nickte beifällig. »Vielleicht bekommst du doch noch ein paar Eier. Bist auf dem besten Wege dazu.«

»Na, vielen Dank«, sagte Mike, dachte aber, wie recht Henning hatte. Er hoffte, seine Eier wären groß genug, sie Andrea beim nächsten tätlichen Angriff um die Ohren zu schlagen. Der Tag bot durchaus noch Potenzial, sie weiterwachsen zu lassen.

»Jetzt lass dich besser wieder unten sehen. Misch dich unters Volk, rede mit Leuten, wirke entspannt. Je mehr dich sehen, desto besser.«

»Ich bin auch nur gekommen, um mich bei dir zu bedanken.«

»Nein, du bist gekommen, weil du unbedingt einem davon erzählen musstest. Da kam ja nur ich infrage.«

»Stimmt. Aber trotzdem, ohne deine Hilfe wäre ich nicht so weit gekommen.«

»Ohne meine Hilfe wärst du lange in der Zelle. Das auch schon viel früher als heute.«

»Das ist wohl so. Ich gehe jetzt. Ich weiß nicht, wann ich zurückkomme. Ich werde den Moment abwarten, an dem der Trubel am größten ist.«

»Du machst das schon. Ich warte hier.«

Mike ging zur Tür, drehte sich aber noch mal um.

»Du bist ein guter Freund, ist dir das eigentlich klar?«

»Du auch. Zumindest wirst du es spätestens sein, wenn ich das Loch hier verlassen habe.«

»Es gibt schlechtere Orte«, sagte Mike milde.

»Mag sein.« Henning stand auf und guckte aus dem vergitterten Fenster. Draußen im Hof war die Stimmung sichtlich auf dem Höhepunkt, was daran liegen mochte, dass eine betrunkene Besucherin versuchte, einen Strip zu dem Titel *I will survive* von Gloria Gaynor vorzuführen.

»Aber glaub mir, es gibt bessere.«

Mike ging den Gang entlang und blickte in verlassene Zimmerfluchten. Obwohl man verhindert hatte, dass Patienten sich unter die Gäste mischen konnten, ergriffen diese die Gelegenheit, sich wenigstens so nah wie möglich bei ihnen aufzuhalten. Das bedeutete in dem Fall, sie drängten sich in der Kantine, da sie da den besten Blick auf das Gelände hatten. Mike vermutete dort alle, die nicht im geschlossenen Trakt untergebracht waren.

Ihm fiel plötzlich auf, dass keiner im Schwesternzimmer saß. Das war ungewöhnlich. Selbst am Tag der offenen Tür musste der Posten besetzt sein. Mike wusste zwar nicht, wem sonst noch die Teilnahme am Fest untersagt war, er wusste jedoch auf jeden Fall, dass Dörte hier sein musste. Dr. Mäuchel hatte das angeordnet, damit sie keine Gelegenheit hatte, sich auf dem Gelände bei den Gästen herumzutreiben und mit ihrer Garderobe Gerüchte zu schüren. Mäuchel unterstützte in der Klinik keine Orgien jedweder Art. Ein Verdacht, der durchaus hin und wieder mal in Frackhausen kursierte. Wann und wie stark, hing davon ab, in welcher Kostümierung Dörte ab und an im Dorf unterwegs war. Alles in allem war das allerdings so lächerlich, dass es noch nicht mal Andrea hinter dem Ofen hervorlockte. Sie sah durch Dörte ihr Eigentum an Mike nicht gefährdet. Ein Umstand, für den Mike dankbar war.

Ihm ging durch den Kopf, dass er auf dem Weg hier herauf Dörte schon nicht mehr gesehen hatte. Normalerweise schlich er am Schwesternzimmer vorbei, was er heute vergessen hatte, da er zu aufgeregt gewesen war. Als er das erste Mal bei Henning war, um sich Einbruchtipps zu holen, hatte er sie noch dort sitzen sehen, leise vor sich hin summend und mit dem seligen Gesichtsausdruck, den sie in den letzten Tagen hatte. Wahrscheinlich, weil sie davon träumte, ihm aufzulauern, ihn in eine Ecke zu ziehen und abzuknutschen.

Der Raum war leer, sodass Mike sich traute einzutreten. Sein Blick schweifte durch das Zimmer, bis er an etwas hängenblieb. Er konnte zwei Füße erkennen, die in unverhältnismäßig hohen Pumps steckten und die Besonderheit aufwiesen, nicht wie erwartet aufrecht zu stehen, sondern zu liegen. Mike hatte ein ungutes Gefühl, das sich bestätigen sollte.

Er ging zu der kleinen Sitzecke hinter dem Raumteiler und blickte auf Dörte hinunter, die leblos vor ihm lag. Ein Blick auf den Tisch bestätigte ihm, dass er sich lebensrettende Maßnahmen wohl sparen konnte.

Auf dem Tisch standen ein leeres Sektglas und eine Suppenschale, in der sich mit Sicherheit Chili con Carne befunden hatte. Dörtes Zustand war dafür ein ausreichendes Indiz. Mike sah keinerlei Grund, an dieser Schlussfolgerung zu zweifeln.

»Oh verdammt, warum musste das jetzt sein?«

Merkwürdigerweise tat Dörte ihm leid. Ungeachtet der Morde, die heute noch indirekt auf seinem Plan standen, traf ihn dieser hier persönlich. Dörte war zwar lästig gewesen, hatte ihn aber bewundert und angebetet, zwei Dinge, mit denen er nicht allzu sehr verwöhnt wurde.

Allerdings störte ihn etwas an dem Stillleben, das sich ihm bot. Er spulte seine Erinnerung zurück zu dem Tag, an dem Henning Peter Erste Hilfe leistete. Er war zwar nicht dabei gewesen, wusste aber aus den Erzählungen, dass Henning dazu noch ausreichend Zeit gehabt hatte.

Mike überlegte, wie viel Zeit er eben bei Henning verbracht hatte. Wäre das der Spielraum gewesen, der Henning bei der Rettung von Peter zur Verfügung stand, läge dieser jetzt nicht – zwar etwas schwach, aber durchaus vergnügt – auf der Krankenstation. Das ließ nur den einen Schluss zu: Es war noch ein anderes Gift im Spiel.

Mike setzte sich resigniert auf einen Hocker, der offensichtlich als Sitzreserve unter den Tisch geschoben worden war, besonders bequem war er nämlich nicht. Dörte war tot und konnte ihn nicht mehr mit den entwendeten Spritzen erpressen, seine Sünden hatte er gebeichtet, sein Gewissen war rein, wie es unter diesen Umständen überhaupt möglich war. Auch das Deponieren der Beweise in den Häusern seiner Erpresser hatte er vor sich gerechtfertigt, da er Verbrecher bestrafte. Alles war perfekt für sein Seelenheil ausgerichtet. Trotzdem hatte er mit der Weigerung, nur einen Menschen zu töten, etwas losgetreten, was ungleich schlimmer war. Welche Auswirkungen das auf seine moralischen Werte haben würde, wusste er jetzt noch nicht. Dafür war auch beileibe keine Zeit.

Er fühlte sich, als wäre er endlich wieder zu Verstand gekommen. Der Direktor plante den größten Massenmord der jüngeren Vergangenheit, und er selbst war nur darauf bedacht gewesen, seine Haut zu retten. Jetzt tauchte auch noch ein anderes Gift auf. Mike beschloss, das Gemetzel zu verhindern, Mäuchel aufzuhalten und sich anzuzeigen. Irgendetwas anderes ging hier vor. Er sollte es besser herausfinden.

Es war Mittagszeit. Er rannte die Treppe hinunter und lief hinüber zur Kantine, wo er zwar nicht Manfred, aber zumindest die potenziellen Opfer vermutete. Auf der anderen Seite des Verbindungswegs rannte er die Treppe wieder hinauf. Er beschloss dabei, nach dieser Sache etwas für seine Fitness zu tun. Ihm fiel ein, dass er dann wahrscheinlich schon im Gefängnis sitzen würde. Wenigstens hätte er dann Zeit. Er verdrängte den unangenehmen Gedanken, was einem gutaussehenden Mann wie ihm im Gefängnis passieren könnte, und schob die Schuld auf die amerikanische Krimikultur, die einem vermittelte, Gefängnisse seien noch mehr rechtsfreier Raum als es die offene Straße sowieso schon war.

Normalerweise hätte er schon längst Stimmen hören müssen. Wenn über 300 Menschen sich gleichzeitig in einem

Raum befanden, ließ sich das nicht vermeiden, aber es war gespenstisch still. Er trat an die Tür und ließ seinen Blick durch den Raum gleiten.

»Ich habe mich umentschieden«, sagte eine Stimme hinter ihm. Er fuhr herum.

»Das Rattengift war zwar eine nette Idee von mir, aber viel zu unsicher. Dauert auch zu lange. Sonst wäre das für Paulater nicht so glimpflich ausgegangen.«

»Was ist dann passiert?« Mike schaute immer noch fassungslos auf das Ausmaß der Zerstörung des menschlichen Lebens.

»Zyankali in einem Glas Sekt. Unfehlbar. Wie gut, dass wir sonst hier nie Alkohol bekommen, nicht wahr? Alle waren begeistert und stürzten es in einem Zug hinunter. Die Wirkung trat sofort ein. Das Personal konnte gar nichts machen.«

»Wo ist das Personal?«, fragte Mike mehr mechanisch.

»Die sind sofort gerannt und haben mich geholt.«

»Kein Gift mehr im Chili?«, fragte Mike. Also war Dörte gestorben, weil sie eine Dienstvorschrift missachtet hatte. Dem Personal war es strikt untersagt, während seiner Schicht Alkohol zu trinken.

»Das Rattengift war auch noch im Chili. Das ist ja schließlich die Grundlage, mit der wir den Verdacht auf Ihre Erpresser lenken. Kein Risiko eingehen, nicht wahr?«

Mike fragte sich, wann für Direktor Mäuchel ein Ereignis das Prädikat *Risiko* verdiente. Der zupfte seine Hemdmanschetten gerade. Er trug nur eine Anzugweste, für die dazugehörige Jacke war es ihm wohl doch zu warm.

»Alles muss sitzen«, sagte er wie entschuldigend zu Mike. »Gleich wird hier der Sturm losbrechen.«

Teil 7

Kapitel 23

Ralf lebte das Prinzip einer ruhigen Ungeduld. Er konnte nicht erwarten, bis es endlich losging.

Susanne war die letzten Tage erstaunlich zurückhaltend gewesen, als wüsste sie, was ihr blühte, und als wolle sie auf diesem Weg Abbitte leisten. Vielleicht tankte sie auch einfach nur Kraft. Der Tag der offenen Tür bot Ralf endlich den richtigen Rahmen, sein Vorhaben in die Tat umzusetzen.

Er und seine Frau fuhren morgens scheinbar einträchtig zusammen in die Klinik. Susanne war schweigsam. Ralf empfand das nicht als ungewöhnlich. Die Aussicht auf einen ganzen Tag voll wahllosem Sex mit Fremden oder vielleicht auch Bekannten aus dem Dorf musste für sie so sein, als könne sie von einem Kuchenbuffet alle Stücke probieren. Das konnte einem schon mal die Sprache verschlagen. Ralf hoffte, sie würde sich auf die Fremden beschränken. Er wollte sich im Dorf gerne noch blicken lassen.

Er hatte die Idee mit dem Tag der offenen Tür für absoluten Schwachsinn gehalten. Es würde vielleicht noch Sinn geben, wenn man bei einer solchen Gelegenheit Spenden einsammeln könnte. Aber Mäuchel war strikt gegen diesen Vorschlag gewesen, denn es war ihm eminent wichtig, Souveränität zu präsentieren, damit nicht der ein oder andere Bürger auf die Idee käme, er hätte es mit Dilettanten zu tun, die darüber hinaus noch äußerst gefährliche Verbrecher beherbergten.

Als sie das Gelände betraten, beschloss er, seine Frau erst einmal abzuschütteln. Er suchte die Umgebung mit den Augen ab in der Hoffnung, Mike schnell zu finden. Bei dem Trubel entpuppte sich das allerdings als unmöglich. Der Einzige, der ihn auf Anhieb fand, war Direktor Mäuchel.

»Sie kommen spät«, sagte dieser anklagend. »An solchen Tagen sollten wir dichter zusammenrücken, nicht wahr?«

Ralf beunruhigte das. Er mochte sich nicht vorstellen, wie es war, näher an Mäuchel heranzurücken. Ob Susanne das wohl tun würde? Leider war keine Zeit, sich mit dieser durchaus interessanten Frage zu beschäftigen.

»Ich habe von Anfang an gesagt, dass diese Nummer hier Quatsch ist«, erwiderte Ralf und verdrückte sich schnell. Für weitere Diskussionen hatte er weder Lust noch Zeit. Er musste Mike suchen. Es war nicht gut, ihn so lange aus den Augen zu lassen.

Eigentlich war er sich selber ein ganzes Stück voraus. Da er einsehen musste, dass er Mike nicht die komplette Zeit beschatten konnte, hatte er dessen Smartphone beim gemeinsamen Mittagessen in der Kantine vor zwei Tagen mit einer GPS-Tracker-App ausgestattet, als Mike kurz auf die Toilette verschwand. Das war eine sichere Sache, denn Mike würde sich aus Pflichtbewusstsein gegenüber der Klinik nie länger als nötig davon trennen. Für Ralf war es zwar lästig, dauernd seinen aktuellen Standort überprüfen zu müssen, allerdings war das eine zu akzeptierende Erschwernis, von der er sich einigen Gewinn versprach.

So beobachtete er ganz genau, wie Mike sich vormittags auf die Station begab, wo er sicherlich Henning traf. Eine kurze Panik setzte ein, als Mike das Gelände verließ und sich irgendwo in Frackhausen herumtrieb. Eine schnelle Kontrolle auf der Station beruhigte ihn allerdings. Henning Mansen war da, wo er hingehörte. Ralf fragte sich, was zum Teufel Mike eigentlich im Ort wollte, aber es beruhigte ihn, seinen Freund nicht in der Nähe von Andrea zu orten.

Noch verwirrender wurde es, als Mike zurückkam und Henning schnurstracks erneut einen Besuch abstattete. Ralf war auf höchster Alarmstufe. Er fragte sich, ob das Menschengetümmel ein Vorteil oder ein Nachteil war, um den Serienmörder hier herauszubekommen. Schließlich war

Mansens Gesicht bestens bekannt. Er brütete noch über dieser kniffeligen Frage, als Nina Kohler vom Sozialdienst mit ohrenbetäubendem Gekreische – das so gar nicht zu ihrer zarten Gestalt passen wollte – auf den Platz stürmte. Sie ließ sich vor Hud Maimun Marouns Füßen niedersinken. Sie hatte einen ausgeprägteren Sinn für Theatralik, als Ralf vermutet hätte.

»Sie sind alle tot. Im Speisesaal«, schluchzte sie. »Alle tot! Es ist schrecklich!«

Hud schaute auf das aufgelöste, zitternde Mädchen vor seinen Füßen und wusste anscheinend nicht so recht, wie ernst er das jetzt nehmen musste.

Ähnliches dachten wohl auch die Besucher, die teils amüsiert, teils ratlos zu Nina herüberblickten. Ralf war zwar nicht klar, wo hier der direkte Zusammenhang mit Mike bestand, aber er wusste instinktiv, dass er keine Zeit hatte, darüber nachzudenken. Wenn es eine Zeit gab, die wie geschaffen war, Henning den Weg in die Freiheit zu öffnen, dann war es eindeutig jetzt. Er bahnte sich einen Weg durch die immer dichter werdende Menge um Nina und suchte seine Frau, der er praktischerweise auch gleich einen Sender untergejubelt hatte, als er ihr heute Morgen die neue Kette schenkte. Zeit war von entscheidender Bedeutung für das, was er vorhatte. Da konnte er sie nicht damit verschwenden, Susanne in irgendwelchen Ecken zu suchen. Er stellte fest, das GPS eine äußerst nützliche Sache war, auch wenn man mal nicht gerade von A nach B wollte.

Er fand Susanne erstaunlicherweise nicht in ihrer Lieblingsstellung. Der Tod war wohl doch interessanter als eine schnelle Nummer. Ralf achtete darauf, dass sie ihn nicht sah, als er die Segeltuchplane über sie warf, die er nebst stabilen Gerüststricken eigens für diesen Zweck ein paar Tage zuvor hinter dem Geräteschuppen versteckt hatte. Er verschnürte sie wie ein Paket, umwickelte ihren Kopf von außen mit Klebeband und steckte sie in den Müllcontainer, der schon seit Ewigkeiten hinter dem Gewächshaus stand, aber nicht mehr benutzt wurde. Er dankte Mike innerlich für die gute Vorlage, die er ihm bei Andreas Entführung geliefert hatte.

Am Hauptgebäude war mittlerweile der Teufel los. Alle strömten Richtung Kantine und versuchten, sich die Treppe hochzuquetschen, die zwar durchaus breit, aber für solch eine Menschenmenge absolut nicht geeignet war. Die Pforte war Gott sei Dank unbesetzt, als Ralf den Müllcontainer auf das Tor zurollte. Das ersparte ihm eine Diskussion mit Dirk Freitag. Der Wachmann war nicht allzu helle, trotzdem war es besser, wenn er sich nicht an ihn erinnern konnte. Er hievte Susanne auf dem Parkplatz aus der Tonne in den Kofferraum, den er gerade schloss, als Streifenwagen mit Sirene und Blaulicht im mörderischen Tempo auf das Klinikgelände schossen.

Ralf hatte eine Schubkarre im Gebüsch postiert, in der er seine Frau und ein paar Werkzeuge problemlos Richtung Hütte schieben konnte. Er schlüpfte in einen Overall, zog sich eine Skimaske über den Kopf und setzte eine Sonnenbrille auf. Andrea hatte nach fünf Tagen einen guten Teil ihrer Kratzbürstigkeit verloren. Sie saß sichtlich geschwächt auf einer Matratze und sah aus wie ein überdimensionales gerupftes Hühnchen, dem gleich der Kopf abgeschlagen werden sollte.

Der Geruch im Inneren war ein Gemisch aus all den Dingen, die Ralf sich nicht gerne näher vorstellen wollte. Andrea hob den Kopf, als er die Hütte betrat. Sie öffnete den Mund, um etwas zu sagen, aber Ralf war schneller.

Er zog ihr einen Leinenbeutel über den Kopf und zurrte ihn mit Klebeband über ihrem Mund zusammen. Dann ließ er eine Handschelle an ihrem noch freien Handgelenk zuschnappen und kettete sie damit provisorisch am Tischbein fest, um das Schloss an ihrem anderen Handgelenk mit einem Seitenschneider zu knacken. Er drehte Andrea die Arme auf den Rücken und ließ die zweite Handschelle zuschnappen. So war sie frei, aber ungefährlich. Vor allen Dingen konnte sie sich nicht selber von ihrem Sack befreien. Er schob sie vor die Tür und ließ sie Richtung Wald stolpern. Er holte Susanne und kettete sie an.

Andrea taumelte weiter und verschwand im Dickicht.

In der forensischen Psychiatrie ging es mittlerweile nicht mehr ganz so überlegt zu. Nina Kohlers Auftritt hatte zwar einen Moment gebraucht, in den Köpfen der Menschen anzukommen, aber dann traf es sie mit voller Wucht. Als sie so dichtgedrängt wie möglich in der Kantine standen und das zweifellos sehr eindrucksvolle Stillleben auf sich wirken ließen, blieb noch ein Moment Raum, die ganze Angelegenheit für ein gewaltiges inszeniertes Schauspiel zu halten. Allmählich wurde es immer klarer, dass es das nicht war.

»Soll das lustig sein?« Heiner Frey hatte im normalen Leben schon nicht viel Humor, aber das hier trug garantiert auch nicht dazu bei, ihm welchen zu verschaffen.

»Vielleicht eine Installation?«, schlug Sabrina Reiniger vor. Sie war genug in der Welt herumgekommen und hatte schon die merkwürdigsten Dingen gesehen.

»Wieso Installation? Das hat doch nichts mit Sanitär zu tun.« Für Leah Kaiser war das offensichtlich zu hoch.

»Eine künstlerische Installation. So nennt man das, dumme Nuss.«

»Ich bin keine dumme Nuss! Jürgen?« Leah sah sich hilfesuchend nach ihrem Verehrer um.

Allerdings fand Jürgen Faust das Geschehen vor seiner Nase ausnahmsweise einmal spannender als das angedeutete Versprechen, einmal Sex haben zu können, wenn man nur nett war, was dann sowieso nie eingelöst würde. Das hier war wenigstens etwas Handfestes.

»Vielleicht sollte man etwas unternehmen.« Josef Pfeifer hätte nicht geglaubt, nach einem ruhigen Leben und noch ruhigerem Rentnerdasein nach dem Tod seiner Frau so etwas zu Gesicht zu bekommen.

»Wofür?« Dirk Biermann war durchaus zufrieden. »Das nennt man ein sich selbst lösendes Problem.«

»Oh Gott!«, kreischte Sophia Weissmüller plötzlich los, die ihren Brieffreund Steffen Naumann mit dem Kopf im Chili liegen sah. Sein Kopf war zur Seite gedreht und seine Augen blickten sie leer an.

Jürgen, der sich auf einmal daran erinnerte, dass er Arzt war, bahnte sich nach vorne und wusste nicht so recht, wo er anfangen sollte. Zu seiner Ehrenrettung sei gesagt, dass das auch nicht mehr nötig war. In der Ferne hörte man Sirenen, die sich rasch näherten.

»Bewahren Sie bitte Ruhe.« Wie aus dem Nichts tauchte Direktor Dr. Mäuchel auf und hob beschwichtigend die Hände. Es war allerdings eine komplett nutzlose Aufforderung, alle waren die Ruhe selber.

»Die Polizei ist informiert.« Aus seinem Mund klang es eher wie: Das Buffet ist eröffnet. Das empfand sein Personal anscheinend ähnlich.

»Seien Sie nicht so herzlos«, schniefte Marina Goldschmidt, die Heilerziehungspflegerin. »Schließlich liegen hier Tote.«

»Das ist eine Katastrophe«, sagte Dr. Monika Berg mit einem düsteren Tonfall, den sie immer dann auflegte, wenn es ein Problem zu analysieren gab.

»Ja, jede Menge Negativpresse.« Hud war ihrer Ansicht.

»Das meine ich nicht«, sagte Dr. Berg eisig. »Ist jemandem schon in den Sinn gekommen, dass es sich hier höchstwahrscheinlich um Mord handelt?«

»Mord unter Mördern. Das hat was. Aber wo ist die Katastrophe?« Hud sah es noch nicht.

»Dass der Mörder noch frei herumläuft.«

Wenn sie einen Brandsatz gezündet hätte, wäre die Reaktion nicht heftiger ausgefallen. So schnell wie alle erpicht darauf gewesen waren, die Kantine zu stürmen, stürmten sie jetzt aus ihr hinaus, was nicht so einfach war, da sich die Treppe hinunter noch bis auf den Hof die Menschen drängten. Dirk Biermann nutzte die Gelegenheit, Jürgen Faust eins auf die Nase zu hauen. Dieser Lackaffe hatte ihn schon immer gestört.

Jürgen achtete zwar auf seine Hände, weil er gerne damit Frauen aufriss, dass er Chirurg sei, was einerseits zwar nicht stimmte, andererseits jedoch egal war. Er tat sowieso nichts, was seine Hände hätte strapazieren können, aber diese Schmach wollte er nicht auf sich sitzen lassen und holte aus.

Leider hatte sich die Menge wie Bälle in einem Bällebad verschoben. Er traf Heiner Frey, der es sich mit seinen Schaufelradhänden nicht nehmen ließ, zurückzuschlagen. In dem Fall fiel Birgit Schreiner der Instabilität der Masse zum Opfer. Obwohl der Dominoeffekt damit unterbrochen wurde, dass Birgit Schreiner in die Arme des Rentners Josef Pfeifer sank, wollten die anderen diese Gelegenheit anscheinend nicht so schnell verstreichen lassen. Die Masse drückte durch die Doppeltür nach draußen wie Senf aus der Tube und kam vor einer Horde Einsatzkräfte langsam zum Erliegen, die sichtlich verstört auf das blickten, was sich ihnen hier bot. Sie waren zu einem Massenmord gerufen worden und sahen sich jetzt einer scheinbaren Zombieattacke gegenüber, wie war es sonst zu erklären, dass ihnen so viele blutige Gesichter mit verschwommenen, teils irren Augen entgegenblickten.

»Ruf die Bundeswehr an, die sollen mit Panzern kommen«, brüllte der Streifenführer über seine Schulter zu seinem Polizeimeisteranwärter.

Der war noch nicht lange genug bei der Polizei, um zu wissen, dass sein Vorgesetzter mit so etwas nicht scherzte.

»Wir haben hier doch keine Panzer«, sagte er zweifelnd.

»Dann wegen mir eine gottverdammte Atombombe«, brüllte der Streifenführer. »Wir brauchen auf jeden Fall Verstärkung. Bewegen Sie sich endlich!«

Der Polizeimeisteranwärter trat beleidigt den Rückzug zum Einsatzfahrzeug an, im festen Glauben, dass es keinen Grund gab, seine Manieren zu vergessen, auch nicht, wenn sein Vorgesetzter sicherlich unter großem Stress stand. Er war nicht ganz so beunruhigt. Er hatte seine Frau schon mal zu einem Räumungsverkauf begleitet. Er wusste, wie so etwas ablief. Die Männer vom Sondereinsatzkommando, das später anrückte, wunderten sich daher schon ein wenig, dass sie es nicht mit einer Meute wildgewordener Frauen zu tun hatten, die sich um einen Schlüpfer stritten.

Dr. Mäuchel hatte es irgendwie geschafft, ganz nach vorne zu kommen, obwohl er der Erste in der Kantine gewesen war. Er hatte den Heimvorteil durch den Lieferanteneingang der Küche genutzt, was ihm die Möglichkeit gab, mit dem Fahrstuhl herunterzufahren, in dem sonst Rollwagen mit Lebensmitteln hochgefahren wurden, und den Anbau zu umrunden.

Er zupfte sich wieder einmal die Kleidung zurecht. Die Hitze hatte seinem frischen Äußeren schon leicht geschadet. Manfred Mäuchel bedauerte das. Man hatte nicht oft Gelegenheit, im Fernsehen aufzutreten, und er nahm sich vor, beim nächsten Mal besser vorbereitet zu sein. Schließlich hatte seine Idee Potenzial. Er musste aber enttäuscht feststellen, dass noch nichts von der Presse zu sehen war. Vielleicht hätte er sie doch vorher anrufen sollen.

Mike kannte den Weg durch die Küche nach draußen auch, hatte ihn allerdings schon benutzt, bevor die Schaulustigen die Kantine stürmten und Dr. Mäuchel heroisch auf ihr Eintreffen wartete.

Er trabte über die angrenzende Rasenfläche, um den Weg zum Trakt drei abzukürzen. Die Station war leer, Dörtes Leiche noch da, wo sie vorher war. Henning saß in seinem Zimmer und sah ihn erwartungsvoll an.

»Es ist so weit«, sagte Mike überflüssigerweise und keuchte. Gelegentlich etwas Sport zu treiben wäre wirklich angebracht.

Henning erhob sich und folgte ihm. Mike blickte sich immer vorsichtig um, wenn er die nächste Tür öffnete, aber das war völlig unnütz. Im Moment gab es auf dem Gelände ein wesentlich spannenderes Programm. Sie erreichten den Vorplatz mit dem großen Rasenrondell, was zwar auf der Luftbildaufnahme schön aussah, sich aber im täglichen Gebrauch als sehr unpraktisch erwiesen hatte, da man sich immer gezwungen sah, drumherum zu laufen. Das hatte natürlich zur Folge, dass alle über den Rasen trampelten, wie Mike und Henning es jetzt auch taten.

Dies war ein kritischer Moment, dessen Ausgang davon abhing, ob sich jemand für das interessieren würde, was sich im Hof abspielte, oder ob das drinnen gebotene Programm einfach besser war. Das war es offensichtlich. Keiner brüllte *Haltet sie* aus den Fenstern. Trotzdem ließ Mike Henning vorauslaufen, sodass es aussah, als würde er ihn verfolgen. So verschaffte er sich eine gute Erklärung, falls sie doch von jemandem gesehen wurden. Ein Umstand, den Henning absolut in Ordnung fand.

Mike wusste zwar, dass er durch den Fingerabdruckscanner am Tor mit Henning das Gebäude verlassen konnte, hatte sich aber noch keine genauen Gedanken darüber gemacht, wie er die Wachleute Torsten Dreher und Dirk Freitag ablenken sollte. Wahrscheinlich mit einem schönen kleinen hysterischen Anfall. Gott sei Dank war der nicht vonnöten. Weder der eine noch der andere Wachmann war zu sehen. Mike atmete unmerklich auf, denn seine Schauspielkünste waren eher bescheiden. Allerdings musste der Vorfall die Aufpasser der Klinik wirklich ins Mark erschüttert haben, wenn sie die Eingangspforte nicht nur unbewacht, sondern auch sperrangelweit offenstehen ließen.

Mike lief mit Henning weiter und fragte sich, wie es um die Moral eines Landes bestellt war, wenn man für ein sensationslüsternes Vergnügen den Wachposten aufgab, der das Land vor denen beschützen sollte, die diese Sensation verursacht hatten. Ihm erleichterte es die Sache allerdings ungemein. Sie kamen auf dem Parkplatz an, der ebenso menschenleer wie der Innenhof war.

Beide liefen trotzdem geduckt die Mauer entlang bis ans Ende des Geländes. Dort wuchsen mannshohe Büsche, durch die sie von der Straße aus nicht mehr gesehen werden konnten.

»Gut«, flüsterte Mike. Sie waren zwar außer Hörweite, es schien ihm aber der Situation angemessen. »Ab jetzt bist du auf dich gestellt. Jetzt kann ich nichts mehr für dich tun.«

»Du hast schon viel getan«, sagte Henning anerkennend. Er ließ sich nicht von Mikes Flüsterwahn anstecken. »Mehr als ich erwartet habe, mehr als ich erwarten konnte.«

»Habe ich gern gemacht«, sagte Mike und meinte es auch so. »Tu mir nur einen Gefallen, spiel bitte nicht mehr Gott. Wenn Frauen in ihren Beziehungen unglücklich sind, müssen sie selber etwas dagegen tun. Du kannst ihnen die Entscheidung nicht abnehmen. Vielfach wollen sie die auch gar nicht abgeben.«

Sie schüttelten sich die Hände, nicht wie Patient und Psychologe, sondern wie Freunde.

»Ich werde meine Haltung überdenken, das verspreche ich dir. Außerdem verlasse ich sowieso das Land. Ist zwar heute etwas schwieriger als vor 20 Jahren, aber klappt schon.«

»Ich habe noch etwas für dich. Warte.« Mike rannte zurück auf den Parkplatz zu seinem Auto und öffnete den Kofferraum. Als er nach etwas suchte, was Henning bei seiner Flucht unterstützen würde, erschien ihm das als die einzig logische Konsequenz.

»Essen für den Weg.« Er hielt Henning eine Plastiktüte vor die Nase, die zwar nicht die schickste Möglichkeit war, etwas zu verpacken, aber die am wenigsten zurückverfolgbare.

»Und eine Verkleidung«, sagte er triumphierend und zog eine weitere Tüte unter seinem Arm hervor. Er hatte sich daran erinnert, dass in einer der übrig gebliebenen Umzugskisten auf dem Speicher alte Karnevalskostüme von ihm waren. Das alleine hätte ihn noch nicht dazu bewogen, die steile Bodentreppe hinaufzuklettern. Er wusste jedoch sicher, dass sich dort ebenfalls Perücke, Schnurrbart und Nickelbrille aus seiner Groucho-Marx-Phase befanden. Andrea fand diese Verkleidung damals so furchtbar, dass er dafür eine Ohrfeige kassiert hatte, nachdem sie ganz gegen ihre Gewohnheit ein paar Gläsern Sekt zugesprochen hatte, Er fand ebenfalls noch einen Mantel, der zwar mehr im Harpo-Stil war, aber Henning den Look eines Obdachlosen geben würde.

»O Mann«, sagte Henning mit unergründlicher Miene. Er klemmte sich die Tüten unter den Arm und machte sich auf den Weg in den Wald.

»Du wolltest doch wissen, womit man mich erpresst«, rief Mike ihm leise hinterher. Henning drehte sich um.

»Ich bin gar kein Psychologe. Ich bin leider nur ein Hochstapler.«

»Dann bist du ein besserer als die echten«, erwiderte Henning nur und verschwand im Gestrüpp.

Mike hörte, wie sich die Sirenen näherten.

Hennings Abwesenheit blieb nicht so lange geheim, wie Mike es gerne gehabt hätte. Die angeforderte Spezialeinheit hatte etwas mehr auf dem Kasten als ihre Kollegen, die zum Teil immer noch der Meinung waren, sie wären in einer Folge von *Resident Evil* gelandet.

Der offen stehende Eingang ließ schnell den Wunsch aufkommen, die Anwesenheit der Patienten zu überprüfen, sowohl die der toten, als auch noch mehr die der lebenden. Katrin Bäcker sah sich urplötzlich in der Situation, nicht nur ernsthaft, sondern auch noch schnell arbeiten zu müssen, ein Umstand, der sie dazu veranlasste, eine Schnute zu ziehen, was aber keinen beeindruckte, erst recht nicht den Einsatzleiter.

Zu Mikes Leidwesen hatten sich die Toten anhand ihrer Liste und mit Hilfe des Personals beunruhigend schnell identifizieren lassen. Mike sah langsam ein, dass eine Explosion wirklich vorteilhafter gewesen wäre, zumindest hätte sie

Henning mehr Vorsprung verschafft. So wunderte es ihn ebenfalls nicht, dass der Streifenführer aus Trakt drei kam und für Mikes Geschmack ziemlich laut mitteilte, dass Henning Mansen verschwunden war. Da sich der Einsatzleiter keinerlei Fehler erlauben wollte und für ihn erst einmal alle Anwesenden verdächtig waren, hatte er umgehend das Tor wieder verschließen lassen.

Das war an sich schon die richtige Idee, wenn er sich mit seinen Äußerungen etwas zurückgehalten hätte, speziell mit denen, die sich mit fehlenden Serienmördern befassten. Die Information brauchte zwar bei einigen Anwesenden etwas länger, bis sie ins Gehirn eingedrungen war, aber der Sturm Richtung Ausgang, der daraufhin losbrach, hätte gereicht, in Sizilien den Ätna zum Ausbruch zu bringen. Dabei rannten alle aus unterschiedlichen Motiven, wobei die Einwohner Frackhausens auf jeden Fall diejenigen waren, die das Schwein zur Strecke bringen wollten, ein Motto, das zumindest Dirk Biermann lautstark über den Platz brüllte.

Der Einsatzleiter hatte nicht mit so einer heftigen Reaktion auf seine Mitteilung gerechnet. Dass Henning Mansen im Moment Top-Kandidat war, was den Täter dieses Massakers anging, übersah er geflissentlich. Auch hatte er übersehen, dass seine Leute zwar das Tor wieder verschlossen hatten, aber nicht den Wachraum daneben. Der Zeitungsjunge Patrick Meier, der schon an einem Wettbewerb von *Jugend forscht* teilgenommen hatte und über ein grundlegendes Verständnis für technische Dinge verfügte, ging dort hinein und drückte das Tor wieder auf. Draußen teilte sich die Menge schnell, da die meisten Bewohner von Frackhausen zu Fuß gekommen waren, weil die Parkmöglichkeiten an der Klinik und um sie herum bescheiden waren.

Die auswärtigen Besucher konnten gar nicht so schnell die Gegend verlassen, wie sie es gerne gewollt hätten. Bereits nach fünf Minuten herrschte auf der Straße Richtung Frackhausen Stau. Leider war das die einzige Strecke, die aus diesem Ort herausführte, was zum Teil ulkige Reaktionen provozierte. Ein Mann, der ausstieg, um seinen Vordermann nach dem Weg zu fragen, bekam dermaßen mit der Autotür eins ins Gesicht, dass sich noch monatelang Anwälte damit beschäftigen sollten. Es brachte ihm auch nicht viel ein, dass er vorab sehr eindringlich durch die geschlossene Scheibe dem Familienvater klarzumachen versucht hatte, dass er nicht Henning Mansen war. Das konnte schließlich jeder von sich behaupten, sogar der Serienmörder selbst. Ein Familienvater, der nur einen netten Ausflug mit den Kindern machen wollte und sich genötigt sah, seine Familie zu beschützen, war verantwortlich für diese überzogene Situation.

Frackhausens Bürger allerdings wussten sehr genau, wie Henning Mansen aussah.

»Ich habe immer schon gesagt, dass es mit der Klinik Ärger gibt.«

Heiner Frey war äußerst selbstgefällig. Das fand Trisha Tanzer wenigstens.

»Halten Sie den Mund. Mit ihrer Massentierhaltung machen Sie hier auch alles kaputt.«

»Halten Sie selber den Mund, Sie dumme Gans. Mein Vieh läuft wenigstens nicht herum und murkst andere Leute ab.«

»Mensch, das bringt doch nichts«, sagte Jürgen Faust und hielt Trishas Mund zu, bevor sie etwas sagen konnte. Sie lag zwar nicht ganz auf seiner Wellenlänge mit ihrem rustikalen Auftreten und immer etwas nach Schweinen riechend, aber schließlich war sie eine Frau. Frauen fuhren nun halt auf ihn ab. Das funktionierte sogar bei Ökoaktivistinnen. Die Meute stapfte schweigend weiter.

»Wir müssen etwas unternehmen«, meldete sich Dirk Biermann zu Wort, dem der Schweigemarsch jetzt eindeutig zu lange dauerte.

»Das macht doch schon die Polizei«, piepste Leah Kaiser, die ihren Glauben in die staatliche Exekutive offensichtlich noch nicht verloren hatte.

»Ja, klar«, höhnte Dirk. Er hatte auf dem Klinikgelände schon einiges an Bier getrunken, was er einzig und allein Dr. Mäuchel zu verdanken hatte. Das Personal hingegen war geschlossen der Meinung gewesen, die ohnehin gefährdete Stimmung nicht noch durch Alkohol zum Kippen bringen zu wollen.

»Was machen die denn? Sperren ihn wieder ein. Und dann wird er auch noch ein Superheld, der Millionen durch das Fernsehen verdient.«

»Wieso sollte er Millionen verdienen?« Leah war das personifizierte Fragezeichen.

»Weil er doch sicherlich etwas damit zu tun hat, was da passiert ist. Wie sollen sie ihn denn bestrafen, hä? Todesstrafe gibt's hier ja leider nicht.«

»Junge, du hast recht. Da bin ich noch gar nicht draufgekommen.« Wie es aussah, nahm Heiner Frey sich das persönlich übel.

»Sollten wir ihm dann nicht eher dankbar sein?«, fragte Birgit Schreiner nicht unlogisch.

»Dankbar, am Arsch.« Wenn Dirk Biermann Kommentare abgab, waren sie immerhin verständlich.

»Ich finde auch nicht, dass das eine Entschuldigung ist«, sagte Josef Pfeifer, der zwar Pazifist war, aber sehr strenge Richtlinien hatte, was ein friedliches Zusammenleben ausmachte.

Das Ortsschild Frackhausens kam in Sicht. Heiner Frey, der sich bemüht hatte, auf dem Weg an die Spitze zu kommen, drehte sich abrupt um und hob die Hände, als wollte er das Volk hinter sich segnen.

»Ich gehe jetzt auf meinen Hof. Wer meint, dass wir selber etwas tun sollten, kommt mit mir. Die anderen gehen einfach nach Hause.«

»Seid doch nicht blöd. Ihr macht euch strafbar.« Trisha Tanzer wusste auch nicht genau, warum sie für Mansen eintrat. Schließlich hatte sie keine Affinität zu gestörten Mördern wie Sophia Weissmüller. Diese wusste es im Gegensatz zu ihr aber sehr genau, für wenn sie warum eintrat. Wenn das wahr war, war Mansen dafür verantwortlich, dass ihr geliebter Steffen Naumann in der Kantine tot im Essen lag.

»Also auf, diesen Kerl zur Strecke gebracht!«, rief sie kämpferisch und marschierte an Heiner Frey vorbei.

Dieser und ein großer Teil der Bevölkerung Frackhausens folgte ihr.

Kapitel 24

Mike fand, er entwickele neue Qualitäten. Er war in vier Häuser eingestiegen und hatte einen gefährlichen Serienmörder freigelassen, ohne dabei erwischt zu werden. Jetzt musste er nur noch heldenhaft seine Frau retten und hoffen, dass sie daraufhin vor lauter Glück und mit ihren Erlebnissen der letzten Tage im Hinterkopf ihm den Titel des Herrn im Hause nicht mehr streitig machen würde.

Da sich die Taktik des Einsatzleiters bis jetzt als ziemlich desolat erwiesen hatte, machte Mike sich keine Sorgen darüber, erneut das Gelände zu verlassen und seine Frau zu befreien, zumal er die passende Geschichte dazu parat haben würde. Er war schließlich Hennings Psychologe und fühlte sich dementsprechend für ihn verantwortlich, sodass er sogar höchstpersönlich loszog, um ihn eines Besseren zu belehren und wieder zurückzubringen. Leute mit Zivilcourage bekamen immer recht, egal, wie eselhaft ihre Einsätze für den guten Zweck auch manchmal waren.

Er verließ das Gelände mit den Besuchern und folgte der Bewegung des Pulks für 100 Meter, bevor er geradeaus im Wald verschwand, als die Masse nach rechts Richtung Frackhausen abbog. Er marschierte stramm los, ohne zu hetzen. Er wollte sich seine Kräfte einteilen. Außerdem fand er es unpassend, als strahlender Retter komplett außer Atem und mit vor Schweiß an der Stirn klebenden Haaren zu erscheinen. Das könnte sein Heldenimage beschädigen, und er brauchte jedes Stückchen dieses filigranen Gebildes.

Er ging über einen kleinen Wall und lehnte sich an eine Fichte. Die kleine, gedrungene Hütte stand geschützt unter den Buchen mit ihren ausladenden Ästen, die ein natürliches Laubdach bildeten. Etwas stimmte nicht. Die Tür stand offen. Das sollte sie eigentlich nicht. Dafür konnte es verschiedene Gründe geben. Der Wind hatte sie aufgedrückt, ein

Tier hatte sich Einlass verschafft, ein Wanderer war vorbeigekommen. Oder er hatte die Tür ganz einfach offen gelassen. Was es auch war, es gefiel ihm nicht besonders.

Er holperte ungelenk die kleine Böschung hinunter. Auf jeden Fall brauchte er sich nicht mehr zu verstecken. Retter hatten das nicht nötig, allerdings stolperten sie schon mal ganz unheldenhaft über die ausgetretene Steinkante des Vorplatzes. Die Person, die in der Hütte aufgebracht an ihren Ketten zog, sah nicht aus wie seine Frau oder, besser, wie die Frau, die er hinterlassen hatte. Auf jeden Fall hatte sie eindeutig etwas anderes angehabt. Nicht so ein helles Segeltuch, das darüber hinaus auch noch um den ganzen Körper mit Klebeband umwickelt war. Er, sie oder es sah aus wie ein überdimensionaler Stangenspargel. Es wirkte eindeutig gefährlich.

»Hallo«, rief er vorsichtig vom Türrahmen aus, der ihm eine sichere Entfernung zum Objekt garantierte, außerdem roch es ihm drinnen zu schlecht. Der Spargel hielt inne.

»Hüm, hümhüm«, sagte er.

»Ich verstehe Sie leider nicht«, entgegnete Mike, der fand, etwas Höflichkeit wäre schon angebracht.

Der Spargel machte zuckende Bewegungen mit den Schultern und schüttelte dann seinen Körper.

»Soll ich Sie losbinden?«, fragte Mike und bereute seine dämliche Frage. Jeder, der so verschnürt war, war das sicherlich nicht freiwillig und wollte sehr wohl befreit werden. Der Spargel sah das offenbar ähnlich.

»Hüm, hümhüm, hüm«, entgegnete er erfreut.

»Na gut, ich komme dann.« Mike näherte sich dem Segeltuch vorsichtig und versuchte, das Klebeband mit den Händen durchzureißen. Leider handelte es sich um robustes Steinband, das nicht so ohne Weiteres nachgab. Mike stellte das Vorhaben schnell ein.

»Ich versuche, es mal abzuwickeln«, sagte er der Person im Segeltuch, die bei näherer Betrachtung eindeutig weiblich sein musste, da sich ein sehr eindrucksvoller Busen abzeichnete. Damit konnte es unmöglich seine Frau sein. Andrea hatte ein A-Körbchen.

»Haben Sie keine Angst, ich helfe Ihnen«, sagte er beruhigend.

Er riss an einem Ende und fand sein Vorgehen wenig effizient. Derjenige, der hier am Werk gewesen war, hatte keinen Mangel an Klebeband gehabt. Entweder rannte er jetzt um die Frau herum oder sie musste sich drehen wie ein Kreisel. Beides schien ihm nicht besonders magenfreundlich zu sein.

»Warten Sie, ich suche etwas, womit ich Sie losschneiden kann.« Mike blickte sich in der Hütte um und entdeckte an der Wand eine rostige Schrotsäge mit zwei Griffen, die für sein Vorhaben zwar nicht ganz ideal war, aber immerhin scharfe Zähne hatte.

Er säbelte mehr schlecht als recht an der Frau mit den hartnäckigen Klebestreifen herum. Die Zweimannsäge hätte sich durchaus dazu geeignet, sie in zwei Hälften zu sägen. Da Mike aber keinen Zaubertrick ausprobieren wollte, beschränkte er sich darauf, sie nicht unnütz in Gefahr zu bringen. Endlich hatte er die störrischen Klebebänder entfernt und zog am Segeltuch, das sofort herunterglitt und den Blick auf Susanne Stockschneider freigab.

»Mike, Gott sei Dank. Ich hatte solche Angst.«

»Was machst du hier?«, fragte Mike unerwartet schroff, da er bis zuletzt noch gehofft hatte, es könnte sich um Andrea handeln, die ihren BH ausgestopft hatte.

»Was fragst du mich«, sagte Susanne gekränkt. »Ich habe geglaubt, das wäre ein Spiel.«

»Wer um alles in der Welt spielt solche Spiele?«, fragte Mike zu Recht. »Ist das nicht etwas geschmacklos?«

»Na ja.« Susanne schaltete aus dem Stand vom verwirrten in den erotischen Modus. Sie ließ wirklich keine Gelegenheit verstreichen.

»Vielleicht hast du mich hierhergebracht«, schnurrte sie.

»Warum sollte ich das tun?«

»Nun, ein kleines Rollenspiel im Wald. Der Vergewaltiger und die Jungfrau?«

Susanne war näher an Mike herangetreten. Ihre Brüste streiften seinen Rücken. Mike konnte sich einiges vorstellen, aber Susanne als Jungfrau gehörte eindeutig nicht dazu. Auch fand er ihren sich an ihm schubbernden Körper ziemlich nervig.

»Ich war es auf jeden Fall nicht, der dich hierhergebracht hat«, stellte er klar, für den Fall, dass sie das nicht zwischen den Zeilen gelesen hatte.

»Schade«, hauchte Susanne und zog einen Schmollmund. »So eine Gelegenheit bekommst du so schnell nicht wieder.«

»Hoffentlich«, erwiderte Mike inbrünstig und trat sicherheitshalber drei Schritte zurück.

»War sonst noch einer hier?« Allmählich erinnerte er sich wieder daran, warum er hierhergekommen war.

»Wie soll ich das wissen?«

»Du könntest etwas gehört haben.«

»Nein«, sagte Susanne. »Ich hatte genug mit mir selber zu tun.«

Das war so unbestreitbar klar, dass es keines weiteren Kommentars bedurfte.

»Dann geh besser wieder zurück zur Klinik. Henning Mansen ist ausgebrochen.«

»Oh, das ist nicht gut.« Selbst Susanne erkannte eine Gefahr, wenn sie sich nicht vögeln ließ. »Vielleicht war es sogar er, der mich hier versteckt hat.«

Mike war das auch schon durch den Kopf gegangen, aber er hielt es für nahezu ausgeschlossen, dass Henning momentan danach der Sinn stand. Wenn ihm überhaupt jemals der Sinn danach stand. Auch hatte er Mike versprochen, sich im Zaum zu halten, solange er noch in Deutschland war. Henning hatte Mike zu keiner Zeit Anlass gegeben, an seinen Worten zu zweifeln.

»Unwahrscheinlich«, sagte er daher nur und scheuchte Susanne vor sich her aus der Hütte.

»Kommst du nicht mit?«

»Nein, ich werde Mansen suchen.« Mike gab sich wieder ganz heldenhaft und machte sich auf den Weg. Irgendwo musste Andrea schließlich sein.

Wo die Dorfbewohner waren, wurde ihm schnell klar, als er sich kurze Zeit später in eine Art barbarisches Mittelalter versetzt sah, in dem die Menschen mit Stöcken, Mistgabeln und Schaufeln kriegerisch bewaffnet durchs Unterholz streiften. Ihr Anblick hatte so etwas offenkundig Unheimliches an sich, dass Mike sich instinktiv hinter den nächsten dicken Baum zurückzog.

Die Gesichter der Männer und Frauen waren düster und endgültig. Mike lauschte in seinem Versteck auf das, was sie sagten, aber das wäre gar nicht nötig gewesen. Er konnte sich auch so ausrechnen, dass sie auf der Jagd nach Henning waren. Sie suchten an der falschen Stelle. Henning war auf dem Weg nach Westen, die Truppe durchstreifte den östlichen Wald.

Mike umrundete leise den Baum, indem er sich dicht am Stamm entlang weitertastete, um immer hinter der Meute zu bleiben. Eigentlich war er ein geachtetes Mitglied der Gemeinde, zumindest war ihm das bis heute so vorgekommen, es war jedoch war es durchaus möglich, dass die Dorfbewohner das anders sahen. Er wollte diese Vermutung nicht unbedingt überprüfen.

Ihre Aufmerksamkeit war sowieso abgelenkt. Anscheinend bahnte sich ein Tier seinen Weg durch das Dickicht. Es musste etwas Größeres sein. Mike lugte hinter dem Baum hervor und sah einen Schatten, den er nicht identifizieren konnte, hier war das Blätterdach einfach zu dicht. Aber es war etwas Aufrechtes mit einem Sack über dem Kopf, wie er feststellte, als das Wesen näher kam. Den Sack kannte Mike jetzt nicht, aber der Rest kam ihm bekannt vor. Ob es die

Kleidung oder die kleine Statur, vielleicht auch die geringe Oberweite war, das konnte Mike nachher nicht mehr sagen. Momentan war er sich allerdings sicher, dass es sich hier um seine Frau handelte, die blind durch den Wald stolperte und anscheinend nach einem Weg suchte herauszukommen. Letzteres sah die Gruppe wohl ebenfalls so, aber keiner erkannte in ihr Andrea, was Mike ihnen zugegebenermaßen nicht verübeln konnte.

»Da ist das Schwein!«, brüllte Heiner Frey. Er hatte sich mit seiner Spitzhacke bewaffnet, mit der er sonst nur ab und an eines seiner Rinder tötete. Sie war genauso schauerlich wie effektiv. Das war allerdings nicht Mikes größtes Problem, wie sich rasch zeigte, als der Mob, angespornt vom Großbauern und Tierquäler Frey, auf das Wesen mit dem Sack losstürmte und mit allem, was er in den Händen hatte, auf den vermeintlichen Henning Mansen einschlug.

»Nein«, brüllte Mike. Dieser Aufschrei ging im Lärm unter.

Es war schnell und es war schonungslos.

Mike verschanzte sich zitternd in seinem Versteck und hoffte, dass ihn der gerade auferstandene Ku-Klux-Klan hier nicht entdeckte. Als er nach gefühlten Stunden um die Ecke schaute, war die Mörderbande schweigend weitergezogen.

Henning Mansen konnte sich momentan nicht beklagen. Er war frei und hatte vor, es eine Weile zu bleiben, war verkleidet, obwohl er die Marx Brothers für überschätzt hielt, und hatte Proviant dabei, der ihn die nächsten Tage trefflich versorgen würde.

In der Ferne hörte er Rufe, die aber immer schwächer wurden, je tiefer er im Wald verschwand. Er hatte vor, seinen Heimvorteil zu nutzen und dort sehr tief zu verschwinden. Henning kannte den Wald aus Kindertagen so gut, dass er sich durchaus zutraute, hier eine Weile unterzutauchen, bis sich die Wogen im Dorf geglättet hatten.

Er fragte sich, ob man ihm die Schuld in die Schuhe schieben würde, und konstatierte, dass das keinen großen Unterschied machen würde, selbst wenn sie ihn zu 300-mal lebenslänglich verurteilen würden. Außerdem würde jeder noch halbwegs ausgebildete Psychologe bestätigen, dass eine Vergiftung nicht in sein Profil passte. Selbst wenn er das inszeniert hätte, wäre es ohne Komplizen nicht gegangen. Nein, sie würden ihn nicht als Massenmörder verurteilen, wenn sie ihn überhaupt erwischten.

Zudem waren fast alle in dieser Klinik komplett verrückt, und damit waren nicht die Patienten gemeint. Die waren selten verrückt. Gestört, zwanghaft, psychotisch, alles Eigenschaften, die er jederzeit bestätigen würde, aber nicht verrückt. Diese Eigenschaft war hier allein dem Personal vorbehalten. Wenn er überhaupt wieder in einer forensischen Psychiatrie einsitzen musste, dann würde er auf eine mit Personal von geistiger Gesundheit bestehen.

Er wanderte weiter mit dem Gedanken, dass die wahren Psychopathen draußen saßen.

Mike hätte diese Erkenntnis sicherlich unterschrieben, wenn er den Kopf dafür gehabt hätte. Den hatte er jetzt sicherlich nicht.

Er behielt den Körper seiner Frau im Auge und wartete auf eine kurze Bewegung, einen Reflex oder das Heben und Senken ihres Brustkorbes, um sich davon zu überzeugen, dass sie nicht tot war. Andrea tat ihm den Gefallen nicht. Der Beutel über ihrem Kopf hatte sich gelöst und war auf die Seite gerutscht, ihre Augen waren geschlossen, was die Bestätigung ihres Todes noch zusätzlich erschwerte. Wer nach einem gewaltsamen Tod in der Lage war, wie friedlich schlafend auszusehen, war im Jenseits offensichtlich besser aufgehoben.

Mike seufzte. Er machte sich auf den Weg zurück zur Klinik und versuchte, die neuen Umstände an seine Lage anzupassen. Das stellte sich als einfacher heraus als anfänglich vermutet. Es veränderte an der Lage nämlich gar nichts. Er wollte seine Erpresser belasten, er würde seine Erpresser belasten. Er hatte sogar jetzt noch die besseren Argumente. Im Zuge seiner Grübeleien, die den Plan auch auf die kleinste undichte Stelle abklopften, kam er wieder im Innenhof an, wo diese Lage noch weit davon entfernt war, sich zu normalisieren, aber zumindest das Publikum durch das Tor entfleucht war. Er zog den Einsatzleiter am Ärmel.

»Meine Frau wurde umgebracht«, teilte er ihm mit. Der glotzte ihn an.

»Was für Neuigkeiten. Es wurden fast 300 Mann umgebracht.«

»Sie sagen es, Mann. Aber meine Frau wurde ebenfalls umgebracht. Entführt und umgebracht.«

»Hören Sie«, sagte der Einsatzleiter bemüht milde, »das tut mir leid. Ich lasse jemand vom Personal holen, der sich um Sie kümmert und Sie schön wieder auf ihr Zimmer bringt.«

»Wie bitte?« Mike hörte nicht recht. »Was ist das für ein Schwachsinn?«

»Sie sagen es ja schon selber. Es sind Leute hier, die Ihnen helfen können.« Er winkte ungeduldig einen Polizisten heran.

»Das ist hier keine Irrenanstalt, wie Sie vielleicht glauben«, empörte sich Mike. Er wurde allmählich sauer. Das war ein prima Gefühl. »Ich bin der leitende Psychologe hier und sage Ihnen, dass meine Frau ermordet worden ist. Und Sie machen nicht nur rein gar nichts, Sie versuchen, mich auch noch zum Schweigen zu bringen.«

Der Einsatzleiter ließ seinen Blick über den Platz schweifen, der schon voll mit Leichen war. Ein Ende war noch nicht abzusehen. Er hatte offensichtlich keine Lust auf eine weitere.

»Ich sage Ihnen was«, meinte er dann. »Ich lasse Ihnen Hauptkommissar Brauer holen. Der ist für normale zivile Leichen zuständig und hilft Ihnen sicherlich weiter.«

Mike hatte zwar keine Ahnung, was eine *normale zivile Leiche* von einer unnormalen unterschied, aber auch keine Lust, es gerade jetzt herauszufinden. Daher saß er ein paar Minuten später Hauptkommissar Brauer gegenüber, der sehr wohl hören wollte, was er zu berichten hatte.

»Entführt, sagten Sie?« Er machte sich eifrig Notizen.

»Ermordet, das war die eigentliche Aussage. Sie finden sie im Waldstück nahe der Zufahrtsstraße«

»Wissen Sie, von wem?«

»Na, von ihren Entführern, nehme ich an.«

»Warum sollten sie das getan haben?«

»Weil sie mich erpresst haben.«

»Dann haben sie erst recht keinen Grund, sie zu ermorden.«

Mike holte tief Luft, blies sie dann aber nahezu lautlos aus. Er wollte den Hauptkommissar nicht unnütz verärgern. Alles hing davon ab, ob die Kriminalpolizei ihm glaubte.

»Doch, hatten sie«, sagte er daher geduldig. »Ich habe ihre Bedingungen nicht erfüllt.«

»Und die wären?«

Der Punkt war schwierig. Den wahren Grund konnte er wohl nicht nennen.

»Sie wollten, dass ich ihnen Henning Mansen ausliefere«, sagte er. »Daher vermute ich, dass die Erpresser irgendwas mit ihm zu tun haben.«

»Also nicht nur einer?«, fragte Brauer.

»Nein, es waren auf jeden Fall mehrere. Das habe ich bei einem Telefonat gehört.«

Hauptkommissar Brauer notierte sich etwas auf dem Zettel. Mike reckte unbemerkt den Kopf und meinte, etwas von *Umfeld untersuchen* zu lesen. Das lief besser als erwartet.

»Warum sind Sie nicht zur Polizei gegangen?«, fragte der Kriminalbeamte.

»Natürlich hatte ich Angst. Ich habe versucht, sie hinzuhalten. Hoffte, sie würden doch noch vernünftig. Ach, ich weiß auch nicht.«

Mike begann zu schluchzen. Die Anspannung der letzten Stunden forderte ihren Tribut. Brauer sah ihn mitleidig an.

»Na ja, Ihnen macht ja keiner einen Vorwurf«, sagte er väterlich. »So etwas ist auch schwer einzuschätzen. Aber genau dafür ist die Polizei ja da.«

»Das nächste Mal werde ich daran denken«, sagte Mike mit steinerner Miene.

»Warum waren Sie im Wald?«

»Ich habe Henning Mansen gesucht. Er war mein Patient. Ich habe einen guten Draht zu ihm. Aber jetzt glaube ich fast, dass die Erpresser ihn haben.«

»Möglich. Aber woher sollten sie wissen, dass sich ihnen so eine gute Gelegenheit bieten würde?«

»Ich bitte Sie, der *Tag der offenen Tür*? Übrigens die einzige Gelegenheit für Fremde, das Klinikgelände zu betreten. Bei uns auf jeden Fall.«

Direktor Mäuchel hielt nichts von Verwandtenbesuchen und hatte diese strikt untersagt, was jedoch nicht weiter auffiel, da die meisten Patienten ihre Verwandtschaft gemeuchelt hatten, zumindest die nähere. Überhaupt hatte die Klinik wirklich nur die ekligsten Fälle, das fiel Mike jetzt zum ersten Mal bewusst auf.

»Trotzdem.« Hauptkommissar Brauer hatte den Zusammenhang noch nicht hergestellt. Es war aber wichtig, dass er ihn selbst fand. Mike durfte ihn nicht mit der Nase darauf stoßen, wenn er später keine unangenehmen Nachfragen haben wollte.

»Ja, es ist etwas komisch«, stimmte er daher dem Kommissar zu.

Beide saßen schweigend im Einsatzwagen und blickten durch die offene Schiebetür auf den Hof, wo Rettungssanitäter und Ärzte Körper auf- und wieder abdeckten, wahrscheinlich, um sich vom ordnungsgemäßen Zustand der Leiche zu überzeugen, also sprich einfach tot zu sein.

»So viele Tote«, sagte Mike sinnend, nicht ohne den Hauptkommissar aus den Augenwinkeln zu beobachten. »So viel sinnlose Verschwendung von Leben. Wofür bloß?«

Es machte endlich den dringend benötigten Klick.

»Das hängt zusammen, das sage ich Ihnen.« Brauer klopfte zur Bestätigung mit dem Kugelschreiber auf seine Notizen.

»Meinen Sie wirklich?« Mike war die personifizierte Skepsis.

»Oh ja. Wenn man den Faden einmal hat, wickelt man die ganze Spule sauber auf. Überlegen Sie mal, wann kann man Henning Mansen am besten von hier entfernen? Wenn der Rest der Klinik abgelenkt ist, und weil die Sicherheitsbestimmungen hier so streng sind, muss das schon eine ganz gewaltige Aktion werden. Das passt!«

Brauer war begeistert über seine Kombination der Vorfälle. Mike auch.

»Dann sind diese Leute noch gefährlicher, als ich mir ausgemalt habe«, sagte er daher angemessen schockiert.

»Ganz dicke Fische.« Brauer nickte. »Um so etwas durchzuziehen, muss man Nerven haben. Das macht man nicht mal so.«

»Großer Gott«, sagte Mike und rieb sich innerlich die Hände. »Dann sollte man sie wirklich schnell finden. Wer weiß, wem sie sonst noch gefährlich werden. Sonst ist doch keiner mehr sicher.«

»Sie sagen es.« Der Hauptkommissar stand auf. »Herr Sanger, soll ich Sie nach Hause bringen lassen? Da sind Sie jetzt bestimmt besser aufgehoben.«

»Bemühen Sie sich nicht, ich bin mit dem Auto da. Patienten haben wir ja jetzt so gut wie keine mehr. Dann bin ich hier sicher nicht mehr vonnöten.«

Der frischgebackene Witwer ging so unauffällig wie möglich zum Parkplatz. Seine Saat war auch ohne viel Regen aufgegangen.

Das Gefühl, nach Hause zu kommen, ohne um sein Leben oder zumindest seine Gesundheit fürchten zu müssen, egal ob körperlich oder geistig, brachte eine plötzliche Ruhe in sein Leben, die er so nicht erwartet hatte.

Mike wanderte durch die leeren Räume, die allesamt die Handschrift seiner Frau trugen, und räumte niedergeschlagene Stofftiere zur Seite, die Andrea scheinbar an jedem möglichen und unmöglichen Ort aufgestellt hatte. Er hasste diese Viecher mit den leblosen Augen. Eigentlich hasste er vieles hier im Haus.

Hatte seine Frau ihn gehasst? Er war schockiert, dass er es nicht wusste.

Mike setzte sich an den Küchentisch und weinte bitterlich.

Kapitel 25

»Ich bin da ganz Ihrer Meinung, Oberkommissar.« Manfred
suchte eifrig einen Stapel Papiere durch.

»Hauptkommissar«, verbesserte der Angesprochene.

»Kruzitürken, ach, da ist es ja.« Manfred zog mehrere Seiten einer Tabelle aus dem Haufen. »Normalerweise macht
das meine Sekretärin«, beeilte er sich festzustellen. »Aber sie
ist, na sagen wir mal, von den Ereignissen des Tages ziemlich
geschafft.«

Das war ungewohnt nett ausgedrückt. Katrin Bäcker hatte
schlicht einen Nervenzusammenbruch bekommen. Für sie
war die ein oder andere Leiche zu viel gewesen. Manfred
wollte unbedingt als verständnisvoller Vorgesetzter daste-
hen. Es wäre bestimmt nicht hilfreich, wenn die Polizei ihn
für ein Arschloch hielt. Vom Arschloch war es nicht mehr
weit zum Verbrecher, zumindest sicherlich aus der Sicht der
anderen.

»Wir haben das Umfeld von Henning Mansen geprüft«,
fuhr Hauptkommissar Brauer fort. »Die Verbindung hier zu
diesem Dorf ist offensichtlich. Warum um alles in der Welt
ist er hierhin gekommen?«

»Der Mensch denkt, Gott lenkt«, zitierte Manfred weise.

»Na ja, ob Gott da seine Finger im Spiel hat, bezweifle ich
stark. Da traue ich ihm doch etwas mehr zu. Auf jeden Fall
wäre es wichtig zu wissen, ob die Männer der Opfer ebenfalls
hier waren.«

»Das haben wir gleich.« Manfreds Blick glitt über die Spal-
ten. »Wissen Sie, unsere Besucher müssen sich anmelden. Si-
cherheitsgründe, verstehen Sie. Ich will jederzeit im Auge haben, wie viele Menschen auf dem Gelände sind.«

»Toll«, sagte Brauer trocken.

Manfred fühlte sich nicht ernst genommen.

»Das ist hier ja kein Kinderspielplatz, nicht wahr?«, hob er hervor, um deutlich zu machen, was für ein gefährliches Leben er hier führte. »Wie hießen Ihre Männer?«

»Sauerweck, Rampone, Schreckau und Torick.«

»Rampone? Sitzt da nicht auch einer im Gemeinderat?«

»Derselbige«, sagte der Hauptkommissar. »Wenn auch nicht mehr besonders fest.«

Manfred kommentierte diese kryptische Bemerkung nicht und las sich durch die Zeilen. Der Tag der offenen Tür hatte viele Menschen angelockt. Zwar war Katrin Bäcker nicht besonders nervenstark, aber eine gute Sekretärin. Die Liste war peinlichst genau nach Alphabet aufgeführt.

»Da haben wir sie ja«, sagte Manfred zufrieden. »Rampone, Sauerweck, Schreckau, Torick. Alle vier zugegen.«

»Es hilft nicht, wenn sie sich nur angemeldet haben. Waren sie auch hier? Vielleicht kann man das herausbekommen, ohne alle zu befragen.«

»So viele sind es ja nicht mehr«, konnte Manfred sich nicht verkneifen. Er musste sich Mühe geben, nicht laut aufzulachen.

»Dr. Mäuchel, ich muss schon sagen, Sie haben einen äußerst seltsamen Humor.« Der Hauptkommissar hatte anscheinend keinen.

Manfred raschelte nun umso wichtiger mit dem Papier.

»Selbstverständlich können wir das feststellen«, sagte er deutlich von oben herab. Die Wachleute hatten an der Pforte die Anweisung, die Anmeldebestätigungen wieder einzusammeln. Keine Einladung, kein Eintritt. Er griff zum Telefon und rief Torsten Dreher an.

»Kommen Sie oder Freitag rauf und bringen mir die Einladungen der Gäste. Pronto!«, raunzte er in den Hörer. Mit dem Blick auf den Hauptkommissar fügte er noch ein *Bitte* hinzu. Aber trotz der nachgeschobenen Bitte, der die Wachleute sicherlich sowieso nicht trauten, hatte er ruckzuck die gewünschten Unterlagen in den Händen. Oder wenigstens den Wäschekorb, in dem sie kreuz und quer lagen.

»Habe mir den Wäschekorb noch von den Reinigungskräften geliehen«, entschuldigte sich Torsten Dreher. »Sonst hätte ich alles in einen Sack stecken müssen. Ich fand die Idee besser.«

»Sehr viel besser«, quetschte Manfred so freundlich wie möglich heraus und verfluchte diesen Idioten. Hin war der Eindruck eines Direktors, der jederzeit alles im Griff hatte. Das Bild seiner selbst lag zerschlagen hier in diesem Wäschekorb.

»Jederzeit alles im Griff, hm, hm.« Das hatte Brauer leider auch bemerkt.

»Es gibt so Momente, nicht wahr«, sagte Manfred nur und übergab ihm die Beweisstücke.

Hauptkommissar Brauer sortierte schweigend die Einladungen, indem er sie drehte und wendete, bis er die Namen lesen konnte. Das dauerte eine Weile, da Manfred sich beharrlich weigerte, ihm zu helfen. Leute, die ihm Unzulänglichkeit unter die Nase rieben, konnten von ihm keine Hilfe erwarten. Trotzdem fand Brauer die wichtigen Seiten natürlich auch so.

»Hier haben wir sie ja.« Er strich sie glatt und vergewisserte sich noch mal, ob die Namen übereinstimmten.

»Mit dem, was Mike Sanger uns von seiner Erpressung erzählt hat, passt das hier schon ganz gut zusammen. Es reicht als Anfangsverdacht, die vier Herrschaften mal unter die Lupe zu nehmen.«

»Von einer Erpressung weiß ich nichts«, sagte Manfred scheinheilig. »Dass mein Personal ohne mein Wissen unter Druck gesetzt wird, kann ich natürlich nicht gutheißen.«

»Natürlich nicht«, sagte Brauer mit steinerner Miene.

Manfred ärgerte sich schon wieder, beschloss aber, es geflissentlich zu überhören. Dafür war der Tag einfach zu gut gelaufen.

»Sie wollen sicherlich noch das Personal befragen.«

»Meine Leute sind schon dabei.«

»Ohne meine Erlaubnis?«

»Bei allem Respekt, dafür brauche ich Ihre Erlaubnis nicht, Dr. Mäuchel.«

»Doch, wenn Sie meine Leute von der Arbeit abhalten.«

»Das wäre dann ein Argument, wenn Sie noch viele Patienten hätten, die Arbeit verursachen.«

Manfred schaute ihn an, als wäre er ein besonders ekliges Insekt.

»Ihre Worte, Dr. Mäuchel, Ihre eigenen Worte.«

Polizisten, die ihm besonders schlau kamen, konnte Manfred nicht leiden. Damit hatte er hier in der Klinik auch so schon genug zu tun, wenn neue Patienten eingeliefert wurden. Sie meinten, die Tatsache, gefährliche Mörder in einem geschützten Transporter nach Frackhausen zu verfrachten, gäbe ihnen das Recht, ihm etwas über die Mentalität der Fahrgäste zu erzählen, die in der Regel einfacher zu durchschauen war, als man im Allgemeinen glaubte.

»Was uns dann auch noch beschäftigt, ist der Tod der Schwester.«

»Ja, der Tod von Schwester Dörte ist schon ein schwerer Schlag.« Manfred machte ein bestürztes Gesicht.

»Das mag schon sein, aber das meinte ich nicht. Ich will damit sagen, wurde sie auch vorsätzlich umgebracht? Dann hätte ich ein Problem mit dem Motiv. Ich kann da keinen Zusammenhang zu Henning Mansen und den Ehemännern erkennen.«

»Vielleicht aus der Vergangenheit? Frau Heckmann stammt von hier.«

»Mag sein, der Sache gehen wir noch nach. Erst einmal haben wir genug damit zu tun, die Verdächtigen zu überprüfen.«

»Herr Sanger, kommen Sie doch herein und setzen Sie sich.«

Der Hauptkommissar bot ihm einen Platz in Mikes eigenem Büro an. Der fand das sehr großzügig und fragte sich, warum Brauer überhaupt in seinem Büro war. Er wollte allerdings nicht kleinlich wirken und nahm wortlos Platz.

»Sehen Sie, Herr Sanger.« Brauer beugte sich vertraulich vor. »Das hier ist ein großer Fall. Ein sehr großer sogar. Der katapultiert mich entweder direkt auf den Posten zum Polizeirat oder bricht mir das Genick. Dass ich auf Letzteres nicht besonders scharf bin, können Sie sich denken.«

Das konnte Mike sehr wohl. Darauf wäre er auch nicht erpicht. Allerdings bezweifelte er, dass man bei der Polizei einfach so einen Dienstrang überspringen konnte. Aber das wollte er nicht ausdiskutieren, da dem Hauptkommissar anscheinend sehr daran gelegen war, mit diesem Fall Karriere zu machen. Umso wichtiger war es jetzt, die Nerven zu behalten.

»Natürlich werde ich alles tun, um die Polizei zu unterstützen«, sagte er daher folgsam. »Ich will schließlich, dass Sie die Mörder fassen.«

»Daher ist es wichtig, dass wir nun alles noch mal durchgehen. Sie müssen mir alles sagen, was Sie wissen, so unbedeutend es Ihnen auch vorkommen mag.«

Mike nickte eifrig, aber nicht zu sehr, und bemühte sich derweil, den Eindruck eines Bürgers zu erwecken, der nur dafür lebte zu helfen und Informationen zu geben.

»Wann und wie haben die Erpresser den ersten Kontakt zu Ihnen aufgenommen?«

»Das *Wann* kann ich Ihnen nicht mehr auf den Tag beantworten. Was das *Wie* angeht, das passierte per Brief. Er war an mein Büro adressiert.«

Hauptkommissar Brauer beugte sich vor. »Wo ist dieser Brief?«

»Weg«, sagte Mike knapp. »Irgendwie abhandengekommen.«

Das stimmte sogar. Er hatte ihn verbrannt, aber das würde er Brauer nicht auf die Nase binden. Schließlich wollte er nicht, dass die Polizei den wahren Grund der Erpressung erfuhr.

»So ein Mist.« Der Kriminalbeamte klatschte mit der flachen Hand gegen die Wand. Er lief mittlerweile im Zimmer hin und her.

»Nun gut, nichts zu machen. Wie ging es dann weiter?«, fragte er und setzte sich auf Mikes Schreibtisch. Ralf machte das auch schon mal. Mike konnte es nicht leiden und lehnte sich zurück. Den Einzigen, denen er so etwas gestatten würde, wären heiße Sekretärinnen mit kurzen Röcken. Mike hatte zwar keine Sekretärin, war aber der Meinung, dass so ein Männerklischee von ihm erwartet wurde.

»Wie es weiterging? Sie haben mich angerufen und mir noch mal gedroht.«

»Wussten Sie zu dem Zeitpunkt schon, dass es mehrere waren?«

»Am Anfang noch nicht, später haben sie sich verplappert. Einer sagte auf einmal was von *Wir*.«

»Keine Rufnummer?«

»Meinen Sie, Erpresser schalten die Rufnummernerkennung nicht ab?«

»Glauben Sie mir, Herr Sanger. Ich habe schon alles gesehen. Ich forsche mal bei Ihrem Telefonanbieter nach. Vielleicht kann ich da etwas herausfinden. Aber ich vermute stark, wenn überhaupt, wird das Handy sowieso geklaut sein.«

»Also sind Erpresser zu doof, die Rufnummernerkennung abzuschalten, aber trotzdem so schlau, ein gestohlenes Telefon zu verwenden? Warum überhaupt Handy? Sie können ja auch vom Festnetz angerufen haben.«

»Herr Sanger, die Polizei kennt sich damit besser aus. Sie sagen mir einfach, was Sie wissen. Ich bewerte es dann. Was haben sie gesagt?«

»Na ja, dass ich langsam etwas machen soll. Sie erwarteten, dass ich Henning Mansen innerhalb von drei Tagen um die Ecke bringen sollte. Und dass sie am nächsten Tag wieder anrufen würden.«

»Moment, die gaben Ihnen eine Frist und wollten trotzdem noch mal anrufen? Wieso denn das?«

»Bin ich ein Erpresser? Ich weiß es nicht. Sie wollten dann hören, wie ich mich entschieden habe. Wahrscheinlich haben Erpresser auch noch andere Dinge zu tun und wollten effizient sein.«

»Was soll das bedeuten?«

»Na ja, um es mit etwas anderem zu versuchen, wenn ich Nein gesagt hätte.«

»Haben Sie Nein gesagt?«

Das war knifflig. Hier war jetzt der ideale Zeitpunkt, seine Aussagen etwas zu verallgemeinern.

»Habe ich nicht. Ich habe versucht, sie hinzuhalten.«

»Was sagte Ihre Frau denn dazu?«

»Der habe ich es verschwiegen. Ich wollte ihr keine Angst einjagen. Aber ich habe sie dazu gedrängt, ihre Mutter zu besuchen, was sie dann auch getan hat. Zumindest dachte ich das.«

»Sie haben sie gedrängt? Kam ihr das nicht komisch vor?«

»Nein, ihrer Mutter geht es nicht so gut. Aber Andrea dachte immer, ich käme nicht alleine zurecht. Die gute Seele.«

Passenderweise kamen ihm wieder ein paar Tränen.

»Schon gut«, brummte Hauptkommissar Brauer.

»Ja, es ist alles noch sehr frisch.« Mike schnäuzte sich.

»Lassen wir es kurz machen. Ihre Frau ist bei ihrer Mutter nie angekommen. Also muss sie irgendwo auf dem Weg dorthin entführt worden sein. Die Überwachungskameras vom Bahnhof haben sie nicht erfasst.«

»Da ist immer so viel Verkehr«, sagte Mike entschuldigend. »Sie hatte nicht viel Gepäck. Ich habe sie schon an der Kreuzung herausgelassen.«

»Haben sich die Entführer dann noch mal gemeldet?«

»Nein. Dann war auch schon der Tag der offenen Tür.«

Das Telefon, das bis jetzt einsam und unbemerkt auf dem Tisch gestanden hatte, klingelte.

Brauer nahm ab. Er hörte eine Weile zu.

»Danke, das ist gut«, sagte er dann und legte auf. Mike blickte ihn neugierig an.

»Treffer«, sagte der Hauptkommissar zufrieden. »Ich denke, wir haben sie. Solche Mörder sind zwar Psychopathen, aber eines haben sie mit normalen Mördern gemeinsam. Sie werden irgendwann unvorsichtig.«

Diese Ansicht teilten die neu gekürten Psychopathen nicht. Im Gegenteil.

Sie trafen sich nervös im 50 Kilometer entfernten Löckerbach. Diesem Treffen war ein kompliziertes Verabredungsverfahren vorausgegangen, da niemand auf eine Weise Kontakt mit dem anderen aufnehmen wollte, der sich auf Telefon, E-Mail oder ganz einfach Klingeln an der Haustür erstreckte.

Leider machte die Totalverweigerung der Kommunikationsmittel die Angelegenheit ungleich schwieriger.

Sascha Sauerweck hatte für diesen Fall vorgesorgt. Auf verschlungenen Wegen, die hauptsächlich aus Zetteln bestanden, die man hinter Autoscheiben klemmte und die den Anschein eines Strafzettels erweckten, fand dieses Treffen in der abgelegensten Spelunke statt, die Sauerweck ausfindig machen konnte.

Holger Rampone schlug sich mit widerstreitenden Gefühlen herum. Er war zu sehr Establishment, um von der Lokalität nicht angewidert zu sein. Er nahm aber positiv zur Kenntnis, dass im Hinterzimmer etwas durchaus Verdächtiges vorging, von dem er hoffte, dass es das klassische Pokerspiel um Geld war, was seine Nerven durchaus beruhigt und seine Laune ein Stück weit gebessert hätte. Natürlich nur, wenn er gewänne. Bei der Gemeinderatssitzung, die vor den jüngsten Ereignissen in Frackhausen stattgefunden hatte, hatte man ihm nun nicht mehr nur durch die Blume klargemacht, dass von ihm eine komplette Offenlegung des Finanzhaushaltes erwartet wurde. Er hoffte, dass der Gemeinderat jetzt erst mal genug mit den Vorfällen in der forensischen Psychiatrie beschäftigt war. In der Zwischenheit hatte er bestimmt die Möglichkeit, das Geld wiederzubeschaffen.

Wenn Jan Torick aufgeregt war, sah man es ihm nicht an. Da er nie an sich zweifelte, verwunderte das auch niemanden. Er fläzte sich lässig auf seinen Stuhl und streckte die langen Beine aus, die tatsächlich in Cowboystiefeln steckten. Überhaupt sah er aus, als hätte er seine Kleidung passend zum Ambiente ausgesucht.

Wolfgang Schreckau saß einfach nur da.

»Die Polizei hat mich angerufen«, brach Holger das anfängliche Schweigen. »Ich soll aufs Revier kommen. Sie möchten eine Zeugenaussage.«

»Nicht nur dich. Mich ebenfalls. Und ich lasse einen drauf, die zwei anderen Komiker hier auch.«

Sascha warf den Komikern einen Blick zu. Mindestens einer fand das nicht lustig.

»Tatsächlich hat unser Superhirn recht«, sagte Jan. »Wolfgang sicherlich auch.« Der nickte lediglich.

»Die Frage ist nur, sollte uns das beunruhigen?«, fragte Jan dann.

»Solange wir die einzigen Besucher dieser Veranstaltung sind, schon«, sagte Holger. »Ich habe noch Freunde bei der Polizei. Unter der Hand hat man mir verraten, dass bis jetzt nur wir kommen sollen.«

»Aber man muss doch alle verhören, das geht doch nicht«, meldete sich Wolfgang dann doch mal zu Wort.

»Bei Hunderten von Menschen? Viele davon von weiter her. Kaum zu stemmen, wenn ihr mich fragt.«

»Wenn die alle nicht müssen, warum müssen dann wir?«, fragte Wolfgang weinerlich.

Sascha schlug mit der Faust auf den Tisch. An den Nebentischen schreckten die Köpfe hoch.

»Ich wusste, dass diese Rentnermemme Ärger macht«, zischte er leise. Die Aufmerksamkeit der anderen Gäste ließ wieder nach.

»Der hält das Verhör doch keine fünf Minuten durch.«

»Das tut er schon«, sagte Holger. »Reg dich ab. Wolfgang weiß, wie viel davon abhängt.«

Wolfgang nickte wieder nur. Er hatte sein Pulver bereits verschossen.

»Lass uns mal logisch denken«, sagte Jan. »Die wollen uns verhören, weil wir eng mit der Sache verbunden sind.«

»Wie das?«, fragte Sascha.

»Überleg doch mal. Henning Mansen ist weg. Er hatte unsere Frauen umgebracht.«

»Und weiter?« Holger runzelte die Stirn. »Ich sehe den Zusammenhang noch nicht.«

»Ich glaube, die wollen von uns Informationen. Vielleicht wollen die wissen, ob uns was Merkwürdiges aufgefallen ist. Es könnte doch sein, dass er sich bei uns blicken lässt.«

»Ich glaube, das ist das Blödeste, das du je gesagt hast. Hörst du dir eigentlich auch mal zu?« Sascha zeigte ihm zur Verdeutlichung noch einen Vogel für den Fall, dass es Jan so nicht kapiert hatte.

»Was denn? Was habt ihr denn für eine Erklärung?« Jan hielt es nicht für nötig, Sascha zu maßregeln. Das zöge ihre Besprechung nur unnötig in die Länge.

»Die naheliegendste«, sagte Holger. »Sie haben uns im Verdacht.«

»Oh Gott«, stöhnte Wolfgang.

»Warum sollten sie?« Jan war nicht überzeugt.

»Warum nicht? Die ganze Angelegenheit ist ja nun, wie soll ich sagen – außergewöhnlich.«

»Aber wir waren es doch nicht«, sagte Jan. »Es war doch Sanger.«

»Dann sollten wir ihnen das sagen.« Wolfgang witterte Morgenluft.

»Natürlich, tolle Idee.« Sascha rieb sich entnervt die Stirn. »Wie kannst du das denn wissen? Solltest du dir überlegen, danach werden sie dich sicherlich fragen. Dann sagst du brav, weil wir ihn erpresst haben. Eine geile Idee.«

»Hört jetzt auf. Das ist alles Quatsch«, sagte Holger. »Sie können uns gar nichts nachweisen. Dafür waren wir viel zu vorsichtig.«

»Was ihr mir zu verdanken habt«, warf Sascha ein. »Sonst wärt ihr gnadenlos in jede Falle getappt.«

»Richtig, dank unseres Multitalents in Verbrechensplanung stehen wir jetzt sehr gut da.« Holger nickte zu Sascha rüber. Während dieser noch überlegte, ob sich dahinter eine versteckte Beleidigung verbarg, redete Holger schon weiter.

»Wir gehen schön da hin, sind sehr kooperativ, angemessen bestürzt, und das war's auch schon. Wir bedauern zwar keinen dieser Typen, schließlich waren es alle gefährliche Mörder, Vergewaltiger und sonstiges, aber wir verhalten uns angemessen. Verstanden?«

»Oder, kurz gesagt, wir müssen uns glaubhaft verhalten«, ergänzte Jan, den es wieder ankotzte, dass Holger die Führung an sich riss.

Holger atmete hörbar auf. Er war froh, dass er diese drei nicht mehr sehen musste, wenn die Sache ausgestanden war.

»Aber was ist mit Mansen?« Sascha war bei Weitem nicht zufrieden. »Es war unser Ziel, ihn loszuwerden.«

»Na ja, sind wir ihn ja irgendwie auch.« Holger wollte mit der Sache abschließen. Ihm gingen zu viele Probleme durch den Kopf. Er musste ein paar davon rausschmeißen.

»Das war aber nicht der Sinn«, beharrte Sascha. »Er sollte jetzt tot sein. Und wenn wir nicht so lange mit Sanger rumgeeiert hätten, wäre er das jetzt auch.«

»Die Frage ist also, hat Sanger alle umgebracht, nur um Mansen zu schützen? Was für eine verrückte Idee ist das denn?« Jan war nicht überzeugt von seiner wüsten Theorie. Da war er nicht der Einzige.

»Um einen Mörder zu retten Hunderte umbringen? Warum sollte er das tun?« Auch Wolfgang war nicht überzeugt.

»Ja, warum nur«, murmelte Holger.

Die Versammlung löste sich zögernd auf. Holger klopfte an die Tür des Hinterzimmers, um sein Glück noch etwas herauszufordern.

Mike verbrachte diesen Abend in der Gewissheit, dass seine Erpresser hinter Schloss und Riegel kämen und er nie wieder von einer Frau geschlagen werden würde, auf jeden Fall nicht mehr von seiner Frau.

Er hatte die unerfreuliche Aufgabe hinter sich gebracht, mit seinen Eltern und Schwiegereltern zu sprechen und kam sich sofort wieder vor wie ein gescholtenes Kind, da er keine Angaben über einen Beerdigungstermin machen konnte. Die Tatsache, dass seine Frau von der Gerichtsmedizin dazu noch nicht freigegeben war, überzeugte sie nicht. Wenn Andrea nicht beerdigt werden konnte, hatte er es verbockt. Punkt.

Die Polizei hatte die Wohnung der Psychopathen untersucht. Mike hätte diesen Ausdruck selber nie gewählt, fand ihn aber treffend. Wenn es darum ging, bei diesem Vorfall Psychopathen zu benennen, wären ihm allerdings erst andere Namen in den Sinn gekommen, allen voran Direktor Mäuchel, der in den letzten Tagen nahezu unverschämt zufrieden war.

Aber belastende Beweise hatte man halt nicht bei ihm gefunden, sondern da, wo Mike sie platziert hatte. Er hätte gerne das Gesicht der Psychos gesehen, als die Polizei sie damit konfrontierte. Es hatte gereicht, sie in Untersuchungshaft zu stecken.

Mikes Kopf war noch nicht komplett aus der Schlinge, doch die Anzeichen dafür standen gut. Er fragte sich nur, ob seine fehlende Qualifikation bei einer Vernehmung seiner Erpresser zur Sprache kommen würde und wie er darauf reagieren sollte. Er hoffte, dass Dr. Mäuchel ihm entsprechende Rückendeckung geben konnte.

Mike saß auf seinem Lieblingsplatz in der Küche, trank ein Bier, was nun nicht mehr streng verboten war, und schaute Fernsehen über die Sofalehne hinweg. Er beschloss, das Sofa rauszuschmeißen. Er hatte es noch nie gemocht. Auch andere Einrichtungsgegenstände würden diesen Weg gehen, allen voran Andreas Stofftiersammlung.

Er fragte sich, wo Henning im Moment war, und hoffte, dass er es schaffen würde, das Land zu verlassen. Im Angesicht des totalen Wahnsinns, der um ihn herum in den letzten Wochen ausgebrochen war, erschien ihm der Frauenmörder als Musterbeispiel an Normalität.

Frackhausen hatte auf jeden Fall im Moment andere Schweine durchs Dorf zu treiben. Die Verhaftung des Ratsmitglieds Holger Rampone gab der Gemeinde den Auftrieb, der nötig war, nämlich von den korrupten Schaltstellen der Macht nicht nur zu lesen, sondern diese live vor Ort zu haben. Frackhausen hatte seine Viertelstunde der Berühmtheit.

Teil 8

Kapitel 26

Leider konnten einige Einwohner Frackhausens ihre neu erworbene Berühmtheit nicht so auskosten, wie sie es vielleicht ohne den Dreck am Stecken getan hätten.

Als der Mob von der Vorstellung beseelt losgezogen war, die Weltordnung wiederherzustellen, trugen die Massenhypnose und eine nicht zu ignorierende Euphorie dazu bei, jegliche Untat in der gleißenden Firnis eines Heiligenscheins zu sehen, der bei Licht besehen jedoch unaufhaltsam verblasste. Ohne rosarote Brille blieben die Dinge halt, wie sie waren. Und ein Mord blieb ein Mord. Ein ganz besonders abscheulicher noch dazu. Daher war das harte Schwarzbrot seiner Frau nicht das Einzige, was Heiner Frey am nächsten Morgen schwer im Magen lag. Anscheinend war er mit diesem Problem nicht allein, denn ohne jegliche Absprache trudelten alle Mitglieder dieser unheiligen Allianz im Laufe des Sonntagvormittags bei ihm ein.

»Die Polizei ist überall im Dorf«, sagte Dirk Biermann, der es unter Berücksichtigung der aktuellen Ereignisse für angebracht hielt, sich mit noch mehr Bier zu beruhigen, als er es sonst schon tat. Das brachte ihm um 10 Uhr schon eine solche Schieflage ein, dass Heiner kurz vorher der Meinung gewesen war, ein deformierter Zwerg mit Buckel befände sich auf dem Weg zu seinem Hof. Dirk darauf anzusprechen, hielt er für wenig ratsam, wenn man nicht den nächsten Toten beklagen wollte. Außerdem stand es Biermann frei, seinen Sonntag zu gestalten, wie er es für richtig hielt.

»Man kann uns doch nichts? Ich meine, uns hat doch keiner gesehen?«, fragte Josef Pfeifer ängstlich, dessen Ernüchterung schon in dem Moment gekommen war, als der erste Schlag gegen die vermummte Gestalt ausgeführt wurde, die sich im Nachhinein nicht nur als die falsche, sondern auch noch als weibliche Person herausgestellt hatte.

»Wäre ich doch bloß nach Hause gegangen!«, klagte jemand aus der Menge.

»Oh Mann, für so was ist es jetzt echt zu spät«, sagte Biermann genervt. »Ihr seid doch alle Schlappschwänze. Auch immer nur mutig, wenn ihr selber nichts machen müsst.«

Er erntete unterschwellig unwilliges Gemurmel. Dirk Biermann erzielte seine Diskussionserfolge grundsätzlich mit Einschüchterung, gesagt oder ungesagt.

»Wenn wir Ruhe bewahren und den Mund halten, passiert uns nichts«, brachte Heiner Frey die Menge wieder auf Kurs. Er fixierte das Gesicht des ein oder anderen Einwohners, von dem er wusste, dass dieser schon mal wankelmütig war, was er sich beim besten Willen nun aber nicht erlauben konnte. Heiner Frey hatte Wert darauf gelegt, an vorderster Front zu kämpfen, was aber bedeutete, dass er in diesem Spiel auch am meisten zu verlieren hatte. Er war sich sicher, dass er den tödlichen Schlag gegen Andrea Sanger ausgeführt hatte.

»Geht alle nach Hause«, sagte er unwirsch. »Wir können nicht alle zusammenhängen, das macht uns noch mehr verdächtig. Macht euch weg und lebt euer Leben weiter. Dann kann keinem was passieren.«

Als sich die Menge langsam wieder den Weg entlangbewegte, wünschte er, er wäre so überzeugt, wie er sich angehört hatte.

Heiner Freys Überzeugung war nicht grundlos angeschlagen, wenn der Schlag auch aus einer anderen Richtung kam als vermutet. Nachdem bei Mike die ersten Knospen der Hoffnung aufblühten, Erpressern, Staat und Obrigkeit ein Schnippchen geschlagen zu haben, gestattete er sich auch wieder, seinen Status zu bestimmen und die jüngste Vergangenheit zu resümieren.

Er hatte sich schnell mit seiner Witwerrolle abgefunden und es sich angewöhnt, ganz in Schwarz und mit gefasstem

Blick aufrecht durchs Dorf zu schreiten, was ihm den Anschein eines Intellektuellen gab. Er gefiel sich in der Rolle. Vor allen Dingen sah er in Schwarz verteufelt gut aus, ein Umstand, der ihm zwar im Moment der Trauerzeit nichts half, aber ein vernünftiges Fundament für später legte. Vielleicht würde er auch wieder Sex haben. Er nahm sich vor, sich nicht zu sehr von diesen Verlockungen leiten zu lassen. Bis dahin war noch ein weiter Weg, auf dem er sich um unzählige andere Dinge kümmern musste. Außerdem sagte ihm sein Verstand, er solle sich für lange Zeit sehr bedeckt halten.

Allerdings nagte an ihm, was Andrea passiert war. Nicht, dass es ihm ernsthaft etwas ausmachte, ihren Tod auf die apokalyptischen Reiter zu schieben. Jedoch liefen draußen Menschen herum, deren Hemmschwelle so niedrig war, dass sie jederzeit zum Problem werden könnten. Mike hatte sehr genau beobachtet, um welchen Menschen es sich im Speziellen handelte. Er beschloss, dass er nicht davonkommen sollte.

Daher begab er sich nachts auf eine Wanderung, bei der sich sein neuer Kleidungsstil als äußerst praktisch erwies. Er war auf dem Weg zu Heiner Frey. Die riesigen Hallen auf seinem Hof lagen wie lange dicke Raupen da und boten keine Möglichkeit, einen Blick hineinzuwerfen. Eine Zeit lang waren Tierschützer der Überzeugung gewesen, die eingepferchten Rinder und Schweine müssten ihr Leben im Dunkeln fristen. Das war nicht so, wie sich nach einem waghalsigen Einsatz einer Tierschutzorganisation herausstellte, bei dem Heiner Frey endlich noch mal sein Gewehr benutzen konnte. Die Hallen hatten einen Lichtfirst, über den die Tiere mit Luft und Licht versorgt wurden und der es nicht nötig machte, Fenster einzubauen, um den armen Kreaturen nur die kleinste Abwechslung zu bieten.

Der Hof war zwar groß, aber nicht kompliziert strukturiert. Mike wusste, dass es einen Raum gab, in dem Arbeitsgeräte jedweder Art aufbewahrt wurden. Dr. Mäuchel hatte vor einem Jahr den Patienten von Trakt eins vollmundig einen Ausflug versprochen, als er einem Fernsehsender eine

Reportage gestattet hatte. Leider hatte er sechs Jahre zuvor den Bruder des Intendanten durch sein Gutachten in eine geschlossene Anstalt einweisen lassen, dessen einziges Vergehen es gewesen war, in einer Kneipe einem renitenten Jugendlichen Prügel anzudrohen, wenn er nicht damit aufhörte, Papierkügelchen in sein Bier zu schnippen. Vor dem Fernsehpublikum gut dazustehen war also nicht so leicht und er brauchte dringend etwas, um sein Renommee zu verbessern. Leider konnte er dieses Angebot nicht mehr zurücknehmen, nachdem er es einmal öffentlich ausgesprochen hatte. So wurde aus dem spannend erwarteten Trip in die große Welt ein Ausflug auf den Bauernhof, bei dem Mike mitmusste, obwohl er mit aller Gewalt versucht hatte, diesen Kelch weiterzugeben. Heute Nacht war er froh darüber, da er so eine gute Orientierung hatte, ohne lange herumsuchen zu müssen. Er zog seine Winterhandschuhe über und fischte eine kurze Taschenlampe aus der Tasche, die er bei Bedarf zwischen die Zähne klemmen konnte, falls es nötig wurde, mit beiden Händen zu arbeiten.

Mike ging die Reihen ab, untersuchte alles, was nur im Entferntesten der Spitzhacke ähnlich sah, mit der Frey seine Frau erschlagen hatte, und wurde fündig. Frey fühlte sich so sicher, dass er noch nicht einmal die Blutspuren vernünftig abgewaschen hatte. Mike schauderte leicht, war dennoch froh, sie gefunden zu haben. Er hätte Heiner Frey für cleverer gehalten.

Er verließ den Hof mit dem guten Gefühl, doch für etwas Gerechtigkeit sorgen zu können.

Die Gerechtigkeit allerdings war manchmal unbequem. Sie schickte Mike in dieser Nacht noch weg aus Frackhausen. Er war auf ein Telefonat außerhalb der Reichweite seines Heimatortes angewiesen.

Er machte Station im Bahnhof von Demarchau, da er wusste, dass dort noch öffentliche Fernsprecher hingen. Mike hatte keinen technischen Schnickschnack wie einen

Stimmenverzerrer, er beschränkte sich auf die gute alte Methode, das Mikrofon mit einem Tuch abzudecken, was zwar antiquarisch, aber genauso wirksam war. Er rief bei einer Polizeistation in Seligenwalde an, da er nicht riskieren wollte, dass irgendein Dorfsheriff seine Stimme erkannte.

Nachdem er entscheidende Tipps gegeben hatte, wo die Mordwaffe von Andrea Sanger zu finden war, fuhr er mit einem guten Gefühl wieder Richtung Heimat, wo nichts auf ihn wartete als ein leeres Haus. Was für andere Menschen schrecklich sein mochte, bedeutete für ihn allenfalls, dass der Schrecken aus diesem Haus verschwunden war. Im Hinterkopf, den mehr oder weniger sinnlosen Tod seiner Frau gerächt zu haben, gab seinem Gewissen Ruhe. Es gestattete ihm, sich ein wenig auf die Zukunft zu freuen.

Für Hauptkommissar Brauer war der Tag ebenfalls erfolgreich. Sie hatten die Häuser von Torick, Sauerweck, Schreckau und Rampone durchsucht und waren fündig geworden.

Das war für Brauer Anlass genug, die Herrschaften aufs Revier bringen zu lassen, die nun getrennt voneinander in Verhörräumen saßen und der Dinge harrten, die da kamen.

»Also, wie gehen wir vor?«, fragte einer seiner Kommissare.

»Gleichzeitige Befragung. Wir müssen sie dahin bringen, sich gegenseitig zu verraten. Sagt ihnen, ein anderer hätte schon gestanden. So was halt.«

»Ist das nicht ein bisschen unethisch? Wir sollten sie doch nicht belügen.«

»Bei 300 toten Menschen neige ich schon mal dazu, das zu werden.«

»Aber es war doch sowieso nur Abschaum«, sagte der Kriminalkommissar. Er war jung und für Brauers Geschmack ein bisschen zu weit rechts. Aber er wollte nicht gerade jetzt ein Gespräch über politische Sichtweisen führen. Außerdem mussten sie sich beeilen, bevor das Landeskriminalamt kam und alle Lorbeeren für sich beanspruchte.

»Herr Schreckau«, sagte er ein wenig später leutselig. »Das ist sicherlich im Moment alles ein bisschen viel für Sie.«

»Ich weiß gar nicht, warum ich hier bin«, sagte der Angesprochene unglücklich. Sein Körper war zusammengesackt. Er wirkte wie ein Schulkind, das sein Gemüse nicht essen wollte.

»Ich denke, das wissen Sie sehr gut.«

Hauptkommissar Brauer hätte sich liebend gerne jetzt eine Zigarette angesteckt, um seine Lässigkeit zu beweisen. Das Rauchen hatte er allerdings vor zwei Jahren schon aufgegeben, da er niemals damit gerechnet hatte, solch einen spektakulären Fall zu bekommen.

»Herr Schreckau, was hier passiert ist, ist verdammt noch mal keine Kleinigkeit. Das ist schon galoppierender Wahnsinn. Sie könnten Ihre Lage deutlich verbessern, wenn Sie uns sagen, wo Henning Mansen ist.«

»Weiß ich nicht«, antwortete Wolfgang, aber seine Pupillen wurden kleiner. Der Name Henning Mansen hatte einen Nerv getroffen.

»Ich will mit offenen Karten spielen, Herr Schreckau. Wie Sie sich denken können, haben wir Ihr Haus durchsucht und dabei äußerst interessante Dinge entdeckt. Bei dem Zeitungsartikel über Mansen könnte man noch eine normale Erklärung finden. Wie erklären Sie es sich aber, dass wir einen Beipackzettel von genau dem Rattengift gefunden haben, das dem Chili beigemischt war? Das ist kein Rattengift, das man einfach so im Laden kaufen kann. Ist das nicht merkwürdig?«

»Ich habe mit alldem nichts zu tun«, sagte Wolfgang beharrlich.

Der Hauptkommissar seufzte. Unethische Gedanken gingen ihm durch den Kopf. Er stand auf, verließ den Raum und ging im Flur eine Weile auf und ab, um Zeit totzuschlagen. Dann ging er wieder hinein und setzte sein breitestes Grinsen auf.

»Wissen Sie was? Wir brauchen Ihre Aussage gar nicht mehr. Sie sind von den Herren Rampone, Sauerweck und Torick gerade eben belastet worden. Das reicht für eine saubere Anklage.«

»Die waren's! Ich selber habe nichts gemacht«, schrie Wolfgang Schreckau heftig.

Hauptkommissar Brauer ließ sich wieder auf dem Stuhl nieder. Er hatte es bei Geständnissen gerne etwas gemütlich.

Mike hatte in all dem Trubel und der Hektik Peter Paulater vergessen, der mittlerweile wieder die Krankenstation verlassen hatte und zugegebenermaßen etwas einsam auf seiner Station hockte. Daher erübrigte es sich auch anzuklopfen, da er Mikes Schritte schon im Flur gehört haben musste.

»Wie geht es dir?«, fragte Mike mitfühlend, obwohl er es schon von dem Pflegepersonal wusste. Peter hatte die Giftattacke gut überstanden, war seitdem allerdings merkwürdig in sich gekehrt, was die Schwestern allerdings nicht störte, da dadurch ihre wenige Arbeit unmittelbar in keine Arbeit überging. Nur ein komatöser Zustand hätte das paradiesische Leben noch übertroffen.

»Du hast mich nicht besucht«, sagte Peter anstatt einer Antwort auf Mikes Frage.

»Ja, tut mir leid. Aber du weißt ja, was hier los war.«

»Hab's gehört«, sagte Peter und seufzte schwer.

»Was ist los?«, fragte Mike verständnislos. »Es ist doch alles gut ausgegangen. Ein Glück, dass du in der Krankenstation warst.«

»Ja, was für ein Glück«, entgegnete Peter.

»Kein Grund, sarkastisch zu werden.«

»Warum sollte ich nicht? Mein Leben ist aus den Fugen.«

»Das sieht nur so aus«, sagte Mike beruhigend. Sein Freund gefiel ihm heute gar nicht.

»Weißt du, ich habe mich hier immer sicher gefühlt. Nein, stimmt nicht, geborgen. Draußen konnte ich keine Spur hinterlassen, noch nicht mal zum Massenmörder hat es gereicht.«

»Was kein großer Fehler ist«, erinnerte ihn Mike. »Das ist eher ein Grund, glücklich zu sein.«

»Hier drinnen war das egal«, fuhr Peter unbeirrt fort. »Erst war ich Patient und danach, nachdem alles aufflog, war ich immer noch Patient.«

»Du meinst, egal welche Scheiße du baust, hier drin wirst du immer gleich behandelt?«

»Genau. Und weißt du, warum das alles funktioniert? Weil du immer der psychisch Kranke bleibst, ob Straftäter oder nicht, und die, die dich betreuen, bleiben immer die, die dich betreuen.«

Mike zerlegte den letzten Satz in seine Bestandteile, bis er ihn in mundgerechten Happen schlucken konnte.

»Was für eine Theorie. Nun gut, trotzdem kein Grund, Trübsal zu blasen.«

»Verstehst du denn nicht? Ich bin hier nicht mehr sicher. Was ist das nur für eine Welt geworden, wo Direktoren Patienten um die Ecke bringen wollen?«

Peter erschien Mike ernsthaft aus dem Konzept. Die lockere Art, die Dinge zu sehen, die ihn vormals auszeichnete, hatte er verloren.

»Was willst du dagegen tun?«, fragte Mike und ahnte schon, worauf dieses Gespräch hinauslief.

»Ich werde die Klinik verlassen«, sagte Peter auch prompt. »Mir erscheint die Welt draußen doch gesünder als die hier drinnen, zumindest was meine körperliche Gesundheit angeht.«

Peter war freiwillig hier. Daher konnte er auch jederzeit gehen.

»Weißt du, was mich wirklich ärgert«, sagte Mike. »Jahrelang habe ich an dir herumtherapiert, du warst dennoch nicht in der Lage zu gehen. Jetzt, einen Massenmord später, geht das auf einmal. Hätte ich mehr Eindruck bei dir gemacht, wenn ich dich mit einem Messer bedroht hätte?«

»Du nimmst das persönlich. Das darfst du nicht. Hast du mir auf jeden Fall immer gesagt.«

»Stimmt, ich bin etwas gekränkt. Blöd von mir.«

»Bist du sicher? Ich kann nicht beruhigt gehen, wenn ich weiß, dass du böse auf mich bist.«

»Bin ich nicht. Das war nur ein kurzer Anfall von Egoismus. Mit wem soll ich reden, wenn du nicht mehr da bist?«

»Ich gebe zu, im Moment ist die Auswahl nicht allzu groß. Aber es wird ja hoffentlich wieder besser. Oder wollen sie die Klinik nach diesem Vorfall schließen?«

»Bist du verrückt? Entschuldigung, schlechter Scherz.« Mike kicherte. Er hatte, soweit er sich erinnern konnte, noch nie gekichert. Das Junggesellendasein machte einen merkwürdigen Menschen aus ihm. Er konnte gut damit leben.

»Aber im Ernst, das kann sich die Landesregierung auf gar keinen Fall leisten. Dafür gibt es zu viele, die in so eine Einrichtung gehören, und zu wenig Plätze.«

»Dann gibt es jetzt noch einen Platz mehr«, sagte Peter. »Mäuchel soll sich jemand anderen suchen, den er umbringen kann.«

»Peter, das darfst du keinem erzählen. Ich meine es ernst.« Mike fixierte den Blick seines Freundes. Er hatte den unangenehmen Verdacht, Mäuchel würde sich auch bald an seine Verfehlung erinnern und bemerken, dass er da noch etwas unternehmen musste.

»Wem sollte ich es erzählen? Ich kenne nichts mehr außer das hier.«

»Bitte, versprich mir das. Ich schaffe dich hier so schnell wie möglich raus. Dann kommst du erst mal mit zu mir und wir sehen, wie es weitergeht. Wir dürfen nichts riskieren.«

»Wenn ich bei dir wohnen kann, kann ich das gar nicht abschlagen.«

Peter stand auf und zog eine Tasche unter dem Bett hervor.

»Ich bin bereit«, sagte er.

Ralf hatte einen großen Teil seiner Lebensträume bereits aufgegeben. Daher traf es ihn nicht wie der Blitz, dass dieser ausgeträumt war, bevor er überhaupt angefangen hatte. Ungerecht fand er es dennoch. Ungeachtet der abstrusen Vorfälle am Tag der offenen Tür, die ihn weniger aus der Bahn geworfen hatten, als man vermuten würde, fand er noch Zeit, seine Lage ausreichend zu beklagen. Trotz Bergen von toten Menschen, einer leeren Klinik und völlig verstörtem Personal war er eindeutig der große Verlierer.

Nachdem er Susanne erfolgreich losgeworden war, mischte er sich schnell wieder unter das Volk und bemühte sich, von Besuchern und Kollegen wahrgenommen zu werden. Ein schwieriges Unterfangen, da keiner Lust noch die Zeit hatte, sich mit ihm zu beschäftigen. Unter normalen Umständen hätte er das übel genommen. Er sah jedoch ein, dass seiner Person im Vergleich zu einer Massentötung der richtige Reiz fehlte, und beschloss, es nicht allzu persönlich zu nehmen.

Was er aber persönlich nahm, war, dass seine Frau nach gefühlten 20 Minuten wieder putzmunter neben ihm stand und ihn aufgeregt am Ärmel zupfte.

»Du glaubst nicht, was ich erlebt habe«, zischelte sie.

»Du glaubst nicht, was hier passiert ist«, entgegnete Ralf, da ihm nichts Intelligenteres einfiel.

»Wie sollte ich auch, ich war schließlich nicht da«, sagte Susanne folgerichtig. »Was ich aber sehe, ist, dass alle in die Kantine wollen. Ich dachte, die Besucher essen in der Sporthalle?«

»Würden sie jetzt wahrscheinlich auch gerne tun«, sagte Ralf. »In der Kantine ist es allerdings spannender.«

»Bestimmt nicht so spannend wie das, was ich zu erzählen habe.«

»Verschone mich bitte«, sagte Ralf nur, in der Gewissheit, dass das allenfalls aufgeschoben war.

»Nie interessierst du dich für das, was ich mache.«

»Du machst auch nicht viel, außer andere Männer vögeln«, sagte Ralf gereizt. »Lass mich jetzt in Ruhe, hier geht Wichtigeres vor.«

»Vielleicht müsste ich das gar nicht, wenn du mehr mit mir vögeln würdest«, erwiderte Susanne patzig.

Eine Frau drehte sich um und nahm Ralf genau unter die Lupe. Sex war anscheinend auch dafür gut, von grauenhafteren Geschehen abzulenken. Trotzdem hielt sich Ralfs Begeisterung, von fremden Menschen nach seiner sexuellen Leistungsfähigkeit beurteilt zu werden, in erträglichen Grenzen. Er ließ seine Frau stehen und begab sich damit außer Reichweite der neugierigen Zuhörer.

Susanne war wieder da und darüber hinaus unversehrt. Er fühlte sich, als wäre er einem Streich aufgesessen, den das Universum extra für ihn ausgesucht hatte, damit sein Karma sich den Bauch halten konnte vor lauter Lachen.

Kapitel 27

Mike hatte allmählich den Eindruck, dass die dringlichste Gefahr gebannt war.

Die Leichen befanden sich in der Rechtsmedizin, in der sie kurzfristig einen enormen Stau verursacht hatten. Das Personal hatte nichts mitbekommen und konnte demzufolge auch keine Tipps geben. Dr. Mäuchel hielt verständlicherweise dicht. Mike spielte den verzweifelten Ehemann so überzeugend, dass er vor sich selbst Angst bekam. Diese Abgründe hätte er nie bei sich vermutet. Die Aussagen der Erpresser hatten ihm nicht geschadet. Im Gegenteil. Sie waren eher ein Beweis für Hauptkommissar Brauer, es tatsächlich mit Verrückten zu tun zu haben. Jetzt, da die permanente Angst abflaute, mit der er lebte, hatte sein Gewissen wieder die Möglichkeit, sich breitzumachen und sich zum unangenehmen Zeitgenossen zu entwickeln.

Merkwürdigerweise belastete ihn der Tod seiner Frau mehr als der der 300 Patienten, da er deren Tod nur sehr indirekt zu verantworten hatte. Das reichte noch nicht mal, um sein Gewissen aus der Reserve zu locken.

Mit Andrea sah das schon anders aus. Sie war das Opfer einer Kettenreaktion geworden, an deren Spitze Mike stand. Das begann schon vor der Erpressung an sich. Es fing bereits damit an, dass er mit mangelnden Qualifikationen einen Job ergattert hatte, den er so nicht verdiente. Sein falscher Beruf hatte sie umgebracht und war deshalb die Wurzel allen Übels. Ehrlichkeit hätte hier den Unterschied gemacht. Er hatte die Polizei belogen, schließlich wusste er, wie seine Frau in den Wald gekommen war. Er hatte seine Erpresser zu Unrecht beschuldigt. Fakt war, dass diese bis jetzt nicht einen Menschen umgebracht hatten, zumindest keinen, von dem er wusste.

Mike hoffte, dass sein anonymer Hinweis bei der Polizei über den Verbleib der Tatwaffe noch Früchte bringen würde.

Er konnte es nicht ertragen, Heiner Frey weiter ins Gesicht zu sehen, was in einem kleinen Dorf durchaus öfter passieren würde, als einem lieb war. Er hatte sogar seine Erpresser belogen. Und er hatte seinen Freunde nicht die Wahrheit gesagt. Das traf ihn noch am meisten. Ralf, Peter, sogar Henning. Mit einer Lüge hatte alles angefangen, mit Lügen hörte es auf. Lügen töteten 300 Patienten, die zwar nicht unschuldig, aber zumindest im momentanen Zustand friedlich waren. Lügen hatten auch seine Frau auf dem Gewissen.

Die Schlussfolgerung öffnete ihm nur eine einzige Option. Er musste seinen Beruf aufgeben, der streng genommen gar nicht sein Beruf war.

Einmal diesen Entschluss gefasst, gab sein Gewissen mit einer beeindruckenden Geschwindigkeit Ruhe und er konnte das erste Mal nach der Katastrophe wieder gut schlafen.

»Das halte ich für übertrieben«, sagte Dr. Mäuchel. Er ruhte wie ein zufriedener Buddha in seinem Schreibtischsessel und wippte vor und zurück.

»Das halte ich für die einzig mögliche Lösung«, erwiderte Mike. Dr. Mäuchel winkte ab.

»Übertrieben!«, wiederholte er. »Seit dieser Sache sind anscheinend alle etwas dünnhäutig. Meine Ärzte und Psychologen schleichen hier herum, als wäre der Leibhaftige hinter ihnen her. Das nervt mich. Jeden Tag muss ich mich mit einem anderen Mist herumschlagen. Und jetzt auch noch Sie, Sanger.«

»Ich kann nichts für mein Gewissen.«

»Gewissen? Sie haben Ihr Gewissen in dem Moment abgegeben, als Sie mir das Gift besorgten, das zwar nicht die Todesursache war, aber das konnten Sie zu dem Zeitpunkt noch nicht wissen.«

»Ich habe es jetzt wiedergefunden.«

»Das ist schön. Aber was bedeutet das für mich? Was mache ich, wenn Sie Ihr Gewissen so weit treibt, reinen Tisch zu machen?«

»Das würde ich nie tun.« Mike fühlte sich tatsächlich gekränkt. So etwas nannte man wohl Ganovenehre.

»Das hoffe ich stark. Ich möchte Sie nicht für verrückt erklären lassen, nicht wahr?«

Dr. Mäuchels Miene war undurchdringlich. Mike bezweifelte nicht, dass er die Möglichkeiten für solche Aktionen hatte.

»Ich möchte nur Konsequenzen aus dem Vorfall ziehen. Ich möchte meinen Seelenfrieden wiederhaben.«

»Ich sage Ihnen mal was.« Dr. Mäuchel kippte nach vorne und stützte seine Ellbogen auf dem Schreibtisch ab.

»Sie sind ein guter Psychologe. Ja, ich weiß ...«, wehrte er ab, als Mike den Mund aufmachte, um zu antworten.

»Dann formuliere ich es mal so, Sie wären ein guter Psychologe, wenn Sie zu Ende studiert hätten. Warum nicht daran anknüpfen?«

»Wie meinen Sie das?«

»Studieren Sie doch einfach das verdammte Fach. Dann habe ich auch direkt den richtigen Psychologen.«

»Geht nicht, ich muss ja auch von irgendetwas leben.«

»Darin sehe ich kein Problem. Sie stehen mir hier weiterhin als Hilfskraft zur Verfügung, bekommen Ihre Bezüge und holen vormittags das Studium nach.«

Mike tastete sein Gewissen auf Störungen ab, die dieser Vorschlag vielleicht verursachte, aber sein Gewissen war zufrieden.

»Damit könnte ich leben«, sagte er.

»Na, sehen Sie.« Manfred kippte mit dem Stuhl wieder zurück.

Henning lebte dank Mike im Moment auch sehr gut.

Abgesehen von der doch recht albernen Verkleidung hatte er instinktiv das eingepackt, was nahrhaft war. Eine Weile

327

streifte Henning ziellos durch den Wald. Nur der Umstand, dass er diesen Wald wie seine Westentasche kannte, verhinderte, sich komplett und unwiderruflich in ihm zu verirren. Dafür war der Frackhausener Wald berüchtigt.

Der Sommer war heiß und trocken. Es war nicht schlimm, draußen zu schlafen, nur unbequem. Was Henning dazu veranlasste, die Waldhütte aufzusuchen, in der Mike seine Frau versteckt hatte. Die Spurensicherung und die Polizei hatten sich in den ersten Tagen verstärkt dort aufgehalten, das konnte er aus gebührendem Abstand immer mal wieder beobachten, bis sie schließlich das Interesse verloren. Die Hütte stand wieder leer. Allerdings hatte die Spurensicherung auch die Utensilien mitgenommen, die Andrea ein Minimum an Komfort versprechen sollten. Henning war so weit wie vorher und saß darüber hinaus in einer stickigen Hütte. Er verwarf seinen Plan, hier einzuziehen, und verschwand wieder im Wald.

Henning war ein guter Polizist und Serienmörder gewesen. Das eine schloss das andere nicht aus. Er konnte sich ausrechnen, wann das Interesse an ihm abflachen würde. Das würde es tun, denn die menschliche Natur war einfach so gestrickt. Außerdem ging ihm langsam das Essen aus. Daher schlüpfte er in die Verkleidung, die Mike für ihn ausgesucht hatte. Er wünschte sich, er hätte einen Spiegel, um wenigstens zu wissen, wie lächerlich er vielleicht aussah. Trotzdem war es Zeit, diesen kreuzverrückten Ort zu verlassen.

So kam es, dass Groucho Marx auf dem Weg nach Demarchau war, wo er einen Zug zu besteigen würde, um sich in Köln mit einer neuen Identität ausstatten zu lassen.

»Ich muss sagen, das haben Sie vorbildlich gemacht«, bemerkte Landrat Stuben am Telefon.

Dieser Anruf war heikel. Manfred wusste nicht, was Stuben von den Vorfällen in der forensischen Psychiatrie hielt. Der Anstand und seine Funktion hätten es eigentlich erfordert, Frackhausen aufzusuchen, um sich vor Ort ein Bild von den Umständen zu machen. Aber er befand sich auf einem Angelausflug, bei dem er einen 32 Pfund schweren Hecht als Beifang hatte. Das gab man nicht so ohne Weiteres auf. Manfred machte es sich in seinem Sessel etwas bequemer. Der Landrat hatte so gute Laune, dass er keinen Anpfiff mehr erwarten musste.

»Der Innenminister war von Ihrer Besonnenheit und Ihrer Eloquenz sehr angetan.«

»Man hat schließlich eine Aufgabe zu erfüllen, nicht wahr?«, sagte Manfred selbstgefällig.

»Es tut mir leid, dass ich Sie für unfähig gehalten habe. Ich konnte nicht wissen, dass Sie uns Ihre Qualitäten so lange vorenthalten.«

Manfred kaute etwas an dieser Bemerkung. Sie war eindeutig eine Unverschämtheit, aber er war ungewohnt großmütig. Der Landrat hatte nichts gegen ihn in der Hand, und er wusste das auch. Sie würden wohl nie beste Freunde werden. Da Manfred Freunde ohnehin für überschätzt hielt, war das kein großes Unglück.

»Wir werden nächste Woche neue Patienten schicken. Damit können wir die anderen Einrichtungen wieder etwas entlasten. Wir haben zwar noch viele in Haft sitzen, die bei Ihnen besser aufgehoben wären, aber diesen Luxus kann ich mir nicht leisten. Das ist wie bei einer Badewanne, wenn man den Stöpsel löst, fließt alles unkontrolliert heraus.«

Manfred sinnierte über diesen Vergleich und kam zu dem Ergebnis, dass er treffend war. Er stellte sich Hunderte von Insassen vor, die durch die kleinen Löcher des Siphons gesaugt wurden, bis zur Unkenntlichkeit in die Länge gezogen. Es gefiel ihm.

»Machen Sie sich keine Sorgen, wir bekommen Ihre Einrichtung wieder voll«, sagte Stuben und lachte. »Ich gebe zu, eine Weile wurde diskutiert, Frackhausen aufgrund der Gräueltaten zu schließen. Die Linken wollten dort ein Mahnmal errichten, stellen Sie sich das mal vor. Aber der Anschlag letzte Woche auf das Café hat uns wieder aus dem

Fokus gebracht. Keine Sau interessiert sich jetzt noch für die Toten in Ihrem Dorf.«

»Das sind gute Neuigkeiten«, erwiderte Manfred ungewohnt einsilbig. Er wollte das eigentliche Mordgeschehen nicht in der Tiefe diskutieren. Von der Sache mit dem Denkmal hatte er auch schon gehört. Das hätte Frackhausen in den Orbit katapultiert. Ein Denkmal für den Bau und eines für einen Abriss. Damit hätte Frackhausen eindeutig einen Platz in den vorderen Rängen bekommen, was die Anzahl der Skulpturen pro Einwohner anging.

»Ich werde Ihnen selber einen Besuch abstatten, wenn ich aus Neuruppin zurück bin. Machen Sie es gut, Mäuchel«, sagte der Landrat und legte den Hörer auf.

»Dr. Mäuchel«, sagte dieser pikiert in den Hörer.

Der angekündigte Besuch sollte nie stattfinden.

Kapitel 28

Mike verabschiedete sich von seinen Kommilitonen und verließ die Uni Köln. Er musste sich beeilen, um 14 Uhr sollte seine Schicht anfangen.

Dr. Mäuchel hatte eine neue Therapie angeordnet, die Ralf eigentlich aus Spaß bei der morgendlichen Besprechung zur Diskussion gebracht hatte, weil ihm langweilig war. So wurden ausgewählte Patienten nach dem Mittagessen in ein neu errichtetes Schlaflabor gebracht, in dem sie eine Dosis Diazepam bekamen, das in Kombination mit einem ausgiebigen Schluck Wodka, den sie nicht immer freiwillig genossen, nahezu sofort wirkte und sie in einen bleiernen Dämmerschlaf versetzte. Dann wurden sie verkabelt und bekamen gemäß ihrem Vergehen Videos vorgeführt, die sie in ihrem Unterbewusstsein wahrnahmen, dessen war sich Dr. Mäuchel sicher.

Traktiert von Gewaltorgien aus den späten Siebzigern und den Achtzigern wie das *Kettensägenmassaker*, bekamen sie immer dann einen Impuls, wenn es gerade mal wieder äußerst eklig auf der Leinwand zuging.

Dr. Mäuchel hatte Spaß an der Elektrokrampftherapie in ihrer sanftesten Form gefunden. Mike musste sie überwachen. Sein moralisches Gewissen schwankte und konnte sich zu keiner Haltung entschließen. Sein Ethikzentrum war aufgrund der Ereignisse der jüngeren Vergangenheit allerdings etwas angeschlagen und nicht mehr zu 100 Prozent verlässlich. So beschloss er, dass es in Ordnung war, solange er die Möglichkeit hatte, die Intensität der Behandlung zu kontrollieren.

Mike beeilte sich. Die letzte Vorlesung war ausgefallen und er hoffte, noch mit Ralf zusammen Mittag essen zu können. Leider hatte er noch keinen Weg gefunden, ganz ohne Lügen auszukommen. Daher glaubte Ralf, er studiere Ägyptologie, was Mike schon immer interessiert hatte.

»Dafür gibst du deinen Job auf?«, hatte er entsetzt gefragt, als Mike ihm sein Vorhaben mitteilte.

»Nein, tue ich nicht, Dr. Mäuchel war da äußerst großzügig. Ich kann nachmittags bis abends arbeiten. Stationsdienst, Therapien überwachen, so was halt. Dabei kann ich dann wenigstens lernen.«

»Und was dann? Willst du in Ägypten im Sand buddeln?«

»Das verwechselst du mit Archäologie«, sagte Mike. »Nein, das will ich nicht. Das mache ich nur zum Spaß. Ich wollte das immer mal machen. Ich lebe einfach, verstehst du?«

»Wenn du meinst«, erwiderte Ralf.

Überzeugt wirkte er nicht. Das bezog sich allerdings mehr auf Mikes Entschluss als auf die Sache an sich. Außerdem war er in seinem Auftreten nicht mehr ganz so spritzig, was daran liegen mochte, dass er im Rahmen einer Sextherapie, kombiniert mit Potenzpillen, den Problemen in seiner Ehe entgegenwirken wollte. Das ging ihm langsam an die Substanz. Mike wusste, dass dieser Entschluss nicht ganz freiwillig und erst durch doppelten Druck von Mäuchel und Susanne gekommen war. Der Direktor hatte ihm unmissverständlich klargemacht, dass mit den neuen Patienten noch weniger zu spaßen war als mit den alten und Ralf gefälligst seine Frau im Zaum halten solle, wenn ihm sein Job lieb sei. Außerdem machte sich Dr. Mäuchel neuerdings viele Gedanken um den guten Ruf der Klinik.

Mike brauste die Straße hoch, die zur Klinik führte. Die Wärme der Sonne war nicht mehr so stark und der Herbst hielt Einzug. An diesem schönen Oktobertag reichte es aber noch dafür, das Fenster unten zu haben, sich die Haare vom lauen Wind durchwuseln zu lassen und einen Song der Rolling Stones mitzusingen.

Birgit Schreiner sortierte in ihrem Geschäft die neuen Zeitungen in die Regale und hob den Kopf, als jemand an der Tür klopfte. Es war Josef Pfeifer. Jedem anderen hätte sie gesagt, er solle sich zum Teufel scheren. Sie hatte schließlich noch Mittagspause, aber Pfeifer tat ihr leid. Er holte jede Woche seine Zeitung an dem Tag, an dem Birgit sie geliefert bekam. Meistens konnte er nicht mehr so lange warten, bis der Laden offiziell wieder aufmachte. Daher war Birgit mit ihm ganz gegen ihre Gewohnheit gnädiger als sonst. Sie schloss auf. Josef Pfeifer trat ein und machte Platz, damit sie die Tür wieder hinter ihm verschließen konnte.

»Der Prozess gegen Frey geht nächste Woche los. Das kam gestern in den Lokalnachrichten«, sagte er.

»Ja, das habe ich auch gehört.«

Birgit wollte sich normalerweise nicht in längere Diskussionen verstricken. Josef Pfeifer war redselig und das nervte sie. Aber über Heiner Frey konnte sie stundenlang reden, so sehr freute es sie, dass er in Haft war. Sie hoffte, er würde im Gefängnis verrotten.

»Hier sehen wir ihn auf jeden Fall nicht mehr wieder«, sagte sie genüsslich. »Andrea Sangers Blut, seine Fingerabdrücke, seine Spitzhacke.«

»Sein Geständnis«, ergänzte Josef Pfeifer. »Das hätte ich nie gedacht. Ich war eigentlich immer der Meinung, er sei ein riesengroßer, lauter Feigling. Was da jetzt bei ihm zu Hause los ist, unglaublich. Die Kinder haben wohl direkt das Weite gesucht, na ja, bei so einem Vater. Nur seine Frau tut mir leid. Sie kann nirgendwo hingehen, sie war ihr Leben lang nur Hausfrau. Wie meine Adelheid, die gute Seele.«

»Ja, es ist schlimm«, unterbrach ihn Birgit Schreiner harsch. »Aber das Leben geht weiter.«

»Der Hof soll verkauft werden, habe ich gehört«, fuhr Josef unbeirrt fort. »Wer so ein großes Grundstück überhaupt kaufen soll. Ich habe ja immer zu meiner Frau gesagt, der Frey ist reicher als Gott.«

»Der Hof selber wird nicht verkauft.« Birgit zeigte sich gut informiert. Es hatte Vorteile, ein Geschäft zu besitzen. So kamen Klatsch und Tratsch immer zeitnah bei ihr an.

»Der Hof wird geschlossen. Gott sei Dank, dann hört das mit dem Gestank auf, auch wenn er das immer bestritten hat.« Birgit Schreiner war stolz auf ihre feine Nase.

»Ja, Massentierhaltung ist einfach nicht mehr zeitgemäß. Frau Tanzer wird das sicherlich außerordentlich freuen.«

»Ja, das kommt ihrer Ökokultur entgegen«, sagte Birgit nicht unfreundlich. Bei Trisha Tanzer stank es zwar auch, der Gestank begrenzte sich aber auf einen nur kleinen Radius um ihr Gehöft. Da Birgit weit genug entfernt wohnte, störte es sie nicht.

Sie schloss die Eingangstür wieder auf und öffnete sie weit, um Josef Pfeifer loszuwerden. Die Zeitungen und Magazine mussten weiter eingeräumt werden.

»Und wenn ich es dir sage. Es ist eine todsichere Wette.« Holger Rampone lief hinter Wolfgang Schreckau her, der offensichtlich versuchte, ihn abzuschütteln.

»Lass mich in Ruhe«, sagte Wolfgang weinerlich. »So viel habe ich diese Woche nicht verdient.«

»Guter Scherz, du solltest lieber Geld mitbringen, du ungeschickter alter Trottel«, brüllte Sascha aus den Tiefen des Sofas heraus. Er schaute sich im Fernsehen eine Real-Life-Doku an.

»Lass ihn doch in Ruhe.« Jan blickte von dem Computer auf, der auf einem Tisch in der Ecke stand. Er schrieb an seiner Biografie und fühlte sich gestört.

»Kümmere dich um deinen Scheiß«, raunzte Sascha ihn an. Jan schaute wieder auf den Bildschirm. Er hatte keinerlei Ambitionen, sich mit Sascha auf ein Wortgefecht einzulassen. Der Typ war einfach ein Prolet.

»Nun komm schon.« Holger versperrte Wolfgang den Weg. »Nur einen Fünfer. Ich kann ihn dazu bringen, seine Hose auszuziehen.«

»Vielleicht will er seine Hose gar nicht ausziehen«, sagte die Schwester streng, die plötzlich hinter Holger aufgetaucht war.

»Herr Schreckau will nicht mit Ihnen wetten, Herr Rampone, sehen Sie es doch endlich ein.«

Sie reichte beiden ein Medikamententütchen.

»Einnehmen«, sagte sie knapp und ging rüber zu Sascha und Jan.

Die Blätter trudelten von den Bäumen und bildeten einen Teppich auf dem Rasen. Es war Herbst geworden in der forensischen Psychiatrie.

Vielen Dank

Vielen Dank, dass Sie mein Buch gekauft haben.
In einer Welt, in der jeden Tag so viele Bücher publiziert werden, ist es für mich etwas Besonderes, wenn Leser mein Buch kaufen.

Über ein paar nette Worte in einer Rezension, den sozialen Medien, oder einfach im Gespräch mit einem Freund würde ich mich sehr freuen.

Vergessen Sie nicht, einmal vorbeizuschauen bei:
www.acscharp.de
www.facebook.com/scharp.ac